BIBLIOTHEK JIDDISCHER ERZÄHLER

Buch

Mottke packte die Wut. Wer läßt seine Träume nicht Wirklichkeit werden? Warum hat man aus ihm gemacht, was er jetzt ist? Und wer ist Schuld daran? Alle!

Einer der besten Schelmenromane der Weltliteratur: mit einem Augenzwinkern erzählt Schalom Asch von Mottkes Irr- und Abwegen. Er erzählt von der Welt der Gauner, der Landstreicher und Zuhälter, indem er den realistischen Untergrund auf eine romantische, liebevolle Art ausmalt. Dabei verzichtet Schalom Asch auf eine einseitig moralisierende und sozialkritische Erzählung und läßt die Schelmengeschichte Selbstzweck sein.

Autor

Schalom Asch wurde 1880 in Kutno, Polen, geboren. Er lebte längere Zeit in den Vereinigten Staaten, in Israel und England, wo er 1957 in London starb.

Schalom Asch gehört zu den bedeutendsten Vertretern der jiddischen Literatur im 20. Jahrhundert und gilt als der begabteste Schüler von Mendele Mojcher Sforim. Er hat ein umfangreiches Œuvre von Romanen, Theaterstücken und Erzählungen hinterlassen.

»Die Werke Schalom Aschs, des großen Epikers von europäischer Weite, sind das Tor zur jüdischen Seele, sie sind mehr, sie sind Führer zur Seele der Menschheit überhaupt.«

Franz Werfel

Herausgeberin

Im Jahre 1912 in Odessa geboren, spricht Vera Hacken neben vielen anderen Sprachen fließend Jiddisch und Deutsch. Vera Hacken ist selbst Schriftstellerin.

Als sehr gute Kennerin der jiddischen Literatur schöpft sie aus einem großen Fundus an Autoren, die heute in Deutschland nahezu unbekannt sind. Gerade ihre Liebe zur deutschen und jiddischen Kultur hat Vera Hacken dazu veranlaßt, die Bibliothek Jiddischer Erzähler herauszugeben. Ihr tiefes poetisches Einfühlungsvermögen und ihre Freundschaft zu jiddischen Dichtern garantieren für die literarische Qualität ihrer Herausgebertätigkeit.

SCHALOM ASCH

MOTTKE DER DIEB

ROMAN

BIBLIOTHEK JIDDISCHER ERZÄHLER
HERAUSGEGEBEN VON VERA HACKEN

GOLDMANN VERLAG

Aus dem Jiddischen übertragen von Georg Richter
Neu bearbeitet von Vera Hacken
Titel der Originalausgabe: Mottke Ganew

Made in Germany · 12/87 · 1. Auflage
Genehmigte Taschenbuchausgabe

Umschlaggestaltung: Design Team München
Umschlagillustration: Achim Kiel, Pencil, Braunschweig
Druck: Elsnerdruck, Berlin
Verlagsnummer: 8908
UK · Herstellung: Ludwig Weidenbeck
ISBN 3-442-08908-5

SCHALOM ASCH

MOTTKE DER DIEB

Erster Teil

1

Wie der Vater die Mutter heiratete

Sein Vater, der blinde Lejb, heiratete seine Mutter, die rote Slatke, auf folgende Weise.

Der blinde Lejb war ein Bursche, dessen Name im ganzen Schtedtl einen Klang hatte. Er arbeitete bei dem Schuster Selik (bei demselben Selik, dessen Frau jedes Jahr ein neues Kind gebar). Ein Meister war er, der Lejb, wie es keinen zweiten auf der Welt gab. Goldene Hände! Er konnte ein Paar Stiefel herstellen, die doppelt genäht waren: Er legte eine Sohle über die andere, so daß sie Stufen bildeten, wie bei einer Treppe, und benähte einen Teil dieser Stufen gelb und den anderen schwarz. Das war seine Mode, die er selbst erfunden hatte, und als er in den ersten Ostertagen in solchen Stiefeln auf die Straße hinausging, liefen die Menschen herbei, über das Wunder zu staunen. Alle waren vor Neid förmlich krank, und jeder wollte ausgerechnet solche Stiefel haben: doppelt genäht, eine Reihe gelb und eine Reihe schwarz. Aber niemand vermochte es, sie dem Lejb nachzumachen. Und er selbst weigerte sich hartnäckig, sie für jemand zu nähen, auch wenn man ihm goldene Berge versprach. »Das habe ich für mich allein gemacht, und kein Mensch darf außer mir solche Stiefel tragen.« Aber was hatte das alles zu sagen, wo er doch ein *Taubenfänger* war und nicht arbeiten wollte. Mitten in der besten Zeit, zum Beispiel vor Ostern oder vor dem Laubhüttenfest, wenn die Arbeit förmlich unter den Händen brannte, genügte es, daß Lejb unter dem Fenster ein Pfeifen vernahm – und schon steckte er seinen Kopf zur Straße hinaus. Sah er dann, daß der russische Bäcker seine Tauben fliegen ließ, warf er die Arbeit fort, stieg im Nu auf das Dach, wo sich sein Taubenschlag befand, und einen Augenblick später kletterte er bereits über alle Dächer des Schtedtls, trieb mit seinem Stock die Tauben an und sah zu, wie sie in den Himmel flogen, der sich ruhig über dem Schtedtl wölbte. Wagte ihm aber der Meister etwas zu sagen, dann warf ihm Lejb den Stiefel, an dem er gerade arbeitete, ins Gesicht, legte kurzerhand die Schürze ab und war im nächsten Augenblick verschwunden. Noch nie hatte er auf ein und derselben Stelle länger als ein halbes Jahr ausgehalten, und einmal geschah es sogar, daß er seinen Brotherrn verprügelte. Da beschloß die Schusterinnung, Lejb nicht mehr im Fach zu beschäftigen. Aber es war kaum eine Woche vergangen, und schon arbeitete Lejb wieder beim gelben Selik.

»Was kann man da machen?« verteidigte sich der gelbe Selik vor der Innung. »Der Bursche ist nun einmal doch der beste Handwerker der Stadt! Und hat man einmal ein besseres Stück Arbeit, so kann sie niemand so machen wie Lejb. Wenn er will, näht er dir so ein Paar Stiefelchen, daß man sie nach Warschau schicken und im Schaufenster ausstellen müßte! Hier, seht mal her, dieses Stiefelchen tanzt ja von selbst!« fügte er hinzu und fuhr sich vor

Vergnügen mit der Zunge über die Lippen, was er immer tat, wenn er von Lejbs Fertigkeit sprach; denn er war ein Kenner seines Fachs.

Und gerade zu jener Zeit geschah es, daß Lejb der Bräutigam der roten Slatke wurde. Schon längst ging er mit ihr aus, und jeden Samstag traf man die beiden auf den Wegen der Vorstadtgärten, wo sie bis spät in die Nacht hinein lustwandelten. Die rote Slatke konnte Lejbs wegen keine feste Stellung bekommen, denn wenn es ihm einfiel, kam er mitten am hellen Tag zu seiner Braut, holte sie einfach ab und verschwand mit ihr bis zum Abend in den Gärten. In der Küche lief die Milch über, das Geschirr blieb unabgewaschen, das Mittagessen ungekocht, und die Hausfrau wollte vor Ärger aus der Haut fahren: »Was sich so ein Dienstmädel erlaubt!« Und wenn dann die rote Slatke zurückkam, fand sie ihre Kiste bereits im Flur, und es hieß: »Such dir eine andere Stellung!«

Außerdem erzählte man sich in dem Schtedtl noch, daß die rote Slatke aus der Küche die besten Bissen wegstahl und sie ihrem Liebsten brachte. Und in der Tat fand man mitunter unter ihrem Kissen, in Papier eingewickelt, entweder ein frisch gebratenes Hühnchen oder ein Stück Fisch oder die besten Kuchenstücke. Aber niemand in der Stadt glaubte, daß Lejb die Slatke heiraten werde. Mehr als nur eine Hausfrau prophezeite ihr, daß der Bursche sie mit einem *Päckchen* sitzen lassen würde, und alle Familienväter sahen klar, daß Lejb eine Waise unglücklich machte (die rote Slatke hatte nämlich weder Vater noch Mutter). Aber niemand konnte da Abhilfe schaffen: denn wer wollte sein Leben aufs Spiel setzen und dem Burschen etwas sagen? Lejb aber beschloß im stillen: »Wenn die Leute in der Stadt von mir so schlecht denken und annehmen, daß ich sie unglücklich machen werde, dann will ich ihnen zeigen, wer ich bin!« Und eines Abends nach dem Sabbat ging er zum Rabbiner und erklärte:

»Rabbi! Ich will bei Euch einen feierlichen Schwur ablegen, daß ich Slatke heiraten werde, sobald ich mich vom Militär frei mache.«

Der Rabbiner erwiderte:

»Was nützt mir dein feierlicher Schwur? Weißt du, was es zu bedeuten hat, wenn ein Jude einen feierlichen Schwur ablegt? Wie, wenn du ihn, Gott behüte, nicht einhalten wirst?«

Da schwor ihm Lejb beim Grabe seines Vaters und bei seiner kranken Mutter. Nun schenkte man ihm Glauben. Der Rabbiner ließ den Schlächter Berisch kommen, der ein Onkel der Waise war. Und am Sabbatabend wurde im Hause des Berisch die Verlobung gefeiert, und der Rabbiner selbst war unter den Gästen.

Am nächsten Sabbat, als Lejb mit seiner Braut zum Spaziergang auf der Straße erschien – er hatte gerade neue Stiefel für sich und ein Paar Schuhe für seine Braut gemacht, die noch verzwickter aussahen als die alten und drei Stufen aufwiesen: eine rote, eine schwarze und eine gelbe – da hatte schon kein Mensch etwas gegen ihn vorzubringen. Im Gegenteil, die Einwohner des Schtedtls grüßten das Paar freundlich, man wünschte dem Lejb einen »guten Sabbat« wie einem angesehenen Bürger, und einer sagte zum andern: »Seht ihr? Mag er sein wie er will, aber ein ehrenhafter Bursch ist er doch: er heiratet die Waise!«

Indessen kaum vier Wochen später hat Lejb schon seinen Schwur gebrochen, den er dem Rabbiner »beim Grab seines Vaters und bei seiner kranken Mutter« geleistet hatte. Er begann sich zu oft zu Basche, der

Schneiderin, zu verirren. Später erzählte man sich, daß es nicht seine Schuld gewesen sei und daß es die taube Jeche, die Mutter der Schneiderin war, die ihn so in die Sache verstrickt habe, da es sie wurmte, daß ihre Tochter, die nicht irgendein Dienstmädchen, sondern eine Schneiderin war, verkümmerte, während eine nichtige Waise so einen Bräutigam bekam (Lejb hatte nämlich nach der Verlobung die Tauben aufgegeben und sich ernstlich der Arbeit zugewandt).

Der Bursche saß bei der Schneiderin alle Freitagabende und ganze Sabbate hindurch. Dort las man Bücher und Romane, und am Sabbat kamen Burschen und Mädchen und sangen Lieder, wobei mitunter sogar getanzt wurde. Es war kein Wunder, daß es Lejb dahin zog – auf der Straße schämte er sich noch, sich mit der Schneiderin zu zeigen, und so saßen dann die beiden im Zimmer. Die rote Slatke aber verbrachte in ihrem besten Kleid die ganzen Feiertage zu Hause bei der Herrschaft und wartete auf Lejb. Die Arme weinte sich schier die Augen aus, aber es half ihr nichts. Die Stadt war schon voller Gerüchte, und die Hausfrau, bei der Slatke gerade in Stellung war, erklärte ihr, sie habe sie davor gewarnt, sich mit dem Burschen einzulassen. Die rote Slatke aber erwiderte nichts und schwieg.

Es war am ersten Pfingsttag. Da paßte sie den Burschen ab. Es war im dunkeln Korridor bei der Tür der Schneiderin Basche. Als er ins Haus trat, erblickte sie durch den Spalt die drei farbigen Stufen seiner Stiefel – eine rote, eine schwarze und eine gelbe –, die er sich zur Verlobung angefertigt hatte. Und da gab es ihr einen so heftigen Stich ins Herz, daß sie den ganzen Inhalt der Flasche Vitriol, die sie unter der Schürze verborgen gehalten hatte, dem Lejb ins Gesicht ausgoß.

Der arg verbrannte Bursche schrie auf und fiel zu Boden, aber sie lief nicht davon. Im Gegenteil, sie stürzte auf den Hof hinaus, schlug Lärm und rief um Hilfe. Als Menschen herbeikamen, fanden sie Lejb neben Basches Tür. Er lag da, erblindet, mit verwundetem Gesicht, in verbranntem Anzug und in seinen schönen dreistufigen Stiefeln. Und neben ihm kniete die rote Slatke, riß sich die Haare aus dem Kopf, schlug sich mit der Faust auf die Brust und schrie: »Helft ihm, Leute! Helft ihm! Seht, was ich mit ihm gemacht habe, seht!...«

Es kam ein Arzt, und Lejb wurde ins Krankenhaus gebracht. Das rothaarige Mädel trug ihm Hut und Kragen nach, riß sich die Haare aus und schrie fortwährend: »Seht, was ich angerichtet habe, seht!«

Man nahm sie mit auf die Polizeiwache. Aber nach einigen Tagen ließ man sie wieder frei. Sofort lief sie zum Krankenhaus, in dem Lejb lag. Man ließ sie aber nicht zu ihm hinein. Sie trieb sich vor dem Gebäude herum wie ein verstoßener Hund. Dann nahm sie wieder eine Stelle an und begann für den Burschen Hühnchen zu braten und sie ihm ins Krankenhaus zu bringen. Der Wärter nahm ihr die Speisen ab, ließ sie aber nicht hinein zu ihm. »Er will Euch nicht sehen«, wurde ihr gesagt. Trotzdem hörte sie nicht auf, für ihn Brühe zu bereiten und Hühner zu braten und alles mögliche ins Krankenhaus zu bringen.

Und einmal drückte sie dem Wärter fünfzehn Kopeken in die Hand, damit er sie hineinlasse, und schlüpfte durch. Als sie den Kranken erblickte, wurde ihr übel. Er sah nicht wie ein Mensch aus. Es war, als läge auf dem Bett irgendein Ungeheuer mit verklebten Augen. Sie warf sich auf die Knie, umfaßte seine Beine, küßte sie und weinte.

Anfangs sagte er kein Wort und rührte sich nicht einmal. Dann aber gab er ihr stammelnd zu verstehen, daß sie näher kommen sollte. Sie tat es und legte sich vor ihm nieder, wie ein Hund. Und Lejb begann sie mit aller Kraft, die er noch hatte, mit der Faust auf den Kopf zu schlagen. Sie schob sich noch näher an ihn heran, damit er es leichter haben sollte, und nach jedem Hieb flossen ihr die Tränen aus den Augen, und ihr Gesicht leuchtete vor Freude. Als jedoch ein Wärter kam, erschrak er über den Auftritt und jagte sie fort.

Aber die rote Slatke ließ keinen Abend vergehen, ohne daß sie zum Krankenhaus kam und für Lejb ihre Brühe brachte. Kaum hatte sie eine freie Stunde, so stand sie schon unter den Fenstern, hinter welchen er lag, fragte den Wärter aus und lief dem Arzt nach, um ihm die Hände zu küssen. Nach den erhaltenen Schlägen ging sie schon dreister in Lejbs Krankenzimmer hinein – und jedesmal spielte sich genau dasselbe ab wie bei ihrem ersten Besuch.

Einige Wochen später wurde Lejb aus dem Krankenhaus entlassen. Sein Gesicht war noch mit Pflastern verklebt und seine Augen verbunden. Die rote Slatke aber hatte inzwischen ihre ganze Aussteuer verkauft: einen Kasten voll Wäsche, die sie sich selbst genäht, und das Bettzeug, das sie von ihrer Mutter geerbt hatte. Außerdem besaß sie selbst noch ein paar Groschen, die ihr während Lejbs Krankheit zusammenzusparen gelungen war, und so zog sie mit ihm in eine Wohnung, die sie von einem Schneider gemietet hatte. Dort bereitete sie für ihn ihre Brühe und schleppte für ihn von den Herrschaften, bei denen sie früher gedient hatte, allerlei Eingemachtes heran. Abends sahen die Einwohner des Schtedtls, wie Slatke den blinden Burschen vor die Tür führte und ihm Kissen unterlegte, damit er weicher sitze. Und noch später, als Lejb schon ausgehen konnte, führte ihn Slatke an der Hand durch die Straßen.

Mitunter, wenn ein Pfeifen ertönte und der christliche Bäcker seine Tauben aus dem Schlag hinausließ und diese wie ein Rad über dem Marktplatz kreisten, riß Lejb, sobald er das Rauschen der Schwingen über sich vernahm, den Kopf in die Höhe, und seine Hände suchten etwas und fuchtelten in der Luft herum. Slatke wußte schon, was er wollte; sie schob ihr Gesicht in seine Nähe, und er schlug sie dann mit den Fäusten auf die Wangen, auf den Kopf, wohin er gerade traf...

Einige Monate später befreite man ihn von seinen Pflastern. Sein Gesicht war ganz mit Brandwunden bedeckt, und überall war rohes rotes Fleisch in den noch nicht ganz verheilten Narben zu sehen. Ein Auge war ganz verloren, das zweite hatte man gerettet, aber er sah mit ihm nur sehr schlecht. Seit jener Zeit nannte man ihn den *blinden Lejb*. Bald darauf ließ er sich in aller Stille mit Slatke trauen. Kein Mensch wurde zu der Hochzeit geladen; der alte Dajon, der Gehilfe des Rabbiners, vollzog die Trauung, und Onkel Berisch hatte aus seiner Schlächterei ein Rippenstück gebracht, aus dem ein fettes Mittagessen bereitet wurde. Das junge Paar mietete eine kleine Wohnung für ein Jahr, und derselbe Onkel Berisch schenkte ihnen einige Stücke für den Haushalt.

Zur Arbeit ging Lejb seitdem nicht mehr – er behauptete, das Handwerk vollständig verlernt zu haben –, und so trieb er sich zweck- und ziellos in den Straßen herum. Slatke aber nahm wieder eine Stellung an und brachte ihm das Essen von der Herrschaftsküche nach Hause. Das wenige, was sie zusammensparte, vertrank er. Und erst später, als Slatke in den letzten Monaten der

Schwangerschaft nicht mehr arbeiten konnte, begann Lejb in den Straßen etwas zu verdienen: er wurde Lastträger. Und diese Eltern brachten Mottke den Dieb auf die Welt.

2

Wie Mottke der Dieb das Licht der Welt erblickte

Die Nachricht von seinem Kommen war aber nicht mit großer Freude aufgenommen worden.

Der *blinde Lejb* (wie er damals schon von allen genannt wurde) wohnte mit der Slatke (die den Namen *gelbe* bereits mehr verdiente als ihren früheren *die rote*) in einem Keller. Dort wohnten Leute, die keine Miete zahlten, sondern etwas wie ein *Recht* auf das Dableiben hatten. Es war ein Gewölbe unter den Ruinen eines längst baufälligen Gebäudes, in dem früher einmal, in längst vergangenen Zeiten, sich eine Bäckerei befunden hatte. Die eine Hälfte des Kellers belegte Fejgele, die Obsthändlerin, mit allen ihren Körben, alten Säcken und verfaulten Bastmatten. Sie besaß tatsächliche Rechte auf den Keller, denn sie hatte ihn schon zu jener Zeit bewohnt, als darin noch gebacken wurde. Einen anderen Teil hatte der lange Weber inne, den die Schuljungen seines besonders stark hervorstehenden Kropfes wegen zu necken pflegten; sie riefen ihm stets »Kropf! Kropf!« nach. Zur Sommerzeit drehte er jeden Morgen so lange weiße Fäden, daß sie die Hälfte der Straße einnahmen. Die Kinder konnten es nie begreifen, wie ein so hochgeschossener Mann mit so unendlich langen Fäden in einem so winzigen Kellerloch Platz finden konnte. Der dritte, der dort in den Gewölben wohnte, war Mejer, der Lehrer, der Frauen und Mädchen das Lesen und Schreiben beibrachte. Er verfügte ganz selbständig über einen Teil der *Rechte* auf den Keller, da er der Schwiegersohn Fejgeles, der Obsthändlerin, war. Ihm gehörte der Winkel an dem Fenster. Man nannte ihn zwar den *Weiberlehrer*, aber in Wirklichkeit war er es schon längst nicht mehr, obwohl ein paar kleine Mädchen immer noch nach dem Frühstück zu ihm kamen, und er sie, mit einem Griffel bewaffnet, am Fenster aus einem Gebetbuch im Lesen unterrichtete. In der Hauptsache aber beschäftigte er sich mit Briefeschreiben, und es kamen zu ihm viele Frauen, um sich ihre Briefe entweder vorlesen oder schreiben zu lassen. Dann setzte Mejer eine große Brille auf die Nase, hielt das Schreiben an die kleinen Fensterluken und las der Frau den Brief vor. Diese aber stand da und wunderte sich darüber, wie Mejer, der Lehrer, es nur fertig bringen konnte, aus einem so winzigen Stückchen Papier so vieles herauszulesen.

Der vierte und wichtigste Bewohner des Kellers war der *blinde Lejb*. Er hatte allerdings keine *Rechte*, aber wer konnte sich dem blinden Lejb entgegenstellen und ihm Widerstand leisten? Eines Winters kroch er mit Slatke einfach hinein und belegte eine ganze Wand mit seinem Bettzeug, denn er hatte schon damals eine große Familie. Slatke gebar jedes Jahr ein Kind, denn vom Kinderkriegen hatte sie die meisten Einkünfte. Sie galt in der Stadt als eine gute Amme, und man behauptete, daß die Kinder von ihrer Milch fett würden. So gab sie ihren eigenen Säuglingen die Flasche und ging selbst als Amme in Dienst. Da aber ihr Mann jedes Jahr Geld brauchte, gebar

Slatke alljährlich oder jedes zweite Jahr ein Kind – und den Rest verdiente Lejb selbst auf den Straßen.

Eines Abends, kurz vor dem jüdischen Neujahr, im Herbst also, wenn die Tage kürzer werden, kam Lejb zum Essen nach Hause. Der ganze Keller war voll Rauch und Dampf. Es roch nach etwas Gebratenem, und am Herd zischte und brannte es. Man konnte annehmen, Slatke habe Gott weiß was zubereitet. Dabei waren es nur Zwiebeln, die auf dem Blech so schrien und ihren Dunst über den ganzen Raum verbreiteten. Dem blinden Lejb lief das Wasser im Munde zusammen. Er sprang hastig auf die Straße hinaus und rief seine Sprößlinge zusammen. Von allen Seiten liefen kleine Kinder verschiedenen Alters zusammen, einige krochen sogar noch auf allen vieren und kamen zum Vorschein wie Mäuse aus ihren Löchern. Der blinde Lejb versammelte sie alle um sich, klatschte in die Hände und trieb Slatke an. Da wurde die Frau ärgerlich.

»Was jagst du mir die Seele aus dem Leibe! Ich halte mich sowieso schon kaum noch auf den Beinen!«

Ihre Worte gefielen Lejb sehr wenig. Er wußte, daß Slatke so etwas nicht jede acht Tage zu sagen pflegte und es nicht ihre Art war, sich vor der Arbeit zu drücken. Er warf einen Blick auf den großen Korb mit Zwiebeln, die Slatke von Haus zu Haus zum Verkauf trug, und stellte fest, daß sie diesmal unberührt geblieben waren. Da gab es ihm einen Stich ins Herz, und er fragte:

»Slatke, bist du heute nicht ausgewesen?«

»Dir soll so übel sein, wie mir den ganzen Tag übel gewesen ist. Ich habe Galle gespuckt!«

»Was ist denn los, Slatke?« fragte er wieder und nahm eins der Kinder auf den Arm, während ein anderes seinen Stiefel umarmte.

»Was los ist? Sieh ihn nur einer an, Lejbele, den Strolch«, erwiderte sie aus der Küche und sah ihn schelmisch an. »Er weiß nicht, was los ist! Frag den Schutzmann, vielleicht kann der dir Auskunft geben, wenn du es selbst nicht weißt!«

»Wie, Slatke, schon wieder ein Bastard?« rief Lejb halb bekümmert und halb erstaunt.

»Daß dich der... Wenn schon der eigene Vater seine Kinder Bastarde ruft!... Pfui über dich!« entgegnete Slatke und spuckte entrüstet aus.

Da wurde dem Blinden warm ums Herz, und er sagte mit einem Lächeln, das infolge seines ausgeronnenen Auges sich wie das Grinsen eines Toten ansah:

»Slatke, es kommt also noch ein Knirps? Ei, du bist ja ein tüchtiges Weib!«

»Kostet es dich viel Gesundheit? Was setzest du dabei zu! Etwa die Erbschaft von der Großmutter?«

»Erbschaft hin, Erbschaft her – gib uns nur was zu essen, Slatke.«

Slatke brachte eine große Schüssel mit Bratkartoffeln herbei und stellte sie auf eine Kiste. Sofort begannen die Kinder darin mit den Händen herumzusuchen. Der blinde Lejb bediente sich eines Löffels und zog mit der freien Hand eine umgekehrte Kiste als Sitz für Slatke heran. Slatke kam hinzu, setzte sich hin, nahm mit der Rechten eine Kartoffel, führte sie aber nicht an den Mund, sondern stöhnte nur auf, ächzte und stützte ihren Kopf auf ihre freie Linke.

»Was stöhnst du, Slatke?« fragte sie der blinde Lejb und kaute an einer Kartoffel, die so heiß war, daß er sie zuerst ein paarmal von der Zunge auf die Zähne und dann zurück schieben mußte. »Wenn wir einen neuen Knirps kriegen, wird es wieder Verdienst geben!«

»Verdienst?« entgegnete Slatke stöhnend und warf ihm einen wütenden Blick zu.

Der blinde Lejb kannte seine Slatke und wußte, daß ein Streiten mit ihr jetzt nicht angebracht war. »Verdienst wird es sowieso geben«, dachte er, aß seine Kartoffeln mit Appetit weiter und drehte sie wieder fauchend im Munde herum.

Einige Wochen darauf geschah es, daß Jente, die Maklerin, die Jüdin, die einen so weiten Rock hatte, daß die Leute behaupteten, sie trage darunter ganze Zentner von unverzollten Waren über die Grenze, der Slatke begegnete, als diese gerade an einen Bauernwagen trat, um Kartoffeln einzuhandeln. Man sah der Slatke schon ihren Zustand an; Jente warf ihr einen scharfen Blick zu und sagte:

»Schon wieder, Slatke? Na, viel Glück!«

»Alles liegt in Gottes Hand«, entgegnete Slatke und lächelte verschämt.

»Bald?« fragte wieder Jente und warf einen Kennerblick auf Slatkes Leib.

»Wahrscheinlich im siebenten ...«

»Wahrscheinlich«, bestätigte Jente kopfnickend. »Dann kommst du in die Wochen zur gleichen Zeit wie Schochliners Schwiegertochter.«

»Warum sagst du das?« fragte Slatke neugierig, obwohl sie Jentes Hintergedanken bereits erraten hatte und ihr dabei sogar unbehaglich zumute wurde.

»Ich meine nur, daß du es bei Schochliners gut haben wirst, daß sie dich gut bezahlen und dich in Ehren halten werden.«

»Kann denn die junge Frau ihr Kind nicht selbst nähren? Ist sie vielleicht zu schwach oder krank?«

»Schwach oder nicht schwach, weißt du denn nicht,

daß eine reiche Frau sich so etwas erlauben kann? Was fehlt ihr denn? Gebe Gott, daß mir und dir so wenig fehlen möchte wie der Schwiegertochter des Schochliners!«

»Was will sie denn ausgeben?«

»Na, wir werden schon einig werden! Die Leute bitten mich bereits seit einem Monat, ich möchte mich nach einer guten Amme umsehen. Gibt es aber eine bessere als Slatke? Über den Preis brauchst du gar keine Worte zu verlieren.«

»Weiß ich denn?« erwiderte Slatke, die Jentes Lob von neuem verlegen gemacht hatte. »Na ja, die Leute können ja über mich und meine Milch in der Stadt nachfragen. Ich habe ja Moische Pinschwers Enkelkind genährt und zwei Kinder bei Silberbergs großgekriegt und war auch bei unserer reichsten Frau als Amme tätig. Die Leute können in diesen Häusern anfragen.«

»Das wissen wir, Slatke! Darüber braucht man mit keinem Menschen weiter zu reden. Abgemacht! Ich gehe gleich zu den Schochliners und nehme dich mit. Binde dir bloß eine reine Schürze um. Du bekommst gleich Vorschuß.«

»Mit dieser Schürze oder mit einer andern – ich bleibe dieselbe Slatke.«

»Nein, Slatke, ich meine es im Ernst, denn die Schochliners wollen in ihr Haus keine christliche Amme nehmen. Der Sohn ist sehr fromm und will für sein Kind durchaus eine jüdische Amme haben. Er behauptet, Kinder, die christliche Milch einsaugen, werden dumm und wollen später nicht lernen. Man hat mir schon vor Wochen den Auftrag gegeben, mich nach einer jüdischen Amme umzusehen. Du kannst dort ein schönes Stück Geld verdienen.«

Noch am selben Tage bekam Slatke den Vorschuß für die Milch, die sie von der Natur zum Geschenk für ihr eigenes Kind erhalten hatte. Und abends klopfte ihr der blinde Lejb, der Fleisch zum Abendbrot bekam, auf die Schulter und sagte:

»Na, Slatke, hatte ich nicht recht? Kommt noch ein Bäuchlein dazu – gibt's mehr Verdienst!«

Slatke war an jenem Abend etwas ärgerlich, ohne daß sie selbst wußte warum, und sie schnitt ab:

»Oh Gott, wenn dir doch ein Knochen im Halse steckenbliebe, du Vielfraß du, dann würdest du nicht soviel reden!«

Unterdessen aber lag Mottke ganz ruhig im Leib seiner Mutter, ging mit ihr auf alle Märkte, kroch mit ihr auf alle Wagen, schleppte mit ihr die Säcke und die Körbe und machte sich nichts daraus, daß seine Mutter ihre Milch verkauft hatte; denn vorläufig bekam er genug zu essen: die Mutter erzeugte für ihn gewisse Säfte und flößte sie ihm durch den Nabel in seine Glieder. Und was gingen ihn die Ereignisse der Außenwelt an? Vorläufig war er ja noch nicht dort...

* * *

Als die Zeit für Mottkes Erscheinen auf der Welt herangekommen war, übernahm die alte Frau Schochliner (deren Schwiegertochter Slatke ihre Milch verkauft hatte) alle Sorgen um die Wöchnerin, und die Frauen des Vereins, dessen Aufgabe darin bestand, den Gebärenden Hilfe zu leisten, bezogen Slatkes Bett mit einem reinen Laken. Die Hebamme stellte sich rechtzeitig ein; am Herd wurde Wasser gekocht, und alles drehte sich um Mottke den Dieb herum. Slatke machte nicht viel Umstände – sie war schon an dergleichen gewöhnt –, und ehe der blinde Lejb aus der Synagoge zurückkehrte, wo er Zettel mit Inschriften holte, die alle bösen Geister fernhalten sollten und zu diesem Zweck an die Wände geklebt werden mußten, hatte schon ein rasender Schrei den ganzen Keller in Aufruhr gebracht: Mottke der Dieb gab kund, daß er da war!

Die ersten acht Tage bis zur Beschneidung ging es ihm gut auf dieser Welt. Er lag da, eingewickelt in ein Kissen, aus dem nur seine beiden schwarzen, funkelnden Äuglein herausschauten, die über seinem dunklen kleinen Gesichtchen wie zwei Mäuschen herumhuschten. Die alte Schochliner paßte scharf auf, daß Slatke ihn oft genug an die Brust legte, denn sie wollte, daß Mottke der Dieb viel sauge, damit Slatke für ihr eigenes Enkelkind genügend Nahrung mitbringe. Zu demselben Zweck brachte sie der Slatke während der Wochen vom besten Essen mit: bald etwas Brühe, bald Eingemachtes, bald Milch und mitunter sogar ein Fläschchen Wein. Das war eine gute Tat, denn es handelte sich um eine arme Wöchnerin, und es war auch zugleich nützlich, denn sie wollte, daß die Milch der Amme ihres Enkelkindes fett sein sollte. Mottke ließ sich nicht bitten: er lutschte jedesmal an der Brust der Mutter und schwitzte in dem Kissen wie in einem Dampfbad. Dicke Tropfen traten ihm auf seine kleine dunkle Stirn, auf der sich schon eine feuchte Locke kräuselte, genauso wie bei dem blinden Lejb.

Vier mit entsprechenden Gebeten bedruckte Zettel, die an den Wänden klebten, beschützten ihn vor allen bösen Geistern. Jeden Abend kamen Schulknaben, um den neuen Gast der Erde zu begrüßen und für ihn das Gebet *Krias Schmah* zu sagen.

Freitag abends erschienen im Keller die Lastträger der

Stadt, Lejbs Kollegen, um dem kleinen Mann ihr *Scholem Alejchem* zu sagen. Die alte Schochliner, die für ihren Sohn das Recht erworben hatte, bei der bevorstehenden Beschneidung das Kind zu halten, was eine gottgefällige Tat ist, bereitete für diese Gäste alles mögliche vor. Sie lieferte, wie es die Sitte vorschrieb, Bier und Erbsen, und die Lastträger schwitzten in dem warmen Keller, tranken Bier, aßen Erbsen und gratulierten Lejb. Er aber hatte solche Feierlichkeiten gerne, bei denen er die erste Rolle spielen konnte. Jedesmal, wenn seine Frau ihm einen Sohn gebar, fühlte er sich in seiner Stellung gehoben. Alle kamen dann zu ihm: der Rabbiner und der Beschneider und andere angesehene Juden. Alle drängten sich in seinem Keller, alle nannten ihn *Reb Lejb* und ehrten ihn. Jeder wollte ihn sprechen und ihm die Hand drücken, und man aß Gänsebraten, trank Bier, und, was die Hauptsache war, es kostete nichts.

Auch diesmal geschah dem blinden Lejb diese Ehre durch Mottke den Dieb. Man brachte Mottke am Beschneidungstag zu den Lastträgern in einem neu überzogenen Kissen.

Der Sohn der alten Schochliner, derselbe junge Mann, dessen Kind Slatke nähren sollte, hielt ihn. Er brachte Mottke ins Zimmer und reichte ihn seinem Vater, der in einen langen, breiten Gebetsmantel eingehüllt war. Lejb übergab ihn dann dem Rabbiner, der in einem Sessel saß. Und als sich der blinde Lejb umsah und merkte, daß er rechts von sich den Rabbiner und links von sich den feinen jungen Mann hatte, war er voller Stolz.

Und gleich darauf schrie Mottke so laut und durchdringend auf, daß alles ringsherum zu zittern begann: man tat ihm das erste Unrecht an, und er wußte nicht, womit er es verdient hatte . . .

Slatke stand im Flur in der neuen weißen Haube und der weißen Kapotte, die ihr die Schochliner zur Feier des Tages geschenkt hatte, und weinte. Die feierlichen Mienen um sie und die ganze ihr erwiesene Ehre paßten gar nicht zu ihrem sonnenverbrannten, verwitterten Gesicht, das so dunkel und hart war, wie eine auf einem Stein fest durchgehämmerte Sohle . . .

Sie stand zerstreut und voller Sorgen da, und alles, was um sie herum geschah, wollte und wollte ihr irgendwie nicht zusagen. Was war sie schon groß, Slatke, die Korbträgerin! Wie kam sie dazu, die Mutter eines neuen Juden zu sein? Und währenddessen sagte ihr der Rabbiner: »Viel Glück, Mutter!« Dann kam der alte Schochliner selbst und auch sein junger Sohn . . . Alle drehten sich um sie herum, baten sie, Platz zu nehmen; man gab ihr das Kind in die Arme, und man gratulierte ihr . . . Was aber war sie schon, offengestanden, in Wirklichkeit?

Der blinde Lejb saß auf dem Ehrenplatz neben dem Rabbiner. Man reichte Honiggebäck und Schnaps herum, alle tranken auf sein Wohl, man gratulierte ihm, und er dachte sich im stillen: »Eine schöne Sache ist so ein Beschneidungsfest! Man bekommt Honigkuchen und Branntwein und obendrauf noch Geld, und man wird geehrt und fühlt sich wie ein Mensch. Schade, daß man nicht jeden Tag so ein Fest feiern kann.«

3

Mottke will am Lumpenpfropfen nicht lutschen

Einige Wochen darauf lag Mottke eines schönen sonnigen Nachmittags in einem alten Korb, in dem Fejgele, die Obsthändlerin, im Winter faule Äpfel aufzubewahren pflegte. Um Mottkes junges Körperchen war das Tuch der Mutter gewickelt, das sie sonst bei Wind und Wetter trug und das schon ganz abgenutzt war. Sein kleines Mündchen war verstopft mit einem Fetzen nassen Leintuchs, in das man ein Stückchen Zucker eingewickelt hatte, und Mottke sog und nagte unaufhörlich daran. Die energischen Muskeln um seine kindlichen Lippen zogen sich fest zusammen, und er saugte aus dem Lumpenpfropfen seine *Lebenssäfte*. Seine schwarzen Äuglein waren halb geschlossen, und wie ein Traum webte sich der Schlaf über seinem dunklen Gesichtchen. Die ganze obere Partie, die Augen, die niedrige Stirn und die daran haftenden nassen, schwarzen Löckchen erinnerten an den Vater, an den blinden Lejb; die untere Partie aber, mit dem energischen Mund, mit der etwas kürzeren Oberlippe und dem weichen Lächeln, waren der Mutter, der gelben Slatke, ähnlich. Das Gesichtchen war so ruhig, daß es aussah, als schliefe der Junge. Aber Mottke schlief nicht, denn von Zeit zu Zeit stieß er einen jämmerlichen Schrei aus und brüllte dann so lange, bis sein kleines Schwesterchen, das bald neben ihm saß, bald wieder auf der Straße mit anderen Kindern spielte, an die Wiege eilte und Mottke den Fetzen Leintuch wieder in den Mund stopfte. Mitunter erhob sich auch der alte Reb Mejer von seinem Platz am Fensterchen, trat an den Korb und steckte Mottke sein eigenes kleines Händchen in das schreiende Mündchen. Mottke begann dann sofort wieder zu lutschen und zu saugen, auch an dem Pfropfen als auch an dem Händchen, genauso, wie wenn man ihm eine Milchquelle an die Lippen gesetzt hätte.

Ich weiß nicht, ob Mottke jemals später in seinem bewegten und stürmischen Leben Zeit gehabt hatte, über sich selbst und sein Schicksal nachzudenken. Aber ich glaube, daß zu jener Zeit, als Mottke in dem alten Korb lag, beleuchtet von den Sonnenstrahlen, die zuerst den Rinnstein passieren und dann das Kellerfensterchen durchdringen mußten (in das, an Stelle einer fehlenden Scheibe, Lumpen gesteckt waren), bis sie Mottkes Korb erreichten und ihm die Händchen und das Gesichtchen wärmten – wenn Mottke also da lag und die Sonnenwärme mit vollem Behagen genoß und über ihm eine philosophische, halbverträumte Ruhe schwebte, da dachte er, glaube ich, sicherlich über sehr wichtige Dinge nach. Er überlegte sich, warum früher, sobald er seinen Mund bewegte, eine Flüssigkeit in ihn hineinfloß, ihn sättigte und er in allen seinen Gliederchen Behagen fühlte, wobei ihm so wohl wurde, während jetzt trotz allen Ziehens und Saugens und Nagens gar keine Flüssigkeit und überhaupt nichts herauskam und sein kleiner Magen leer blieb und das Bäuchlein erkaltete, und er selbst sich verlassen und verwaist fühlte. Früher einmal, wenn er sein Mündchen an Mutters Brust drückte, wurde ihm so warm, und er fühlte sich so wohl und so nah und so verwandt mit ihr. Wohin war sie entschwunden, diese Wärme, die ihn so verwöhnt und ihn so fest umgeben hatte? Was war geschehen, daß seit einigen Tagen diese Wärme plötzlich verschwunden war?

So mußte wohl Mottke gedacht haben, während er an

seinen Fingerchen lutschte. Bald aber verließ ihn seine philosophische Ruhe, und er begann so zu schreien und zu jammern, daß der ganze Keller förmlich kopfstand und die ganze Umgegend in Aufruhr geriet. Mottke fühlte, daß etwas vorgefallen war, und schrie aus allen Kräften. Anfangs schwieg man im Keller, und auch das Gäßchen verhielt sich ruhig, denn man war es gewöhnt, daß Kinder weinten und schrien, und Mottkes Jammer machte daher auf niemanden besonderen Eindruck. Aber Mottke war eine Ausnahme. Er wollte die ganze Welt wissen lassen, daß man ihm ein Unrecht angetan hatte. Sein Geschrei hörte und hörte nicht auf.

Der alte Reb Mejer, der am Fensterchen saß, auf der Nase eine große Brille hatte und einer Frau einen Brief nach Amerika schrieb – Reb Mejer war der erste, der auf Mottkes Gebrüll aufmerksam wurde. Er dachte anfangs, er habe es mit dem gewöhnlichen Kindergeschrei zu tun, das er oft genug im Keller und im Gäßchen zu hören bekam, also mit dem Geschrei hungriger Kinder, und so stand er ruhig auf, ging an den Korb heran und steckte Mottke wie immer sein eigenes Händchen in das brüllende Mündchen hinein. Aber Mottke ließ sich diesmal nicht mehr täuschen: er wußte bereits, daß ihm das Händchen nichts nutzen konnte. Da stopfte ihm Reb Mejer den Mund mit dem Lumpenpfropfen, aber schon nach einigen Zügen bemerkte Mottke, daß auch das nichts Gescheites sei; er ließ das Leintuch fallen und begann von neuem zu brüllen. Der alte Reb Mejer sah ihn erstaunt an und wunderte sich über seine Beharrlichkeit. Zum erstenmal hörte der Keller solches Geschrei. Bis jetzt war es gewöhnlich so, daß, wenn Slatke als Amme fortging und zu Hause ein kleines Kind mit einem Lumpenpfropfen im Mund hinterließ, dieses so lange schrie und brüllte, bis es müde wurde und an dem Leintuch zu lutschen begann. Das Ende vom Lied war stets, daß der Säugling entweder starb oder aber sich durch die schlimmen Zeiten, solange er noch keine Zähne im Mund hatte und nicht alles mit den anderen Geschwistern essen konnte, hindurchlutschte und am Leben blieb. Dieser aber wollte und wollte nicht schweigen! Umsonst versuchte der alte Mejer zu seinem unterbrochenen Briefeschreiben zurückzukehren, annehmend, daß Mottke sich bald beruhigen würde. Mottke dachte gar nicht daran! Mottke ließ ihn weder seinen Brief schreiben noch den kleinen Mädchen aus dem Gebetbuch den Leseunterricht erteilen. Da ging der alte Mejer auf die Straße, um Mottkes ältere Schwester Hindele zu rufen, der die Mutter Mottkes Erziehung übertragen hatte.

Hindele war höchstens acht oder neun Jahre alt. Seit ihrem vierten Lebensjahr betreute sie ihre jüngeren Geschwister. Wenn die Mutter als Amme in Stellung ging, überließ sie den jeweiligen Säugling der Obhut Hindeles, und Hindele hatte dann die Aufgabe, das Kleine mit dem Fläschchen und mit dem Lumpenpfropfen großzuziehen. Vier Kinder hatte Hindele auf diese Weise bereits *durchgebracht:* zwei von ihnen starben, die anderen zwei aber rappelten sich mit Hilfe der Linnenlumpen und der Zuckerstückchen durch. Hindele aber war selbst noch ein Kind. Und abgesehen davon, daß sie doch auch gern mit den andern Kindern in der Gasse spielte, mußte sie sich obendrein noch um ihre eigene Ernährung kümmern, denn der blinde Lejb behandelte seine Kinder so, als wären sie Vögelchen und nicht Menschlein. Wie kleine Vögelchen schickte er sie auf die Straße hinaus, wo sie sich ihre Nahrung selbst zusammensuchen mußten, die bald in Brotkrusten, bald in Stückchen Weißbrot und mitunter auch in Fleischresten bestand, die man ihnen in reicheren Häusern für gelegentlich besorgte Gänge oder für Geschirrwaschen und dergleichen gab.

Als Mottke so fürchterlich zu brüllen anfing, befand sich Hindele gerade bei Blümele, der Schneiderin, wo sie für ein Stück Brot und einen Teller Gemüsesuppe das Geschirr abzuwaschen hatte. Der alte Mejer mußte lange suchen, bis er sie endlich fand. Als Hindele erfuhr, daß der Junge so sehr schrie und weinte, daß sogar der alte Reb Mejer sich veranlaßt gefühlt hatte, hinauszugehen und sie, die Schwester, zu suchen, ließ sie Blümeles Geschirr stehen und liegen und rannte nach Hause. Sie war nicht weniger erstaunt als der alte Lehrer und versuchte zunächst, das Kind mit den altbewährten Mitteln zu beruhigen, die sie bisher in ihrer langjährigen Praxis im Umgang mit weinenden Säuglingen stets mit Erfolg angewandt hatte: sie stopfte Mottke erst sein Pätschchen in den Mund, dann den Lumpenpfropfen mit dem darin eingewickelten Stückchen Zucker und griff zuletzt sogar zu dem radikalsten Mittel – zum Fläschchen, das Wasser mit den Überresten der in der Küche gebrauchten Milch enthielt, die sie für Mottke aus allen Töpfen und Krügen zusammengegossen hatte.

Als aber selbst das Fläschchen versagte und Mottke es überhaupt nicht in den Mund nehmen wollte und so brüllte, daß sich förmlich die Balken des Gewölbes bogen, und sich dabei mit seinen Beinchen aus dem Tuch der Mutter herausstrampelte, da erschrak Hindele.

Es war das erstemal in ihrem Leben, daß ein Kind aus dem Keller, ein Kind der gelben Slatke, das Fläschchen nicht nehmen wollte. Sie war ratlos. Der Junge brüllte und brüllte in einem fort. Sie nahm ihn auf den Arm, wiegte ihn und sang ihm Lieder dazu – es half nichts:

Mottke hörte mit dem Brüllen nicht auf. Da brach sie in ihrer Verzweiflung ebenfalls in Tränen aus. Allem Anschein nach hatte sie für einen Augenblick ihre Lage vergessen und war dabei zu der Ansicht gelangt, daß sie auch noch ein Kind sei und ebenfalls das Recht habe, nach Herzenslust zu weinen.

Aber der alte Reb Mejer weckte sie bald aus ihrer kindlichen Verirrung und erinnerte sie daran, wer sie eigentlich sei.

»Was stehst du da wie ein Golem? Was heulst du? Was soll das, Hindele? Du bist doch schon ein großes Mädchen! Wenn die Mutter das erfährt, verprügelt sie dich... Stellt sich hin und heult! So was!«

»Ich weiß ja nicht, was ich tun soll... Das Kind will das Fläschchen nicht nehmen...« erwiderte Hindele schluchzend.

»Geh und hole die Mutter, das Kind ist krank«, sagte der alte Reb Mejer.

Hindele wunderte sich, daß sie selbst nicht gleich auf diesen Gedanken gekommen war. Aber in ihrem Innern war etwas wie Angst. Sie fürchtete sich, zu der Mutter zu gehen und sie zu holen: sie wußte, daß die Mutter sich einem anderen Kinde verkauft hatte. Trotzdem aber befolgte sie den Rat des alten Lehrers, nahm ihr Tuch und lief zu den Schochliners, die Mutter zu benachrichtigen.

So schnell aber, wie sie sich das gedacht hatte, wurde sie zur Mutter nicht vorgelassen. Wenn Slatke in einem reichen Haus als Amme diente, behandelte man sie stets sehr gut, und bei den Schochliners ging man mit ihr überhaupt so um, als wäre sie eine Königin. Sie schlief mit dem Kind zusammen in dem größten Zimmer der Wohnung, und die Herrschaft sorgte dafür, daß sie stets sauber gekleidet war und weiße Blusen und frischgewaschene Schürzen trug. Die alte Schochliner brachte ihr jeden Augenblick etwas zu essen. Kochte man im Hause Brühe, vergaß man niemals die Amme. »Sie nährt ja das Kind!« hieß es stets. Und eigentlich hatte es Slatke als Amme wirklich gut: in der Zeit, in der sie das fremde Kind nährte, ruhte sie sich ein wenig von dem dauernden Lastentragen aus, von dem Herumlaufen auf den Märkten mit Körben und dem Handeln mit den Bauern. Sie aß gut und schlief so lange und soviel sie wollte. Aber es schmerzte sie der Gedanke an ihr eigenes Kind, das sie jedesmal allein zu Hause lassen mußte. Und jedesmal, wenn sie das fremde Kind an die Brust legte, seufzte sie tief auf. Und mehr als einmal sagte ihr ihr einfacher Verstand, daß es wirklich schön gewesen wäre, wenn man sie bei dieser guten Behandlung auch ihr eigenes Kind hätte nähren lassen... Das fremde Kind konnte nicht alles aufnehmen, was Slatkes Brust erzeugte, und mitunter, wenn ihr die Milch die Mutterquellen anschwellen ließ, so daß sie selbst mit ihrer eigenen Hand den Überfluß hinausdrücken und fortschütten mußte, dachte sie an ihren Mottke in dem Keller; dann haßte sie die fremde Kleine und fühlte in sich den Wunsch aufsteigen, ihr etwas Böses anzutun.

Hindele mußte lange in der Küche stehen und auf die Mutter warten. Man ließ sie nicht vor, da Slatke gerade das Enkelkind Schochliners an der Brust hatte, ein kleines Mädchen im gleichen Alter wie Mottke. Als die Mutter endlich aus dem warmen Schlafzimmer zu Hindele herauskam, hingen ihre prallen Brüste aus der offenen Bluse heraus, und die fette Milch tropfte noch von den Warzen hinunter... Im ersten Augenblick erkannte Hindele die Mutter nicht, denn noch nie hatte sie sie so ausgeruht und ausgeschlafen gesehen. Slatkes Wangen waren rot und voll, auf dem Kopf hatte sie eine weiße Haube, und sie trug außer der weißen Bluse noch eine saubere weiße Schürze. Hindele erschrak vor der Mutter, erschauerte förmlich vor Respekt und schämte sich, den Grund ihres Kommens anzugeben.

»Was ist geschehen?« fragte Slatke erschrocken.

Einen Augenblick schwieg Hindele. Dann aber brach sie in Tränen aus, wie wenn sie sich dadurch vor der Mutter rechtfertigen und zugleich bezeugen wollte, daß sie, Hindele, wirklich keine Schuld treffe. Und schließlich sagte sie:

»Das Kind weint... Es will das Fläschchen nicht nehmen... Es ist krank, Mama!«

Als Slatke hörte, daß ihr Kind erkrankt sei, vergaß sie, daß sie verkauft war, warf rasch ihr Tuch über den Kopf und lief so schnell sie konnte, so wie sie war, mit der offenen Bluse, über den Markt nach Hause.

Ein paar Minuten später grub Mottke bereits sein erhitztes, müdes Gesichtchen zwischen die warmen Brüste seiner Mutter und sog an ihnen mit seinem energischen Mündchen, ohne Atem zu holen. Es war, als wollte er ein für allemal alle Lebensquellen in sich aufnehmen. Und sein Körperchen erfüllte endlich jene wohlige Wärme, die er in den ersten Tagen nach seinem Erscheinen auf dieser Welt so oft und so gern genossen hatte.

Aber lange war Mottke dieses Glück nicht beschieden. Bald erschien im Keller die alte Schochliner in ihrer reich mit Bändern geputzten Haube und mit der goldenen Kette um den fetten Hals, die bis zur halben Brust hinunterhing. Sie setzte eine scheinheilige Miene auf, glotzte mit kurzsichtigen Augen und sagte mit einem häßlichen Lächeln auf den wulstigen Lippen:

»Was ist mit dem Kind? Ist es krank?«

Sie trat näher heran, betastete Mottkes Bäuchlein mit ihren fetten, kurzen Fingern und wiederholte mit demselben selbstzufriedenen Lächeln:

»Was fehlt ihm denn? Ist er krank?«

Slatke empfand etwas wie Scham vor der alten, reichen Frau. Sie riß mit Mühe ihre Brust aus Mottkes saugendem Munde heraus und erwiderte verlegen, wie wenn sie sich verteidigen wollte:

»Er ist ja ein Kind ... Er kann sich an das Fläschchen nicht gewöhnen.«

Ihr Herz war voll Bitterkeit und, um es zu erleichtern, begann sie Hindele anzuschreien.

»Warum hast du mich geholt? Warum sorgst du nicht für das Kind? Wo treibst du dich herum?« rief sie und fing an, das Mädchen zu schlagen.

Die alte Schochliner beschwichtigte sie. Sie holte Kleingeld aus der Tasche und verteilte es unter Slatkes Kinderchen, die von allen Ecken und Winkeln der Straße gelaufen kamen, als sie hörten, daß die Mutter im Keller sei. Der Hindele aber gab die Alte mehr als allen anderen. Sie reichte ihr ein ganzes Fünfkopekenstück und sagte:

»Komm doch gelegentlich mit dem Kinde zu der Mutter. Das macht nichts. Du kannst in die Küche kommen; das Dienstmädchen wird dir dann zu essen geben. Warum kommst du nie?«

Dann lächelte sie Mottke ins Gesichtchen und kitzelte dabei mit ihren fetten Fingern sein Bäuchlein.

»Du Schreihals du! Du–u–u! Ist das aber – kein böses Auge soll ihn treffen – ein Bengel geworden! Er ist zweimal so groß wie unsere Kleine!« rief sie und klopfte ihn auf die Oberschenkel. »Unberufen!« fügte sie hinzu, lächelte Slatke an und nahm sie mit.

Hindele blieb allein mit Mottke. Er begann von neuem zu schreien. Und sie wußte wieder nicht, was sie tun sollte: der Junge wollte weder das Fläschchen nehmen noch am Lumpenpfropfen oder am Händchen lutschen. So brüllte er, bis sein Vater, der blinde Lejb, nach Hause kam. Dieser machte mit ihm keine Geschichten. Er schnauzte ihn an, und als auch das nichts half, drehte er ihn kurzerhand um und verbläute ihn tüchtig. Aber selbst nach diesen Schlägen weinte Mottke noch so lange, bis der Schlaf ihm die Lippen schloß. Und während er schlief, stopfte man in sein Mündchen den Lumpenpfropfen mit dem Stückchen Zucker hinein, und seit jener Zeit lernte Mottke, daran zu saugen.

Von Zeit zu Zeit brachte ihn Hindele zu der Mutter. Slatke freute sich stets über diese Besuche, und wenn niemand zugegen war, nahm sie verstohlen das eigene Kind auf den Arm und gab ihm die Brust. Aber Mottke gewöhnte sich bald ganz und gar an den Lumpenpfropfen und wollte von der Muttermilch nichts mehr wissen.

Als Slatke zum erstenmal bemerkte, daß ihr eigenes Söhnchen ihre Brust von sich wies, füllten sich ihre Augen mit Tränen.

Einmal, als Mottke schon acht Monate alt war, brachte ihn Hindele wieder einmal zu der Mutter. Slatke, die gerade das Enkelkind der Schochliner nährte, nahm den Sohn auf den andern Arm. Noch heute weiß niemand, wie es geschah, aber plötzlich fiel Mottke über das kleine Mädchen her und zerkratzte ihr das ganze Gesichtchen. Die Kleine schrie ganz fürchterlich. Die Schochliner stürzte mit allen ihren Hausgenossen ins Zimmer. Und als die junge Mutter die roten Kratzwunden erblickte, die Mottke ihrem kleinen Töchterchen beigebracht hatte, fiel sie in Ohnmacht.

Seitdem ließ man Mottke nicht mehr zu der Mutter; er durfte sie nicht mehr besuchen, in der ganzen Zeit, in der sie das Enkelkind der Schochliners nährte, was immerhin noch zwei volle Jahre dauerte.

In dieser Zeit entwuchs Mottke seinem alten Obstkorb. Während seine Mutter das fremde Kind nährte, bekam er Zähne und begann sich selbst zu ernähren. Er aß nunmehr alles, was er in die Finger bekam.

4

Mottke bekommt Zähne

Schlecht ging es Mottke, wenn er in seinem Korb lag und warten mußte, bis sein Schwesterchen oder Reb Mejer sich seiner erinnern und ihm das Fläschchen geben würden. Er mußte sie jedesmal durch heftiges Geschrei darauf aufmerksam machen, daß er noch lebte und seiner Nahrung bedurfte. Aber im Keller hatte man sich an sein Gebrüll schon gewöhnt. Kaum aber war Mottke endlich dem Korb entwachsen und in der Lage, wenn auch vorläufig nur auf allen vieren, sich fortzubewegen, als er schon selbst anfing, für seinen Lebensunterhalt zu sorgen. Er begann alles mögliche zu essen: von Brotresten und Krümelchen bis zu einer alten Sohle, bis zum Geflecht der Körbe und dem groben Gewebe der Säcke – alles, alles, was er im Keller fand, steckte er in den Mund. Aber seine Hauptnahrungsquelle waren Fejgeles Obstkörbe mit den angefaulten Winteräpfeln.

Jahrein, jahraus standen diese Körbe mit vorjährigen

Äpfeln, verfaulten Birnen und vom Frost beschädigten Pflaumen in einer Kellerecke. Die durcheinandergeworfenen Körbe froren in den langen Winternächten ein, und das in ihnen faulende Obst vermischte und vermengte sich. Man konnte die Früchte gar nicht mehr unterscheiden: alles war mit Schimmel überzogen und hatte einen starken Geruch, der sich im ganzen Keller verbreitete und Wärme erzeugte. Diese von der Fejgele belegte Ecke wurde Mottkes Speisekammer. Man konnte den Eindruck gewinnen, als sammle Fejgele all dieses untaugliche Obst, all diese vorjährigen Äpfel und faulenden Birnen nur zu dem Zweck, Mottke nicht verhungern zu lassen. In den langen Winternächten, wenn der Wind an die eisüberlaufenen Fenster klopfte, nährte sich Mottke von diesem Obst.

Als er zum erstenmal diese Speisekammer entdeckt und sich gründlich sattgegessen hatte, erkrankte er so schwer, daß alle dachten, er würde sterben. Man holte die Mutter. Sie legte ihn an, aber er wollte weder an ihrer Brust noch an dem Fläschchen saugen. Slatke saß an seinem Lager und weinte. Es war Nacht. Alle im Keller schliefen. Aus einer Ecke erscholl das pfeifende Schnarchen des blinden Lejb. Und nur Slatke allein saß wach an der Seite ihres Kindes und weinte. Mottke lag mit geschlossenen Augen da, hatte Fieber und atmete schwer. Als er zu sich kommend auf das Weinen der Mutter aufmerksam wurde, hob er die müden Lider und sah die Mutter mit seinen schwarzen Äuglein an. Es war, als verstünde Mottke die Frau und nähme sie genau in Augenschein, um sie fest in Erinnerung zu behalten und sich später, wenn er größer sein würde, darauf zu besinnen, daß sie einst über ihn geweint hatte ...

Gegen Morgen besserte sich sein Zustand jedoch, und

er begann von neuem den Inhalt der Körbe der Obsthändlerin zu verspeisen. Das schadete ihm jetzt nicht mehr. Er konnte jetzt alles verspeisen, sogar die alten Stiefel seines Vaters, ohne daß er danach irgendwelche Beschwerden gehabt hätte. Sein Magen wurde wie aus Eisen und seine Därme wie aus Stahl.

Das geschah alles im Winter, wenn Mottke nur auf den Keller angewiesen war. Aber bald kam der Frühling ins Land gezogen. Die Sonne fing an, in den Keller hineinzublicken. Sie setzte sich auf die Stufen der Treppe und ließ ihre Strahlen in das Innere der Wohnung eindringen. Und im Keller begannen die Menschen sich auf die Osterfeiertage vorzubereiten. Slatke, die zu jener Zeit schon einem neuen Sprößling entgegensah, trug ihr Hausgerät aus dem Keller auf die Straße, um alles abzuscheuern und zu reinigen. Zusammen mit den alten Möbelstücken kam auch Mottke an die frische Luft. Er hatte es endlich gewagt, auf allen vieren aus dem Keller hinauszukriechen. Er kletterte die Treppe hinauf, warf einen Blick auf das Gäßchen und stellte fest, daß die Welt weit größer war als der Keller.

Einige Minuten verweilte er noch auf den Stufen. Die Sonne wärmte ihn, und er fühlte sich sehr wohl dabei. Er blickte mißtrauisch auf das Gäßchen hinaus und hatte Angst, noch weiter zu klettern. Zwischen dem Kellereingang und dem Gäßchen befand sich ein großer Rinnstein, den man überspringen mußte, wenn man auf das Pflaster gelangen wollte. Mottke machte einige Versuche, dieses Hindernis auf allen vieren zu überwinden, aber er hatte keinen Erfolg. Er blickte sich um und wartete, ob ihm jemand helfen würde, über die Schwelle des Kellers zu kommen. Und es war sein Schwesterchen, seine Erzieherin Hindele, die ihm half, zum erstenmal den Rinnstein zu überwinden, der vor der Schwelle seines Lebens lag ... Sie nahm ihn bei seinem Händchen und führte ihn in das Gäßchen hinaus.

Dort spielten kleine Kinder, und Frauen wuschen und scheuerten angesichts des nahenden Festes ihre Stühle und Bänke und Tische und überhaupt alles, was sich in ihrem Haushalt an Holzsachen befand. In vielen Wohnungen wurden die Wände frisch getüncht, und alles Hausgerät wurde mit den Kindern auf die Straße befördert. Mottke kroch zwischen den aufgestellten Möbelstücken und zwischen den Erwachsenen und Kindern hin und her. Oft trat man ihm auf die Füße, und einmal wäre beinah ein Schrank über ihn gefallen. Mottke war überall, kroch hin und her, störte überall und steckte sein Näschen in alles hinein.

Bald erblickte er auf der Schwelle eines Hauses ein kleines Mädchen, das mit einem Teller in der Hand dasaß und mit großem Appetit Milchklöße verzehrte. Der Geruch des Essens übte auf Mottke eine unwiderstehliche Wirkung aus. Er kroch, so rasch es auf allen vieren ging, zu der Schwelle hin, blieb dicht in ihrer Nähe und überlegte eine Weile, wobei er das kleine Mädchen mit großem Neid betrachtete. Dann entschloß er sich, steckte kurzerhand sein Näschen in den Teller hinein und begann ganz wie ein kleiner Hund daraus zu lecken.

Die Kleine sah ihm zunächst überrascht und erstaunt zu, da sie einfach nicht begriff, was er tat. Dann aber erhob sie ein großes Geschrei. Ihre Mutter lief herbei, und ihren Augen bot sich folgendes Bild: Mottke leckte seelenruhig den Inhalt des Tellers ihres Töchterchens aus, während das Mädchen selbst mit dem Löffel daneben saß und weinte. Da begann die Frau zu schreien:

»Wer ist das? Wessen Kind ist das? Fort von hier!«

Mottke aber ließ sich nicht abschrecken und gab den Teller erst dann frei, als man ihm diesen mit Gewalt wegnahm.

»Ein böser Traum auf alle meine Feinde! Wem gehört dieses Kind?« fragte die Frau.

»Das ist doch Slatkes Jüngster«, klärte sie eine andere Frau auf, die, durch den Lärm herbeigelockt, ebenfalls aus dem Hause trat.

»Na ja, da hat der blinde Lejb also schon wieder einen neuen Schlingel auf die Gasse hinausgeschickt. Jetzt wird man bald überhaupt kein Kind mehr über die Schwelle hinauslassen können!«

»Mach, daß du fortkommst!« schrie die Mutter des Mädchens Mottke an und schubste ihn von der Schwelle weg.

Er kroch davon. Die Sonne schien über dem Gäßchen; es war warm und gut. So versuchte denn Mottke, nach wie vor auf allen vieren rutschend, weiterzukommen.

Auf der Schwelle eines anderen Hauses erblickte er kleine Kinder, die ungefähr von seiner Größe waren, zwischen den herausgestellten Möbelstücken saßen und mit Butter bestrichene Brezeln aßen. Eins dieser Kinder ließ seine Brezel fallen und fing an zu weinen. Niemand achtete darauf. Einen Augenblick sah Mottke die Kinder genauso verwundert an wie vorhin das Mädchen, dann aber hob er das Gebäck ganz ruhig vom Boden auf und begann es mit Appetit zu verzehren.

Als das weinende Kind bemerkte, daß Mottke sich an seine Brezel gemacht hatte, schlug es einen solchen Lärm, daß man wahrlich annehmen konnte, es brenne irgendwo.

Sofort erschien auf der Schwelle die Mutter dieses Kindes. Diesmal war Mottke aber auf Sprinzele, die

Schneiderin, gestoßen. Diese Frau hatte eine sehr scharfe Zunge, und wenn ihr ein Unrecht angetan wurde, wußte es gleich die ganze Gasse. Alle nahmen sich vor ihr in acht wie vor Feuer, denn es genügte schon, daß man ihr die Möglichkeit gab, ein einziges Wort zu sagen, und sofort brauste sie auf wie ein Feuer, das alles ansteckt und vernichtet.

Als diese Frau Slatkes »neuen Bastard« erblickte, der »auf die Straße hinausgekommen war, um Menschen zu überfallen«, erhob sie ein solches Geschrei, daß alles, was laufen konnte, herbeieilte.

»Seht! Seht! Hilfe! Der Junge frißt mich kahl! Slatke hat ihre Bastarde auf die Straße hinausgeschickt, damit sie mitten am hellichten Tage fremde Kinder überfallen!«

Und sie faßte Mottke an der Hand, schleppte ihn zurück zum Keller und schrie:

»Haltet ihn zu Hause! Was schickt ihr so einen Bankert auf die Straße, der mitten am hellichten Tag fremde Kinder überfällt?«

Slatke wusch in diesem Augenblick gerade ein Hemd des blinden Lejb. Als sie hörte, daß jemand in den Keller hineinschrie, stieg sie sofort hinauf, und zwar so, wie sie war: mit aufgekrempelten Ärmeln und einem Häubchen auf dem Kopf. Kaum aber hatte sie Mottke in Sprinzeles Händen erblickt und bemerkt, daß aus den Augen der Frau und aus ihrem spitzen Mund ein wahrer Regen von Pech und Schwefel hervorprasselte, so versuchte sie vor allem, Mottke zu befreien. Der Junge sah in Sprinzeles Händen so unglücklich aus, wie wenn er soeben einen schweren Raubüberfall überstanden hätte. Er zitterte vor Schreck und konnte durchaus nicht begreifen, warum man ihn so anschrie. Als er aber die Mutter erblickte, begann er zu heulen. Das gab Slatke einen Stich ins Herz. Irgendein Gefühl, das fast wie Mitleid war, erfüllte sie. Sie riß den Kleinen aus Sprinzeles Händen und sagte:

»Warum schreist du das Kind so an? Sieh, das Kind zittert am ganzen Leib. Was hat der Junge groß angestellt? Mein Kind, mein Liebling!« fügte sie hinzu, sich an Mottke wendend, umarmte ihn und küßte ihn – vielleicht zum erstenmal – von ganzem Herzen.

»Seht, seht, Leute! Sie küßt ihn noch für seine Heldentaten! Natürlich: die Mutter hält ihn selbst dazu an! Das wird noch einmal ein schöner Dieb werden!« prophezeite Sprinzele.

»Daß dir die Zunge abgerissen werde! . . . Nicht erleben wirst du es!« rief Slatke, ihren Sohn verteidigend. »Ein Rabbiner wird er werden!« fügte sie hinzu und küßte Mottke auf sein Köpfchen.

Mottke verbarg sich in den Armen der Mutter und hielt, sich in Sicherheit fühlend, mit seinen schwarzen, funkelnden Äuglein Umschau. Er hörte dem Gespräch zu, das über ihn geführt wurde, zeigte aber gar kein Interesse dafür, wie wenn ihn die Sache überhaupt nichts anginge. Es war so schön in Mutters Umarmung; er genoß seine augenblickliche Lage und schwieg.

»Werde schön groß und stark!« sagte Slatke, als sie ihn in den Keller hinunterbrachte, und küßte ihn wieder auf das Köpfchen. Dann setzte sie ihn hin und befahl: »So, bleib jetzt bei der Mutter.«

Aber kaum waren einige Minuten vergangen und die Mutter sehr beschäftigt, als Mottke schon wieder auf allen vieren in die Gasse hinauskroch. Er hatte eine neue Quelle gefunden, die ihn sehr gut mit Nahrung versorgen konnte.

Seit jener Zeit war die Gasse Mottkes einzige Speisekammer. Alles stand ihm offen, und was er fand, nahm er auch. Er kroch durch geöffnete Türen in die Wohnungen hinein, und wenn er etwas Eßbares auf den Tischen erblickte, verschlang er es ohne weiteres. Sah er ein Kind mit einer Semmel – schwups! riß er das Backwerk an sich und aß es auf. Stand irgendwo eine Frau mit einem Korb voll Äpfel, so kroch Mottke an den Korb heran und ließ sich das Obst gut schmecken. Oft genug mußte sich Slatke seinetwegen schämen. Und nicht selten geschah es, daß diese oder jene Frau den Jungen an den Ohren in den Keller zurückbrachte und Böses für seine Zukunft prophezeite. Mottke wurde zum Schrecken des Gäßchens. Sah man ihn auf allen vieren aus dem Keller herauskriechen, riefen gleich die Mütter ihre Kinder nach Hause zurück und versteckten sie; und nahte er sich, so schloß man Tür und Tor, und eine Nachbarin rief der anderen zu, wie wenn ein Gewitter im Anzug wäre:

»Mottke kommt! Mottke kommt!«

5

Mottke geht in den Cheder

Es war ein kalter, grauer Wintermorgen. Der Frost, der die kleinen Kellerfenster den ganzen Winter über in seinen Eisfesseln hielt, hatte sich von den Scheiben und von der Tür auf die Wände gezogen und begann auch diese mit seinen kalten Schneeblumen zu verzieren. Alles im Keller fror. Die Körbe mit dem Obst wuchsen zusammen und verwandelten sich allmählich in ein großes

Eisstück. In der Fensterecke saß zusammengekrümmt der alte Reb Mejer und murmelte seine Psalmen. Die alte Fejgele, die sich mit vielen Blusen und Jacken förmlich behängt hatte, saß wie eingemauert zwischen ihren Tonnen mit Obst und Grünkram und schälte ruhig Kartoffeln vom Schoß in den Topf hinein. Der blinde Lejb, der gerade aufgestanden war, noch nichts gegessen hatte und dessen wirres Haar voll Federn war, suchte in allen Ecken nach alten Körben und Tonnen und Reifen, die man als Brennholz zum Heizen des kleinen Ofens hätte benutzen können. Da er stets nach dem Aufstehen, noch auf nüchternen Magen, zu schimpfen pflegte, schrie und schalt er auch jetzt. Slatke aber lag, von allen ihren Kindern umgeben, auf ihrem Lager und war mit allen alten Lumpen, Tüchern, Röcken und Kleidern zugedeckt, die sich im Keller auftreiben ließen. Und nur in Slatkes Ecke war es warm. Sie hatte neben sich ihre Kinderchen, die sie mit ihren jungen Körperchen wärmten, und sie nahm sie unter sich, genauso wie eine Henne ihre Küken. Unter diesen Kleinen guckte auch Mottke hervor. Er lag im Arm der Mutter, und seine beiden schwarzen Äuglein funkelten in dem braunen, runden Gesichtchen, das noch von den am Vorabend gegessenen Kartoffeln ganz schmutzig aussah. Es war ihm warm, und er fühlte sich wohl.

An einem solchen Morgen wurde über sein Schicksal entschieden. Als der blinde Lejb nämlich den unter dem Arm der Mutter herausschauenden Mottke bemerkte, erinnerte er sich plötzlich daran, daß es Zeit sei, für die Zukunft des Jungen zu sorgen, und sagte:

»Sieh einer an! Der Schlingel liegt auch noch bei der Mutter! Heraus aus den Betten! Geh und bring mir Holz, daß ich den Ofen heizen kann!«

Der kleine Mottke krümmte sich zusammen und machte den Versuch, sich hinter der Mutter zu verstekken. Slatke fühlte etwas wie Mitleid mit ihm aufsteigen.

»Was willst du von ihm?« gab sie dem blinden Lejb zur Antwort. »Er ist ja noch ein Kind! Es ist so kalt in der Stube. Laß ihn noch ein wenig liegen.«

»So? Sieh nur einer dieses *Kind* an! Der Bengel ist schon fünf Jahre alt! Wenn's ans Essen geht, kann er einen ganzen Teller Kartoffeln verschlingen wie ein Soldat; wenn man aber ein Stückchen Holz zum Einheizen braucht, ist niemand zu Haus! Heraus, heraus aus dem Bett, sag ich dir, sonst hole ich gleich den Riemen!«

»Es ist die höchste Zeit, daß wir den Jungen loswerden«, ließ sich die alte Fejgele vernehmen, die immer noch in der Ecke saß, und bewegte dabei ihren zahnlosen Mund wie ein riesiger Vogel. »Man kann ja gar nichts mehr im Keller stehenlassen. Gestern bereitete ich mir einen Teller Gemüsesuppe und stellte ihn mit einem Stück Brot weg. Ich komme nach Hause und ... Wo ist die Suppe? Wo ist das Brot? Mottke hatte es irgendwie ausgeschnüffelt und aufgegessen! Man kann ja gar nichts Eßbares mehr im Hause stehenlassen!«

»Er wäre imstande, mich mit Haut und Haaren zu verschlingen!« rief wieder der blinde Lejb. »Und für so einen Strolch soll ich auch noch arbeiten? So ein Bengel müßte schon längst seinen Lebensunterhalt selbst verdienen! Heraus, heraus aus dem Bett! Sofort!«

»Wie sie alle über ihn herfallen! Sticht er euch so in die Augen? Das Kind friert, im Zimmer ist es bitterkalt ... Ich lasse ihn nicht aus dem Bett! Lieg still, Mottke, bleib bei der Mutter«, sagte Slatke, indem sie ihren Sohn noch fester an sich drückte. Mottke aber versteckte inzwischen sein Köpfchen unter dem Arm der Mutter, so daß ihn niemand sehen konnte.

»Man müßte ihn zur Schule schicken, nach der Talmud-Thora bringen, damit er wenigstens beten lernt und imstande ist, einen Segen zu sprechen. Sonst wächst er ja wie ein richtiger Heide auf«, bemerkte jetzt auch der alte Reb Mejer aus seinem Winkel.

»Wenn du ein guter Vater wärest, hättest du schon längst dafür gesorgt«, meinte Slatke, sich an den blinden Lejb wendend.

»Na ja, laß ihn zuerst aus dem Bett herauskriechen. Ich bringe ihn dann zur Talmud-Thora.«

»In der Tat, das möchte ich mal sehen! Sei endlich meinen armen Kindern ein Vater! Schon Zeit!« stöhnte Slatke. »Nun, Mottke, geh, mein Kind, kriech aus dem Bett. Der Vater wird dich zur Schule bringen«, fügte sie hinzu und streichelte Mottke über den Kopf.

Aber ganz glatt lief die Sache dennoch nicht ab. Mottke tat nämlich so, als höre er überhaupt nichts und als erreiche ihn weder das Geschrei des Vaters noch das Zureden der Mutter. Er lag nach wie vor zusammengekrümmt unter Slatkes Arm und ließ sich nicht stören. Es half nichts, bis endlich die Mutter selbst aus dem Bett stieg und der Vater ihn darauf mit dem Riemen zum Aufstehen zwang.

Dann suchte die Mutter eine alte Weste des Vaters hervor und putzte ihn zunächst damit. Sie zog ihm auch ihre guten Schuhe an, die sie nur an Festtagen trug und erst vor kurzem gekauft hatte, und wollte damit auf Mottke einwirken und in ihm Lust zum Schulbesuch wecken. Fejgele schenkte ihm zwei der schönsten Äpfel, die sie besaß. Sein Schwesterchen Hindele lief zum

Krämer und holte für Mottke zwei Mohnfladen. Und der alte Reb Mejer schenkte ihm sein neues Gebetbuch mit den großen Buchstaben, das er als Lesebuch beim Unterrichten der Mädchen benutzte.

Aber das alles half nichts. Mottke nahm die beiden Äpfel, nahm die Mohnfladen und nahm das Gebetbuch, aber zur Schule gehen wollte er trotzdem nicht. Fest klammerte er sich an die Schürze der Mutter. Der Vater schlug ihn mit dem Riemen. Die Tränen flossen ihm aus den Äuglein über das Gesichtchen, aber er knabberte in einem fort an seinen Äpfeln und rührte sich nicht vom Fleck.

Da riß die Geduld des blinden Lejb. Er setzte Mottke kurzerhand auf seine Schulter und lief mit ihm aus dem Keller. Mottke schrie so unmenschlich, daß alles, was Beine hatte, im Gäßchen zusammenlief. Er strampelte so heftig mit den Füßen, daß er schließlich alles verlor: zuerst die neuen Schuhe der Mutter, dann die Mütze, dann die Mohnfladen und endlich auch noch das Gebetbuch. Slatke, die mit aus dem Keller hinausgelaufen war, hob alles auf, trug es ihm nach und bat:

»Mottke, sei ein guter Junge, geh zur Schule!« Und dabei wischte sie ihm seine Tränen mit ihrem Umschlagetuch aus dem Gesicht.

Aber Mottke schrie und jammerte und brüllte. Mit einem Male rutschte er von der Schulter des Vaters hinunter und fiel auf das Straßenpflaster. Nun lag er da und brüllte noch lauter, und der blinde Lejb stand über ihm, schlug ihn mit dem Riemen über den Kopf und sagte in einem fort:

»In den Cheder! In den Cheder sollst du gehen!«

Die Mutter stellte sich zwischen die beiden und deckte Mottke mit ihrem Körper, so daß die Riemenhiebe auf sie niederprasselten. Aber sie achtete nicht darauf und redete Mottke zu:

»Mottke, sei doch vernünftig, Mottke! Geh zum Cheder!«

Es gingen Menschen vorbei, besorgte, geschäftige Juden. Sie blieben für einen Augenblick stehen, erkundigten sich nach der Ursache des Auftritts, und als sie hörten, daß der Junge nicht zur Schule gehen wollte, schimpften auch sie ihrerseits auf Mottke:

»Geh in den Cheder, du dummer Bengel! In den Cheder sollst du gehen!« Und gingen dann weiter ihren Geschäften nach.

Aber schließlich gelang es mit Gottes Hilfe, Mottke doch noch in die Talmud-Thora hineinzuschleppen. Er war mehr tot als lebendig. Dem blinden Lejb war dabei schön warm geworden, und der Schweiß rann ihm in Bächen von der Stirn. Und der zerschundene Mottke stand da mit den angebissenen Äpfeln und Mohnfladen in den Händen und beguckte den Lehrer, der mit einem dünnen Riemen in der Hand im Zimmer auf und ab ging und die Kinder, die auf niedrigen Schulbänken an den Wänden entlang saßen, unterrichtete.

»Lieber, guter Herr Lehrer, bringt meinem Jungen das Beten bei!« bat Slatke.

Der Lehrer streckte seinen dünnen, langen, an eine Schlange erinnernden Hals vor, beugte sich mit dem ganzen Körper zu Mottke herab und begann ihn mit seinen grünen, funkelnden, in einem blassen, blutleeren Gesicht sitzenden Augen eingehend zu betrachten.

»Das ist also der Bursche, der nicht zur Schule gehen will? Komm nur her, mein Junge«, sagte der Lehrer endlich und kniff Mottke mit zwei Fingern so stark in die Backe, daß sich in den kleinen Äuglein des Kindes wieder

Tränen zeigten. »Weißt du, was man mit einem Jungen macht, der nicht zur Schule gehen will? Man bearbeitet ihn mit dem hier«, fügte er hinzu und zeigte Mottke seinen dünnen Riemen.

Mottke erschrak im ersten Augenblick vor dem Lehrer und schwieg.

»Ich bin eine arme Frau«, begann wieder Slatke. »Ich kann Euch nicht viel zahlen. Höchstens dreißig Kopeken monatlich, wenn Gott hilft. Ich will mir den letzten Bissen vom Munde absparen, bringt ihm nur das Lesen bei, damit er selbst die Gebete aus dem Buch hersagen kann. Ich habe Angst, das Kind könnte – Gott behüte, ich möchte das Wort nicht in den Mund nehmen – schlecht werden. Der Junge will ja nicht zur Schule gehen!« schloß Slatke und brach in Tränen aus.

»Laßt ihn nur hier bei mir. Es wird schon gehen«, erwiderte der Lehrer, nahm Mottke an der Hand, setzte ihn mit Gewalt auf eine Schulbank, ließ sich selbst neben ihm nieder und schlug ein Buch auf, in dem alle Seiten beschmutzt und feucht von Kindertränen waren.

»Nun, mein Junge, sieh mal hierher. Was ist das? Sag: ein Aleph! Sag: ein Aleph!«

Aber Mottke sah nicht ins Buch hinein. Er schaute auf die Mutter. Und als er sah, daß sie sich anschickte fortzugehen, glitt er sofort mit einem Fuß von der Bank auf den Boden . . .

»Ah, so einer bist du also, du Frecher!« rief der Lehrer und griff Mottke wieder mit seinen dünnen, knochigen Fingern an die Backe. Dabei warfen seine grünen Katzenaugen in dem blassen, blutleeren Gesicht wahre Blitze. Und noch ehe Mottke Zeit hatte, sich umzusehen, lag er schon über der Bank, mit dem Gesäß nach oben, und die Riemenhiebe tanzten auf seiner nackten Haut wie Feuerzungen um ein gut ausgeknetetes Brot. Der Lehrer schlug ihn und sprach im gleichen Takt mit singender Stimme dazu:

»Seht ihr, Kinder, so behandelt man einen Bengel, der nicht zur Schule gehen will.«

Die fünf- bis sechsjährigen Kinder saßen erschrocken auf ihren an den Wänden aufgestellten Bänken und verfolgten mit unruhigen Äuglein den Verlauf der Exekution. Einige von ihnen bekamen es mit der Angst zu tun und fingen an zu weinen. Aber auf die meisten machte der Auftritt keinen Eindruck: sie waren schon an derlei gewöhnt. Sie knabberten seelenruhig weiter an ihren Semmeln und Fladen oder spielten mit Murmeln, wobei sie gewohnheitsmäßig die Bezeichnungen der Buchstaben hersagten.

Diesmal weinte Mottke nicht. Sobald ihn der Lehrer losließ und ihn zu den anderen Kindern setzte, blieb er schweigend sitzen. Als einer der kleinen Jungen ihn anzusprechen versuchte, stieß er ihn mit dem Ellenbogen von sich und richtete seine funkelnden schwarzen Äuglein von neuem auf die Tür. Und kaum hatte sich der Lehrer mit einem anderen Kind an den Tisch gesetzt und sich mit ihm in das Buch vertieft, war Mottke schon bei der Tür. Ein Ruck – und er lief bereits, mit hinten aufgeknöpften Hosen und von den erhaltenen Hieben ganz feuerrotem Fleisch unter dem Hemd, über den Markt nach Hause.

Als Slatke ihn vor sich im Keller erblickte, dachte sie, die Erde tue sich unter ihren Füßen auf. Im ersten Augenblick wollte sie sich auf den Jungen stürzen und ihn totprügeln. Als sie aber in seine Augen blickte, die so unschuldsvoll und flehend dreinschauten, da gab es ihr einen Stich ins Herz. Sie sagte kein Wort und fühlte nur, wie sie an unterdrückten Tränen schier erstickte. Sie umarmte ihn und küßte ihn und schlug ihn zugleich und sagte:

»Mein Kind, mein schlechtes Kind, was wird aus dir noch werden? Oh, himmlischer Vater!«

Und abends, als der blinde Lejb den Riemen abschnallte, um den Jungen wieder zu verprügeln, da deckte ihn Slatke mit ihrem Körper, nahm die ihm zugedachten Hiebe auf sich und bat:

»Lejb, er ist doch noch ein Kind, und draußen ist es so kalt... Laß ihn noch bis zum Sommer zu Hause!«

6

Mottke findet einen Freund

Er war in diesem Jahr gewachsen und verdiente sich jetzt selbst sein Brot. Er begann damit, daß er der Mutter half, die Körbe von Haus zu Haus zu tragen. Außerdem begleitete er Slatke auf den Markt, kroch auf die Bauernwagen, half der Mutter beim Einkaufen der Lebensmittel, und mitunter geschah es auch, wenn die Mutter beim Einkauf Eier zählte, daß er ihr auch beim Zählen half und dabei ein paar Eier in der Tasche verschwinden ließ. Später gab er sie der Mutter. Slatke nahm sie an sich, war zufrieden und schwieg. So begleitete Mottke sie denn immer wieder auf den Markt. Wenn er mitunter auf einem Bauernwagen Küken sah, rief er die Mutter heran. Die Bäuerin schrie, Mottke solle die Vögel nicht anfassen, aber er warf sie schon der Mutter in den Schoß. Und

Slatke steckte der Bäuerin Geld in die Hand und handelte mit ihr.

Einmal kam er mit der Mutter auch in die Küche der Schochliner. Seitdem Slatke in diesem Hause das kleine Enkelkind genährt hatte, war sie dort geradezu unentbehrlich geworden und brachte der Familie Butter und Eier vom Markt. Auch diesmal wurde sie in der Schochlinerschen Küche sehr gut empfangen, und die Dienstmädchen freuten sich über Mottke.

»Das ist also der Schreier«, sagte die alte Schochliner, indem sie Mottke betrachtete, der sich verschämt unter der Schürze seiner Mutter verkroch.

»Ja, er ist Gott sei Dank groß geworden«, erwiderte Slatke ebenfalls verlegen.

»Und geht er schon zur Schule?« fragte wieder die alte Schochliner.

Slatke wurde noch verlegener.

»Er ist noch ein Kind ... Ein Muttersöhnchen ...«

»Ei, das ist nicht gut ... Ein Junge muß zur Schule gehen und fleißig lernen«, versetzte die alte Schochliner, schüttelte den Kopf und sah Mottke dabei so an, wie wenn er bereits ein verlorener Mensch wäre.

Da kam gerade Chanele in die Küche gelaufen, jenes kleine Mädchen in Mottkes Alter, das Slatke großgenährt hatte. Sie sah frisch und rosig aus und hatte Bäckchen, prall und schön wie frische Semmelchen. Ihre Haare waren soeben gewaschen worden, und sie trug ein sauberes Kleidchen und ein neues Schürzlein.

Slatkes Gefühle für die Kinder, die sie selbst großgenährt hatte, waren merkwürdig: sie fühlte sich ihnen verwandt und zugleich fremd. Diese Kinder, die ihre Muttermilch gesogen hatten, liebte und haßte sie. Jedenfalls konnte sie ihnen gegenüber nie gleichgültig sein. Als

Chanele eintrat, freute sich Slatke wirklich herzlich, nahm das Mädchen auf den Arm und küßte es.

»Mein Chanele, mein kleines Chanele!« rief sie. »Wie geht es dir? Hast du schon deine Amme vergessen? Ich habe dich doch genährt, mein Chanele!«

Mottke sah, wie die Mutter das fremde Kind auf den Arm nahm, und ein ähnlich seltsames Gefühl erfaßte ihn. Er haßte dieses fremde Mädchen, das seine Mutter umarmte, wie wenn sie ihm verwandt wäre, und liebte es zur gleichen Zeit. Er schämte sich irgendwie, den beiden zuzugucken, und wandte sich verlegen ab. Inzwischen bestrich die Schochliner ein Stück Brot mit Gänseschmalz und drückte es Mottke in die Hand.

Er begann zu essen und vergaß die Mutter und das Mädchen. Aber bald hörte er mit dem Essen auf und ließ seine Blicke abwechselnd auf Slatke und auf Chanele ruhen.

Die alte Schochliner nahm Chanele aus Slatkes Armen, wischte mit der Schürze die Küsse der ehemaligen Amme von den Bäckchen des Kindes fort und nahm Slatke mit ihrem Korb voll Eiern und Butter mit sich in das nebenan liegende Zimmer. Einen Augenblick standen sich die beiden Kinder schweigend gegenüber und sahen einander an. Mottke war sehr verlegen, hielt seine Schmalzstulle in der Hand und wußte nicht, was er mit dem Brot beginnen sollte. Das Mädchen war dreister, blickte ihm in die Augen und zeigte ihm ihr neues Schürzchen, dann die Ohrringe, die man ihr angehängt hatte, und schließlich die Korallenkette. Mottke sah alles an und schwieg immer noch. Da nahm ihn die Kleine an der Hand und führte ihn in ihre Kinderstube.

Mottke sah sich verwundert um: alles war hier so sauber und so blendend weiß, und überall standen so furchtbar viel Spielsachen! Hier erblickte er ein großes Pferd und einen richtigen Wagen, dort zwei Vögel und einen beschädigten Soldaten mit einer Trommel in der Hand. Die Kleine zeigte ihm ihr Spielzeug und fragte ihn, ob er auch so viele schöne Spielsachen besitze. Mottke schüttelte verneinend den Kopf und sprach immer noch kein Wort. Mottke begann mit den herumstehenden Sachen zu spielen und lachte dabei. Er zog das Pferd am Schwanz, damit es sich in Bewegung setze. Er hatte nämlich auf dem Markt oft gesehen, daß Bauern ihre Kälber, die nicht gehen wollten, auf ähnliche Weise vorwärts trieben. Das Mädchen lachte aus vollem Halse.

»Siehst du? So muß man ein Pferd am Schwanz ziehen, wenn man will, daß es weitergeht«, sagte Mottke endlich und zeigte dem Mädchen, wie es gemacht wird.

Die Kleine lachte wieder laut auf. Sie wies auf die Katze, die im Zimmer herumlief, und fragte:

»Muß man eine Katze auch beim Schwanz drehen, wenn man will, daß sie weitergeht?«

Mottke musterte sie mit einem spöttischen Blick von oben bis unten und schüttelte verneinend den Kopf:

»Mit einer Katze spielt man nicht. Einer Katze darf man nicht den Schwanz drehen.«

Und das klang so kategorisch, daß die Kleine verlegen wurde und sich schämte.

Bald ließ Mottke von dem Spielzeug ab und fing an, das Mädchen zu betrachten. Mottke strich ihr mit seinen warmen, schmutzigen Händchen über die Wange. Die Kleine widersetzte sich nicht. Da fiel ihm plötzlich etwas ein. Er brachte sein Gesichtchen an das ihre und begann, ganz wie ein kleiner Hund, ihr die Bäckchen und den Hals mit seiner fettigen Zunge abzulecken.

Die Kleine leistete auch hier keinen Widerstand und lachte aus vollem Halse.

»Ach, was bist du für ein dummer Junge! . . .«

* * *

Unter seinesgleichen, unter Jungen also, die in seinem Alter waren, konnte Mottke keinen Kameraden finden. Sobald er mit einem Kind seines Alters zusammentraf, kam es schon bei der ersten Begegnung zu einer Prügelei. Das endete damit, daß ihn alle Jungen seines Gäßchens mieden und einen großen Bogen um ihn machten. Nur auf dem Markt, wohin er seine Mutter begleitete und wo er über die Bauernwagen kletterte, fand er einen Freund. Dieser aber war ganz anderer Art: Es war der Hund des Leiermanns.

An jedem Markttag trieb sich zwischen Käufern und Verkäufern der Leiermann Note mit seiner Drehorgel umher. Er stellte sein Instrument gewöhnlich mitten auf dem Markt auf und lockte mit seinem Spiel die Bauern heran. Der blaue Vogel, den er im Käfig hatte, zog mit dem Schnabel aus einem Kästchen ein Los heraus, auf dem schwarz auf weiß gedruckt stand, was dem betreffenden Menschen, der für den Zettel fünf Kopeken zahlen mußte, in seinem ganzen weiteren Leben bevorstand. Manchmal hatte Note auch ein Mädchen mit, das Trikotbeinkleider trug und Rad schlug. Mottke gefielen diese Kunststücke so gut, daß er jedesmal, wenn er Note, den Leiermann, mit seiner Drehorgel, dem blauen Vogel und dem Mädchen erblickte, sofort die Mutter und ihre Körbe im Stich ließ und dem Musikanten nachlief. Am meisten interessierte ihn jedoch der Hund, den Note stets mitschleppte und der auf den Namen Bureck hörte. Es war ein halbgeschorener Pudel mit krausem Haar, das wie Schafwolle aussah. Note hatte ihn »nach Löwenart« geschoren, so daß der Pudel von der Mitte ab nach hinten ganz kahl war und nur am Ende des Schwanzes noch ein kleines Büschel Haare hatte. An den Markttagen war der Pudel kein Hund mehr, sondern ein sonderbares Geschöpf in einem Kleidchen und mit einem Hütchen auf dem Kopf. Wenn Note mit dem Ableiern eines Stückes fertig war, trug Bureck in seinem Maul den herumstehenden Bauern ihre Zettel mit dem *Schicksal* hin und sammelte von ihnen das Geld ein. Während dieser Vorführungen mochte ihn Mottke entschieden nicht leiden. Er bedauerte ihn und haßte den Drehorgelspieler Note, der den Hund zwang, nicht mehr Hund zu sein.

Gern hatte Mottke den Bureck, wenn er als Hund zu Hause auf dem Hof in der Hundehütte an der Kette lag und wie jeder Hund seine Pflicht dem Brotherrn gegenüber erfüllte, indem er die Vorbeigehenden anbellte und an seiner Kette riß.

Mottke hatte den Pudel eigentlich auf dem Markt kennengelernt, wo der Bureck eines guten Tages abgemagert und in einem schmutzigen Kleidchen, mit einem Tellerchen im Maul auf den Hinterbeinen herumlief und die Bauern um Kleingeld anbettelte. Als Mottke ihn in einer solchen für einen Hund unwürdigen Stellung sah, füllte sich sein Herz mit Mitleid. Er ging der Drehorgel nach und sah, wie Note, zu Hause angelangt, den Hund an die Kette legte. Nun versuchte Mottke dem Tier näherzukommen, aber Bureck bellte ihn laut an. Das gefiel Mottke, und er begann um seine Freundschaft zu werben, indem er ihm von allem brachte, was er selbst auf diese oder jene Weise erlangt hatte, meistens Semmeln und Brot. Und einmal, als er aus einem Bauernkorb ein halbes Pfund Butter gestohlen und es nicht der Mutter gegeben hatte, erinnerte er sich an *seinen* Hund und brachte die Butter tatsächlich dem Bureck. Mit der Zeit gelang es ihm, Burecks Freundschaft zu gewinnen, und der Hund ließ ihn an sich heran. Mottke fing nun an, ihn des öfteren in der Hundehütte zu besuchen. Er setzte sich neben ihn, nahm ihn auf den Arm und sprach mit ihm. Bureck war das einzige lebende Wesen, dem Mottke alles erzählte. Dem Hunde öffnete er sein junges Herz, und ihm vertraute er alles an. Und einmal, als sein Vater in seiner Gegenwart die Mutter geschlagen hatte und der arme Junge vor Entsetzen gar nicht mehr wußte, wohin mit sich, lief er zu Bureck, kroch zu ihm in die Hütte hinein, legte sich neben ihn, drückte die warme Hundeschnauze an seinen Mund und flüsterte ihm ins Ohr:

»Weißt du, mein Vater hat meine Mutter geschlagen. Stark geschlagen! Sie hat geweint. Wenn ich einmal groß bin, zahle ich es ihm heim. Ich schlage ihm die Augen blau!«

Der Hund hörte den Jungen ernst und nachdenklich an, senkte die Augen, blickte starr vor sich hin und begann zu knurren.

»Und dich hat man zu einem Mädchen gemacht! Man hat dir ein Kleidchen angezogen und dir einen runden Hut auf den Kopf gesetzt. Wehr dich doch dagegen!« sagte Mottke lauter.

Bureck wurde noch ernster und nachdenklicher, verdrehte die Augen und schnüffelte mit der Nase.

»Zu einem Mädchen hat man dich gemacht, zu einem Mädchen mit einem runden Hut auf dem Kopf! Und ich gehe doch nicht in den Cheder! Ich gehe nicht und gehe nicht! Mag er mich schlagen«, schrie Mottke noch lauter.

Der Hund streckte seine Vorderbeine aus, hob seine Schnauze in die Höhe, schloß die Augen, spitzte die Ohren und begann zu bellen, was wie eine heisere Menschenstimme klang. Es war, als ob er etwas sagen wollte.

Mottke verstand ihn.

7

Mottke lernt ein Handwerk

Nach einiger Zeit erinnerte sich der blinde Lejb wieder an seinen Sohn und daran, daß man aus dem Jungen etwas Ordentliches machen müsse. Allerdings kam er nicht von selbst auf diesen Gedanken, sondern es wurden ihm von dem Obermeister der Schusterinnung, Berisch Chwat, seine Vaterpflichten vorgehalten, von demselben Reb Berisch, bei dem seinerzeit der blinde Lejb selbst sein Handwerk erlernt hatte. Die beiden trafen sich am Sabbatabend im Kreise anderer Schuster, die zusammengekommen waren, die Abendgebete zu verrichten. Obwohl der blinde Lejb schon längst nicht mehr schusterte, kam er dennoch des öfteren in das Gebetshaus der Innung, und die Zunft zählte ihn noch immer zu den ihren. Der alte Berisch Chwat hielt ihm also folgende Strafpredigt:

»Was soll das für ein Ende mit deinem Jungen nehmen? Du läßt ihn so frei herumlaufen, und der Bengel tut den ganzen lieben langen Tag nichts und wieder nichts! Was wird aus ihm werden? Ein Dieb?«

»Was soll ich denn machen, wenn der Schlingel nicht zur Schule gehen will?«

»Gib ihn zu einem Handwerker in die Lehre, genauso, wie dein Vater es seinerzeit mit dir gemacht hat. Ich weiß noch ganz genau, wie dein Vater, Selik der Fuhrmann, dich eines Sonntagmorgens zu mir brachte. Ach, was du für ein Früchtchen warst! Du wolltest nicht einmal den Pechdraht drehen!«

»Ja, ja! Und da habt Ihr mich mit Eurem Riemen so verhauen, daß ich mich noch bis auf den heutigen Tag darauf besinnen kann«, sagte der blinde Lejb und lachte, sowohl mit dem toten als auch mit dem lebenden Auge.

»Bring ihn zu mir. So wie ich aus seinem Vater einen Menschen gemacht habe, so werde ich auch den Sohn, mit Gottes Hilfe, zu etwas Tüchtigem machen.«

»Auf wie lange?« fragte Lejb.

»Nun, so lange wie du bei mir warst, wird er wohl bleiben müssen. Wie alt ist er jetzt, der Junge? Sieben? Nun, dann muß er bis zu seinem elften oder zwölften Lebensjahr bei mir bleiben. So lange, bis er eben das Handwerk wirklich erlernt hat. Er bekommt von mir Kost und Unterkunft, und außerdem lasse ich ihm zum Fest einen Anzug machen. Später, wenn er erst etwas gelernt hat, gebe ich ihm im ersten Jahr fünf und im folgenden ganze zehn Rubel. Du weißt doch, daß ein fremdes Kind es bei uns gut hat. Du kennst doch meine Alte: eigene Kinder hat sie nicht, aber fremden Gören gegenüber ist sie wie eine Mutter.«

»Oh, ich besinne mich sehr wohl auf Dobsche, die Meisterin. Und auch auf ihr Kneifen! Sie hat mir mitunter förmlich Stücke Fleisch aus dem Arm gerissen, hat mich im Winter vor die Tür gesetzt und mir Wassersuppen zu essen gegeben. Ach, Reb Berisch, Ihr habt schon eine Frau!«

»Nun, scheiden werde ich mich von ihr eines Lehrjungen wegen nicht«, erwiderte der alte Reb Berisch mit einem Lächeln. »Gekniffen hat sie dich, das stimmt; aber genützt hat es doch nichts: ein Mensch, wie er sein soll, bist du auch heute noch nicht. Begleite mich zu Sore-Chanele, in die Schenke, dort können wir alles übrige besprechen und abmachen.«

Bei Sore-Chanele, wo man ein heimlich verkauftes Gläschen Schnaps und dazu selbstgebackene Küchelchen oder auch Hering zum Nachtessen bekommen konnte, in dieser Schenke verkaufte der blinde Lejb seinen Sohn auf ganze sechs Jahre in die Hände Dobsches, der Meisterin. Er nahm sogar einen Rubel Vorschuß auf das Geld, das sein Junge nach fünf Jahren verdienen sollte. Und beim Gläschen Schnaps erklärte der alte Berisch:

»Aber er darf mir nicht davonlaufen und soll dem Meister und der Meisterin gehorchen! Und Gänge muß er auch besorgen. Sag ihm das und befiehl ihm, gehorsam zu sein, verstehst du?«

»Habt keine Angst, Reb Berisch, er wird Euch nicht davonlaufen. Sonst bringe ich ihn an den Ohren wieder zurück.«

Am nächsten Morgen war ein schöner Herbsttag, einer jener Tage vor dem jüdischen Neujahr, wenn die Birnen und Äpfel reif an den Bäumen hängen, als würden sie bitten, man möge sie pflücken und essen. Lejb nahm Mottke an der Hand und begab sich mit ihm zu Berisch dem Schuster, wo der Junge seine Lehrzeit beginnen sollte. Der kleine Markt war voll reifen Obstes, das die Bauern und Obsthändler ins Schtedtl gebracht hatten. Es roch überall nach Äpfeln, nach Gemüse und nach Fischen. Und an einem so herrlichen Morgen kam Mottke in das kleine, verräucherte Häuschen, das Berisch der Schuster bewohnte. Alle Fenster waren dicht verschlossen, denn Dobsche, die Meisterin, hatte ein Ohrenleiden, fürchtete sich vor Zug und ließ den ganzen Sommer über keine frische Luft ein. In den Zimmern roch es stark nach faulendem Leder, das schon seit Jahren, solange wie Berisch Schuster war, irgendwo in den Winkeln der Werkstätte schimmelte. Die Meisterin war in dem Augenblick, als Mottke ankam, nicht da. Berisch saß, umringt von seinem Gesellen und zwei Lehrlingen, die alle um den runden Tisch zusammengekrümmt arbeiteten, und beklopfte eine auf einen Stein gelegte Sohle.

»Hier ist er, mein Bursche«, sagte Lejb.

Der alte Berisch hob seine dichten Augenbrauen in die Höhe, rückte die mit zerbrochenen Gläsern versehene Brille von der Nase auf die Stirn, sah Mottke flüchtig an und rief:

»Dobsche, Dobsche! Komm mal her! Wir haben einen neuen Lehrling!«

Gleich darauf kroch aus dem hinter einem Bett gelegenen Kellerloch ein Wesen heraus, das schwarz und mager und mit einer Unmenge von Tüchern behängt war, wie wenn draußen großer Frost herrschte. Um das Gesicht hatte dieses Wesen ebenfalls ein Kopftuch gebunden, dessen beide Enden spitz hervorragten. Die sonderbare Gestalt sah wie eine Hexe aus. Dieser Eindruck wurde noch dadurch verstärkt, daß alles, was sie anhatte, bereits dunkelgrau geworden war und ihr Gesicht dieselbe Farbe hatte. Das war Dobsche, die Meisterin. Sie schwieg eine kurze Weile, sah Mottke mit ihren grauen, wie bei einem toten Gaul erloschenen Augen an und fuhr sich mit ihrer spitzen Zunge über die vertrockneten Lippen, die ebenso mit Staub bedeckt waren, wie alles im Hause. Es verging eine geraume Zeit, bis sie sich endlich vernehmen ließ, und es war, als spräche nicht eine Frau, sondern als käme die Stimme aus einer hohlen Tonne.

»Wessen Junge ist das?« fragte sie und hüstelte.

»Lejbs«, erwiderte der Meister und wies mit einer Handbewegung auf Mottkes Vater.

Die Frau wandte ihr Gesicht dem blinden Lejb zu, musterte ihn eine Weile und sagte schließlich:

»Er wird genauso ein Früchtchen werden wie sein Vater!«

Dann nickte sie mit dem Kopf wie eine Ziege, machte eine gleichgültige Handbewegung und begab sich zurück in ihre Ecke.

»Ich lasse ihn hier, Reb Berisch. Seid ihm ein Vater«, sagte schließlich der blinde Lejb. »Ihr könnt mit ihm machen, was Ihr wollt: schlagt ihn, wenn er nicht folgt. Wenn Ihr ihm zu essen gebt, dürft Ihr ihn auch prügeln. Hörst du?« wandte er sich an Mottke. »Du sollst dem Meister und der Meisterin gehorchen, sonst bringe ich dich um, verstanden?«

Mottke schwieg, und sein Vater entfernte sich.

Berisch befahl ihm, sich zu setzen, und gab ihm einen Faden und ein Stück Wachs, damit er eine Wachsschnur drehe. Mottke nahm alles willig in die Hände. Da er aber nicht wußte, was er damit anfangen sollte, sah er sich mit großen Augen in der Stube um. Er betrachtete die beiden hohen Betten, die den größten Teil des Raumes einnahmen und soviel Kissen und Bettzeug hatten, daß sie sich wie Berge fast bis zur Decke erhoben, musterte die verstaubten Bildchen, die an der Wand hingen, die Wandbretter mit Schäften, alten Stiefeln, Schuhen aller Art und Lederstücken. Er blickte sich neugierig in diesem neuen Heim um, in dem er ganze sechs Jahre verbringen sollte, und musterte seine Kollegen – zwei Lehrlinge und den Gesellen, einen alten Menschen –, die mit dem Zuschneiden von Sohlen beschäftigt waren. Mottke sog den eigenartigen Geruch des Leders ein, das in den neben den Bänken stehenden Kübeln im Wasser lag und weichte. Und schließlich nahm er auch die mit Fäden und Papierschnitzeln belegten Fensterbretter und die mit Spinnweben behangenen Scheiben in Augenschein. Und er sah, wie draußen die Sonne herankroch und durch das Fenster in die Stube hineindringen wollte und von dem Spinngewebe daran gehindert wurde.

Bald aber stieß ihn jemand in die Rippen. Er wandte sich um: neben ihm stand die schwarze Gestalt der Meisterin wie aus dem Boden gewachsen, und unter ihrem Rock kroch ein schwarzer Kater hervor, der funkelnde Augen hatte und sich mit seinem roten Zünglein putzte.

»Geh, hol mir Wasser!« befahl die Meisterin und drückte ihm den Eimer in die Hand.

Das machte Mottke Spaß. Alles war ihm hier neu und gefiel ihm. Er nahm den Eimer, ging zur Pumpe und brachte Wasser. Die Meisterin zeigte ihm, wo die Wassertonne stand, Mottke goß das Wasser hinein, lief wieder zur Pumpe, und es vergingen kaum zwei Minuten, als er schon wieder mit einem vollen Eimer erschien.

Dann machte er sich wieder an die Wachsschnur, konnte sie aber nicht drehen, da ihn gerade das Stückchen Wachs daran hinderte. Er begann sich von neuem in der Stube umzusehen. Jetzt fesselte seine Aufmerksamkeit der schwarze Kater, der mit einem langen Bindfaden an der Bettlehne angebunden war, sich immer unter den

Füßen der Meisterin drehte und ihr überall folgte. Mottke gewann schließlich den Eindruck, als wäre die Frau mit dem Tier zusammengewachsen, so daß weder sie ohne den Kater, noch er ohne die Frau auskommen könnte.

Bald versetzte ihm wieder jemand einen Stoß in die Seite.

»Hier, mach mir ein wenig Holz klein«, sagte die Meisterin und hielt ihm ein Beil hin.

Mottke nahm das Beil und ging mit großer Lust auch an diese Arbeit, die er schon von zu Hause her kannte. Aber hier erschien ihm alles neu, und alles sagte ihm zu. Und als sein Blick auf den Kater fiel, verspürte er auf einmal den Wunsch, dem Tier den Schwanz abzuhacken.

Als er mit dem Holz fertig war, setzte er sich wieder auf sein kleines Bänkchen und begann von neuem, die Schnur durch das Wachs zu ziehen. Dabei sah er sich noch einmal in der Stube um. Die Meisterin machte Feuer, setzte sich dann in die dunkle Küchenecke und schlief ein. Der Kater kroch zu ihr auf den Schoß und tat desgleichen. Im ganzen Hause hörte man das regelmäßige Anschlagen der Hämmer, die die Sohlen in den erforderlichen Zustand brachten; der Meister war mit einem Stiefel beschäftigt, die Lehrlinge und der Geselle saßen über ihrer Arbeit, und die Wanduhr machte *tick tack.* Und da erschien Mottke das alles, samt dem Meister und der Meisterin und dem Kater, so langweilig und widerwärtig, daß er am liebsten einfach fortgelaufen wäre. Er sehnte sich nach der Gasse und sah den Sonnenstrahlen zu, die auf die Fensterscheiben fielen und nicht ins Zimmer dringen konnten. Es wurde ihm schwer ums Herz. Er hatte die größte Lust, aufzustehen und durch die

Tür hinauszuschlüpfen, aber eine Angst hielt ihn davon ab. Er konnte aber keine Ruhe mehr finden, bewegte sich auf seinem Bänkchen hin und her und wollte auch von der Wachsschnur nichts mehr wissen. Alles war ihm zuwider geworden. Besonders aber ärgerte er sich über den Kater und dachte im stillen: »Jetzt, da er schläft, wäre die richtige Zeit, ihm den Schwanz mit dem Beil abzuhacken.«

Er sah sich nach dem Beil um und erblickte es in der Ecke, in der er vor kurzem noch Holz zerkleinert hatte. Er stand auf und nahm es an sich. Der Meister sah von der Arbeit auf und fragte ihn:

»Was willst du machen?«

Mottke hielt das Beil in der Hand und schwieg.

Die Frage des Meisters weckte die Meisterin auf, und mit ihr zusammen erwachte auch der Kater. Jetzt blickten sich die beiden – die Frau wie auch das Tier – verwundert um. Plötzlich erinnerte sich Frau Dobsche an etwas, stand hastig auf, näherte sich der Kommode, holte Kleingeld und gab es Mottke – er solle ihr ein Brot und zwei Heringe holen.

Mottke nahm das Geld und lief auf die Straße hinaus. Er wußte, daß er nicht mehr zurückkommen würde, und es tat ihm nur leid, daß er dem Kater den Schwanz nicht abgehackt hatte; aber er tröstete sich damit, daß er das später, ein anderes Mal, nachholen würde.

Er kam auf die Straße hinaus. Die Sonne umfaßte ihn, wie wenn sie sich freute, ihn wieder unter ihren hellen Strahlen zu sehen. Das Geld brannte ihm in den Fingern. Vor Freude fing er an zu laufen und lief so schnell er konnte. Bald erreichte er den Marktplatz, sog den Duft der Äpfel und der frischen Birnen ein, und es wurde ihm leicht ums Herz, und er fühlte sich wohl. Als er an einer

Bäckerei vorbeirannte, stieg ihm der Duft der frischgebackenen Semmeln und Brote in die Nase. Kurzerhand hielt er an, ging hinein, kaufte sich die Taschen voll Semmeln und begann sie zu verzehren.

Schon von weitem bemerkte er mitten auf dem Marktplatz die Obsthändlerin Fejgele, die wie eingemauert zwischen ihren Säcken und Körben und Tonnen dasaß und ihr Obst und Gemüse feilbot. Er schlich sich heran und stibitzte ein paar Birnen.

Fejgele erblickte ihn und begann händeringend zu schreien:

»Was tust du hier auf dem Markt mitten am hellichten Tag? Bist du deinem Meister weggelaufen? Dein Vater bringt dich um!«

Mottke besann sich darauf, was er getan hatte. Die Hälfte der gekauften Semmeln war bereits aufgegessen. Zurück zum Meister konnte er nicht mehr gehen. Aber er empfand gar keine Reue und fürchtete sich nur vor den bevorstehenden Schlägen. Er fühlte instinktiv wie ein junger Hund, daß man ihn bald suchen und Jagd auf ihn machen werde.

Er wußte, daß er sich verstecken mußte. Er schlüpfte davon, ließ den Markt hinter sich und kam in ein schmales Gäßchen. Dann besann er sich auf etwas, kletterte über einen Zaun, gelangte so auf den Hof des Leiermanns Note und kroch auf allen vieren in Burecks Hundehütte hinein. Dort legte er sich hin und krümmte sich zusammen.

Der Hund erkannte ihn, beroch ihn und begann sein Gesicht und seine Hände zu lecken. Mottke holte aus den Taschen die übriggebliebenen Semmeln hervor und teilte: eine Hälfte bekam Bureck, die andere aß er selbst auf. Er wußte, daß man ihn jetzt suchte.

Er war fest davon überzeugt, daß der Meister, der Vater und die Meisterin jetzt auf dem Markt waren und mit Stöcken und Riemen bewaffnet nach ihm suchten. Aber er bereute immer noch nichts und hatte auch vor den Schlägen keine Angst mehr. Nur sein Herz schlug heftig, und die Augen glänzten wie im Fieber. Er lag unter dem Hund und guckte schelmisch aus der Hütte auf den Hof hinaus – aber es kam niemand her, ihn zu suchen.

So lag er dort den ganzen Tag und den Abend. Nachts wurde ihm kalt. Er drückte sich näher an den Hund heran, und Bureck, der ihn verstanden hatte, bedeckte ihn mit seinem Körper und leckte ihn.

* * *

Spät nachts vernahm Slatke plötzlich, daß etwas draußen an der Tür zum Keller kratzte. Sie hatte die ganze Nacht kein Auge zugemacht und in einem fort gewartet. Als sie endlich das Geräusch vernahm, setzte ihr Herz für einen Augenblick aus. Sie kroch leise aus ihrem Bett und lauschte zunächst, um festzustellen, ob der blinde Lejb auch schlafe. Da er laut schnarchte, ging sie zum Ofen, nahm ein bereitgehaltenes Töpfchen in die Hand und stellte es vor die Tür, die sie leise geöffnet hatte. Dann nahm sie das in einer Kellerecke ebenfalls bereitgelegte alte Tuch und trug es in den Flur hinaus. Dort, zwischen den Körben, lag der sich wie ein Wurm krümmende Mottke und zitterte vor Kälte am ganzen Leib. Sie reichte ihm das Töpfchen und das Tuch und flüsterte:

»Morgen mußt du dich so früh wie möglich aus dem Staube machen, denn wenn der Vater dich hier findet, bringt er dich um.«

Und dann kehrte sie ebenso lautlos in den Keller zurück und schlüpfte ganz leise unter die Bettdecke, damit der blinde Lejb ja nichts merkte.

8

Die erste Strafe

Am frühen Morgen, als Mottke gerade noch im besten Schlaf lag, fühlte er auf einmal, wie feurige Ruten über seinem Gesicht, über seinen Augen, Ohren und Händen herumzuspringen begannen. Er hob den Kopf und sah, soweit er gerade noch sehen konnte, daß es sein Vater war, der über ihm stand und ihn düster und kaltblütig wie einen Verbrecher mit einer Hundepeitsche verprügelte. Der Junge weinte nicht und schrie nicht einmal. Er versuchte nur, seinen Kopf unter dem Tuch zu verstekken. Aber es gelang ihm nicht: seine Hände waren nämlich nach hinten mit einem Strick zusammengebunden. Der Vater hatte ihn, als er noch schlief, gefesselt.

Er blickte dem blinden Lejb gerade in die Augen, und jeder brennende Hieb mit der Peitsche, die an ihrem Ende mit einer Bleikugel versehen war, blendete ihn geradezu. Doch lag er still und versuchte nur, soweit es eben ging, sein Gesicht zu verbergen. Die Mutter stand auch da. Sie riß den Vater an den Rockschößen, stellte sich sogar zwischen ihn und den Sohn und deckte Mottke mit ihrem Körper. Aber die Peitsche hörte nicht auf zu sausen, und die Mottke zugedachten Schläge fielen auf Slatke nieder. Lejb stieß sie heftig zurück, und sie schrie vor Schmerz laut auf. Mottke strengte alle seine Kräfte an und versuchte noch einmal aufzustehen, um sich auf den Vater zu stürzen; aber er vermochte sich nicht einmal aufzurichten, denn nicht nur seine Hände, sondern auch seine Füße waren fest zusammengebunden. Er gab also jeden Widerstand auf, lag da wie ein geschlachtetes Kalb und ließ den Vater gewähren. Und Lejb schlug ihn, bis er selbst erschöpft war und die Peitsche fallen ließ.

Dann nahm er den regungslos liegenden, blutüberströmten Jungen bei den Ohren und zog ihn so auf die Straße hinaus. Dort begann er ihn wieder mit den Fäusten zu bearbeiten und schrie:

»Geh zum Meister! Geh sofort zum Meister!«

Diesmal war Slatke nicht mehr aus dem Keller mit herausgekommen, um ihrem Sohn mit einer Semmel und mit Fladen nachzugehen, wie sie es getan hatte, als man ihn zum erstenmal in den Cheder brachte; sie schämte sich, einen solchen Sohn geboren zu haben, blieb zu Hause und weinte über ihr bitteres Los.

Die Vorbeigehenden blieben stehen, sahen zu, wie Lejb den Jungen an dem Strick über die Straße schleppte, schimpften und ermutigten den Vater:

»Recht so! Du bist der Vater... Sei ein Vater, bring dem Jungen Sitten bei!«

Und der Wasserträger Aaron-Mejer, der gerade mit seinen hölzernen Eimern vorbeiging, prophezeite:

»Lejb, du wirst noch viel Unglück mit dem Bengel erleben! Halt ihn kurz, Lejb! Er wächst zu einem Tier heran, wie es die Welt noch nicht gesehen hat!«

»Sei unbesorgt, ich werde schon den Dieb aus ihm herausprügeln! Er wird bei mir ein ordentlicher Mensch«, erwiderte der blinde Lejb und schlug Mottke von neuem. »Geh, du Bastard, geh!«

Mottke leistete nicht den geringsten Widerstand. Blut rann über sein Gesicht, und der Strick schnitt ihm in die nach hinten gefesselten Hände.

Der Meister Berisch Chwat, die Meisterin Dobsche, der Geselle Henoch Picknick und die beiden Lehrlinge erwarteten Mottke bereits, um ihm einen feierlichen Empfang zu bereiten, als der blinde Lejb den Sohn in die Werkstatt hineinschleifte und ihn wie einen Sack Kartoffeln auf den Fußboden warf.

»Reb Berisch, macht mit dem Jungen, was Ihr wollt. Ihr gebt ihm zu essen und habt somit das Recht, ihn zu prügeln. Ihr seid ihm genauso ein Vater, wie ich es bin. Er hat Euer Brot gegessen, hat Euer Geld gestohlen – schlagt ihn!«

»Das werde ich schon besorgen. Ich will ihm zeigen, wie man seinem Meister wegläuft und sein Geld wegnimmt!« erwiderte der alte Berisch, der beim Anblick des Jungen in Zorn geriet und dabei so rot wurde wie eine rote Rübe. Dann biß er sich in seine gespaltene Oberlippe, stieg auf einen Stuhl und begann etwas auf einem alten, verstaubten Wandbrett zu suchen.

»Wo hast du ihn erwischt?« fragte er, indem er einen schweinsledernen Riemen herunterholte, mit dem er seine Lehrlinge zu peitschen pflegte. »Dobsche, gib mir mal ein bißchen Essig her. Ich will den Riemen einschmieren, denn er ist ganz ausgetrocknet und bricht schon«, fügte er mit gleichgültiger Stimme hinzu und betrachtete den Riemen.

»Er hat es noch gewagt, nach Hause zu kommen und im Keller zu übernachten!« erwiderte Lejb auf die Frage des Meisters. »Und meine Frau hat ihm sogar ein Töpfchen mit Brot und Kartoffeln in den Flur hinausgestellt! Die beiden dachten wohl, ich schliefe, aber ich habe alles gehört und habe nur gewartet, bis der Bengel selbst einschlief. Dann habe ich ihm im Schlaf Hände und Füße zusammengebunden und mit ihm nach Verdienst abgerechnet. Meine Alte wollte mich daran hindern, da hat sie eben auch ihr Teil abgekriegt.«

»Die Mutter ist es, die an allem schuld ist! Sie ist es, die ihn verdorben hat! Sie verteidigt ihn doch immer! Du hörst ja: sie hat ihn in den Keller gelassen und hat ihm sogar zu essen gegeben! Wie soll da aus ihm kein Dieb werden?« klang die aus dem umbundenen Gesicht wie ein leeres Faß dröhnende Stimme Dobsches, die sich gerade Essig auf die Hände goß, um damit den Riemen einzuschmieren.

Inzwischen lag Mottke gefesselt mitten in der Stube und hörte dem Gespräch zu, das man über ihn führte. Die Lehrjungen standen daneben mit blassen, erschrockenen Gesichtern und glänzenden Augen, in denen angenehme Erwartung des Bevorstehenden leuchtete, und betrachteten ihn mit Mitleid und zugleich mit Neugier. Auch der Kater schlich sich an ihn heran, musterte ihn ebenso interessiert wie Dobsche, die Meisterin, beleckte ihn mit seiner kleinen rosigen Zunge und entfernte sich wieder. Mottke konnte nichts tun: er war gefesselt.

Bald darauf hatte er ein Gefühl, als ob ein Messer ihn schneide und seine Haut zu spalten beginne. Es war der schweinslederne Riemen, der mit ungeheuerlicher Wucht auf ihn herabsauste. Diesmal aber schwieg Mottke nicht. Als er den alten fremden Menschen erblickte, der mit hochrotem Gesicht über ihm stand und ihn mit dem Riemen peitschte, als er bemerkte, wie die Meisterin die Zunge über ihre trockenen Lippen fahren ließ und wie der neben ihr kuschelnde Kater ebenso tat, und als ihm die Lehrlinge auffielen, die ihn mit erschrockenen Gesichtern und glänzenden Äuglein betrachteten – da erwachte in ihm seine Widerstandskraft. Er schnellte den ganzen Körper empor und fiel dabei mit einem Ruck auf einen Stapel von Tellern, die vom Mittagessen des vorangegangenen Tages noch unabgewaschen in einer Ecke des Zimmers standen. Man vernahm ein Geklirr, und die Teller lagen zerbrochen da.

Dobsche begann zu schreien, und der Zorn des Meisters wurde noch schrecklicher. Er winkte dem Gesellen und den Lehrlingen, und diese packten Mottke und hielten ihn fest. Die Lehrlinge setzten sich ihm auf die Beine, der Geselle hielt seine Hände, Dobsche drückte seinen Kopf fest auf den Fußboden. Dann riß ihm der Alte die Hosen herunter, und der schweinslederne Riemen begann wie ein feuriger Spieß über den nackten Körper zu springen. Zuerst gab es blaue Striemen, dann spritzte mit einem Male Blut hervor . . .

Plötzlich wurde die Tür aufgerissen, und ins Zimmer stürzte laut schreiend Slatke.

»Mörder, was wollt ihr von ihm?« rief sie und warf sich, so groß wie sie war, über Mottke, um ihn mit ihrem Körper vor den weiteren Schlägen zu schützen.

»Da habt ihr es! Wie soll er auch anders sein, wenn seine eigene Mutter ihn so einen Lebenswandel lehrt!« schrie der alte Berisch. »Gebt mir meinen Rubel zurück, bezahlt mir, was der Bengel bei mir gegessen hat, und nehmt ihn mit! Ich will ihn nicht mehr haben!«

»Mein Mann ist zu schwach, um mit so einem Schlingel fertig zu werden! Er ruiniert uns ja! Er hat die von meinem Mann so schwer verdienten Groschen verfressen! Und die da kommt noch, ihn zu verteidigen . . . Nehmt ihn wieder mit! Ich will ihn nicht haben!« heulte Dobsche aus ihren Tüchern heraus.

»Slatke, geh fort, Slatke! Ich bringe dich um!« ließ sich nunmehr auch der blinde Lejb vernehmen und stampfte wütend mit dem Fuß.

Slatke erschrak und trat zur Seite.

»Siehst du, was du angerichtet hast?« fuhr der blinde Lejb fort. »Fremde Menschen müssen sich deiner annehmen! Sie wollen aus deinem Lümmel einen anständigen Menschen machen, und du kommst her und schreist und beschimpfst sie! Danken müßtest du ihnen! Hier, nimm jetzt deinen Bankert mit nach Hause!«

»Mir bricht mein Herz im Leibe, wenn ich sehe, wie man ihn martert! Sie bringen ihn ja um...« erwiderte Slatke und brach in Tränen aus.

»Reb Berisch, hört nicht auf die Frau«, rief wieder der blinde Lejb. »Macht mit dem Jungen, was Ihr wollt: prügelt ihn, martert ihn, schlagt ihn tot! Ihr gebt ihm zu essen, Ihr bringt ihm ein Handwerk bei, also dürft Ihr mit ihm nach Belieben verfahren!«

»Nein, Lejb, nimm ihn zurück. Ich will nichts mehr mit ihm zu tun haben«, entgegnete der Meister. »Gib mir meinen Rubel Vorschuß zurück und die paar Groschen, die der Junge vergeudet hat, und nimm ihn mit nach Hause.«

»Siehst du, Slatke, was du angerichtet hast? Ich werde dich mitsamt dem Bengel totprügeln! Bitte den Meister, daß er ihn bei sich behält! Bitte für deinen Banditen. Bitte, sag ich dir!« befahl der blinde Lejb.

»Ich verzichte auf dieses Juwel! Mag sie ihn behalten, wenn sie ihn so in Schutz nimmt«, erwiderte der alte Berisch und legte den Riemen beiseite.

»Wir werden schon nicht ohne Lehrjungen bleiben!« bekräftigte auch Dobsche, fuhr sich wieder mit der Zunge über die Lippen und fügte hinzu: »Verstanden?«

»Siehst du«, zischte der blinde Lejb und sah Slatke mit einem wütenden Blick an.

Slatke begriff, daß sie unklug gehandelt hatte, und wurde verlegen. Sie schämte sich und wußte nicht, was sie tun sollte. Da ballte sie schließlich unwillkürlich die Fäuste. Und nun warf auch sie sich auf Mottke, und auch sie begann ihn zu schlagen.

»Was machst du mit mir, du schlechtes Kind du?« schrie sie. »Wärst du lieber gar nicht geboren worden!«

»So ist's recht! Das ist wenigstens eine Sprache, wie sie sich für eine Mutter geziemt!« meinte der alte Berisch und wischte sich den vor Zorn hervorgetretenen Schaum von den Lippen.

Aber Slatke hörte ihn nicht mehr: sie hatte ihr Tuch fester um sich geschlagen und war aufs Geratewohl davongelaufen.

Nach diesem Auftritt schlug Berisch Mottke nicht mehr. Der Geselle und die zwei Lehrjungen hoben den armen Teufel auf, trugen ihn in den Keller ihres Meisters hinunter, legten ihn dort auf die feuchte Erde, schlossen die schwere Tür und riegelten sie von außen ab.

Lange lag Mottke auf dem feuchten Boden und wußte selbst nicht, ob er wach war oder schlief. Er fühlte in allen Gliedern einen heftigen Schmerz, und es war ihm, als wären Hände und Füße gebrochen und als würde er zeitlebens nichts, gar nichts mehr tun können.

Da er sich während der Exekution gerissen und gewälzt hatte, waren die Stricke, die ihn fesselten, etwas lockerer. Mottke versuchte durch Bewegungen des ganzen Körpers wenigstens seine Hände zu befreien. Schließlich gelang es ihm auch. Er lag eine geraume Zeit mit freien Händen da, wagte aber noch nicht, sie zu bewegen. Plötzlich erschien neben ihm der schwarze Kater. Das Tier sah sich um und ging in die Ecken des Kellers, wo vorher deutlich das Kratzen und Nagen der Mäuse zu vernehmen gewesen war. Aber als der Kater erschien, wurde es auf einmal still. Da machte das Tier kehrt, ging auf Mottke zu, beroch ihn und beleckte ihn schließlich mit seinem roten Zünglein. Mottke stieß ihn mit den Füßen zurück. Das kam dem Kater sonderbar vor, und er entfernte sich.

Bald darauf bemerkte Mottke dicht an der Decke des Kellers ein kleines Fensterchen. Sofort fiel ihm etwas ein, aber er hatte Angst, noch zu schwach zu sein, um seinen Einfall zu verwirklichen. Indessen kehrten seine Kräfte und seine Energie nach und nach zurück. Als er annahm, daß sie ausreichen würden, kroch er auf allen vieren zur Wand, rückte einen Kartoffelsack heran, stellte sich darauf und versuchte seinen Kopf durch das Fensterchen zu stecken. Es gelang ihm. Aber weiter konnte er nicht: das Drahtgitter war ihm im Wege. Mottke faßte es mit beiden Händen, stemmte seinen ganzen Körper dagegen und klemmte sich in die Fensteröffnung hinein. Er fühlte weder Schmerz noch sonst irgend etwas, so abgestumpft war er. Alle seine Kräfte strengte er an, um das Hindernis zu überwinden, und drängte und stieß und kroch durch das Loch. Und da – mit einem Ruck schlüpfte er durch, war draußen und lag im Rinnstein.

Sobald er sich in Freiheit, in der frischen Luft fühlte, sah er sich zunächst um und stellte fest, daß er von niemandem bemerkt oder beobachtet wurde. Dann suchte er sich einen scharfen, dreikantigen Stein aus, kroch auf allen vieren an das Fenster der Werkstätte seines Meisters Berisch Chwat heran und schleuderte aus aller noch gebliebenen Kraft den Stein gegen die Scheibe.

Das Glas ging in Scherben und fiel klirrend in die

Stube. Es erschollen Rufe und Schreie. Aber Mottke hörte sie nicht mehr – er war bereits fort. Er schlüpfte wie ein Wiesel durch das Loch unter einem Zaun, lief dann durch einen dunklen Korridor auf einen Hof hinaus und versteckte sich rasch hinter einem Stapel von Brettern. Dort lag er nun regungslos und wartete.

Er hörte, wie man im Hof herumlief und nach ihm suchte. Er erkannte die Stimme des Meisters, des Gesellen und der Lehrjungen. Aber er lag ganz still hinter den Brettern und blieb unbemerkt. Einmal waren die Verfolger schon ganz in seiner Nähe, aber sie entdeckten ihn nicht. So blieb er in seinem Versteck, bis sich der Abend senkte.

Als es dunkel wurde, begann er zu frösteln und Hunger zu empfinden. Er überlegte sich, wohin er wohl gehen könnte. Da erinnerte er sich an seinen Freund, den Hund Bureck, kroch behutsam aus seinem Versteck hervor und begab sich auf Umwegen, über dunkle Gäßchen, Menschen meidend, zu dem Hof des Leiermannes Note. Dort kroch er auf allen vieren in die Hütte des Hundes hinein.

Bureck wärmte ihn. Mottke suchte in der Hütte herum und fand die Schüssel mit allerlei Speiseresten, die für den Hund bereitgestellt waren. Er versuchte sie zu essen, konnte es aber nicht, spie das aus, was er in den Mund genommen hatte, und schob den Teller beiseite. Nach einer Weile fühlte er sich plötzlich so müde und zerschlagen, daß er unter den Hund kroch. Bureck wärmte ihn mit seinem Atem und mit seiner Pudelwolle, und Mottke schlief ruhig und sicher ein, da er wußte, daß er sich nicht unter Menschen befand.

9

Mottke sucht sich selbst seinen Verdienst

Am Morgen trieb der Hunger Mottke aus der Hundehütte, in der er sich über Nacht vor den Menschen verborgen gehalten hatte, wieder hinaus. Vorsichtig sah er sich im engen Gäßchen um, um festzustellen, ob nicht der Vater oder der Meister hinter ihm her seien. Er konnte aber nichts Verdächtiges feststellen. Die Sonne war gerade aufgegangen, schien heiter auf das Pflaster und spiegelte sich festlich in den gewaschenen Fensterscheiben. Nicht alle Bewohner des Gäßchens waren erwacht. Sogar die Läden waren noch nicht alle offen. Aber da ging Schlejmele, der Fleischer, mit einem halben Kalb auf der Schulter vorüber. Dort fuhr über das kleine Brückchen, aus dem Dorfe zurückkommend, Chaiml, der Milchmann, mit seinen Milchkannen. Aus dem Bäckerladen roch es nach frischem Backwerk: nach Brot, das mit Mohn und Kümmel bestreut war. Mottke stand da und zitterte vor Kälte. Er war über Nacht in der Hundehütte beinah erfroren. Der Hunger quälte ihn, und sein Herz zog sich krampfhaft zusammen. Der frische Brotduft gab ihm keine Ruhe, und der Geruch der Milch, der Butter und des Fleisches auf Schlejmeles Schulter reizte ihn unerträglich. Er hatte große Lust, in den Bäckerladen zu gehen und ein Brot zu stehlen. Aber der Bäcker stand vor der Tür. Mottke erinnerte sich an die gestern erhaltenen Prügel, ließ diesen Gedanken fallen, schüttelte sich und begab sich auf den Markt.

Es war Frühherbst, und alles auf dem Feld und im Garten reifte heran – ein Freitag, an dem, wie an jedem

Freitag, Markt gehalten wurde. Die Bauern brachten aus den umliegenden Dörfern das Beste und Reifste heran, und fette Hühner mit zusammengebundenen Füßen hüpften auf den Wagen der Verkäufer. Der Marktplatz war voll von Geschrei des verschiedensten Geflügels, das man ins Schtedtl gebracht hatte. Überall flogen Federn umher. In der Mitte des Marktes saß Selig, der Dorfjude, mit seiner Tochter Baschke und verkaufte die in seiner Bütte mitgebrachten lebenden Fische. Um Baschke herum leuchteten reife Früchte: blaue Pflaumen und rote Himbeeren. Alles um sie herum war voll von verschiedensten Gemüsearten. Und die rosigen Backen des Mädchens, abgekühlt in der Frische des Morgens, glichen ebenfalls reifen Früchten, die man unter anderen Landesprodukten aus dem Dorfe mitgebracht hatte . . . Immer neue und neue Wagen fuhren auf dem Platz vor, Wagen voll frischen Obstes und andere mit Enten, Hühnern und Gänsen; manche Bauern brachten auch junge Kälber zum Verkauf, andere wiederum hatten nichts als Kartoffeln und wieder andere nur Butter, Eier, Käse und Milch. Der ganze Markt duftete nach frischem Obst. Bald zeigten sich Hunde, die jeden Wagen beschnüffelten, denn der Geruch all dieser eßbaren Dinge hatte ihren Appetit gereizt. Und hinter den hungrigen Hunden kam schließlich auch Mottke heran. Genau wie sie war er von dem Geruch der Nahrungsmittel angezogen worden, und genau wie sie drehte er sich zwischen den Wagen umher. Da er aber große Angst vor dem Vater und vor Berisch dem Meister empfand, sah er sich jeden Augenblick ängstlich um. Er näherte sich den Obstständen und sammelte die aufs Pflaster fortgeworfenen faulen Äpfel und wurmstichigen Pflaumen auf, konnte sie aber nicht essen. Es war ihm kalt, seine Eingeweide schienen erfroren zu sein, und er zitterte. Er roch den feinen Duft der frischen Butter, die eine Bäuerin aus ihrem Korb herausgenommen und sichtbar hingelegt hatte. Er kam heran und wollte schon die Hand danach ausstrecken, erinnerte sich aber an die gestern erhaltenen Schläge und wandte sich rechtzeitig ab. Er war voll Unruhe. Kurz darauf begann es auf dem Marktplatz nach frischer Wurst und gebratenem Schweinefleisch zu riechen, die der Schlächtermeister in seinem Laden auf der einen Seite des Marktplatzes feilbot. Er hatte am Vorabend für den Markttag ein Schwein abgestochen, und jetzt stellten seine Leute die Wurst her. Als erste wurden darauf die mit dem feineren Geruchssinn ausgestatteten Hunde aufmerksam. Sie begannen sich vor dem Laden des Schlächters zu sammeln, leckten sich die Schnauzen und sahen mit gierigen Augen auf das *trejfe* Fleisch, dessen Genuß den Juden durch ihr Gesetz untersagt ist. An der Schwelle des Ladens aber stand Herr Scholz, der dicke Deutsche, und hatte eine blutbefleckte Schürze umgebunden. Die Hunde sahen ihn mit großem Respekt an.

Der warme Duft der frischen Wurst hat auch Mottke herangelockt, wie die Hunde. Dort schien die Sonne, und die Stufen vor dem Fleischerladen waren warm. So setzte sich denn Mottke einfach hin, wärmte sich in der Sonne und atmete den Geruch des Schweinebratens ein. Das Wasser lief ihm im Munde zusammen, und es wurde ihm wohl, und die Hunde sahen ihn an und beneideten ihn, weil er sich so nahe beim Fleisch befand.

Allmählich füllte sich der Markt mit wohlbeleibten Jüdinnen, die zum Einkauf kamen, und in der Luft stand das Gewirr all der vielen Menschenstimmen, die sich mit dem Schreien des Geflügels vermischten. Eine Frau riß der andern die Hühner, die Gänse, die Enten aus den

Händen, und die Bauern zankten mit ihnen, und die Federn der armen Vögel flogen über ihren Köpfen umher. Mitten in diesem Lärmen und Schreien standen ruhig vor den Türen ihrer an der Marktstraße gelegenen Läden der deutsche Schlächter Scholz auf der einen Seite und der deutsche Bäcker König auf der anderen Seite. Die Hunde, mit Mottke an der Spitze, sammelten sich um diese beiden Läden. Aber weder der Schlächter noch der Bäcker hatten die hungrigen Hunde und den ebenso hungrigen Mottke bemerkt. Herr Scholz und Herr König sahen ruhig all dem Treiben auf dem Markt und den schreienden Frauen zu, die sich um das Geflügel rissen und zankten, lächelten stillvergnügt in sich hinein, winkten einander zufrieden zu und dachten dabei, daß der Rabbiner sowieso all diese Hühner und Enten und Gänse für *trejf* erklären würde und sie beide dann dieses ganze Geflügel, geschlachtet und von Federn befreit, für wenige Groschen zusammenkaufen könnten.

Inzwischen erblickte Mottke in der Ferne seine Mutter zwischen den Bauernwagen. Im ersten Augenblick wollte er sich zu ihr stürzen; das nahe, verwandtschaftliche Gefühl zog ihn zu dieser Frau hin, aber seit den am vorigen Tage auch von der Mutter erhaltenen Schlägen empfand er Angst vor ihr. Und da er sich fürchtete, nahm er sich zusammen und lief rasch davon. Und hinter ihm entfernten sich auch die Hunde.

Er bog in die Straße hinein, in der die Synagoge stand und in der sich auch der Ochsenmarkt abspielte. Dort standen Bauern mit Ochsen, Kühen und Kälbern, und zwischen dem Vieh gingen allerlei Juden hin und her, tasteten die Tiere ab, um festzustellen, ob sie auch fett seien, molken die Kühe und kosteten ihre Milch und handelten mit den Bauern, schrien, schlossen die Geschäfte durch einen Handschlag ab und gaben Geld. Auch Mottke begann sich zwischen den Tieren herumzudrängen und war bald in der Nähe einer Kuh, bald in der Nähe eines Kalbes. Einmal versuchte er an ein Kuheuter heranzukommen, um sich ein bißchen Milch herauszumelken, aber der Bauer bemerkte es und jagte ihn mit einem Strick davon. So war es Mottke hier zwischen den Kühen und den Kälbern unter den Bauern und den Juden genauso schlecht ergangen wie dort auf dem Markt unter den Gänsen und Weibern.

In diesem Augenblick trieb der lahme jüdische Schlächter Gdalje die Kälber vom Markt und konnte mit ihnen nicht fertig werden. Die Tiere liefen auseinander, und jedesmal mußte Gdalje einem anderen Kalb nachjagen. Mottke bemerkte das, hob eine große Rute vom Erdboden auf und half dem lahmen Schlächter, die Kälber zusammenzutreiben.

»So ist's recht! Hilf mir, die Viecher auf den Schlachthof zu treiben, dann gebe ich dir auch eine Semmel dafür! Tu etwas, Junge, hilf mir! Steh nicht so herum!« rief ihm der lahme Gdalje zu, der stets tränende, gerötete Augen hatte und auf beiden Ohren taub war. Er war überzeugt, daß alle taub seien, und schrie deshalb immer, wenn er mit jemandem sprach.

Mottke gefiel diese Beschäftigung. Er trieb die Kälber zusammen, drehte denjenigen, die stehen blieben, den Schwanz um und half dem Schlächter, die Tiere auf den Schlachthof zu bringen. Einige der Straßenhunde, mit denen er vor dem Laden des Herrn Scholz bekanntgeworden war, gesellten sich zu ihm. Er gab ihnen Befehle, und die Hunde halfen ihm, die Kälber anzuspornen.

Auf dem Schlachthof tat sich vor ihm eine neue Welt auf. Er bekam da Dinge zu sehen, die ihm für sein ganzes späteres Leben eine Lehre waren. Bis dahin hatte er, wenn er mitunter einen der Schlächter, Gdalje oder Schloime, mit einer Fleischrippe vorbeigehen sah, niemals daran gedacht, daß dieses Fleisch vielleicht von denselben Kühen, Kälbern und Schafen war, die er an Sommerabenden, wenn sie von der Weide zurückkehrten, sooft auf der Straße beobachtet hatte. Nie war ihm so etwas eingefallen, er hatte immer angenommen, daß ein lebendiges Kalb etwas ganz anderes sei. Jetzt aber sah er, wie Gdalje die Kälber auf dem Schlachthof zusammentrieb, aus ihrer Reihe irgendein Tier wählte und ihm alle vier Füße fesselte. Das Kalb fiel zu Boden, schrie und machte große, entsetzte Augen; gleich darauf näherte sich ihm ein Jude in einem blutbefleckten Kittel mit einem großen, großen Messer, dessen Klinge in der Sonne glänzte. Der Mann nahm das Mordwerkzeug in den Mund, hielt es mit den Zähnen fest und rasierte dann mit einem richtigen Rasiermesser den Hals des Kalbes so glatt, daß kein einziges Härchen mehr darauf blieb. Wenn er damit fertig war, nahm er das große Messer aus dem Mund und schnitt in einem Ruck dem Tier die Kehle durch. Blut spritzte hervor. Das Kalb verdrehte die Augen, röchelte und – war tot. Und niemand bestrafte den schlachtenden Juden oder Gdalje dafür; niemand schrie sie an, niemand schlug sie, die sich gleich darauf an ein anderes Kalb machten. Als Mottke sich im Schlachthof besser umsah, bemerkte er noch mehr Männer, die blutbespritzt waren, große Messer in der Hand hielten und damit auf lebende Geschöpfe einstachen und sie umbrachten. Dort lag ein großer Ochse mit gefesselten Beinen. Ein kräftiger Bursche hielt seinen Kopf fest und achtete auf die entsetzt aufgerissenen Augen des Tieres ebensowenig wie ein anderer Jude, der mit einem noch größeren Messer über dem Ochsen stand und ihm die Kehle durchschnitt. In einer anderen Ecke des Schlachthofes hatten einige christliche Burschen ein Schwein an einen Pfahl gebunden und schlugen ihm mit großen Holzstöcken auf den Kopf. Das Schwein schrie und quietschte. Und wieder in einer anderen Ecke sah Mottke noch einen Juden, der auch ein Messer mit den Zähnen hielt und zwischen den Knien ein Küken hatte. Das Küken hatte vor Schreck unbewegliche, wie verglaste Augen. Der Jude riß die Federn aus dem weichen, zarten Hälschen heraus, und es kam eine blaue, junge Haut zum Vorschein, die mit einem feinen Adernetz bedeckt war... Ein Schnitt, ein hervorspritzender Blutstrom – und der Mann warf das Küken von sich. Es fiel zu Boden, zappelte wie im Fieber und verlor Blut, bis es die Augen verdrehte und tot liegenblieb... Und dann sah Mottke, wie Gdalje das geschlachtete Kalb an eine Stange hängte, ihm den Bauch aufschlitzte, die rauchenden Eingeweide, die Lunge und die Leber herausholte und dem Tier schließlich das Fell abzog. Blut rann vom Messer über Gdaljes Hände und Kapotte, und das Kalb hatte noch die Augen offen und glotzte... Wo Mottke auch hinblicken mochte – überall sah er Blut und Blut und geschlachtete Kälber und abgestochene Schweine. Ochsen brüllten im Vorgefühl des nahenden Todes und erschütterten die Luft mit ihrem wilden Gebrüll. Kälber und Schafe schienen um Gnade zu bitten und stießen mit schwachen und unbeholfenen Stimmen ihr fast kindliches *mäh, mäh* hervor. Die Schweine quiekten. Und Hühner und Hähne gaben laute, erschrockene Rufe von sich, die ebenfalls wie Schreie kleiner Kinder anmuteten. Ringsherum aber standen Menschen mit großen Messern bewaffnet, mit Blut bespritzt, und sie schlachteten alles Lebendige und zogen Felle ab und rissen Federn aus den Hälsen. Es schien Mottke, als würde man gleich nach dem Vieh auch einen Menschen packen, ihn auf die Erde werfen und ihn abschlachten. Alles war hier auf dem Schlachthof erlaubt; man durfte schlagen, schinden, töten, abstechen, und man wurde dafür nicht bestraft. Mottke hatte nie vorher gewußt, daß man ein fremdes Leben vernichten durfte . . .

Das Blut begann ihn zu reizen. Er ging zu Gdalje und bat um ein Messer. Auch er wollte einem Kalb das Fell abziehen. Gdalje sah ihn mit seinen im blutbespritzten Gesicht sitzenden, geröteten Augen an und sagte:

»Das wirst du noch nicht fertigbringen. Wirst bloß Löcher in das Fell schneiden. Sieh erst mal zu, lerne es, dann kannst du später auch Felle abziehen.«

Und Mottke sah aufmerksam zu. Er wollte dieses Handwerk erlernen. Kurz darauf sah er, wie ein Bursche einem geschlachteten Ochsen Lunge und Leber herausriß und durch ein Rohr die Lunge aufblies. Der Mann, der den Ochsen geschlachtet hatte, untersuchte sie, um festzustellen, ob sie auch ganz sei und ob das Fleisch des Ochsen zum menschlichen Genuß freigegeben oder als *trejf* erklärt werden sollte.

Mottke begann, den Schlächtern auch beim Herausnehmen der Lunge und der Leber behilflich zu sein und hatte seine Hände nun auch mit Blut befleckt. Plötzlich erhielt er von hinten einen Schlag ins Gesicht.

»Nanu, was ist denn das für ein neuer Schlächter?« rief ein hochgewachsener Bursche namens Nossen der Dieb, der Mottke auf diese Weise willkommen hieß.

»Laß ihn nur. Es ist der Sohn des blinden Lejb. Der Junge ist ein tüchtiger Bursche. Aus ihm wird noch ein ganzer Kerl werden, verlaß dich auf mich!«

»So? Na, dann geh und hol mir ein halbes Fläschchen Aquavit von der Sore-Chanele und bring gleich ein Brot und einen Hering mit«, wandte sich Nossen an Mottke und gab ihm Geld. »Aber mach schnell! Verstanden? Sonst schlage ich dir die Rippen entzwei!« fügte er hinzu.

Mottke erhob gegen die erhaltene Ohrfeige keinen Protest, und es fiel ihm auch gar nicht ein, sich dieses Geld anzueignen, wie er es vorgestern mit dem Geld des Meisters gemacht hatte. Es gefiel ihm hier auf dem Schlachthof, und er gab sich Mühe, seinen neuen Brotherrn zufriedenzustellen. Mit einem Satz war er in der geheimen Schenke der Sore-Chanele. Und kurz darauf brachte er das halbe Fläschchen Aquavit, das er gekauft, und noch ein halbes Fläschchen, das er einfach in die Tasche gesteckt hatte. Er wollte sich nämlich vor Nossen auszeichnen, und dieser war in der Tat überaus zufrieden. Das Brot, das er mitgebracht hatte, war von seinen Händen ganz blutig geworden. Nossen der Dieb nahm den Schnaps an sich, schlug Mottke mit der flachen Hand über den Kopf und sagte:

»Du scheinst mir wirklich ein ganzer Kerl zu sein! Aus dir wird noch was Rechtes werden!«

Mottke lächelte geschmeichelt über das Lob, das ihm erteilt wurde, und war bereit, jeden weiteren Befehl auszuführen. Selbst wenn man von ihm verlangt hätte, einen Menschen umzubringen, hätte er es ohne weiteres getan. Und als ihn Nossen gar einen Schluck aus der Flasche nehmen ließ und ihm ein Stück von dem blutbefleckten Brot gab, war Mottke Gottes glücklichstes Kind auf Erden.

Er hob vom Boden ein Stück alter Milz auf und warf es den Hunden zu, die ihm nachgelaufen waren. Die Hunde sahen mit Hochachtung zu ihm empor und waren sehr zufrieden, daß ihr Mottke so tüchtig war.

10

Der König der Hunde

Seitdem Mottke sich zu den Schlächtern gesellt hatte und im Schlachthof verkehrte, wurde er der König der Hunde. Überall begleitete ihn ein ganzes Heer dieser Tiere, die wie eine Wache dafür sorgten, daß ihm niemand zu nahe kam. Unter den Knaben seines Alters hatte er keine Kameraden, und die Hunde waren seine einzigen Freunde. Bureck, sein Erzieher, war ihm der Nächste unter ihnen. Der Hunde wegen achtete man Mottke und fürchtete ihn auch. Besonders aber zitterten vor ihm die Jungen in den Gassen. Mottke brauchte nur einen Wink zu geben und seine Hunde auf jemanden zu hetzen, um den Betreffenden – wer immer es auch war – unweigerlich in die Flucht zu jagen.

Mitunter, wenn Mottke zum Scherzen aufgelegt war, nahm er einen seiner Hunde und legte ihn auf die Schwelle irgendeines kleinen Ladens. Der Hund lag dort dann so lange, bis Mottke ihm befahl, wieder aufzustehen. In dieser Zeit wagte kein Mensch, aus dem Laden hinaus- noch in den Laden hineinzugehen. Und Kinder fürchteten sich sogar, in die Nähe des belagerten Hauses zu kommen. Mottke aber stand dabei wie ein König und sah zu, wie der Hund seinen Befehl ausführte: wie er vor der Tür lag, mit bösen Augen um sich blickte, jeden, der den Versuch machte, den Laden zu verlassen oder hineinzugehen, mit einem grimmigen Knurren begrüßte und bereit war, denjenigen, der sich nicht sofort zurückzog, anzufallen. In solchen Fällen liefen die Betroffenen zu Mottke und baten ihn:

»Mottke, nimm den Hund weg! Lieber Mottke, warum tust du mir das an?«

Mitunter erweichte sich Mottkes Herz, er winkte dem Hund und hob die Belagerung auf. Wenn er aber für den Kaufmann nichts übrig hatte, ließ er seinen Hund den ganzen Tag über vor der Ladentür liegen und sorgte dafür, daß niemand hineinging und niemand herauskommen konnte.

Durch die Hunde hatte er allmählich Macht erlangt, und die Leute suchten sich seine Gunst zu erwerben. Ein Kaufmann hatte ihm sogar Geld angeboten, damit er die Tür des Konkurrenten belagern sollte. Aber Mottke benutzte seine Macht nicht zum Gelderwerb, sondern stellte sie lediglich in den Dienst seines Ehrgeizes. Einmal geschah es, daß er eines Sabbatabends eine ganze Stube mit Chassidim in einer Synagoge durch seine Hunde belagern und sie nach dem Verrichten der Gebete nicht nach Hause gehen ließ, und das nur, weil der Chassid Ojser ihm einmal zugerufen hatte, er würde überall erzählen, daß Mottke an einem Sabbat in einem christlichen Garten Birnen gepflückt habe. Und Mottke hob die Belagerung der Chassidim erst dann auf, als er das Ganze selbst satt hatte.

Seine Macht über die Hunde hatte er aber nicht nur dadurch erlangt, daß er ihnen aus dem Schlachthof alte Fleischfetzen, verdorbene, untaugliche Milz und dergleichen mehr hinauswarf. Nein, die gegenseitige Liebe und Zuneigung, die ihn mit den Hunden verband, erwuchs aus einem viel tieferen Instinkt als aus dem Wunsch, äußerlichen Nutzen davon zu haben. Die Hunde fühlten, daß sie in Mottke ein Geschöpf vor sich hatten, das die Natur mit allen menschlichen Instinkten und mit Verstand beschenkt hatte, ein Wesen, dem sie die Gabe der Rede und die Möglichkeit, sich auf zwei Füßen zu bewegen, gegeben hatte, und sie ahnten, daß dieses Geschöpf all diesen inneren und äußeren Reichtum zu ihrem Nutzen verwenden, sie führen und sie beherrschen könne. Vor Mottke hatte es keinen einzigen Menschen gegeben, der ein Führer und König der Hunde sein wollte, Mottke aber übernahm bereitwillig diese Rolle. Die Hunde erkannten ihn als ihren Führer an und gehorchten ihm bedingungslos. Er schlug sie mitunter, zwang sie, auf den Hinterpfoten zu stehen und »Männchen« zu machen, ließ sie über Zäune und auf die Dächer klettern und sogar über Häuser springen. Und die Hunde gehorchten und taten alles, was er von ihnen verlangte. Ein Hund brauchte ihn nur zu beschnuppern, um sofort zu wissen, daß er, Mottke, der König der Hunde war.

Aber kaum hatte er die Macht über die Hunde erlangt, als er sie sofort benutzte, um mit seinen Feinden abzurechnen. Diese waren sein Vater, Dobsche die Meisterin und der Gehilfe des Rabbiners, Reb Lejbusch.

Gegen Meister Berisch, der ihn so unbarmherzig geprügelt hatte, hegte Mottke keinen besonderen Groll. Er sagte sich einfach, daß der Meister, der doch ein Mann war, immerhin ein gewisses Recht dazu gehabt hatte. Aber sie, die Frau mit den verstopften Ohren, haßte er tödlich. Kaum sah er sie auf der Straße, hetzte er sofort seine Hunde auf sie. Die Hunde überfielen sie, rissen ihr den Rock herunter, und die Frau schrie ganz fürchterlich. Mottke aber stand daneben und lachte aus vollem Halse.

Er ließ die Frau nicht mehr aus dem Bau hinaus. Die Hunde hatten ihr bereits einmal ein Pfund Rindfleisch und ein anderes Mal einen Korb mit Butter und Eiern aus der Hand gerissen und alles, was sie nicht selbst auffressen konnten, einfach vernichtet. Und dem schwarzen Kater hatten sie den Schwanz abgerissen und ihn so zerkratzt und zerbissen, daß er keine heile Stelle mehr am ganzen Leibe hatte. Aber Mottke konnte sich immer noch nicht beruhigen. Noch lange ließ er die Frau nicht aus ihren vier Wänden auf die Straße hinausgehen.

Was seinen Vater anbetraf, so fühlte sich Mottke trotz seiner Hunde doch noch zu schwach, um sich auch an ihm zu rächen, und wartete geduldig auf eine Zeit, wo er ohne fremde Hilfe mit ihm abrechnen würde. Er ging ihm deshalb vorerst einfach aus dem Wege. Aber auch der blinde Lejb machte um seinen Sohn einen Bogen, seitdem dieser jetzt ständig von Hunden begleitet wurde. Er wagte ihn nicht mehr anzurühren und ließ ihn laufen. Erblickte er Mottke irgendwo auf der Straße mit dem ihm folgenden Rudel Hunde, so sah er ihm mit seinem einzigen Auge nach und dachte im stillen, daß aus seinem Sohn noch einmal etwas werden könnte, wovor man sich würde in acht nehmen müssen. Den Gehilfen des Rabbiners, den Reb Lejbusch, aber haßte Mottke ohne eigentlichen Grund. Reb Lejbusch war ein kleiner, kinderloser Mann mit einem versteinerten, strengen Gesicht und sehr hartem Charakter. Jeden Freitagnachmittag pflegte er sich in der Synagoge hinzusetzen, ein kleines Messerchen in die Hand zu nehmen und religiöse Fragen zu beantworten, die an ihn gestellt wurden. Und brachte ihm eine Frau ein Huhn, eine Gans oder eine Ente zur Untersuchung, so hatte er nur ein Urteil: alles war unbrauchbar, *trejf*. Auf der anderen Seite der Synagoge saß der zweite Gehilfe des Rabbiners namens Reb Itzehock. Reb Itzehock war ein hochgewachsener Mann, um dessen Lippen stets ein Lächeln spielte. Hatte Reb Lejbusch gar keine Kinder, so muß gesagt werden, daß Reb Itzehock im Gegensatz zu ihm eine ganze Menge Kinder sein eigen nannte. Und bei Reb Itzehock waren alle Hühner und Gänse und Enten stets brauchbar, stets *koscher*. Aber trotzdem gingen die Frauen nicht zu Reb Itzehock, sondern ausgerechnet zu Reb Lejbusch und mußten nachher die von ihm als *trejf* erklärten Vögel den Christen bringen, die in der Stadt ansässig waren, und sie ihnen zum Kauf anbieten.

Diesen Reb Lejbusch haßte Mottke schon seit seiner frühesten Kindheit. Die Mutter lief die ganze Woche mit schweren Körben umher und sparte in schwerer Arbeit so viel Geld zusammen, daß sie sich zum Sabbat ein Huhn oder eine Ente kaufen konnte. Nun geschah es oft, daß das Geflügel nicht ganz einwandfrei zu sein schien, daß Zweifel entstanden. Sandte man dann Mottke mit dem Vogel hin, so wandte er sich stets an Reb Itzehock. Doch die Mutter bestand darauf, daß er ausgerechnet zu Reb Lejbusch und zu keinem anderen gehen sollte. Aber wurde dieser gefragt, so wußte Mottke schon im voraus, daß die Mutter weinen und das Schwesterchen mit dem für unbrauchbar erklärten Vogel zu dem dicken Deutschen schicken würde, damit er ihn kaufe, und daß sie alle dann am Sabbat trockenes Brot vorgesetzt bekommen würden. Dieser strengen Urteile wegen mochte Mottke den Reb Lejbusch schon seit der frühesten Kindheit an nicht leiden, und nun sah er, daß der gehaßte Mensch auch auf dem Schlachthof alles für *trejf* erklärte. Kam Reb Lejbusch auf den Hof, so wurden alle Fleischer traurig und begannen zu zittern. Man brachte ihm die

Lunge und die Leber eines geschlachteten Tieres. Nossen blies die Lunge auf, und der alte Reb Lejbusch untersuchte sie gründlich, blickte hin und her und sagte dann kurz und bündig: »*Trejf!*« ... Es war jedesmal, wie wenn ein Unglück hereingebrochen wäre, und Nossen pflegte leise zu bemerken:

»Ich wußte es doch, daß der Alte *trejf* sagen wird!«

»Ist es denn ein Wunder? Der Mann hat keine Kinder, sein Herz ist hart wie Stein«, erwiderte darauf aufseufzend der rothaarige Boruch, und Tränen flossen ihm dabei aus seinen geröteten Augen.

Kam aber Reb Itzehock auf den Schlachthof, so wurden alle heiter, und Mottke wußte, daß man ihn nach der Untersuchung zu Sore-Chanele schicken würde, um Aquavit zu holen.

Aus diesem Grunde haßte Mottke den Reb Lejbusch und wäre ihm gar zu gerne einmal mit seinen Hunden an die Gurgel gefahren und hätte ihn gar zu gerne einmal in der Synagoge für einen ganzen Tag eingesperrt. Aber Mottke fürchtete sich, den alten Gehilfen des Rabbiners anzugreifen. Nossen der Dieb hatte vor dem Alten auch Angst. Hinter dem Rücken schimpfte er zwar auf ihn, erschien aber Reb Lejbusch auf dem Schlachthof, so begann er förmlich zu zittern. Und auch der alte Boruch und alle Fleischer benahmen sich genauso wie Nossen; so richtete sich auch Mottke danach. Aber er hoffte, daß für eine Abrechnung mit Lejbusch bald die Zeit kommen würde.

Vorläufig herrschte er über der Stadt mit seinen Hunden, und die Hunde taten alles, was er von ihnen verlangte. Sie gehorchten ihm wie einem König.

Nachts, wenn alles im Städtchen bereits schlief, kam Mottke mit seinen Hunden vor den Fleischerklötzen auf dem Marktplatz zusammen. Der Mond schien. Mottke saß wie ein König auf dem höchsten Klotz, und neben ihm lag sein Freund, der Älteste unter den Hunden – Bureck, der hinten geschoren war und vorne eine Löwenmähne hatte, Bureck, der Hund des Leierkastenmannes Note, der Mottke geholfen hatte, als der jetzige König noch schwach und klein war und sich gegen die Menschen keinen Rat wußte. Er war Mottkes nächster Freund geblieben, und Mottke erhob ihn zum Ältesten über die anderen Hunde. Ihm warf Mottke stets die besten Fleischstücke zu, ihn hatte er von seiner Kette befreit und ihn nahm er mit, wohin er auch ging. Mitunter lag Bureck auf dem Fleischerklotz neben Mottke, und Mottke spielte mit ihm, und ringsherum sprangen seine Untertanen, die Hunde, umher und stellten sich auf die Hinterbeine, ahmten vor Mottke die Menschen nach, tollten und bellten, ohne Maß, wie wenn sie sagen wollten:

»Befiehl, befiehl, unser kleiner Herrscher! Alles, alles werden wir für dich tun.«

11

Der blinde Perl

Nur einen Menschen achtete Mottke, und nur an ihm nahm er sich ein Beispiel. Das war Nossen der Dieb, der sich sein Brot damit verdiente, daß er im Schlachthof den geschlachteten Tieren das Fell abzog und ihr Fleisch nachher zum Verkauf in den Fleischerläden aufhängte.

Seine Hauptverdienstquelle jedoch bildeten Diebereien. Nossen der Dieb lebte mit seiner Mutter in einem kleinen hölzernen Häuschen am Rande der Stadt, in der Nähe der Schustergasse. Vor diesem Holzhäuschen zitterte das ganze Schtedtl. Geschah irgendwo ein Diebstahl, verschwanden etwa Freitagabends ein paar silberne Leuchter vom Tisch oder wurde bei Lejser-Mejer der Speicher aufgebrochen und stahl man ihm die Felle, die er da aufbewahrte – jeder Geschädigte ging erst einmal zum Holzhäuschen. In das Zimmer hineinzugehen, wagte kein Mensch, denn dies konnte sehr leicht mit einem Messerstich enden. Man ging nur händeringend vor dem Häuschen auf und ab und stöhnte und versuchte von Zeit zu Zeit einen Blick durch das verhängte Fensterchen zu werfen. Dann erschien Nossen sofort vor der Tür und fragte ganz harmlos:

»Was ist geschehen?«

»Nossen, denk an Gott, hab Mitleid mit meiner Frau und meinen Kindern! Gib mir meine Felle zurück!«

»Felle? Wem hat man denn schon wieder Felle gestohlen? Was ist jetzt wieder los in unserem Schtedtl? Bald wird man ja überhaupt nicht mehr leben können! Jede Nacht ein neuer Diebstahl!« ereiferte sich Nossen.

»Nossen, sag, was verlangst du für die Rückgabe der Felle?«

»Wieviel ich verlange? Gar nichts! Die Diebe sollen was verlangen! Sie kamen zu mir und erzählten mir alles. Ich nehme an, daß die Kerle mit zweihundert Rubel zufrieden sein würden.«

Dann feilschte man, und zum Schluß gab Nossen an, an welcher Stelle die Felle auf der Wiese beim Wasser vergraben waren.

Der Hüter der Ordnung im Schtedtl war der Oberstrashnik (Oberlandjäger) Janowitsch, den die Juden am Orte *blinden Perl* nannten, weil er, wenn er wollte, genauso blind sein konnte wie die arme Frau Perl, die vor der Synagoge saß und bettelte. Er sah dann nicht, wenn ein Jude seinen Laden am Sonntag nach zwölf Uhr offen hatte und Geld einnahm; er sah nicht, wie mitunter von einem Bauernwagen ein Kalb verschwand, sah auch nicht, wenn man mitten am hellichten Tage die Pferde aus einem fremden Wagen ausspannte oder wie Nossens Bande des Nachts die Schlösser des Speichers aufbrach und die Kalbsfelle stahl. Er war dann der blinde Perl und sah nichts und hörte nichts. Dieser Janowitsch sprach auch jiddisch, und wenn einmal eine Revision bevorstand und der Kommissar die Gewerbescheine nachprüfen wollte, teilte es Janowitsch den Betreffenden stets im voraus mit. Man brauchte den blinden Perl im Schtedtl genauso, wie man in einer anderen Beziehung einen Rabbiner oder ein Frauenbad brauchte. Er versöhnte stets die Streitenden. Zeigte ein Jude einen anderen wegen Verkaufs einer geheim hergestellten Branntweinsorte an, so kam Janowitsch und erzählte es dem Angezeigten. Dann verriet der Angezeigte seinerseits den Anzeiger und bezichtigte ihn eines Handels mit Diebesgut. Nun nahm der blinde Perl von beiden ein entsprechendes Schmiergeld und –tsch! still! – nichts kam an die Öffentlichkeit. Solange er das Regiment führte, war kein Jude vor Gericht oder überhaupt auf die Polizeiwache gekommen. Und als es einmal geschah, daß Perl der Hinterträger, wie man ihn nannte, den blinden Perl bei seinen Vorgesetzten wegen Bestechlichkeit anzeigte, beklagte sich Janowitsch zusammen mit den Juden beim Rabbiner und schrie auf jiddisch:

»Es ist doch unerhört! Daß ein Jude den anderen

verrät! Gibt es denn keinen Rabbiner in der Stadt, hundertzwanzig Jahre alt soll er werden! Wenn man sich über etwas zu beklagen hat, kann man doch zum Rabbiner gehen!«

Zwischen Nossen dem Dieb und dem blinden Perl herrschte schon seit langem Fehde, und die beiden bekämpften sich still, aber zäh. Genauso wie Nossen der Dieb hatte auch der blinde Perl eine ganze Räuberbande zur Hand, die die gestohlenen Sachen ihm übergab und ihn dann die Verhandlungen mit den Geschädigten führen ließ. Eine Bande machte der anderen Konkurrenz. Nach außen hin taten die beiden Anführer, Nossen der Dieb und der blinde Perl, so, als herrsche zwischen ihnen das beste Einvernehmen. Sie sprachen miteinander, tranken hin und wieder zusammen ein Fläschchen unverzollten Branntweins in der Schenke der Sore-Chanel, hüteten sich aber sehr, ohne Zeugen zusammenzukommen, da sie befürchten mußten, daß dann einer oder der andere von ihnen dem *Freund* einen Messerstich versetzen würde. Und die Blicke, die sie sich gegenseitig zuwarfen, sagten auch genug. Sie hatten untereinander abgemacht, daß der eine sich in die Angelegenheiten des anderen nicht einmischen sollte. So kam es, daß, wenn nachts ein Diebstahl passierte und der Geschädigte zum Hüter der Ordnung gelaufen kam, der blinde Perl nie zu Hause war: er versteckte sich und ließ sich bis zur Aufklärung des Verbrechens nicht sehen...

Dafür setzte aber jeder der Führer den Mitgliedern der fremden Bande so sehr zu, wie er nur konnte. Stieß Nossen der Dieb irgendwo auf der Straße auf irgendeinen Burschen aus der Bande seines Gegners, so ließ er den armen Teufel nicht ohne tüchtige Tracht Prügel laufen. Und seitdem sich Mottke mit Nossen dem Dieb angefreundet hatte, wandte der blinde Perl ihm, dem Hundekönig, seine besondere Aufmerksamkeit zu und ließ ihn an den Jahrmarktstagen nicht auf den Marktplatz. Überall, wo der blinde Perl den Jungen traf, schlug er ihn und verjagte ihn und wartete nur auf die Zeit, wo es ihm gelingen würde, mit ihm gründlich abzurechnen. Mottke beschwerte sich bei seinem Beschützer, dem Dieb Nossen, nicht darüber, denn er wußte erstens, daß diese Verfolgungen in der Ordnung der Dinge waren, und begriff zweitens, daß er, Mottke, ein noch viel zu unbedeutender Junge sei, so daß der *Lehrer* sich seinetwegen schwerlich mit dem blinden Perl herumschlagen würde.

Aber vor diesem Nossen dem Dieb, der es so weit gebracht hatte, daß der blinde Perl vor ihm zitterte und ihm aus dem Wege ging, vor diesem Nossen empfand Mottke die größte Hochachtung. Er vergötterte ihn förmlich und war bereit, für den *Meister* ins Feuer und ins Wasser zu gehen. Nossen der Dieb hatte seinerseits auch das Gefühl, daß der kleine Mottke ein durchtriebener Bursche war, den man einmal sehr gut gebrauchen könnte. So zog er ihn an sich heran, nahm ihn mit in sein Holzhäuschen und ließ ihn sogar dort schlafen.

In diesem hölzernen Häuschen lebte Nossen der Dieb mit seiner Mutter. Der Bursche hatte wenigstens eins, was an ihm gut war: er hielt seine Mutter hoch in Ehren. Und die Stadt lobte ihn dafür. Sogar seine Frau hatte er fortgejagt, weil diese sich nicht mit der Schwiegermutter vertragen konnte und ständig mit ihr gezankt hatte. Nossen kleidete seine Mutter sehr gut, hatte ihr einen sehr guten Platz in der Frauenabteilung der Synagoge gekauft und brachte ihr zum Sabbat das beste Fleisch und die schönsten Fische mit. Samstagnachmittags ließ

Nossen seine Mutter nach dem Mittagessen ihre neue Haube und Jacke anziehen und ging mit ihr durch die Straßen der Stadt spazieren. Und sahen die Frauen, wie gut der Bursche die Mutter behandelte, so verziehen sie ihm alles und behaupteten, daß er doch in den Himmel kommen würde. Man erzählte sich, daß die alte Pesche, Nossens Mutter, die selbst einmal einen Fleischer zum Mann gehabt hatte, auch heute noch imstande war, einen halben Liter Schnaps allein auszutrinken, und man fügte hinzu, daß sie ihren Sohn auch jetzt noch ohrfeigte, wenn ihr etwas an ihm nicht gefalle, und daß dann Nossen der Dieb, vor dem sogar der blinde Perl eine solche Heidenangst hatte, sich von der Mutter still ohrfeigen ließ und kein Wort entgegnete.

Und diese alte Pesche, diese noch so rüstige, fast achtzigjährige Frau mit den rotgefrorenen Backen, beherbergte Mottke in einer Ecke ihrer Küche. Sie sorgte für ihn, wusch mitunter seine Wäsche und gab ihm von Mal zu Mal auch etwas Warmes zu essen. Diese alte Pesche wurde Mottkes Beschützerin und schalt ihren Sohn, wenn dieser es wagte, Mottke zu prügeln. Als aber Nossen erkannte, wie gern die Mutter den Jungen hatte, änderte auch er sein Benehmen Mottke gegenüber, gewann ihn lieb und begann, ihn wie einen jüngeren Bruder zu behandeln.

Eines Abends, als Nossen und Mottke zusammen vom Schlachthof zurückgekommen waren, stellte die alte Pesche eine große Schüssel mit heißer Kartoffelsuppe und Fleisch auf den Tisch und wandte sich an ihren Sohn mit folgenden Worten:

»Nossen, wir werden bald Neujahr und das Versöhnungsfest feiern, und ich fürchte, daß der Junge nicht einmal das *Krias Schmah*-Gebet hersagen kann.«

»Kannst du dieses Gebet sagen?« fragte Nossen, der sich ganz ins Essen vertieft hatte.

Mottke, der gerade eine heiße Kartoffel in den Zähnen hielt, lachte auf und erwiderte:

»Nein.«

»Was ist denn da zum Lachen? Es rücken große Feiertage näher, und du kannst nicht einmal ein Gebetbuch in der Hand halten«, meinte die Alte.

Nossen verabreichte dem Jungen eine Ohrfeige, aber Mottke hörte nicht auf zu lachen.

»Warum schlägst du ihn? Kunststück, Ohrfeigen zu verteilen! Nimm lieber ein Gebetbuch und bring dem Jungen das Lesen bei«, rief die Alte. »Du kannst doch lesen! Soll er es auch können.«

Mottke lachte.

Nach dem Essen holte Nossen von dem Wandbrett, auf dem auch die festlichen Leuchter standen, das Gebetbuch der Mutter herunter, blätterte darin, bis er große Buchstaben fand und begann Mottke zu unterrichten.

»Sieh her: dies hier ist ein *Hej* und dies da ein *Bejs*. Sag es nach: ein *Hej*, ein *Bejs*.«

Mottke lachte.

»Was ist das für ein dummes Gelächter? Sieh nur, wie er sich schüttelt!« rief Nossen, legte Mottke kurzerhand übers Knie und begann ihn zu schlagen.

»Was tust du? Was soll das?« schrie die Alte. »Nossen, du Dieb du, laß den Jungen, laß ihn, sag ich dir! Du bringst ihn ja um!«

Und die Alte riß Mottke aus Nossens Händen.

Nossen begann ihn wieder zu unterrichten, und gleich darauf gab es wieder Schläge.

»Ach, du Lehrer du! Sieh einer diesen Lehrer an, daß ihm die Hände verdorren! Schlagen kannst du ihn, das sehe ich, aber unterrichten?« schrie die Alte ihren Sohn an.

Und Mottke lachte unter Nossens Hieben.

Mottke fühlte, daß die alte Pesche es gut mit ihm meinte, und wollte sich in irgendeiner Weise erkenntlich zeigen. Aber er wußte nicht, wie er das machen sollte.

Mitunter brachte er ihr ein Huhn unter dem Rockschoß oder ging in die Schenke und stahl für sie ein Fläschchen Branntwein. Brachte er es aber nach Hause und stellte er es vor die Alte hin, so jagte sie ihn fort und schimpfte:

»Geh weg, du kleiner Dieb! Mach, daß du fortkommst mit deinem Diebesgut!«

Mottke ging. Als er aber sah, wie das Fläschchen unter dem Kissen der Alten verschwand, lachte er vergnügt.

Als der blinde Perl festgestellt hatte, daß Mottke im Hause Nossen des Diebes Aufnahme gefunden hatte und daß Nossen den Jungen so gern hatte, begann er zu überlegen, wie er wohl Mottke in seine Gewalt bekommen könnte. Er wollte durch den Jungen mit Nossen abrechnen und wartete geduldig auf einen günstigen Zufall. Allzulange brauchte er nicht zu warten. Die ersehnte Gelegenheit bot sich ihm bald ganz von selbst.

12

Eine jüdische Pfandleihe

In dem Schtedtl gab es viele Schuster, die zu den Bauernjahrmärkten Stiefel anfertigten. Den ganzen Sommer stellte man diese Stiefel wie einen Massenartikel her und wartete auf den Herbst, wenn die Jahrmärkte begannen und man in eigenen Zelten und Buden die Ware verkaufen konnte. Aber nur wenige Schuster hatten das Glück, so lange ausharren zu können, bis es Zeit wurde, mit den Stiefeln auf die Märkte zu fahren. Die meisten konnten nicht den ganzen Sommer durchhalten, und vor Beginn der Feiertage wanderten die Stiefel in das Lager Ephroims, dem man sie für einige Rubel versetzte, da man notwendig Geld brauchte, um zu leben, Ware zu kaufen oder die Festtage zu feiern.

Ephroim Geiger war der Wucherer der Schuster. Von jedem Rubel nahm er dreißig Kopeken Zinsen und behielt sich die Stiefel als Pfand. Kam der Herbst, baten ihn die Meister: »Reb Ephroim, gebt uns die Stiefel zurück, daß wir sie auf den Märkten verkaufen können.« Ephroim aber wußte, daß ein Schuster ein Säufer ist und daß die Stiefel, noch bevor sie den Markt erreichten, in irgendeiner Schenke steckenbleiben würden. Da aber diese Stiefel zum größten Teil nicht mehr soviel wert waren, wie das Darlehen mit den inzwischen angelaufenen Zinsen ausmachte, blieben sie in der Lagerkammer Ephroims, faulten dort und kamen nie wieder zum Vorschein. Ephroim verkaufte sie nicht. Er brauchte kein Geld. Er hatte mit seiner Frau Täubel, genannt die Giftschlange, zwanzig oder dreißig Jahre lang in ewigen Zänkereien verlebt und nie etwas anderes gegessen als altes Brot und Zwiebeln, und er fand jetzt sein einziges Vergnügen nur noch darin, die Kammer immer wieder mit den dort abgelagerten Stiefeln zu füllen. Nach dem Laubhüttenfest, wenn die Regenzeit kam, lief das ganze Schtedtl in zerrissenen Stiefeln herum. Der Straßenkot drang durch die Löcher und Ritzen des Leders auf die Füße, während bei Ephroim in der Kammer ein Haufen Stiefel faulte, die die Schuster für die Bevölkerung angefertigt hatten, damit die Leute zur Regenzeit etwas anzuziehen hatten.

Ephroim war so geizig, daß er seiner Frau nicht einmal das trockene Brot gönnte. Jeden Morgen wurde die Gasse vom Geschrei aufgerüttelt, das aus Geigers Wohnung klang. Und jeden Morgen schleppte Ephroim seine Frau zum Rabbiner, um sich scheiden zu lassen.

»In dieser Minute kommst du noch mit zum Rabbiner! Sofort!« schrie er.

Es war bereits einmal geschehen, daß der Rabbiner der Versuche, sie zu versöhnen, müde geworden war und beschlossen hatte, die Scheidung auszusprechen.

»Wieviel wird das kosten?« fragte Ephroim.

»Du mußt ihr vor allen Dingen eine Scheidungsurkunde, eine *ksube* geben, den Schreiber bezahlen und noch andere Unkosten begleichen. Dann kommen noch die Unkosten der standesamtlichen Scheidung hinzu ...«

»Wieviel wird das alles in allem ausmachen?«

»Alles zusammen? Nun, an die fünfundzwanzig Rubel wirst du wohl ausgeben müssen.«

»Fünfundzwanzig Rubel?« rief Ephroim. »Täube, komm nach Hause!« wandte er sich an die Frau. »Komm sofort nach Hause!«

Und er packte die Frau am Ärmel und schleppte sie heim.

Und wegen dieser fünfundzwanzig Rubel, die ihn die Scheidung gekostet hätte, lebte er sein ganzes Leben lang mit einer Frau, mit der er sich ewig zankte, mit einer Frau, die er nicht weniger haßte als sie ihn, und die er ebenso, wie sie ihn, stets verfluchte.

Es ist ganz wahrscheinlich, daß es Täube die Giftschlange war, die ihn so schlecht gemacht hatte. Denn die Frau war in der Tat eine Giftschlange. Kinder hatte sie nicht, und das konnte man schon ihrem Gesicht ansehen... Ihre Züge waren ganz männlich, und ihr fehlte nur der Bart; dafür aber hatte sie eine Menge mit langen Haaren bewachsener Gesichtswarzen und haßte alle Menschen. Sah sie ein Kind auf der Straße, versetzte sie ihm unweigerlich einen Stoß. Überhaupt jagte sie alles Lebendige von sich, und für jedes Wesen, das sich ihr näherte, hatte sie nur Worte wie: »Fort! Weg!«

An den Sommerabenden pflegte sie auf den Stufen vor dem Hause zu sitzen und Luft zu schöpfen. Sie litt an Asthma und atmete schwer. Die Kinder der Schuster brachten dem Ephroim die fertigen Stiefel und Schuhe. Die Frau brummte etwas unter die Nase, nahm die Stiefel ab, warf sie in die Lagerkammer ihres Mannes und trieb die Kinder davon, indem sie ihnen zurief: »Fort! Weg!«

Das einzige Vergnügen Ephroim Geigers bestand, wie gesagt, in dem Betrachten seines Stiefellagers. Mitunter schloß er sich in der Kammer auf ganze Tage ein und sortierte die Stiefel, die dort schon seit Jahren faulten. Das verdorbene Leder verbreitete einen starken Gestank, Ephroim aber atmete ihn wie einen erlesenen Duft ein und hatte seinen Genuß daran. Er kam aus der Kammer stets mit einer zufriedenen Miene heraus. Das Lächeln strahlte in seinen Augen und fiel aus ihnen in seinen zerzausten Bart, dessen Haare mit Lederstaub aneinandergeklebt waren. Erblickte er dann aber seine Frau, wie sie dasaß und mit funkelnden Äuglein um sich sah, verging ihm seine gute Laune im Nu. Er brummte kurz und zornig auf, verfluchte sein Eheweib, zog den langen Rock an und lief in die Synagoge.

Auf seine Kammer aber mit den faulenden Stiefeln hatte Nossen der Dieb ein Auge geworfen. Er sandte zunächst unter einem nichtigen Vorwand Mottke zu Ephroim. Mottke mußte auskundschaften, ob die Lagerkammer ein Fensterchen hatte und wohin dieses Fensterchen hinausschaute.

Als Mottke ankam, saß Täube gerade wieder auf den Stufen vor dem Hause und atmete die frische Abendluft ein. Sie empfing ihn mit ihrem üblichen »Fort! Weg!« Aber Mottke antwortete ihr nicht und ging an ihr vorbei ins Haus hinein. Täube fragte ihn, wen er suche, aber Mottke hörte gar nicht auf sie und war schon im Hause. Er sah den Spalt der nur angelehnten Tür, riß sie auf und erblickte Ephroim Geiger, umgeben von einer ganzen Welt von Stiefeln. Mottke erschrak, als er die Augen und den Bart des Mannes zwischen den Stiefeln bemerkte.

»Wer ist dort?« rief Ephroim in höchster Erregung darüber, daß ihn ein fremdes Auge während der Verrichtung seines Dienstes in seinem Allerheiligsten erblickt hatte.

»Der Meister hat mich zu Euch geschickt!«

»Welcher Meister? Was für ein Meister? Täube, he Täube, wo bist du?« schrie Ephroim und sprang, ganz von Staub bedeckt, aus dem Haufen seiner Stiefel hervor.

Aber Mottke war schon verschwunden.

Von diesem Tage an erhielt das Fensterlein zu der Stiefelkammer noch einen Laden und wurde dazu mit einem Brett zugenagelt. Die Tür zu Ephroims Allerheiligstem wurde mit zwei weiteren Schlössern versehen, damit kein fremdes Auge mehr einen Blick hineinwerfen konnte. Mottke aber bekam von Nossen dem Dieb eine Tracht Prügel dafür, daß er seine Sache so ungeschickt gemacht hatte.

Indessen war es Mottke dennoch gelungen, festzustellen, daß das einzige Fensterchen der Stiefelkammer auf Mandricks Dach hinausging.

Und bald bot sich ihm eine andere Gelegenheit, in Ephroims Lager einzudringen. Obwohl Geiger so geizig war, wollte er dennoch, daß irgendein Andenken an ihn nach seinem Tod zurückbleibe. Fünf Jahre lang feilschte er mit einem Schreiber, der ihm für die Synagoge, in der er betete, eine Thorarolle anfertigen sollte. Seine Frau Täube flehte ihn mit Tränen in den Augen an, auch ihren Namen in die Rolle einschreiben zu lassen, aber Ephroim ging darauf nicht ein. Da erklärte sich die Frau bereit, etwas beizusteuern, und holte aus einem Strumpf, in den sie Groschen um Groschen vom Wirtschaftsgeld zurückgelegt hatte, ganze fünfzehn Rubel hervor. Da gab Ephroim endlich seine Einwilligung dazu, daß der Mantel der Thorarolle, auf dem in feiner Stickerei der Baum der Erkenntnis dargestellt war, auch ihren Namen tragen sollte.

Seitdem Ephroim geheiratet hatte, war sein Allerheiligstes keinen Augenblick ohne Aufsicht geblieben. Ob er zu Hause war oder in der Synagoge – immer saß an der Schwelle des Hauses seine Frau wie ein treuer Hund und trieb alle, die sich der Kammer nähern wollten, mit ihrem üblichen »Fort! Weg!« davon.

Am Tage aber, als die neue, für Ephroim geschriebene Thorarolle eingeweiht wurde, ging er mit seiner Frau und allen andern Juden in die Synagoge und überließ die Stiefelkammer ihrem Schicksal. In der Synagoge freuten sich die Juden über die neue Thora, und Ephroim und seine Frau tanzten mit ihrem »Kindchen« – mit dieser neuen Rolle – bis spät in den Abend hinein.

Währenddessen stieg Nossen der Dieb auf Mandricks Dach und brach die Läden und das Brett mit einer Eisenstange auf. Jetzt blieben nur noch die Eisenstangen vor dem Fenster, aber mit diesen wurde Nossen auch leicht fertig. Dann gab er Mottke einen Wink. Der Junge drückte sich wie eine Katze zwischen die auseinandergebogenen Eisenstangen, sprang in die Kammer und begann, die Stiefel seinem Meister zuzuwerfen.

Als zwei Säcke gefüllt waren, befahl Nossen, die Stiefel in der Kammer so zu stapeln, daß der Diebstahl nicht gleich entdeckt werden konnte. Mottke tat es und drückte sich dann zwischen den Eisenstangen hinaus. Nossen brachte von außen alles in Ordnung, nagelte das Brett an und schloß die Läden, damit man nichts merke und ihm die Möglichkeit bliebe, später noch einmal in das Allerheiligste Ephroims einzudringen.

Als Ephroim mit seiner Frau von der Feier der Übergabe seiner neuen Thorarolle nach Hause zurückkehrte, erinnerte er sich an seine Kammer.

Ach Gott, er hatte sie ja ohne Aufsicht gelassen! Zum erstenmal! Und zitternd vor Angst besah er zunächst die Schlösser vor der Tür. Alles war in Ordnung. Mit klopfendem Herzen öffnete er die Tür zu seinem Lager. Gelobt sei Gott! Die Stiefel waren da, und die Läden waren zu und die Eisenstäbe unberührt.

»Gott sei Dank!« atmete Ephroim Geiger erleichtert auf. »Ich bin so erschrocken! Die Kammer war ja ganz ohne Aufsicht!«

»Gott hat uns der Thora wegen geholfen!« meinte Täube.

»Du hast recht, mein Weib!«

Und an diesem Abend sprachen Mann und Frau zum erstenmal ruhig und friedlich miteinander. Sie waren noch voll der Freude, die ihnen ihr »Kind«, die neue Thorarolle, gebracht hatte.

Seitdem begannen – dank der Mühe Mottkes und seines Lehrers, Nossen des Diebs – die Stiefel für einige Zeit ihre wirklichen Herren zu erreichen, für die sie die Schuster angefertigt hatten – nämlich die Einwohner der Stadt. Viele Menschen besaßen jetzt für den Herbst und für die Regenzeit gute und kräftige Stiefel. Und da auf diese Weise die Fußbekleidung mit einem Mal billig wurde, konnten sich auch die armen Leute zum Feste ein paar Stiefel leisten.

Aber sehr bald hörte dieser gute Zustand auf. Die Stiefel begannen in die Kammer Ephroims zurückzukehren. Wie das geschah, werden wir später erfahren. Jedenfalls geschah es dadurch, daß der blinde Perl, der Hüter der Ordnung, auf seinem Posten war und mit wachsamem Auge die Vorgänge in dem Schtedtl verfolgte . . .

13

Ein Dieb! Ein Dieb!

Eines schönen Morgens erscholl in der Gasse ein schreckliches Geschrei: »Hilfe! Ein Dieb!«

Läden wurden aufgerissen. In den geöffneten Luftluken erschienen weiße Schlafmützen und Bärte, in denen noch Federn steckten. Menschen sahen einander erschrocken an und fragten:

»Wo brennt es?«

Da erblickten sie Ephroim Geiger, der in Unterhosen und mit einer Schlafmütze auf dem Kopf an der Schwelle seines Hauses stand. Er rang die Hände und schrie:

»Hilfe! Ein Dieb! Man hat mich bestohlen, man hat mich zu Grunde gerichtet!«

Türen und Tore taten sich auf. Männer in Unterwäsche, Frauen in Nachthemden, junge Mädchen, die ein Tuch um sich schlugen, und junge Leute mit Stöcken und Äxten bewaffnet, sprangen aus den Häusern und schrien: »Wo? Wann? Wen?«

»Hier ist er vorbeigelaufen! Er ist über den Zaun geklettert!«

»Nein, nein! Er ist auf den Hof gelaufen. Zu Gambiner auf den Hof!«

»Ich habe es selbst gesehen, wie er über den Hof gelaufen ist!«

»Kommt!«

Und durch all diesen Lärm drang Ephroims Stimme hindurch:

»Er hat mich umgebracht!«

»Wer ist es denn gewesen?«

»Da! Da ist er ja!« rief plötzlich ein junger Mensch und wies mit der Hand auf den Schornstein.

Und tatsächlich zeigte sich dort auf dem Dach, das gegenüber dem Fensterchen der Stiefelkammer lag, der kleine Mottke. Zum Teil war er von dem Schornstein verdeckt. Aber man sah seine Mütze und seine diebischen Augen. Halb stand er und halb lag er dort. In der Hand hielt er ein paar Stiefel, sah sich erschrocken um und wußte nicht weiter.

»Da, da ist er! Seht, seht!«

»Mottke der Dieb! Das ist doch Mottke!«

»Das ist das Söhnchen vom blinden Lejb! Ich sagte immer schon, daß der Junge noch ein feines Früchtchen werden würde!«

»Umringt das Dach!« riefen einzelne Stimmen.

Die Schreie des bestohlenen Ephroim hörten nicht auf und riefen schließlich alle Juden der Stadt zusammen. Aus allen Straßen, Gäßchen und Hintergäßchen kamen Männer, Frauen, Mädchen und junge Burschen gelaufen, bewaffnet mit Stöcken, langen Stangen, mit Besenstielen und Äxten. Alle schrien:

»Wo ist der Dieb? Wo ist der Dieb?«

»Man hat ihn schon! Man hat ihn schon!«

»Da ist er! Seht, seht, dort!«

Mottke aber drehte sich auf dem Dach wie eine gefangene Maus. Er war so erschrocken, daß er nicht einmal die Stiefel aus der Hand ließ, wartete und sah mit unruhigen Augen den weiteren Geschehnissen entgegen.

»Laßt uns auf das Dach steigen!«

»Wer folgt mir auf das Dach?«

Da und dort zeigten sich schon einige Helden, die auf das Dach hinaufklettern und Mottke festnehmen wollten.

Als aber Mottke sah, daß die Gefahr nahe rückte, sprang er vom Dach und war für einige Augenblicke verschwunden. Aber bald zeigte er sich auf einem anderen Dach.

»Seht! Seht! Da ist er wieder! Da! Da!«

Und die ganze Stadt: Männer, Frauen, Jünglinge mit Stöcken und Mädchen mit Besen bewaffnet, stürzten hinter ihm her.

Aber Mottke flog schon wie eine Katze von Dach zu Dach. Plötzlich verschwand er in irgendeinem Loch, sprang über ein Haus, huschte wie eine schwarze Maus über die Straße, lief in den Hof des Stellmachers hinein und versteckte sich zwischen den Brettern, den Holzstükken und den Balken, die dort aufgestapelt waren.

Die Leute, die ihm mit Stöcken und Besen nacheilten, sahen, wie er auf den Hof flüchtete. Und bald füllte sich dieser Hof mit all den Männern, Frauen, Jünglingen und Mädchen, und unter ihnen war auch Ephroim Geiger, der immer noch in Unterhosen und Schlafmütze hinterherlief und schrie:

»Hilfe! Der Bengel hat mich ja abgeschlachtet!«

»Kommt, Reb Ephroim, wir wollen die Bretter auseinanderwerfen und den Jungen hervorholen!« rief Nochim der Schuster, der sein ganzes Leben lang mit seiner Arbeit zur Auffüllung der Kammer des Bestohlenen beigetragen hatte. Er hatte schwarzgraue, eingefallene Backen, pustete schwer und konnte kaum noch Atem schöpfen.

»Halt! Halt! Da kommt der blinde Perl!« riefen plötzlich mehrere Stimmen.

»Den Weg frei! Der blinde Perl kommt!«

Alle traten zur Seite. Der blinde Perl trat in voller Uniform, mit einem Säbel und einem Karabiner bewaffnet, auf den Hof. Sein roter Hals schwoll aus dem Gummikragen hervor wie das Fett bei einem Schwein. Seine noch halb verschlafenen Augen sahen so aus als wäre er betrunken. Er war wütend, und seine Haare standen zu Berge.

»Was ist los, ihr Juden?« fragte der blinde Perl und strich mit der Hand seinen langen Schnurrbart zurecht, was bei ihm auch ein Zeichen des Zornes war.

»Ach, Panje! Er hat mich ja umgebracht! Abgeschlachtet hat er mich!«

»Wollen mal sehen! Wollen mal sehen!« entgegnete der blinde Perl plötzlich auf russisch. Das war bei ihm ein Zeichen des allergrößten Zornes.

Er trat an die Bretter heran, klopfte mit dem Säbel auf das Holz und rief:

»Ei, du Gauner, du! Kriech hervor!«

Mottke lag hinter den Balken und Brettern, guckte mit seinen glänzenden Augen durch ein Loch auf den Hof und sah die Juden mit den Stöcken und den blinden Perl mit dem Säbel. Er zitterte nicht. Er hatte keine Angst. Er betrachtete seine Verfolger und harrte der kommenden Dinge.

»Was ist geschehen?« fragte Nossen der Dieb, der plötzlich unter der Menge auftauchte.

Die Leute sahen einander an und antworteten lächelnd, wie wenn sie sich aus der Affäre ziehen wollten:

»Wissen wir es denn? Alle liefen, da sind wir eben mitgelaufen.«

»Was ist denn los? Wie? Ein Dieb?« fragte Nossen weiter.

»Wollen mal sehen!« rief der blinde Perl mit einem Seitenblick auf Nossen. Dann schlug er noch einmal mit dem Säbel auf die Bretter und schrie noch lauter:

»Kriech hervor, du Gauner, du!«

Nossen antwortete ihm nur mit einem Blick und stellte sich zu den anderen Einwohnern des Schtedtls. Er wollte wie sie abwarten und sehen, wie die Sache weitergehen würde.

Als aber Mottke auch auf den zweiten Anruf des Hüters der Ordnung keine Antwort gegeben hatte, wandte sich der blinde Perl an die Umstehenden und befahl ihnen auf jiddisch:

»Holla, ihr Juden, schafft die Bretter zur Seite!«

Die Männer stürzten sich zu den Brettern und Balken, um den Befehl auszuführen. Besonders taten sich dabei die Schuster hervor, die ihre Stiefel bei Ephroim versetzt hatten. Sie warfen die Balken und Bretter und Klötze auseinander, und Mottke flüchtete aus einem Loch in das andere.

Mit einem Mal erscholl auf dem Hof ein lauter, verzweifelter Schrei:

»Ich lasse es nicht zu! Nein, nein!«

Es schrie die rote Slatke, die gekommen war, um ihr Kind wieder einmal in Schutz zu nehmen. Mit ihrem ganzen Körper warf sie sich auf die Bretter, ließ sie nicht auseinandernehmen und ließ die Leute an Mottke nicht herankommen.

»Mach daß du fortkommst! Sofort!« befahl ihr der blinde Perl. »Ich befehle es dir!« fügte er hinzu und klopfte mit dem Säbel.

Aber die rote Slatke lag auf den Brettern, dachte gar nicht an Fortgehen, rührte sich vielmehr nicht vom Platz und schrie mit unmenschlicher Stimme:

»Ich gehe nicht! Ich gehe nicht! Ihr bringt ihn ja um!«

»Nehmt sie fort, schleppt sie weg!« rief der blinde Perl.

»Ich werde gleich böse!«

Die Umstehenden wollten sich auf die rote Slatke stürzen, aber sie stieß die Angreifenden mit Händen und Füßen von sich, kratzte ihnen mit ihren Nägeln die Gesichter wund und schrie in einem fort:

»Ich lasse euch nicht an den Jungen heran, ihr bringt ihn ja um!«

Und Nossen murmelte inzwischen den besonders eifrigen Helfern des blinden Perl leise, aber deutlich zu:

»Ich werde euch die Schädel spalten!«

Die Leute sahen Nossen an und blieben erschrocken stehen. Sie wußten nicht mehr, wem sie gehorchen sollten: dem Polizisten oder Nossen.

Als der blinde Perl sah, daß die Juden Slatke in Ruhe ließen, warf er wieder einen Blick auf Nossen den Dieb, trat dann an die weinende Frau heran, trampelte mit den Füßen, schlug sie mit der Säbelscheide und schrie:

»Weg von hier, du! Willst du uns Diebe großziehen?«

Das war Nossen aber zuviel. Er trat an den blinden Perl heran, packte ihn am Kragen der Uniform, hielt ihm die Faust vor die Nase und erklärte:

»Willst du dich an einer Frau vergreifen? Ich werde dir den Schädel spalten!«

Der blinde Perl erschrak, zog den Revolver aus der Tasche und schrie:

»Schere dich, du! Ich schieße dich sonst wie einen Hund über den Haufen! Du hinderst mich an der Ausübung meines Amtes!«

Es war ihm aber schon zu hell, und Nossen der Dieb trat zur Seite. Als der blinde Perl einsah, daß er gesiegt hatte, wandte er sich an die Umstehenden, wies mit der Hand auf Nossen und befahl:

»Bindet ihn! Er widersetzt sich mir! Er leistet Widerstand gegen die Staatsgewalt!«

Nossen erblaßte. Er stand da mit einem konfusen Lächeln und hielt die kleine Eisenstange bereit, die er immer bei Schlägereien zu gebrauchen pflegte, und niemand wagte es, ihm jetzt zu nah zu kommen.

Der blinde Perl sah sich ohne Anhang und machte sich wieder daran, Mottke einzufangen. Er stieß selbst Slatke zurück und rief den Umstehenden zu, sie möchten die Bretter auseinanderwerfen.

Aber niemand wollte ihm jetzt helfen. Vielleicht hatten sie vor Nossen Angst, vielleicht bewirkte die Tatsache, daß der Polizist die Frau geschlagen hatte, daß die allgemeinen Sympathien sich auf einmal Mottke zuwandten – sei dem wie es sei, jedenfalls arbeitete jetzt der blinde Perl ganz allein an der Fortschaffung der Bretter, und ihm war dabei so warm geworden, daß der Schweiß in Strömen von seinem fetten Halse rann. Er sah nunmehr noch röter aus als sonst und schimpfte heftig über die Juden und deren Rabbiner. Die Leute ringsherum aber standen stumm, sahen dem blinden Perl zu, der so schwer arbeiten mußte, und lächelten. Der Polizist mühte sich und mühte sich und hatte endlich einen ganzen Haufen Bretter abgetragen.

Da sprang der gehetzte Mottke plötzlich mit einem Satz aus seinem Schlupfloch in einen Haufen Juden hinein. Keiner wagte es, ihn festzuhalten. Im Gegenteil: einige der Leute stellten sich noch vor ihn und verdeckten ihn mit den Schößen ihrer Röcke. Der blinde Perl zog seinen Säbel blank und stürzte Mottke in den Haufen der Umstehenden nach. Aber Mottke hatte bereits Reißaus genommen. Er lief so schnell er konnte in einen anderen Hof hinein, kletterte dort eiligst über einen Zaun und rannte dann zum Feld, um zum Fluß zu gelangen. Der blinde Perl und Ephroim Geiger waren die einzigen, die ihm nachliefen. Alle anderen aber, die Männer und die Frauen, die Jünglinge und die Mädchen mit ihren Stöcken und mit den Besen blieben stehen und sahen zu, wie der blinde Perl mit dem langen Säbel in der Hand und Ephroim Geiger in Unterhosen und in der Schlafmütze dem Jungen nachliefen. Mottke aber flog wie ein Pfeil aus dem Bogen über Zäune und Dächer. Der blinde Perl keuchte und atmete schwer, wie eine fette Gans. Und alle lachten.

Schließlich wurde der Hüter der Ordnung dieser Jagd müde. Er blieb stehen, steckte den Säbel wieder in die Scheide, spuckte aus und sagte zu den Zuschauern auf jiddisch:

»Was geht es mich an, wenn ihr einen Dieb unter euch dulden wollt? Nicht meine Sorge!«

Und als gleich darauf sein Blick auf den in Unterhosen und Schlafmütze bekleideten Ephroim fiel, der immer noch aus vollem Halse brüllte und: »Hilfe! Er hat mich ja umgebracht!« schrie, richtete sich sein ganzer Zorn gegen ihn. Und die Umstehenden sahen, wie der blinde Perl sich mit einem Mal gegen Ephroim wandte und ihn wütend nachäffte:

»Hilfe! Er hat mich ja umgebracht! Du bist ja selbst an allem schuld! Wer sagte dir, daß du die Stiefel in der Kammer halten sollst? Gib die Ware den Schustern zurück, dann wird man sie dir nicht stehlen!«

Da aber wurde es am Ende des Gäßchens, in das Mottke schließlich hineingeschlüpft war, sehr lebhaft. Es erschienen junge Kerle, die freudig verkündeten: »Man hat ihn! Man hat ihn erwischt!« In der Tat zeigte sich auch schon der christliche Schlächter mit seinem Gehilfen.

Beide hielten den festgenommenen Mottke in den Händen und schleppten ihn mit sich. Sie hatten ihn auf ihrem Hof gefangen, in den Mottke hineingesprungen war. Mottke ging zwischen ihnen mit einer bösen Miene. Aber er verhielt sich ruhig, und nur seine Augen funkelten böse.

Der blinde Perl stellte sich sofort in Positur, zog wieder den Revolver aus der Tasche und machte ihn schußbereit. Die Umstehenden erschraken beim Anblick der Waffe und traten zur Seite. Der Fleischer übergab den kleinen Mottke in die Hände der Gerechtigkeit, und die Gerechtigkeit in der Person des blinden Perl übernahm Mottke mit einer ernsten Miene, hielt ihm den schußbereiten Revolver vor und brachte den Jungen zur Polizeiwache.

14

Die Häftlinge

Die Polizeiwache befand sich mitten auf dem Marktplatz in dem schönsten und geräumigsten Gebäude des Schtedtl. Die Fenster schauten gerade auf den Markt hinaus, so daß man von der Wache aus alles sehen konnte, was draußen vorging, aber auch von draußen waren alle Vorgänge in der Wache zu beobachten.

Verging sich jemand gegen die Gesetze, so wurde er auf der Wache eingesperrt... Verkaufte zum Beispiel ein Jude irgendeine Ware in seinem Laden am Sonntag vor zwölf Uhr, wenn die Kirchenglocken läuteten, so erschien der Vertreter der Polizei, genannt der blinde Perl, und notierte in seinem Büchelchen den Namen des Betreffenden. Der Richter bestimmte dann eine Strafe von fünfundzwanzig Rubeln oder fünf Tage Haft. Der Betroffene zog es gewöhnlich vor, die fünfundzwanzig Rubel zu sparen, und ließ sich für fünf Tage einsperren. Und die Bekannten begleiteten ihn mit dem Wunsch, er möge jede Woche soviel Geld verdienen.

Das alles war aber nur in der ersten Zeit so, kurz nachdem der blinde Perl sein Amt angetreten hatte. Damals konnte er sich in die Verhältnisse noch nicht recht hineinfinden, und jedes Vergehen im Schtedtl wurmte ihn so sehr, daß er es sofort in seinem Notizbüchlein festhielt und den Verbrecher anzeigte. Allmählich aber lebte er sich ein, begann hie und da ein Auge zuzudrücken und schloß schließlich mit den Juden einen Vertrag ab, demzufolge er wöchentlich anderthalb Rubel in bar, ein Pfund Tee und drei Pfund Zucker erhielt.

Der *Schames*, der Synagogendiener, sammelte jeden Freitag Groschen um Groschen bei den Bewohnern des Schtedtl ein. Die Hausbesitzer gaben je zehn Kopeken, und die Frauen mußten stückweise den Zucker hergeben. Und geschah es, daß irgendein angesehener Hausbesitzer mit den Gesetzen in Konflikt geriet – wenn zum Beispiel der Pan Kommissar aus der Kreisstadt kam und die Höfe ansah, um festzustellen, ob allen hygienischen Anforderungen Rechnung getragen wurde, ob alles sauber sei, und so weiter, und dabei fast jeder Hausbesitzer mit fünf Tagen Haft bestraft wurde, die mit fünf Rubeln pro Tag beglichen werden konnten –, da ging statt des Bestraften der Gehilfe des Synagogendieners, der alte Mojsche Schlojme, mit dem ebenfalls eine Vereinbarung getroffen war, auf die Wache und saß dort statt des eigentlichen

Verbrechers. Er machte es billiger und nahm statt der fünf Rubel nur dreißig Kopeken pro Tag und die Schuldigen kamen sehr gut weg. Und dabei vergeudete Mojsche Schlojme seine Zeit keineswegs: er bereitete sich während seiner Haft für das Jenseits vor, saß da und sagte Psalmen her. Der blinde Perl sorgte schon dafür, daß Mojsche Schlojme nicht ohne Verdienst blieb und nicht zu lange frei herumzulaufen brauchte, wofür ihm Mojsche Schlojme sehr dankbar war. Gewöhnlich saß der Unterschames eine ganze Woche lang auf der Wache, freitags aber ließ ihn der blinde Perl heraus, denn er wußte, daß ein Jude zum Sabbat mit Frau und Kindern zusammen sein soll, und zwar gegen Abend, wenn es Zeit war, die Sabbatkerzen anzuzünden. Und am Sabbatabend, wenn alle Juden zu ihrer üblichen Beschäftigung zurückkehrten, ging auch Mojsche Schlojme ganz von selbst zu seiner Beschäftigung auf die Wache zurück.

Einmal geschah es, daß der blinde Perl den Unterschames vergessen und keinen der bessergestellten Einwohner in sein Büchlein eingeschrieben hatte. Da kam Mojsche Schlojme selbst zu ihm gelaufen und bat ihn:

»Bin ich denn kein Mensch? Muß ich nicht auch mein bißchen Verdienst haben?«

Der blinde Perl sagte sich, daß der Mann recht habe und seine Frau und Kinder ernähren müsse, und er sorgte dafür, daß dieser oder jener der Hausbesitzer eine fünftägige Strafe zugesprochen bekam, und nicht etwa, weil der Betreffende sich irgendwie gegen die Gesetze vergangen hatte, sondern lediglich, um auch Mojsche Schlojme eine Beschäftigung zu verschaffen und dabei die Wachstube nicht leer werden zu lassen. Mitunter geschah es, daß der so ohne Grund Bestrafte Lärm schlug und den blinden Perl angriff:

»Was soll das bedeuten? Wo bleibt denn die Gerechtigkeit? Bekommst du nicht deine anderthalb Rubel wöchentlich? Warum schreibst du mich auf?«

In solchen Fällen antwortete der blinde Perl auf jiddisch:

»Es gibt einen Mann in der Stadt, der auch leben will. Muß Mojsche Schlojme nicht auch was zum Leben haben?«

Außer dem Unterschames war im Städtchen noch jemand, der die Wache des öfteren mit seiner Anwesenheit beehrte. Das war aber ein gefährlicher, ein politischer Verbrecher namens Chanacki, seines Zeichens ein Schuster. Die Juden aber nannten ihn *Polski wojska* – »das polnische Heer«.

Er war ein armer Teufel, der die ganze Woche über in der Werkstätte des Schusters Boruch arbeitete. Dürr und hochgewachsen hatte er einen langen polnischen Schnurrbart und verhielt sich an den Werktagen still und ruhig. Er lächelte alle freundlich und gutmütig an und kaufte den Kindern in seiner Gasse Süßigkeiten. Kam aber der Sonntag, so betrank er sich, setzte sich eine alte Soldatenmütze aus Napoleons Zeiten auf den Kopf, schnallte einen alten, verrosteten Säbel um, den man nur beim *Purim*spiel benützte und den er sonst irgendwo versteckt hielt, ging so auf die Straße und sang dann in dieser vollen Uniform: »*Jeschtsche Polska nje sginijela* – Noch ist Polen nicht verloren ...« und schrie so laut er konnte: »Das polnische Heer ... Dombrowski ... Kosciuszko ...«

Erschollen diese furchtbaren revolutionären Worte in den Gassen, so wurde jung und alt von Schreck befallen.

»Aufstand! Gewalt! Dieser polnische Schuster wird

uns alle noch einmal ins Unglück stürzen!« schrien die Leute.

Dann erschien der blinde Perl mit dem Säbel und dem Revolver und nahm *das polnische Heer* mit auf die Wache. Dort verprügelte er ihn ordentlich und ließ ihn liegen. *Das polnische Heer* verbrachte die Nacht auf der Wache und war am nächsten Morgen wieder nüchtern.

Wenn Mojsche Schlojme, der Gehilfe des Synagogendieners, so auf *das polnische Heer* schaute und sah, wie der Mann sich auf dem harten Boden der Zelle herumwälzte, bedauerte er dieses Geschöpf Gottes und stöhnte leise. »Der Mann ist wahnsinnig«, dachte er bei sich. »Daß sich ein Mensch so mir nichts dir nichts einsperren läßt!« Und Mojsche Schlojme sagte vorwurfsvoll:

»Wie kann man sich nur so zum Narren machen lassen? Ei ei, Panje *polnisches* Heer! Ei ei!« Und der Unterschames schüttelte bedauernd den Kopf.

Das polnische Heer nahm sich Mojsche Schlojmes Worte zu Herzen, kratzte sich hinter den Ohren und erwiderte:

»Du hast recht, Panje Mojsche Schlojme, du hast recht!«

Das polnische Heer beruhigte sich, gab sich innerlich das Wort, nie wieder solch eine Dummheit zu begehen, und ging dann am nächsten Morgen, wenn ihn der blinde Perl mit einem blaugeschlagenen Auge entließ, von neuem in die Werkstatt des »Saujuden« Boruch. Dort arbeitete er ruhig und fleißig bis zum nächsten Sonntag. Dann aber betrank er sich wieder und erschreckte von neuem das ganze Gäßchen mit seinem »Noch ist Polen nicht verloren . . .«

Zu diesen beiden schrecklichen Verbrechern also brachte der blinde Perl schwer bewaffnet den kleinen zwölfjährigen Mottke den Dieb. Auf dem schmutzigen Fußboden lag mit einem von dem blinden Perl blaugeschlagenen Auge *das polnische Heer* und schnarchte aus Leibeskräften. Mojsche Schlojme, der Unterschames, saß in der Fensterecke, hatte auf der Nase eine große Brille, in der Hand ein Gebetbuch und betete. Als er den schrecklichen Häftling erblickte, den man zu ihm auf die Wache brachte, krümmte er sich zusammen, hüstelte, stöhnte auf, schüttelte den Kopf und sagte ein Zitat her – aus den Psalmen:

»Wohl dem, der nicht wandelt im Rat der Gottlosen, noch tritt auf den Weg der Sünder . . .«

Der blinde Perl holte seinen Revolver hervor. Diese Waffe, die nie geladen und längst verrostet war, versetzte den Inhaftierten in eine so maßlose Angst, daß Mojsche Schlojme die Augen zumachte und wie besessen »Höre Israel!« rief. *Das polnische Heer* erwachte aus dem Schlaf und war so erschrocken, daß ihm die Haare zu Berge standen. Der Revolver war aber nicht auf einen dieser beiden gerichtet. Der blinde Perl hielt die Waffe dicht vor Mottkes Gesicht und schrie:

»Sag, daß Nossen der Dieb dich geschickt hat! Sag es! Sag, daß du in seinem Auftrag die Stiefel gestohlen hast! Sag, daß er sie dir abgenommen hat! Sag es! Hörst du? Sofort!«

Aber Mottke erschrak auch vor der Pistole nicht. Nur seine diebischen Äuglein blinzelten im ersten Augenblick, sahen aber gleich darauf schon wieder dem blinden Perl gerade und ruhig ins Gesicht.

»Ich schieße dich über den Haufen!« schrie der blinde Perl. »Sag sofort, daß Nossen dich beauftragt hat, oder ich schieße dich tot!«

»Oj!« rief aus der Fensterecke Mojsche Schlojme.

Der blinde Perl sah ihn nur an. Sofort steckte Mojsche Schlojme den Kopf wieder in das Gebetbuch und sprach mit gebrochenem Herzen:

»Denn der Herr kennet den Weg der Gerechten; aber der Gottlosen Weg vergehet.«

Als der blinde Perl einsah, daß Mottke nicht so leicht einzuschüchtern war, versetzte er ihm die erste Ohrfeige.

Und hier erinnerte sich Mottke daran, daß er noch schreien konnte, und begann so laut zu brüllen, daß alles, was Beine hatte, bald vor den Fenstern der Wache stand.

Der blinde Perl war wütend. Er warf den armen Mottke zu Boden, begann ihn mit den Füßen zu treten und schlug ihn mit der Scheide seines Säbels, wohin er gerade traf.

Mottke schwieg nicht. Sein Geschrei rief wie die Feuerglocke alle Einwohner des Schtedtls zusammen. Immer mehr und mehr Menschen sammelten sich vor der Polizeiwache, und einer rief erschrocken dem anderen zu:

»Man prügelt den Mottke auf der Wache! Man prügelt den Mottke!«

Die rote Slatke hatte schon von weitem die Hilferufe ihres Sohnes vernommen. Sie warf sich ein Tuch um den Kopf und kam vor die Polizeiwache gelaufen. Sie rang die Hände, schluchzte, daß die Tränen in Strömen über ihre Wangen flossen, und schrie so wild wie ein Tier, dem man sein Junges geraubt hat:

»Hilfe! Er tötet mein Kind! Helft mir doch, Juden! Helft mir doch!«

Sie kletterte auf die Mauern der Polizeiwache, schlug mit dem Kopf gegen die geschlossene Tür und schrie:

»Juden, habt Erbarmen! Er bringt mein Kind um!«

Ihr Haar war zerzaust, ihre Augen von Tränen weit aufgerissen, mit ihren mageren, zerkratzten Händen rüttelte sie an der Tür der Wache, schlug mit dem Kopf dagegen und schrie und schrie:

»Juden, habt Erbarmen!«

Als Mottke von draußen die Stimme seiner Mutter vernahm, begann er noch lauter zu brüllen. Die Hilferufe der Mutter und des Sohnes vermischten sich und erfüllten die Luft dieses klaren sonnigen Tages mit Schrecken. Und schließlich vermochten es die Umstehenden nicht mehr zu ertragen. Die ersten, die Slatkes Partei ergriffen, waren die Jüdinnen und die Bauernfrauen, die vor der Wache standen. Sie stürzten zu der verschlossenen Tür, schlugen mit den Fäusten dagegen und rüttelten an ihr. Ihnen folgten dann auch die Burschen mit Stöcken und Brecheisen, und es gelang ihnen schließlich die Tür aufzubrechen. Jetzt stürzten sie alle in die Wachstube hinein.

Mottke lag blutüberströmt auf dem Fußboden und über ihm stand ganz rot vor Zorn der blinde Perl und schlug ihn mit der Säbelscheide.

Die rote Slatke fiel über ihren Sohn und deckte ihn mit ihrem Körper. Zu gleicher Zeit aber gelang es den Frauen und den Burschen, den blinden Perl zu packen und zur Seite zu schleppen.

»Wo bleibt die Gerechtigkeit? Bekommst du etwa nicht deine anderthalb Rubel die Woche? Anderthalb blutige Rubel!« schrien sie.

Als der blinde Perl die erschrockenen Gesichter und die ausgestreckten Hände der Jüdinnen und der Bauernfrauen sah, als er weiter sah, wie aufgeregt auch die Männer waren, bekam er es selbst mit der Angst zu tun und rief:

»Er ist doch ein Dieb! Ein Dieb!«

»Wer ist ein Dieb? Wir haben keine Diebe unter uns!«

»Du bist selbst ein Dieb!« schrien die Frauen. »Seht euch mal den Gerechten an!«

»Ihr wollt also den Dieb zurückhaben? Nun schön! Meinetwegen! Was geht es mich an!« rief schließlich der blinde Perl, warf Mottke aus der Wachstube hinaus und schlug die Tür hinter ihm zu.

»Nehmt ihn euch, wenn es euch Spaß macht!« fügte er noch hinzu und sah dann streng die beiden verbliebenen Gefangenen an: den Mojsche Schlojme und *das polnische Heer,* die sich zitternd in ihre Ecken verkrochen hatten.

Die Mutter hüllte Mottke in ihr Tuch ein und nahm ihn mit nach Hause. Sie stützte ihn, da er kaum gehen konnte, und die Tränen flossen aus ihren Augen über seinen Kopf und über sein Gesicht. Sie schluchzte und sagte:

»Mein schlechtes Kind, was für ein Ende wird es mit dir einmal nehmen?«

15

Mottke nimmt sich seiner Mutter an

Slatke brachte Mottke nach Hause und legte ihn dort auf ihr Lager. Mottke war ganz zerschlagen. Sein Gesicht wies Beulen auf, sein Körper blaue Striemen, und seine Kleider waren zerfetzt und beschmutzt von den Schlägen und von dem Staub des Fußbodens in der Wache, auf dem er sich herumgewälzt hatte. Die Mutter zog ihn aus, wusch ihm das blutüberströmte Gesicht mit einem nassen Lappen ab, deckte ihn dann mit Kissen und Decken zu und sprach dabei in einem fort auf ihn ein:

»Mottke, mein unglückliches Kind! Wie siehst du aus! Was wird wohl dein Ende sein? Mottke, mein unglückliches, mein schlechtes Kind!«

Mottke ließ die Mutter gewähren und machte ein böses Gesicht. Er murmelte nur etwas vor sich hin, aber es war kein Wort davon zu verstehen. Als aber die Mutter ihn ganz ausgezogen und auf ihr Lager gelegt und gut zugedeckt hatte, da fühlte er sich so wohl, wie noch nie in seinem Leben. Ihn übermannte eine seltsame Empfindung: Er schämte sich gleichsam vor sich selbst. Dieses Schamgefühl war so stark, daß er aufspringen und so wie er war auf die Straße hinauslaufen wollte... Aber er mochte sich nicht nackt der Mutter zeigen, schämte sich vor ihr und fühlte, wie es ihm den Hals zusammenschnürte... Er krümmte sich zusammen, drückte sich in eine Ecke des Lagers und verdeckte seinen Kopf mit einem Tuch, das er fand... So lag er eine kurze Zeit da, und mit einem Mal fühlte er, wie etwas aus seinen Augen floß und etwas sich seiner Kehle entrang...

Die Mutter hörte Mottkes ersticktes Schluchzen und erschrak. »Weh mir!« rief es in ihrem Inneren. Zum erstenmal hörte sie den Sohn so weinen... Er schrie nicht und schlug keinen Lärm, sondern war ganz still und weinte leise vor sich hin. Das gab ihr einen Stich ins Herz. Sie lief an das Lager heran, versuchte das Tuch von Mottkes Kopf herunterzureißen und fragte:

»Was ist mit dir, Mottkelein? Was fehlt dir, mein Kind? Mein Gott, wie haben sie dich zugerichtet!«

Diese Worte taten ihm noch mehr weh. Mottke ließ die Mutter nicht das Tuch von seinem Kopfe reißen und begann mit seinen Füßen sie von sich zu stoßen. Er schlug gegen die Wände, gegen das Bettzeug, gegen die Mutter – wohin er gerade traf. Und dann sprang er mit einem Satz aus dem Bett und wollte nackt aus dem Keller laufen. Es gelang Slatke kaum, ihn einzuhalten. Sie rief:

»Was ist dir, Mottke?«

»Nichts, nichts, nichts!« schrie Mottke, packte hastig seine Hosen und seinen Rock und begann sich anzuziehen. »Ich will fort! Laß mich gehen.«

»Wohin willst du gehen? Wieder stehlen? Dich wieder prügeln lassen? Dich wieder im Staub herumwälzen?« entgegnete Slatke und stellte sich vor die Tür.

»Ich will fort. Laß mich gehen!«

»Mottke, denk an Gott! Wohin willst du jetzt gehen? Du bist doch ganz zerschlagen! Ganz voller blauer Flecke!«

»Das geht dich nichts an. Ich will fort und damit Schluß!«

»Warum läufst du von mir fort? Warum entziehst du dich mir, mein Kind?«

Und Slatke begann zu weinen.

»Ich will fort, Mutter... Laß mich gehen...«

»Warte doch wenigstens, bis ich dir die Hosen geflickt habe. Du kannst doch nicht so auf die Straße gehen!«

Slatke holte aus einem Schubkasten ein paar Beinkleider des blinden Lejb hervor und begann sie zu flicken. Als Mottke sah, wie die Mutter sich hinsetzte, um für ihn die Hosen zurechtzumachen, wurde ihm wieder so eng im Hals wie vorhin, und er begann von neuem zu schluchzen, aber diesmal noch leiser... Er setzte sich nackt in eine Ecke des Kellers und weinte.

Die Mutter sagte kein Wort mehr. Sie saß gebeugt über den Hosen und machte sie für den Sohn zurecht.

Mottke weinte so lange, bis er sich beruhigt hatte. Die Mutter dachte, er wäre eingeschlafen, stand auf und deckte ihn mit einem alten Rock zu.

Aber Mottke schlief nicht. Er lag unter dem Rock und sah der Mutter zu, die ihm die Hosen flickte. Er betrachtete aufmerksam ihre Züge. Sie war schwarzgrau und eingeschrumpft, und nur die große, lange Nase ragte blaß aus diesem frühzeitig gealterten Gesicht hervor. Ihre großen, hervorquellenden Augen waren zusammengezogen wie bei einem alten Huhn. Und überhaupt erinnerte Mottke die Mutter etwas an ein Huhn, das er einmal im Schlachthof zwischen den Knien des Schlächters gesehen hatte. Der arme Vogel hatte damals die Augen so verdreht, daß es Mottke schien, er flehe ihn um etwas an. Mottke erinnerte sich noch sehr wohl, wie er damals im Begriffe gewesen war, sich auf den Schlächter zu stürzen und das Huhn zu befreien. Aber Nossen der Dieb hatte ihm die Faust vors Gesicht gehalten und ihm gesagt, er würde ihn schlagen, so daß er erschrak und von seinem Vorhaben abließ. Und jetzt war ihm, als wäre die Mutter genauso in höchster Not wie jenes Huhn, und er dachte, daß sie vor ihm, ja vor ihm die Augen so verdrehe. Er hatte die größte Lust aufzustehen, zur Mutter zu treten und ihr die Hände, die Augen und ihr graues, altes Gesicht zu küssen, aber er schämte sich.

Abends kehrte der Vater, der blinde Lejb, von der Straße zurück. Noch auf dem Markt hatte er erfahren, was sich alles mit seinem Sohn an diesem Tage zugetragen hatte. Seine Berufsgenossen und Bekannten hatten ihm schon am Morgen zugerufen: »Geh, rette deinen Mottke. Der blinde Perl prügelt ihn!« Aber Lejb verwünschte sie alle innerlich und lief nach Hause, um dort seinem übervollen Herzen freien Lauf zu lassen und seiner Frau die Geburt eines solchen Kindes zu vergelten, eines Kindes, über das sich die ganze Stadt aufregte. Als er in den Keller kam, nähte Slatke gerade die Hosen für Mottke. Das gefiel dem Mann gleich nicht. Er sah die Frau mit seinem einzigen Auge mißtrauisch an und fragte:

»Für wen flickst du die Hosen?«

»Für niemand.«

Die Antwort befriedigte Lejb nicht, und er begann sich umzusehen. Und als er dabei in einer Ecke etwas entdeckte, das mit einem Rock zugedeckt war, fragte er wieder:

»Wer liegt dort in der Ecke?«

Slatke erschrak, sprang auf und erwiderte energisch:

»Niemand.«

Der blinde Lejb war schon im Begriff, selbst nachzusehen, aber Slatke kam ihm zuvor, verstellte ihm den Weg zu Mottke und rief:

»Ich habe ihn ja nur für ein paar Augenblicke hineingelassen, damit er sich ein bißchen wärmen kann! Was willst du von ihm?«

Der blinde Lejb geriet in Wut. Sein Gesicht wurde dunkelrot, das blinde Auge starrte hervor, wie wenn es auch etwas sehen wollte.

»Du hast den Galgenstrick zu uns in die Wohnung gelassen? Er soll sofort verschwinden!« begann er zu schreien. »Ich schlage ihn tot! Hörst du? Tot!«

»Du wirst ihm nicht zu nahe kommen, sonst bringe ich mich um!« entgegnete Slatke und stellte sich vor Mottke.

Sie warf sich über den Jungen, umarmte und küßte ihn und drückte ihn an ihre Brust.

»Mein armes, armes, unglückliches Kind!«

Der blinde Lejb stand verloren daneben und wußte nicht, was er machen sollte.

Aber Mottke, der nicht geschlafen und alles gehört hatte, befreite sich aus den Umarmungen der Mutter, riß die geflickten Hosen an sich und rief:

»Laß mich gehen! Ich will hier nicht mehr bleiben!«

Er schlüpfte rasch in die Beinkleider, zog dann ebenso schnell die Jacke an, nahm seinen Hut und wollte hinauslaufen. Aber bevor er ging, trat er noch einmal an den Vater heran, zeigte ihm seine geballte Faust und erklärte:

»Ich werde dich schlagen, wenn du der Mutter zu nahe kommst!«

»Was hast du gesagt? Du verdammter Schlingel!« rief Lejb und ergriff einen Stock.

Aber Mottke lief nicht davon. Er blieb stehen, nahm nur einen eisernen Kochtopf in die Hand, den er in seiner Nähe erblickte, und sagte ganz ruhig:

»Ich schlage dir damit den Schädel entzwei, wenn du die Mutter anrührst!«

Der blinde Lejb erbleichte und sah die danebenstehende, erschrockene Slatke an.

»Weh mir! Was muß ich erleben? Mottke, willst du wirklich deine Hand gegen den Vater erheben?« rief die arme Frau und brach in Tränen aus.

»Ich kenne keinen Vater! Ich schlage ihn tot, wenn er dir zu nahe kommt!« erwiderte Mottke, drohte noch einmal dem blinden Lejb mit der Faust und verließ mit stolzer Miene den Keller.

Vater und Mutter sahen sich an...

16

Der erste Frühling

Mottke brauchte jetzt niemanden mehr. Der liebe Sommer war ins Land gezogen, die Wiesen waren trocken, und es lag sich schön auf dem grünen, weichen Gras. In den kleinen Gärtchen um die Häuser der Städter reiften Zwiebeln, Radieschen, Tomaten und Mohrrüben, und die Kartoffeln begannen auch schon zu blühen. Wen brauchte Mottke jetzt noch? Die Tage verlebte er auf den Wiesen am Ufer des Flusses, und abends schlich er sich in den Verschlag Seliks, des Gärtners, hinein. Dieser Selik war ein rotbärtiger Jude, der sich nach Ablauf seiner Militärzeit außerhalb der Stadt angesiedelt und dort eine Gärtnerei aufgemacht hatte. Die angesehenen Leute der Stadt lachten über ihn und sagten:

»Wo ist das je vorgekommen, daß ein Jude sich mit solchen Nichtigkeiten abgab!«

Aber von den Erträgnissen dieses Gartens des roten Seliks lebte Mottke den ganzen Sommer lang. Der rote Selik verkehrte mit den Soldaten, die in der nicht weit von seiner Gärtnerei gelegenen Kaserne wohnten. Abends saßen bei ihm gewöhnlich der Feldwebel und der Trompeter der einzigen Kompanie, die in dem Schtedtl lag, und tranken Tee. Und während der rote Selik sich mit seinen Freunden unterhielt, schlich Mottke in seinen Holzverschlag hinein, kroch dort in eine Ecke, deckte sich mit Bastmatten zu und schlief ein paar Stunden. Kaum begann es aber zu tagen, noch bevor die Sonne aufging, war Mottke schon auf den Beinen, nahm soviel Zwiebeln, Tomaten, Mohrrüben und Kartoffeln wie er brauchte und begab sich damit wieder zum Fluß, wo er ein Versteck hatte. Dort, in einem Loch, trug er trockene Zweige und alte, verwelkte, von den Bäumen abgefallene Blätter zusammen und zündete ein Feuer an. Der Wind trug den Rauch weit über das Wasser, die Kartoffeln lagen auf den Kohlen, und Mottke wärmte sich am Feuer und pfiff.

Es waren die glücklichsten Tage seiner Jugend.

Auf der Wiese weidete der alte Matschuk die Kühe der Städter. Er war lahm und überließ seine Herde ganz der Obhut des Hundes Kudlack, auf den er sich allerdings ruhig verlassen konnte. Mit diesem Kudlack aber war Mottke noch von früher her bekannt, aus der Zeit, da sie beide noch jung gewesen waren und Mottke der alleinige Herr über die Hunde war. Und durch Kudlack wurde Mottke auch der Herr der Herde. War er durstig, so trieb er eine der Kühe seitwärts, möglichst weit von den Augen des Hirten, kroch unter sie und begann dann wie ein Kalb mit dem Mund aus dem Euter die Milch zu saugen. Hatte er genug, kroch er wieder hervor, wischte sich die Spuren der weißen flüssigen Nahrung von den Lippen und klopfte der Kuh zufrieden auf den Rücken, als wollte er ihr danken, daß sie so gut zu ihm gewesen war.

Und es schien, als gewährten ihm die Kühe ihre Milch ganz gern, denn solange Mottke unter einem Tier lag, bewegte es sich niemals: es stand breitbeinig da, sah in die Ferne und gab von Zeit zu Zeit ein zufriedenes Brummen von sich, wie wenn es ihm Vergnügen bereitete, daß ein Menschenkind seine Muttergabe in Empfang nahm.

Bemerkte aber der alte Hirte, wie Mottke sich ohne ihn zu fragen an der Milch seiner Kühe labte, begann er, so schnell wie er mit seinem lahmen Bein eben konnte, zu laufen, um die Kuh vor Mottke in Sicherheit zu bringen. Aber Mottke verschwand immer viel schneller, als der Alte ihn erreichen konnte.

Aber nicht immer verfolgte der Hirte Mottke wegen der Kühe. Sehr oft forderte er ihn sogar selbst auf, die Tiere mit seinem Mund zu melken. So freundlich war der Alte aber nur dann, wenn er sich Mottkes Feuerchen näherte und der Junge ihn mit gebackenen Kartoffeln bewirtete. Der Alte hielt es dann für seine Pflicht, sich für die Kartoffeln und die Mohrrüben mit der Milch seiner Kühe zu revanchieren.

Von diesem Matschuk erfuhr Mottke zum erstenmal, daß die Welt groß sei, und daß es außer ihrem Schtedtl noch viele, viele andere Städte gäbe und daß die größte Stadt der Welt Warschau sei, wo die Leute in hohen Häusern wohnten und jeden Tag Weißbrot und Fleisch aßen. Und von demselben Matschuk erfuhr er auch, daß es Frauen gäbe, die imstande seien zu zaubern, und von denen man – sobald man ihrer Macht verfallen war – nicht mehr loskommen könnte. Man müsse sich vor solchen Weibern in acht nehmen, sagte ihm der alte Matschuk und erzählte ihm noch von vielen, vielen anderen Dingen. Und Mottke hörte gierig zu, lag in den warmen Strahlen der Sonne, verbrachte die ganzen Tage an seinem Feuer am Flußufer und briet und buk sich seine Kartoffeln.

Einmal geschah mit ihm etwas, was er sich nicht zu erklären wußte. Er lag gerade am Wasser und verfolgte die Wellen mit seinen Blicken. Da sah er auf einmal, wie eine junge Bäuerin barfuß den Fluß durchwatete. Sie hob ihren Rock, und dabei zeigten sich ihre nackten, festen weißen Waden, die sich in den Wellen spiegelten. Wenn Mottke früher so etwas gesehen hatte, hatte es ihn nicht aufgeregt und ihn stets vollkommen ruhig gelassen. Nur hie und da warf er mutwillig einen Stein ins Wasser, um die Bäuerin zu bespritzen. Aber diesmal hatte er plötzlich ein ganz seltsames Gefühl... Das Herz schlug ihm so heftig wie damals, als er hinter den Brettern lag und der blinde Perl und die Juden sich daran gemacht hatten, die Bretter auseinanderzutragen, um ihn zu erwischen.

Er versteckte sich am Ufer so, daß die Bäuerin ihn nicht erblicken konnte, und sah aufmerksam zu, wie das Wasser die nackten Waden bespülte und wie die Waden sich im Wasser spiegelten. Dann suchte er kleine Steine zusammen und begann sie ins Wasser zu werfen, aber nicht mehr einfach zum Spaß, sondern um die Bäuerin zu veranlassen, ihren Rock noch höher zu heben. Im ersten Augenblick wollte er auch ins Wasser springen. Aber er sah ein, daß er hier am Ufer die nackten Waden besser beobachten könnte. Er sog sich förmlich mit den Augen in das weiße, schimmernde Fleisch ein, und das Herz schlug ihm dabei so heftig, so heftig...

Er kroch dicht ans Wasser heran und legte sich auf den weißen Sand, der von den Sonnenstrahlen heiß glühte. Mottke empfand über und unter sich Wärme und fühlte sich wohl. Er zog sich aus und legte sich ganz nackt in den Sand. Die Sonnenstrahlen ergossen sich über ihn und ließen jeden Tropfen Blut in seinen Adern aufkochen. Er fühlte, daß ihn die Sonne wie eine warme Decke umfaßte. Und dann war es ihm auf einmal, als hätten sich die Sonnenstrahlen neben ihn und auf ihn gelegt, so wie ein lebendiger warmer Körper, und als wärmten sie ihn, wie Bureck, sein Freund, mit dem er zusammen in der Hundehütte gelegen hatte, oder wie noch viel, viel früher seine Mutter, neben der er in den kalten Winternächten unter Lumpen und Tüchern gelegen hatte, als er noch im

Keller bei den Seinen wohnte. Nur pochte jetzt sein Herz so seltsam heftig, und auch die Wärme, die er empfand, war so sonderbar ...

Und da drückte er sich fest an die Erde heran und umarmte den weichen, warmen Sand, wie wenn er Bureck vor sich hätte oder sonst jemand.

Die Sonne glitt über seinen nackten Körper und streichelte ihn, und ihm war so, als hätte er etwas ganz Neues entdeckt und als würde ihm von nun an immer wohl sein.

Und dann war ihm so, als hätte er etwas verloren, und er fühlte sich mit einem Mal so elend und verlassen, wie noch nie zuvor in seinem Leben. Er begann sich selbst zu bedauern, seine eigenen Hände und seinen Körper zu küssen und sich selbst zu streicheln – und der Andrang von Güte war so mächtig in ihm, daß er zu weinen begann.

Er hatte niemanden auf der Welt ... Es war nur der warme Sand unter ihm und die glühende Sonne über ihm, und er liebte sie, und küßte und streichelte die Erde, auf der er lag.

17

Mottke rächt sich

Jeden Sommer pflegten die Frauen und Mädchen der Stadt an den warmen Nachmittagen im Fluß zu baden, an dessen Ufer Mottke seine Tage verbrachte. Er lag da und wartete auf sie. Und sah er, daß sich irgendwo in der

Ferne Frauen zum Baden auszogen, so schlich er heran und stand mit einem Male vor ihnen. Die nackten Frauen begannen zu kreischen und schrien: »Ein Mann! Ein Mann!« Ein Teil von ihnen sprang in Hemden ins Wasser und tauchte unter. Andere wieder warfen sich nackt ins Gras und suchten sich mit den Händen vor Mottkes Blicken zu schützen. Aber alle schrien, wie wenn man sie schlachten wollte, und Mottke stand dabei und lachte und lachte . . .

Aber nicht immer liefen seine Streiche so glatt ab. Wenn sich unter den Badenden auch die rote Pesche befand, die Frau des Fleischers Mordsche Lejb, pflegte sie sich vor Mottke nicht zu schämen. Sie sprang dann nackt aus dem Fluß, packte Mottke am Bein und schleppte ihn so, wie er war, mit all seinen Kleidern ins Wasser. Dann fielen alle Frauen, die alten wie die jungen, über Mottke her und stießen ihn und suchten ihn unter das Wasser zu drücken. Mottke nieste, rang nach Atem, aber das Wasser drang ihm in den Mund und in die Ohren. Der Bursche kam dann mehr tot als lebendig aus ihren Händen hervor und hütete sich wohl, die badenden Frauen zu überraschen, wenn die rote Fleischersfrau mit dabei war.

Eines schönen Nachmittags, so um zwei Uhr herum, wenn die Sonne gerade am stärksten sengt, lag Mottke halbnackt am Ufer des Flusses und sah dem Spiel der Wellen zu. Ein leichter Wind bewegte sanft die schläfrigen Wasserhügelchen, und von Zeit zu Zeit vernahm Mottke ein eigenartiges Plätschern, das so klang, als lachte jemand.

Mottke sah sich um und erblickte nicht weit von sich zwei junge Mädchen, die sich ruhig auszogen. Sie hatten ihn wohl nicht bemerkt, denn sie schämten sich nicht im geringsten und eine von ihnen hatte sogar schon ihr

Hemd ausgezogen. Der Wind blies es in ihrer Hand auf und spielte mit ihrem dünnen Zöpfchen, und der junge, schlanke, weiße Rücken leuchtete in der Sonne. Mottkes Herz begann heftig zu pochen. Er wurde blaß, und seine Hände und Beine zitterten. Er krümmte sich zusammen und kroch dann wie ein Wurm zwischen den grünen Grashalmen näher an die Mädchen heran. Dann blieb er liegen, hielt den Atem an, damit man seiner nicht gewahr würde, und beobachtete die Mädchen. Eine von ihnen, bereits nackt, war Chanele, die Enkelin der alten Schochliner. Seine Mutter hatte sie genährt, und sie war in seinem Alter. Das zweite Mädchen, das im Gras saß und sich die Strümpfe auszog, war Chaneles Freundin. Chanele lief mit lautem Lachen zum Wasser, steckte vorsichtig ihren Fuß in die Wellen, zog ihn sofort wieder zurück und quietschte laut auf.

»Au, kalt!«

»Man muß mit einem Satz hineinspringen! Mit einem Satz!« rief ihr die Freundin zu und zog sich rasch aus. »Wirst gleich sehen, wie ich es mache!«

»Wollen mal sehen!« entgegnete Chanele. »Es ist zu kalt!« meinte sie, streckte wieder den Fuß vor und berührte kaum mit den Zehenspitzen das vorbeieilende Wasser. Ein Kälteschauer lief über ihre Haut, es überlief sie eine Gänsehaut, und der junge Rücken krümmte sich unter der Kälte so sehr, daß es den Anschein hatte, als würde er gleich entzweibrechen.

Mottke lag da und verfolgte mit seinen Augen jede Bewegung des Mädchens, und sein Herz pochte und pochte ... Er fühlte sich der Chanele irgendwie verwandt. Ob es darin seinen Grund hatte, daß er sie oft im Keller bei seiner Mutter gesehen hatte oder darin, daß sie beide in den ersten Tagen ihres Lebens von derselben

Milch getrunken hatten – ihm war das bräunliche, warme Licht, das ihr Körper ausstrahlte, so lieb, er fühlte sich ihm so verwandt, daß er fühlte, er könnte sich diesem Körper ganz ungestraft nähern, ihn streicheln und küssen. Es war ihm, als sei das Mädchen sein.

Inzwischen lag er aber still.

»Na, paß auf! Siehst du?« und das zweite Mädchen sprang ins Wasser.

Ein junger, leuchtender Körper glänzte einen Augenblick in den Strahlen der Sonne – dann spritzte das Wasser auf, und eine junge Stimme überschlug sich in einem lauten Lachen.

Mottke gelang es kaum, einen Schrei zu unterdrücken.

Zwei Paar junger Arme und Beine plätscherten im Wasser, und die Stimmen der beiden Mädchen klangen vor Freude so rein und hell wie silberne Glöckchen.

Mottke zog sich leise aus und sprang wie ein Frosch in die Wellen.

Die Mädchen schrien auf, wie wenn eine Feuersbrunst sie überrascht hätte.

Als Chanele in dem Mann Mottke erkannt hatte, beruhigte sie sich ein wenig.

»Mottke!« riefen beide Mädchen zugleich, faßten sich an den Händen und kauerten so tief nieder, daß nur noch ihre erschrockenen Gesichter aus dem Wasser hervorragten und die kleinen Zöpfe im Wind wehten.

Nachdem sie sich aber von dem ersten Schreck erholt hatten, sahen sie einander an. Ihre Herzen schlugen heftig, aber ihre Augen funkelten bereits schelmisch, und sie hatten große Lust zu lachen. Sie schämten sich und empfanden zugleich Angst. Sie verbargen ihre Gesichter in den Händen und kicherten leise.

»Erlaubt mir, bei euch zu bleiben. Dann können wir zusammen ins Wasser springen«, sagte Mottke lachend und zeigte dabei seine weißen Zähne. Er stand ganz nackt da, das Wasser reichte ihm nur bis zu den Knien. Sein dunkler, kräftiger Jünglingskörper war wie aus einem Stück Bronze gegossen.

»Das geht nicht! Du bist doch ein Junge!« erwiderte Chaneles Freundin. Chanele selbst aber hielt ihr Gesicht immer noch verborgen und lachte.

»Was ist denn dabei?« meinte Mottke und biß sich in die Zunge und schnitt ein Gesicht, wie wenn er sich schämte.

So standen sie sich eine Weile gegenüber: die Mädchen verborgen von den Wellen und vor ihnen ganz nackt Mottke.

Ringsumher war alles still. Die Sonne ergoß sich über die Wiese und über das Wasser. Fliegen summten und paarten sich im Fluge. Aus der Ferne klang das Brüllen einer Kuh herüber, die ihr Kalb rief. Aber es zeigte sich kein einziger Mensch. Die Wiesen, der Fluß und die ganze Erde – alles ergab sich der Wärme und der Sonne, die sie glühend übergoß.

Mottke tauchte unter, und als er wieder zum Vorschein kam, stand er dicht zwischen den Mädchen.

Die Freundinnen begannen zu zittern; da sie aber Angst hatten zu schreien, drückten sie sich noch fester aneinander, umarmten sich gegenseitig und sahen einander in die Augen, wie wenn sie dann sehen könnten, was nun weiter geschehen werde.

Mottke stand eine Weile still und sah die Mädchen mit einer verlegenen Miene an. Dann begann er mit seinem nackten Körper dem nackten Körper Chaneles näherzurücken.

Chanele fuhr erschrocken zusammen und sprang zur Seite.

Mottke hielt inne und betrachtete einen Augenblick die Freundin Chaneles, die stehengeblieben war. Aber plötzlich sprang er auf Chanele zu und umarmte sie.

»Oj, Mutter!« schrie Chanele auf.

Mottke erschrak und ließ sie los. Sofort lief Chanele hastig aus dem Wasser.

»Chanele, schrei nicht! Sonst kommen die Leute aus der Stadt und verprügeln uns ...« rief ihr die Freundin in großer Angst nach.

Chanele besann sich. Und da sie auch fürchtete, daß Menschen kommen könnten, und sich im voraus schämte, erschrak sie nachträglich selbst über den ausgestoßenen Schrei.

Erst als sie am Ufer stand, erinnerte sie sich daran, daß sie nackt war. Da ließ sie sich rasch auf den Sand nieder, wobei ihre Füße wieder ins Wasser kamen, krümmte sich zusammen und bedeckte ihr Gesicht mit beiden Händen.

Mottke erschrak aber vor ihrem Schrei nur im ersten Augenblick. Gleich darauf sprang er an das Mädchen heran und setzte sich nackt wie er war neben sie.

Chanele zitterte am ganzen Leibe. Ihr Herz schlug mit ungeheurer Heftigkeit; ihr Gesicht hielt sie immer noch in den Händen verborgen.

Mottke rückte näher heran und begann ihren nassen, glatten Körper zu streicheln.

Als die im Wasser gebliebene Freundin, die ebenfalls ihr Gesicht mit den Händen bedeckt hatte, durch ihre Finger sah, daß Mottke ihre Freundin streichelte, begann sie zu kichern.

Chanele hörte das Lachen der Freundin und konnte

auch nicht mehr an sich halten. Ihre ganze Angst schwand plötzlich, und sie brach in lautes Lachen aus.

Da warf sich Mottke mit einemmal über sie, und als sie wegrücken wollte, sah sie, daß sie ganz von seinem Körper bedeckt war.

Sie wollte schreien, um Hilfe rufen, aber Mottke schloß ihr den Mund mit seinen Lippen und drückte sie mit seinem Gesicht, mit seinen Händen und mit seinem Körper nieder . . .

Bald schrie sie nicht mehr. Sie hatte nur Angst und drückte sich ganz unter Mottke, wie wenn sie bei ihm Schutz suchte.

Und die Freundin im Fluß schlug mit den Händen auf das Wasser und lachte und lachte . . .

Ihre junge Mädchenstimme klang in dem glühenden sonnigen Tag weit über die erhitzten Wiesen und Felder wie ein silbernes Glöckchen.

* * *

Einige Minuten später lief Mottke nackt, mit seinen Kleidungsstücken in den Händen, über die Wiesen. Hinter dem Hügel streifte er schnell die Hosen über und schlüpfte ins Hemd. Dann huschte er in den Wald und begab sich auf Umwegen, die selten von Menschen betreten wurden, auf die Suche nach jener Stadt, von der Matschuk erzählt hatte, daß dort alle in großen Häusern wohnten und jeden Tag Weißbrot aßen.

Vierzehn Jahre war er alt, als er den Weg betrat, der ihn von seinem Heimatschtedtl fortführte. Er hatte in seinem kurzen Leben bereits alles genossen und erlebt, und, um seine Erfahrungen zu vervollständigen, fehlte nur noch, daß er einen Menschen umbrachte.

Zweiter Teil

1

Die Hölle

Lange ging Mottke den Weg, der zur großen Stadt führte. Die Sonne brannte ihm auf dem Kopf, Hunger und Durst quälten ihn, aber es trieb ihn immer weiter und weiter. Er mied die Menschen, die ihm unterwegs begegneten, er hatte vor ihnen Angst und schlich wie ein Dieb hinter den Dorfhäusern entlang, damit ihn niemand bemerkte. Immer weiter und weiter lief Mottke, und die große Stadt war immer noch nicht zu sehen. Schließlich wurde er so müde, daß er sich mitten auf dem Weg auf einen Haufen Steine setzte. Er war hungrig, das Wasser lief ihm im Munde zusammen, und er schluckte es herunter. Schließlich wurde seine Kehle ganz trocken. Als er am Wege einen kleinen Bach bemerkte, kroch er heran, schöpfte das Naß in seinen Hut und löschte seinen Durst. Um seinen Hunger zu stillen, versuchte er einige Ähren Korns zu verspeisen. Aber der Roggen war noch nicht reif, und die Kerne schmeckten ihm nicht.

Als es zu dunkeln begann, übermannte ihn plötzlich Angst. Er sah sich in der Gegend um. Alles war ihm fremd. Der Wald, der ihn aus der Dunkelheit anstarrte, war nicht so wie der, den er in der Nähe seines Heimatschtedtls gekannt hatte; er erschien ihm fremd und feindlich. Auch die Felder waren fremd, und die Lichter aus den fernen Fenstern der Häuser glotzten ihn wie Augen eines lauernden Gegners an. Er setzte sich auf einen Meilenstein und dachte: ›Hier bleib ich, komme, was kommen mag.‹ Als es finster geworden war, begann er vor Kälte zu zittern. Sein nackter Körper, der durch die zerrissenen Hosen schimmerte, fror. Mottke fing an, die nackten Stellen zu streicheln und zu küssen, dann brach er in lautes Weinen aus... Von weitem erschollen Stimmen. Die kleinen Steine auf dem Weg knirschten. Als Mottke die Schritte vernahm, begann er noch lauter zu weinen. Bald darauf tauchten aus dem Dunkel ein Bauer und eine Bäuerin auf. Sie wurden auf Mottkes Schluchzen aufmerksam und blieben stehen.

»Woher kommst du?«

»Aus der Stadt.«

»Warum weinst du?«

»Man hat mich geschlagen...«

»Weshalb hat man dich geschlagen?«

Mottke dachte eine Weile nach.

»Weil mein Vater und meine Mutter tot sind...«

»Wohin gehst du denn?«

»Ich weiß es selbst nicht...«

Der Bauer flüsterte der Bäuerin etwas ins Ohr, wandte sich dann wieder zu Mottke und sagte:

»Wenn du willst, kannst du mit uns mitkommen.«

Mottke erhob sich und folgte dem Bauern. Einige Augenblicke später reichte ihm eine Hand eine Scheibe Brot und ein Stück Käse. Mottke nahm es und verschlang es gierig, hörte aber nicht auf zu weinen.

Die Nacht wurde immer dunkler, und sie gingen dahin, ohne ein Wort zu wechseln. Bald erblickte Mottke den Schornstein eines großen Hauses, aus dem, von Rauchwolken umhüllt, Feuer hochschlug. Er glaubte, es sei eine Feuersbrunst und wurde neugierig. Als er aber bemerkte, daß weder der Bauer noch die Bäuerin das Feuer weiter beachteten, beruhigte auch er sich und sagte kein Wort. Sie kamen ins Dorf und gingen eine Zeitlang an kleinen, aus Holz gebauten Häuschen vorbei. Vor den Türen saßen Bauern und rauchten Pfeife oder Zigaretten. Einige schliefen auf den Schwellen ihrer Häuser, andere hatten den Kopf auf den Schoß ihrer Frauen gelegt und schlummerten. Irgendwo wurde Mundharmonika gespielt, und aus der Ferne trieb der Wind den Rauch her und hüllte die Schlafenden ein.

»Guten Abend, Anton, was gibt's denn Neues in der Stadt?«

»Gar nichts Neues, Stepan«, antwortete der Bauer, der mit Mottke ging.

»Wer ist dieser Junge, den du mitführst?«

»Ich fand ihn auf dem Wege. Er weinte. Er behauptet, seine Eltern seien gestorben, und er wüßte nicht mehr, wohin er gehen sollte.«

»Was willst du denn mit ihm anfangen?« fragte Stepan, erhob sich von der Schwelle und kam heran, um Mottke besser in Augenschein zu nehmen.

»Ich will ihn in die Glasfabrik bringen. Er kann sich dort über Nacht wärmen und ausschlafen. Und am nächsten Morgen werden wir schon sehen, was weiter zu tun ist.«

»Vielleicht kannst du aus ihm einen Bläser machen. Der Bursche sieht ziemlich kräftig aus. Er wird ganz gut arbeiten können!« meinte wieder Stepan und klopfte

Mottke auf die Schulter. »Dein eigener Junge ist dir doch gestorben . . .«

»Ich würde ihn ganz gerne anlernen, aber ich habe Angst, daß der jüdische Aufseher es nicht zulassen wird. Ich glaube kaum, daß der Junge einen Paß hat. Hast du einen Paß?« wandte sich Anton an Mottke.

»Der Junge ist doch einer von *ihre Leut*. Du siehst ja, daß es ein kleiner Jude ist! Einen Juden wird der Aufseher nicht fortjagen!« erwiderte Stepan und ging zu seinem Haus zurück.

»Gute Nacht.«

»Gute Nacht.«

Mottke folgte seinem Retter.

Je näher Mottke nun dem Haus kam, aus dem das Feuer und die Rauchwolken schlugen, um so größer war seine Angst. Rings um das Gebäude war es dunkel. Man sah weder die Nacht um sich, noch einen Stern am Himmel, und man bewegte sich fortwährend durch dicke Rauchschwaden. Nur von Zeit zu Zeit erblickte Mottke beim Licht der lodernden Flammen einzelne Gestalten, die mit entblößten Armen dastanden und irgendeine Arbeit verrichteten. Einen Augenblick später war das Feuer bereits wieder erloschen, und alles war von neuem in dunklen, undurchsichtigen Rauch gehüllt. Mottke folgte dem Anton und sprang dabei über Pfützen voll nassen Koks und Asphalts und über große Haufen von Lumpen und Glasstaub. Seine nackten Füße traten auf kleine Hügel zusammengeworfener Glasscherben, auf zerbrochene Flaschen mit scharfen Rändern, auf zerschlagenes Glasgeschirr, und blieben doch unverletzt. Seine Haut war schon so abgehärtet, daß sie Ledersohlen glich . . . Bald darauf betrat er zusammen mit Anton einen großen Schuppen. Hier war es hell von großen

Flammenzungen, die von Zeit zu Zeit aus einem riesigen Ofen herausschlugen.

Hier war es auch warm, und die Wärme umfaßte Mottke und tat ihm wohl nach der kalten Nachtluft. Er blickte sich um. Es waren nur wenige Menschen in dem Schuppen. Er sah einige Bauern, die nichts als Beinkleider anhatten, bis zum Gürtel vollkommen nackt waren, um einen gewaltigen Feuerkessel herumstanden und mit langen, spitzen Zangen seinen Inhalt rührten. Von Zeit zu Zeit machte einer der Bauern das kleine Türchen des Kessels auf, und dann lohte das Feuer hinaus, wie wenn es den ganzen Bau samt den Menschen verschlingen wollte. Aber gleich darauf wurde das Türchen wieder zugeschlagen, und die Flammen waren von neuem darin gefangen. Mottke stand in einer Ecke des Schuppens, staunte über alles, was hier vorging, und fürchtete sich beinah. Anton aber ging auf die Leute zu, die am Kessel arbeiteten, und begann mit ihnen über etwas zu sprechen. Einige Augenblicke später traten einige Arbeiter an Mottke heran. Ihre nackten Oberkörper strömten Wärme aus wie ein geheizter Ofen. Sie nahmen Mottke in Augenschein und fragten Anton:

»Wo hast du ihn gefunden?«

»Er saß am Wege und weinte.«

»Ist wohl ein Dieb?« meinte einer der Bauern.

»Hast du noch Vater oder Mutter?«

»Gestorben«, erwiderte Mottke kurz.

»Warum bist du aus der Stadt weggelaufen?«

»Man hat mich geschlagen.«

»Wer?«

»Alle.«

»Hast du einen Paß?«

»Nein.«

»Laßt ihn hier auf der Hütte übernachten«, sagte Anton.

»Das ist so eine Sache! Womöglich kommt der Landjäger, der Strashnik, und wenn der ihn hier findet, müssen wir alle vors Gericht!«

»Du kannst ihn doch nicht in dieser Kälte auf die Straße jagen!«

»Er soll nur zurückgehen, woher er gekommen ist!«

»Ich werde ihn verstecken. Komm mal her, Junge«, sagte einer der Heizer und führte Mottke in eine Ecke des Schuppens.

»Leg dich hin und rühr dich nicht von der Stelle!«

»Hier hast du einen Sack, deck ihn damit zu! Und schütte Glasstaub auf ihn, damit der Strashnik ihn nicht findet!«

»Ich will ihm etwas zu essen geben. Ich habe hier noch ein wenig Brot«, sagte der Bauer, der Mottke vorhin fortjagen wollte, nahm eine Scheibe Brot und ein Stück Wurst und reichte beides Mottke unter den Sack.

Kurz darauf schlief Mottke schon wie ein Toter.

»So muß ein Geschöpf Gottes wie ein verlassener Hund in der Welt umherirren!« meinte der schlechte Bauer, spuckte aus und ging wieder zurück zum Kessel, um das Feuer zu schüren.

»Wir sind alle nicht besser daran. Wenn man dich morgen von der Hütte wegjagt, mußt du dich auch wie ein toller Hund in der Welt herumtreiben!«

»Und du wolltest ihn doch vorhin fortjagen, weil er einer von *ihre Leut* ist!«

»Ach was! *Unsre Leut, ihre Leut!* Alles ein Teufel!« entgegnete der schlechte Bauer und spuckte ins Feuer hinein.

Am nächsten Morgen wurde Mottke durch einen langen, schneidend grellen Pfiff aus dem Schlaf gerissen. Es war, wie wenn ein wildes Tier aufgeheult hätte. Mottke richtete sich auf, sah sich um und wußte nicht, wo er sich befand. Um ihn herum liefen Menschen und es war im Schuppen bereits so heiß, daß es schien, als müßten gleich die Wände platzen von der Hitze, die sich unter dem Holzdach angesammelt hatte. Neben Mottke aber stand Anton. Erst jetzt konnte ihn der Junge richtig sehen. Er war ein riesig lang gewachsener Bauer mit kräftigen, breiten Armen.

Anton blinzelte ihm zu und sagte leise:

»Bleib nur ruhig liegen, bis der Aufseher wieder fort ist!«

Mottke sah ihn an, begriff was los war und steckte den Kopf rasch wieder unter den Sack.

»Und hier hast du vorläufig was zu essen«, meinte wieder Anton und steckte ihm Brot und Käse zu.

Inzwischen füllte sich der Werkschuppen immer mehr und mehr mit Menschen. Unter dem Sack herausspähend, stellte Mottke fest, daß er sich in einem großen, langen, aus Holz gebauten Schuppen befand. In der Mitte des Raums stand ein riesiger Ofen, der glühendrot war und der eine solche Hitze um sich verbreitete, daß es schien, als würde gleich alles, was in ihren Bereich kam, von ihr verschlungen werden. Dann merkte Mottke, daß immer mehr Kinder in den Schuppen kamen – Jungen und Mädchen. Sie zogen sich aus, behielten nur die Beinkleider an und stellten sich um den Ofen herum. Bald darauf wurde ein Türchen am Ofen aufgemacht, und Mottke sah, daß aus der Öffnung Feuer strömte und wie Wasser dahinfloß.

Anton gab ihm ein Zeichen, und er folgte ihm. Als er

dem Ofen näher kam, dachte er, die Hitze würde ihn bald verbrennen; da er aber merkte, daß am Ofen noch andere, auch noch jüngere Kinder und sogar Mädchen standen, wollte er zeigen, daß er nicht weniger mutig sei als diese, und stellte sich neben Anton hin.

Hier standen schon andere Kinder: zwei Knaben und ein Mädchen, das jünger als Mottke war. Alle drei betrachteten ihn mit großer Neugier. Nun machte Anton das Ofentürchen auf, und es schlug daraus eine solche Hitze gegen Mottke, daß er glaubte, er würde es im nächsten Augenblick nicht mehr aushalten. Aber er schämte sich vor den Kindern und rührte sich nicht vom Fleck.

Anton nahm eine eiserne Röhre und holte damit aus dem Ofen ein Stück Feuer heraus. Er hob es in die Höhe, blies in die Röhre hinein, drehte es einige Male hin und her, bis das Feuer eine gewisse Form annahm, reichte dann alles Mottke und befahl ihm, ebenfalls durch die Röhre in das Feuer hineinzublasen.

»Stärker!«

Mottke blies aus aller Kraft.

»Noch stärker!«

Mottke strengte sich noch mehr an.

»So ist es recht! Und jetzt gib es ihm«, sagte Anton und wies auf einen anderen Knaben.

Mottke gab das Eisen mit dem Feuerstück dann an den zweiten Jungen weiter. Der zweite Junge blies ebenfalls durch das Eisenrohr in das Feuer hinein und reichte es dann wiederum dem kleinen Mädchen mit den blassen Wangen. Und als diese ihrerseits das Feuer so weit aufgeblasen hatte, daß es wie ein großer Ballon auszusehen begann, nahm es ihr Anton ab und steckte die glühende Kugel in eine Form. Eine Minute später sah

Mottke zu seinem Erstaunen in dieser Form statt des Klumpen Feuers, das er und die anderen Kinder aufgeblasen hatten, eine große Flasche liegen.

»Aj! Was ist denn das?« rief Mottke freudig erregt aus.

»Versuche mal das Ding anzufassen«, sagte Anton.

Mottke griff zu, zog aber seine Hand sofort zurück und schrie gellend auf.

»Ha, ha, ha!« lachten die anderen Kinder. »Ein so großer Junge und schreit!«

»Es ist doch gar nicht heiß!« meinte das neunjährige Mädchen, das neben Mottke stand, faßte die Flasche mit beiden Händen an und trug sie von einem Ort zum anderen.

»Siehst du! So müssen sich die Hände an die Hitze gewöhnen! Wenn du Glasbläser auf der Hütte werden willst, mußt du das Feuer mit nackten Händen anfassen lernen!«

»Das werde ich auch können!« rief Mottke, der sich schämte, daß die Kleine ihm überlegen war und die glühendheiße Flasche in den Händen halten konnte. Er sprang herbei und faßte die Flasche wieder fest an.

Seine Haut hielt es nicht aus, und er bekam Brandwunden. Die Stelle aber, die schon vom erstenmal verbrannt war, fühlte sich nunmehr so an, wie wenn man lange Nadeln tief hineingestochen hätte. Seine Augen füllten sich mit Tränen, aber er hielt die Flasche fest in der Hand. Doch als er sie loslassen wollte, war sie wie angeklebt, und Fetzen seiner Haut blieben an der Flasche hängen.

Der Junge schrie nicht. Er wurde nur furchtbar blaß, und Tränen stürzten ihm aus den Augen.

»Du scheinst ein ganzer Kerl zu sein! Wirst ein guter Bläser werden! Jetzt hast du deine erste Feuertaufe bekommen. Wer ein Bläser werden will, muß eben mal das Feuer versuchen«, meinte Anton und klopfte Mottke auf die Schulter.

Dann holte der Mann von neuem Feuerklumpen aus dem Ofen, blies sie auf und reichte sie Mottke zum weiteren Aufblasen. Aber Mottkes Hand war stark verbrannt, und er konnte kaum noch die Röhre halten. Jedesmal, wenn er mit der wunden Hand das heiße Eisen berührte, blieb er kleben, und das kostete dem Jungen jedesmal ein neues Stückchen Haut oder sogar Fleisch. Er biß sich vor Schmerz in die Zunge, gab aber keinen Laut von sich. Die Hitze in der Nähe des Ofens wurde immer unerträglicher; Mottkes Kopf brannte wie im Feuer, und in der Kehle war alles ausgetrocknet. Auch er hatte bereits sein Zeug von sich gerissen und stand nun gleich den andern Kindern halbnackt da. Und da er sah, daß sie alle ganze Kannen voll Wasser aus den neben ihnen stehenden Eimern in sich hineingossen, begann er dasselbe zu tun. Aber die Hitze verdampfte bald das getrunkene Wasser, die nackten Leiber rauchten förmlich und schwitzten so, daß sie wie mit Tau bedeckt aussahen. Das Wasser kochte in den kleinen Körpern wie in Kesseln und verwandelte sich in Dampf.

»Laß mal sehen, wer mehr Wasser getrunken hat, ich oder du?« sagte das kleine neunjährige Mädchen, indem sie auf ihren Eimer wies. »In meinem ist schon nichts mehr, und er hat noch einen halben Eimer voll!«

Mottke schämte sich wieder vor dem kleinen Mädchen und trank noch mehr Wasser.

»Schaut mal, schaut mal, was für einen großen Bauch ich von dem Wasser bekommen habe«, rief wieder das Mädchen und schlug sich mit der flachen Hand auf ihren Leib. »Schaut, schaut!«

»Und ich auch!« rief ein anderer Junge und wies ebenfalls auf seinen Bauch, der fast wie ein Schornstein dampfte.

Nur Mottke konnte nicht mit seinem Bauch prahlen. Er hatte noch zu wenig Wasser getrunken.

»Kinder, blasen, blasen! Ihr könnt später eure Bäuche zeigen!« trieb sie Anton an.

Mottke gefiel dieses Spiel mit dem Feuer nicht mehr. Er dachte jetzt an die Wiesen, auf denen er daheim im Schtedtl zu liegen pflegte; an den Fluß, in dem er gebadet, an die Kuh, deren Milch er getrunken, an die Gemüsegärten, aus denen er sein Grünzeug gestohlen, und an die Sonne, die ihn dort gewärmt hatte, und verglich das alles mit dem glühenden Ofen, aus dem die Flammen schlugen, mit der Dunkelheit, die in dem Schuppen herrschte und mit dem Schweiß, der von den Leibern rann. Und er begriff nicht, warum das hier alles getan wurde. Er konnte einfach nicht verstehen, warum diese Menschen mit ihren Kindern jetzt um den Ofen herumstanden, sich förmlich braten ließen und in das Feuer bliesen, während draußen heller Tag war und die Sonne so herrlich leuchtete. Warum gingen nicht diese Leute einfach auf die Felder hinaus, warum lebten sie nicht am Ufer des Flusses, warum machten sie sich dort nicht ihre kleinen Feldfeuer, wie er es früher getan hatte? Er sah nun ein, daß er zu schlechten Menschen geraten war, die sich selbst und andere vor einem flammenden Ofen peinigten, und sagte sich, daß er ihnen so schnell wie möglich entfliehen müsse, um wieder auf den Feldern in der Nähe einer Stadt so zu leben, wie er es bis dahin getan hatte.

Vorläufig aber verrichtete er noch ganz willig seine Arbeit, da er sich ein wenig vor dem kleinen Mädchen schämte, das weit schneller blies als er und auch bedeutend mehr Wasser trank. Anton war mit ihm ganz zufrieden und beschloß, dem Jungen das Handwerk beizubringen und einen tüchtigen Glasbläser aus ihm zu machen. Der Aufseher, ein kleiner Jude in einem runden Hütchen, der wie eine Maus aus einer Ecke des Schuppens in die andere lief, trat schließlich auch an Anton heran. Als er die neue Arbeitskraft bemerkte, fragte er:

»Wer ist das?«

Anton antwortete:

»Es ist ein Junge aus der Stadt, den mir sein Vater in die Lehre gegeben hat. Er wohnt bei mir, und ich bringe ihm das Handwerk bei.«

»Hat er einen Paß?«

»Er ist doch noch ein Junge! Er braucht noch keinen Paß.«

»Alle Menschen müssen einen Paß haben. Ihr wißt doch, wie der Strashnik ist! Auf der Hütte muß jeder Arbeiter einen Paß haben. Wer arbeiten will, muß sich ausweisen können«, sagte der Aufseher in strengem Ton.

»Nun, das nehme ich auf mich, ich werde die Sache schon in Ordnung bringen«, erwiderte Anton. Er nahm an, daß es ihm schon irgendwie gelingen würde, mit dem Landjäger fertig zu werden.

Die Uhr schlug zwölf. Die Sirene heulte, und die Arbeiter strömten auf den Hof hinaus. Hier wurden sie bereits von ihren Frauen erwartet, die ihnen in Töpfen das Mittagessen brachten. Jede Familie zog sich in eine andere Ecke des Hofes zurück und machte sich ans Essen. Mottke folgte Anton, dessen Frau auch für ihn einen Löffel mitgebracht hatte. Und dann aß er zusammen mit Antons Kindern aus demselben Topf.

»Weißt du«, wandte sich Anton an seine Frau, »dieser Junge wird ein guter Bläser werden. In kurzer Zeit wird er mir ein guter Helfer sein, wie unser Jascha, Gott hab ihn selig.« Der Mann meinte seinen ältesten Sohn, der an der Schwindsucht gestorben war, wie es hier den meisten Minderjährigen erging, die in der Glashütte arbeiteten.

Und während die Kinder ihren Müttern stolz ihre Bäuche wiesen und sich der Mengen des getrunkenen Wassers rühmten, sah Mottke sehnsüchtig nach dem Wald hinüber, der nicht weit vom Hof wie eine dunkelgrüne Wand stand. Er blies sich auf die verbrannten Hände und überlegte, wie er wohl am besten aus der *Hölle* herauskommen könnte, in die er geraten war.

2

Mottke rettet sich aus der Hölle

Es war Abend geworden. Die Bauern saßen vor den Türen ihrer Häuser und atmeten endlich frei auf, nachdem sie den ganzen Tag über in der Fabrik die glühende Luft eingesogen hatten. Die Erwachsenen waren erschöpft, rührten sich gar nicht und blickten mit erloschenen Augen irgendwohin in die Ferne. Die Kinder aber, die gleich ihren Eltern vom Morgen bis zum Abend gearbeitet, die feurige Luft geschluckt und ihre Bäuchlein mit Wasser vollgepumpt hatten, verspürten noch den kindlichen Drang zu spielen, und taten es mit Lust und Liebe. Von Zeit zu Zeit lachten sie sogar, und dieses

Kinderlachen belebte und erfüllte mit Freude die schwarzverräucherten Bauernhäuser, die wie langweilige und düstere Särge für lebende Leichname aussahen. Dieses Kinderlachen kam wie ein Sonnenstrahl in das düstere Gäßchen und rief ein zufriedenes Lächeln auf den todmüden Gesichtern ihrer vor den Häusern sitzenden Eltern hervor.

Mottke trieb sich in dem Arbeitergäßchen wie ein Fremder umher und fühlte sich weder unter den Kindern noch unter den Erwachsenen heimisch.

Die jungen Burschen tranken Bier und trieben Unsinn mit den Mädchen, aber Mottke nahmen sie nicht in ihren Kreis auf und sahen auf ihn von oben herab. »Ein Findling«, hieß es verächtlich, obwohl Mottke bereits einen neuen Tuchanzug trug, den Anton ihm in einem jüdischen Laden auf Kredit gekauft hatte. Aber Mottke wollte nicht ihr Freund werden, weil sich für ihn, als den ältesten Bläser, ein Umgang mit ihnen nicht schickte. Und er langweilte sich hier in dem Fabriknest vom ersten Augenblick an. Er hatte für das Leben hier kein Verständnis. Anfangs erschien ihm die Werkstätte mit ihren Feuern und mit den neuen Menschen noch irgendwie neu und interessant, und er betrachtete die Arbeit als eine Art Spiel. Als er aber merkte, daß es jeden Tag dasselbe war, daß man jeden Morgen in die Hütte gehen und blasen, immer blasen mußte, da wurde ihm alles so zuwider und langweilig, daß er beschloß fortzugehen. Es bot sich ihm aber bisher keine günstige Gelegenheit, und außerdem hielt ihn von der Flucht noch etwas ganz Seltsames ab.

Anton hatte ein Töchterchen, das etwa acht bis neun Jahre oder vielleicht etwas älter sein mochte. Die arme Kleine war ein Krüppel und konnte nicht gehen. Sie hatte zwar Füße, aber die waren so dünn und schwach wie

Reisig und trugen sie nicht. Alle schrien und schimpften auf sie. Mitunter saß sie tagelang auf demselben Fleck, da ihr die Kraft fehlte, sich zu bewegen, und niemand da war, der Zeit gehabt hätte, das Kind aufzuheben und an einen anderen Ort zu tragen. Sie war allen ständig im Wege, und wenn man mitunter auf sie trat, so wurde sie obendrein noch ausgescholten, wie wenn sie schuld daran wäre. Dann lächelte das Kind immer, wie wenn es sich dadurch verteidigen wollte. Und diese Kleine war es, die Mottke hinderte, Antons Haus zu verlassen.

Das alles kam folgendermaßen: In der zweiten Nacht, nachdem Anton beschlossen hatte, Mottke als Bläser zu behalten, nahm er ihn nach Hause zum Schlafen mit. Als es Zeit wurde, sich zur Ruhe zu begeben, stellte sich heraus, daß für den neuen Gast weder eine Schlafstätte noch irgend etwas zum Zudecken vorhanden war. Nun befahl ihm die Hausfrau, sich zu dem armen verkrüppelten Mädchen zu legen, das von allen getrennt allein in der Ecke schlief, da die anderen Kinder nicht in ihrer Nähe liegen wollten. Mottke warf einen mißtrauischen Blick in die Ecke, wo unter einem Kaftan das Häuflein Knochen lag, die das Mädchen waren, das ihn jetzt wie ein Kätzchen ansah. Schließlich legte er sich doch hin und betrachtete lange, von unbestimmbarer Angst vor all dem Neuen durchwühlt, die von roten Lämpchen beleuchteten Heiligenbilder. Er dachte, daß, sobald alle eingeschlafen wären, die Zeit zur Flucht gekommen sei. Er musterte aufmerksam die umherliegenden Sachen und überlegte, ob er nicht dies oder jenes Stück mitnehmen oder ganz leise aus Antons Hose Geld stehlen sollte. Da rückte jemand an ihn heran, und er fühlte, wie die Lahme ihr warmes Gesichtchen an das seine drückte und wie zwei dünne Ärmchen seinen Hals umfaßten.

Er erschrak, schüttelte sich und stieß den kleinen Krüppel angewidert von sich. Dann sah er dem Mädchen ins Gesicht. Sie hatte ihr Köpfchen zur Seite geneigt, verdrehte ein wenig die Augen und ein sanftes, freudiges Lächeln erhellte ihre Züge.

»Du, weißt du, daß im Walde ein Bach ist, in dem Menschen und Teufel baden? Weißt du das?« wandte sie sich plötzlich an Mottke.

Mottke streckte ihr die Zunge aus und wandte ihr den Rücken zu.

Aber die Kleine ließ nicht ab.

»Du, du wirst mich doch in den Wald mitnehmen und mich in dem Bach baden?« fragte sie wieder.

Mottke versetzte ihr einen Stoß mit dem Fuß.

Die Lahme schrie nicht und weinte auch nicht. Aber mit einem Male verspürte Mottke eine besondere Wärme. Es war wieder die Kleine, die sich nun ganz fest an ihn geschmiegt hatte, mit dem Kopf, mit dem Körper und mit den Beinen, und ihn streichelte und streichelte, so daß es ihm war, wie wenn ein kleiner Hund ihn leckte.

Nun lag Mottke still und rührte sich nicht.

Von der Zeit an aber hatte er der Lahmen gegenüber ein besonderes Gefühl. Er konnte nicht ruhig an ihr vorbeigehen und es mit ansehen, wie sie voll Neid den in der Straße spielenden Kindern zusah, ohne sich rühren zu können. Er nahm sie dann auf die Arme und trug sie aus dem Hause auf die Straße zu den andern Kindern. Nachdem er es einmal getan hatte, mußte er es immer wieder tun und trug sie von einem Ort zum andern und wurde ihr Beschützer und Vormund. Er haßte sie und schlug sie mitunter, wenn es niemand sah, und versetzte ihr Rippenstöße; aber wenn ihn die Kleine mit ihren kleinen kränklichen Äuglein ansah, wenn sie ihm mit ihren dünnen Lippen zulächelte, verfiel er sofort wieder dem Bann dieses sonderbaren Gefühls. Er konnte nicht von ihr fortgehen, ging nicht einmal in den Wald, gesellte sich nicht zu den jungen Burschen, sondern blieb neben der Lahmen stehen, beschützte sie und trug sie von einem Ort zum anderen.

Das war es, was ihn an Antons Haus fesselte und ihn nicht fliehen ließ. Sehr oft war er nahe daran, das Mädchen in den Wald mitzunehmen, um es dort in einer Grube einzuscharren und dann vor diesem traurigen Fabrikleben zu fliehen. Und er würde es auch getan haben, wenn er sich nicht geschämt hätte, die Kleine auf den Schultern durch das Dorf zu tragen.

Im Verwaltungsgebäude der Fabrik war ein kleiner Laden für die Arbeiter eingerichtet. Die Bauern, die im Werk beschäftigt waren, erhielten ihren Lohn nicht in barem Geld, sondern in Anweisungen, für die sie sich in diesem Laden Lebensmittel und Kleidungsstücke holten. Der Besitzer der Fabrik überließ einen Teil seiner Macht über die Arbeiter Mitgliedern seiner Familie, und ein Onkel von ihm hatte sich diesen Laden eingerichtet, wo er den Arbeitern für jeden Rubel der Anweisungen Waren im Wert von achtzig Kopeken verabreichte. Dafür aber versammelten sich die Leute mit ihren Frauen auch sonntags in seinem Laden, bekamen ihre Post ausgehändigt und hielten hier auch ihren Gottesdienst ab, denn der Ladenraum diente ihnen auch als Kirche. Sie waren römisch-katholisch, und die russische Polizei untersagte ihnen die Errichtung eines eigenen Gotteshauses. Da sie sich aus diesem Grunde auch fürchteten, in einer Privatwohnung zum Beten zusammenzukommen, versammelten sie sich eben in dem jüdischen Laden, auf den der Verdacht der Polizei nicht so leicht fallen konnte. Sie stellten dort ein Madonnenbildnis auf einen Mehlsack und beteten. Mottke stand währenddessen gewöhnlich Wache und hielt Ausschau nach dem Wachtmeister. Sobald dieser in die Nähe des Ladens kam, versteckten die Arbeiter das Heiligenbild und begannen Mehl abzuwiegen, Petroleum einzukaufen und Bier zu trinken. Denn der Trunksucht in dem Laden zu frönen, war nach Ansicht des Wachtmeisters ein weit geringeres Vergehen, als einen verbotenen Gottesdienst abzuhalten.

Nun wurde Mottke, der für die Arbeiter während der Andacht Wache hielt, bei ihnen aus diesem Grunde eine angesehene Persönlichkeit. Übrigens war um Mottke schon längst ein stiller und zäher Kampf zwischen den Christen in der Fabrik und den Juden im Kontor ausgebrochen. Die jüdischen Angestellten wußten, daß Mottke ein jüdisches Kind war, und regten sich darüber auf, daß er sich in christlichen Händen befand. Die Arbeiter aber, so sehr unterdrückt sie sich auch fühlten, waren dennoch stolz darauf, daß sich unter ihnen eine jüdische Seele befand, die sie vom Teufel zu erretten gedachten, und sie betrachteten Mottke als einen von ihnen. Vorläufig fürchteten sich die beiden Parteien noch, den Wachtmeister zur Entscheidung anzurufen. Mottke aber wußte das alles und nutzte die dadurch entstandene Lage nach Möglichkeit aus. Von Zeit zu Zeit kam er in den Laden, wo die Frau des Inhabers hinter dem Ladentisch sitzend Psalmen las, und jagte ihr einen Schreck ein:

»Wißt Ihr, ich bin doch ein Jude!«

»Ach, ach!« stöhnte die Frau. »Ein Jude wohnt bei Christen, ißt unreine Speisen und betet fremde Götter an! Ach, ach!«

»Geben Sie mir etwas zum Naschen, dann will ich auch das Kreuz nicht mehr küssen.«

»Wehe, wehe, was ich hören muß!« rief die Frau und gab Mottke eine Handvoll Bonbons.

»Sprich einen Segen, bevor du sie ißt!« sagte sie.

»Für dieses bißchen soll ich noch einen jüdischen Segen sprechen? Gebt mir noch zwei Semmeln dazu, dann tue ich es.«

Die Frau handelte mit Mottke und einigte sich schließlich auf anderthalb Semmeln, für die er dann dem jüdischen Gott zuliebe einen Segen aufsagen mußte.

Und alles, was er auf diese Weise aus seinem jüdischen Glauben herausschlug, teilte er stets mit der kleinen Lahmen.

Indessen blieb Mottke dennoch dem jüdischen Gott treu, und soviel ihn Anton auch mit dem Riemen bedrohte und so sehr ihn die Dorfburschen und die Dorfmädels auslachten, vermochten sie ihn doch nicht zu zwingen, das Kreuz zu küssen oder zur heiligen Jungfrau zu beten. Als Antons Frau ihn einmal bekreuzte, spuckte er aus, lief schnell zum Brunnen und wusch sich das Gesicht.

Dieses Benehmen entsprang einem ganz sonderbaren Gefühl in ihm. Jedesmal, wenn Antons Frau sich anschickte, ihn zu bekreuzen, tauchte vor seinen Augen das Bild seiner Mutter, der roten Slatke, auf. Er sah sie vor sich, wie sie weinend seine Hose flickte, sah die Tränen, die ihr über die Wangen flossen und sah sich selbst, wie er damals nackt in einer Kellerecke saß und das traurige Gesicht der Mutter betrachtete...

Inzwischen wurde ihm alles in diesem Nest zuwider, alles: das Aufblasen der Feuerklumpen, der brennende Ofen, das ewige Räucherspeckessen, das schwarze Arbeitergäßchen und die Heiligenbilder in Antons Haus.

Drei Jahre hat er nun in der Fabrik gearbeitet. Und es schien, als hätte das Feuer des Ofens ihn für sein ganzes zukünftiges Leben gestählt. Seine Arme wurden breit und kräftig, und die Hände gewöhnten sich an die Berührung der Flammen. Sein Gesicht war jetzt männlich, verwittert, verbrannt, fast roh, und sein Körper, der schon so vieles hatte erdulden müssen, biegsam und kraftvoll. Er hatte sich gewöhnt, Feuer einzuatmen. Es war, als wenn die Natur selbst dafür gesorgt hätte, daß Mottke sich an das Leben anpaßte, und als hätte sie ihn daher in diese Hölle geschickt, damit er hier im Feuer, geschmiedet vom Schicksal, Kraft und Reife erlange.

Bald bot sich ihm aber eine Gelegenheit, aus dem Orte zu fliehen.

Noch bereiteten sich die auf der Hütte beschäftigten Christen und Juden zum entscheidenden Kampf um Mottkes Seele vor, als er sie plötzlich alle zusammen verließ.

Das kam folgendermaßen: Eines Abends, als die Arbeiter müde aus der Fabrik heimkehrten, zeigte sich auf dem Wege, der das Arbeitergäßchen durchquerte, ein langer, hoher Wohnwagen mit Fenstern und einem Schornstein. Das Ganze sah wie ein großes Haus aus und wurde von zwei Tieren gezogen, die halb Pferd, halb Esel waren. Hinter dem Wagen, an ihn gefesselt, trotteten ein kleiner Esel, ein Hund und eine Ziege. Aus einem Fenster schaute ein Mädchen heraus, und ein hochgewachsener Bursche mit einer Peitsche in der Hand ging als letzter im Zuge. Aus dem Innern des Wagens klang das Zwitschern von seltsamen Vögeln heraus.

Als die Kinder des Arbeitergäßchens den Wagen der Gaukler mit dem kleinen Esel und mit der Ziege erblickten, begannen sie vor Freude so laut zu schreien, daß das ganze Gäßchen von ihren Stimmen widerhallte, und liefen den Vorbeiziehenden nach. Auch Mottke war über den ungewohnten Anblick und über das Zwitschern der unsichtbaren Vögel hocherfreut. So lief auch er dem Wagen nach. Da hörte er plötzlich, wie ihn jemand beim Namen rief. Vielleicht war es ihm auch nur so vorgekommen, als er sich aber umsah, erblickte er die Lahme. Sie war von allen verlassen, ganz allein, mitten auf der Gasse sitzengeblieben. Ohne viel zu überlegen, hob Mottke das Mädchen auf seine Schultern und lief hinter dem Wagen her in den Wald. Die anderen Kinder blieben am Rande des Dorfes zurück und schrien ihm nach:

»Mottke, Mottke, kehre um, es wird schon dunkel!«

Aber Mottke dachte gar nicht an ein Umkehren. Er folgte dem Wagen und trug auf den Schultern die Lahme, die mit ihren Ärmchen fest seinen Hals umschlang. Es bestand für ihn kein Zweifel mehr darüber, daß er nicht mehr in die Fabrik zurückkehren würde. Er wußte, daß er nunmehr dem Wagen mit dem kleinen Esel und den Papageien folgen wollte, wußte, daß er da über Nacht bleiben würde, wo der Wagen halten würde, und beschloß, die Fremden nicht mehr zu verlassen. Aber was sollte er mit der Lahmen anfangen, die er auf den Schultern trug? Sie ins Dorf zurücktragen konnte er nicht, da er Gefahr lief, die Gaukler aus den Augen zu verlieren. So nahm er sie schließlich einfach herunter, setzte sie auf die Erde und lief davon. Aber ein paarmal mußte er doch noch zurückkehren. Das Mädchen saß noch immer auf demselben Fleck und hatte ihre dünnen Beinchen unter sich gezogen. Nur ihre Augen waren größer geworden. Sie funkelten vor Furcht und Entsetzen. Und je größer diese Augen wurden, um so mehr steigerte sich Mottkes Wut gegen das Mädchen.

Er versetzte ihr einige tüchtige Hiebe und wollte wieder davonlaufen. Aber es schien ihm immer, als riefe sie ihn beim Namen. Er packte sie mit beiden Händen und drückte ihr mit seinen Fingern den dünnen Hals zusammen. Sie sagte nichts und lächelte ihn nur an. So ließ er sie los. Er empfand die größte Lust, den Wald anzuzünden, damit alles mit der Lahmen zusammen verbrenne, aber er hatte kein Feuer. Und der Wagen entfernte sich inzwischen immer mehr und mehr. Da ohrfeigte er wie rasend das verkrüppelte Kind, rief ihm zu: »Schrei doch! Weine! Brülle!« und lief davon. Lief dem Geräusch der Räder des Gauklerwagens nach.

Die Lahme schrie nicht und weinte nicht. Die Nacht wurde immer dunkler, und es war Mottke so, als verfolgten ihn aus der Finsternis die großen Augen des unglücklichen Mädchens.

Er fühlte den Blick dieser Augen auf seinem Rücken . . .

3

Die Gaukler

Der Wagen fuhr immer weiter und weiter, und Mottke lief ihm nach wie ein Hund, ohne zu wissen, wohin er kommen würde. Der Bursche mit dem Ohrring, der hinter dem Wagen ging, hatte ihn schon bemerkt und ihn gefragt, was er eigentlich wolle. Mottke gab ihm keine Antwort. Wenn der Wagen anhielt, blieb auch er stehen, und sobald die Fahrt fortgesetzt wurde, lief auch er weiter. Als es dann spät geworden war, machten die Gaukler am Waldessaum in der Nähe eines Dorfes halt.

Der hochgewachsene Bursche spannte die Pferde aus und band sie mit einem Strick an die Räder des Wagens. Dann holte er aus dem Wald Reiser und Zweige und machte ein Feuer an. Da schlich sich mit einem vollen Arm trockner Äste auch Mottke an das Feuer heran und begann, das Feuer aufzublasen. Der hochgewachsene Bursche hielt ihn zurück:

»Wer bist du?«

»Ich weiß es nicht.«

»Wieso das?«

»Ich habe weder Vater noch Mutter.«

»Woher kommst du?«

»Ich bin dem Wagen nachgelaufen!«

»Wo hast du früher gelebt?«

»Bei den Christen im Dorf. Ich habe auf der Hütte gearbeitet. Die Christen hatten vor, mich zu taufen. Sie schlugen mich, weil ich das Kreuz nicht küssen wollte. Schließlich bin ich ihnen davongelaufen. Ich war gerade unterwegs, als ich Euren Wagen bemerkte, und da bin ich Euch nachgegangen.«

»Was willst du denn bei uns?«

»Nehmt mich mit. Ich kann bei den Pferden helfen, ich verstehe mich darauf. Ich will alles tun, was von mir verlangt wird – ich kann arbeiten. Nehmt mich mit.«

Mottke brachte diese Worte in einem so flehenden Ton hervor, seine Stimme klang so rührend, daß der hochgewachsene Bursche einen brennenden Zweig aus dem Feuer holte, um Mottkes Gesicht zu beleuchten und ihn ordentlich anzusehen.

»Hei, Alter, kriech heraus, schau mal her!«

In den Fenstern des Wagens, die durch das schwache Licht einer Petroleumlampe beleuchtet wurden, zeigten sich plötzlich mehrere Gesichter.

»Was ist los?«

»Hier ist ein kleiner Kerl, der bittet, wir sollen ihn mitnehmen.«

»Daß dich der Kuckuck hole! Mir war schon ganz angst und bange! Ich dachte, man sei gekommen, uns die Pferde wegzunehmen, oder der Pan Strashnik wäre aufgetaucht! Der Bengel soll machen, daß er fortkommt! Wir sind in der Nähe eines Dorfes, und sicherlich kommt er von dort her!« rief eine Stimme, die von einem der durchs Fenster blickenden Gesichter herrührte.

»Nein, der Junge scheint ein schlauer Gauner zu sein.«

»Was will er denn? Führ ihn hinein. Wir wollen mal sehen.«

Der hochgewachsene Bursche führte Mottke durch eine kleine Hintertür in den Wagen.

Als Mottke ins Innere des Gefährts trat, blieb ihm die Spucke weg – so sehr überraschte ihn das, was er zu sehen bekam.

Er befand sich in einer langen, schmalen Stube, die durch Vorhänge in mehrere Abteilungen getrennt war. In den Ecken brannten zwei kleine Petroleumlampen, und ihr Licht, das auf die roten Vorhänge vor den Betten fiel, verlieh dem Raum ein warmes, gemütliches Aussehen. Mitten im Zimmer hing ein großer Vogelbauer, in dem auf einer kleinen Stange ein roter Papagei saß. Dieser schrie in einem fort die Worte »Alter! Alter!« was sich auf den ältesten Gaukler, den Inhaber des Wagens, bezog. Der Alte selbst lag in seinen großen Stiefeln der Länge nach auf einem Stapel von Matratzen, Kissen und Zigeunerdecken. Auch er hatte wie der hochgewachsene Bursche einen Ring im Ohr, der aber aus echtem Gold und größer war. Der Mann hatte einen großen, ganz mit grauem, krausem Haar bewachsenen Kopf, um den herum sich ein kahlrasierter Streifen zog, der wie ein Reifen Nacken, Schläfen und Stirn umfaßte. Die dichten, grauen Augenbrauen sahen wie gepudert aus und verdeckten ganz die Augen. Die Nase aber, die breit und flach war und auf der einzelne Härchen wuchsen, diese Nase schnarchte auch jetzt im Wachsein, und die Luft, die aus den Nasenlöchern strömte, bewegte den Schnurrbart, der über den wulstigen Lippen hing. Der Alte machte mit der Hand, in der er eine ausgebrannte Pfeife hielt, ein Zeichen, man solle Mottke näher zu ihm führen, und den gleichen Befehl drückte auch das Zwinkern seiner Augen aus.

Der hochgewachsene Bursche mit der Peitsche in der Hand packte Mottke von hinten am Kragen und stieß ihn weiter nach vorn, zum Alten.

Dieser rührte sich nicht vom Fleck, sah Mottke an und brummte:

»Ei, Hexe, gib mal die Lampe her!«

Jemand kam aus einer Ecke hervor und brachte ihm die Lampe. Mottke sah nur schwarzes, schon ergrauendes, langes Frauenhaar und ein Stückchen eines von der Sonne rot gebrannten Frauenkörpers, der duch eine zerrissene Bluse hindurchschimmerte.

Der Alte nahm die Lampe, musterte bei ihrem Schein Mottke und fragte:

»Wer bist du?«

Mottke gab keine Antwort. Wie verzaubert lauschte er dem Gesang der Kanarienvögel, der aus vielen Richtungen kam, und dem Schrei des Papageis. Es war ihm, wie wenn er in eine ganz andere Welt geraten wäre, und ihm gefiel hier alles so sehr, daß er bereit war, sein Leben zu geben, um nur bei diesen Leuten bleiben zu dürfen.

»Wer bist du?« fragte der Alte wieder mit seiner Baßstimme.

»Ich bin eine Waise, ich habe weder Vater noch Mutter«, wiederholte Mottke seinen üblichen Spruch in einem kläglichen Ton, der aber zugleich trotzig klang.

»Das habe ich schon gehört. Du lügst. Hast du Papiere? Zeig sie mal her!«

Mottke sah ihn nur verwundert an.

»Hast du einen Paß? Zeig ihm deinen Paß«, erklärte der hochgewachsene Bursche.

»Ich habe keinen Paß. Die Bauern haben ihn mir genommen.«

»Was für Bauern?«

»Nun, die Bauern, die mich gefangen hielten und mich taufen wollten. Aber ich ließ mich nicht darauf ein, denn ich bin doch ein Jude. Deshalb bin ich ihnen auch davongelaufen.«

»Wem erzählst du hier diese Märchen?! Du bist ein Dieb, der aus dem Gefängnis ausgerückt ist und von der Polizei gesucht wird. Nimm ihn fest, wir werden ihn der Polizei ausliefern.«

Mottke war zwar erschrocken, lächelte aber, denn er wußte, daß er, ehe sie sich versahen, davonlaufen konnte. Da aber plötzlich erblickte er etwas, was ihm wieder den Atem raubte. Ein Vorhang wurde zurückgeschoben, und es kam ein Mädchen zum Vorschein. Sie hatte ein rotes Trikot an, das sich so fest an ihre Beine schmiegte, daß man meinen konnte, der Stoff wäre ihre zweite Haut. Die nackte Brust und die Arme waren von einer Tüllbluse kaum bedeckt. Ihr schwarzes, langes Haar war aufgelöst und fiel wirr über den Rücken und das Gesicht. Als sie mit einer Hand die Strähnen wegschob, erblickte Mottke zwei schwarze, feurige Augen, rot geschminkte Bäckchen und Lippen und ein Paar große goldene Ohrringe. In der Hand hielt das Mädchen einen Spiegel, in ihrem Haar steckte ein Kamm, und auf ihrer Schulter saß ein blauer Vogel mit einem langen vergoldeten Schnabel. Mottke war von dem Anblick, der sich ihm bot, so überrascht, daß er sowohl die Drohung des Alten als auch die Tatsache, daß ihn der hochgewachsene Bursche an der Hand festhielt, ganz und gar vergaß. Er sah nur noch auf das Mädchen, ein verklärtes Lächeln erhellte seine Züge, und er war bereit, tot zu ihren Füßen zu fallen.

»Sag lieber freiwillig, wer du bist, dann will ich dich laufen lassen. Bist doch ein Dieb, wie? Aus dem Gefängnis ausgerückt, nicht? Wenn du mir nicht die Wahrheit sagst, liefere ich dich der Polizei aus!« wandte sich der Alte wieder an Mottke.

»Wer ist das?« fragte das Mädchen mit wohlklingender Stimme.

»Ein Dieb, der gekommen ist, um uns unsere Zugtiere zu stehlen«, erwiderte der Alte.

»Ich bin kein Dieb, und ich bin nicht geflüchtet, und vor dem Strashnik habe ich keine Angst. Vor euch auch nicht! Ich fürchte überhaupt niemand!« rief Mottke, der rot wurde und sich zum erstenmal im Leben angesichts dieses Mädchens mit dem blauen Vogel schämte.

»Wie? Du hast keine Angst? Und was, wenn du Schläge kriegst?« meinte der Alte lachend.

»Dann schlage ich wieder! Ich kann es!«

»Was? Uns schlagen willst du?« rief der hochgewachsene Bursche und versetzte Mottke einen Hieb mit der Peitsche.

Mottke riß sich von dem Burschen los, ballte die Fäuste und wollte sich auf den Angreifer stürzen. Aber aus dem Gesichtsausdruck dieses Burschen begriff er, daß er ihnen allen gefallen hatte und daß er durch diesen Peitschenhieb in ihren Bund aufgenommen wurde.

»Daß dir die Hand verdorre!« rief jetzt mit einemmal jene alte Frau, die der Alte vorhin eine Hexe genannt hatte. Sie sprang herbei und versetzte dem hochgewachsenen Burschen eine Ohrfeige. »Da kommt zu euch eine Waise, der Junge hat weder Vater noch Mutter, und ihr schlagt ihn! Hör nur nicht auf sie, auf diese Teufel! Arbeiten können sie nicht, die Fettwänste, nur fressen! Ich nehme dich zu mir und werde für dich sorgen. Höre nicht auf die beiden, bleibe bei uns.«

»Das schadet nichts, du alte Hexe, das schadet nichts. Wenn der Bengel Artist werden will, muß er schon einen Hieb vertragen können.«

»Komm nur mal her, du kleiner Schlingel!« rief der Alte Mottke zu sich her. »Wie heißt du?«

»Mottke.«

»Wir werden dich *Schmadnik*, Täufling, nennen. Einverstanden?«

»Ja.«

»Willst du Artist werden?«

»Ja.«

»Zieh mir die Stiefel aus.«

Mottke machte sich sofort an die Stiefel des Alten. Er strengte sich gewaltig an und wollte dem immer noch daneben stehenden Mädchen seine Kraft zeigen, aber trotzdem dauerte es ziemlich lange, bis die Stiefel ausgezogen waren, denn die langen Schäfte lagen fest auf den vielen, vielen Fußlappen, die der Alte um Beine und Füße gewickelt hatte. Aber Mottke zeigte sich tüchtig: er war bedeutend schneller fertig geworden als der hochgewachsene Bursche, der diese Arbeit sonst jeden Abend machen mußte. Der Alte zwinkerte dem Mädchen zu, wie wenn er sie auf Mottkes Kraft aufmerksam machen wollte, und fragte sie:

»Nun, wie gefällt dir unser neuer Gast?«

»Besser als ihr beiden, ihr alten Nimmersatts!« erwiderte das Mädchen und verschwand hinter einem Vorhang.

4

Mottke wird Kunststückmacher

In den ersten Stunden des nächsten Morgens machte man sich zur Weiterreise bereit. Mottke, der die Nacht draußen mit den Pferden zugebracht hatte, sah den Alten flehend an, und Angst lag in seinen Blicken, Angst, man könnte ihn hier lassen. Der Alte, der volle Uniform trug – auf dem Kopf eine Gauklermütze mit einem glänzenden Schirm, in der Hand eine Peitsche und in dem Mund eine Pfeife –, holte wie zum Schlag mit der Peitsche gegen Mottke aus und brüllte ihn an:

»Ei, du Bankert du, nimm das Heu zusammen, das die Tiere verstreut haben, und tu es auf den Wagen!«

Mottke hatte nur darauf gewartet, daß ihm jemand befehle, etwas zu tun. Flink und willig tat er, was der Alte von ihm verlangte. Der hochgewachsene Bursche, den der Alte Kanarik nannte (was auch wir von nun an tun werden), begann die Pferde einzuspannen.

Mottke sah ihm mit einem gewissen Neidgefühl zu, und in seinen Augen lag die Frage, ob er nicht vielleicht mittun könnte.

»Komm mal her, du Bankert! Spann mal das rote Aas ein! Was stehst du da mit verschränkten Armen!«

Ein Peitschenhieb fiel sengend auf Mottkes Schultern.

Noch nie hatte ein Hieb Mottke so glücklich gemacht wie jetzt, da der Schlagende der Alte selbst war. Er hatte Lust, dem Mann die Hand dafür zu küssen, und machte sich rasch an das Einspannen des roten Aases.

Bald war der Wagen fahrbereit. Jetzt wurde ein Fensterladen aufgeschlagen, und es zeigte sich wieder das Mädchen, das Mottke schon am vorhergegangenen Abend so bewundert hatte. Sie trug eine rote Tüllbluse, kämmte ihr Haar und sang russisch:

»Einen ganzen Haufen
Männer ließ ich laufen,
Nur den Freund vom Herzen
Kann ich nicht verschmerzen . . .«

Mottke war von diesem Liedchen so hingerissen, daß er gar nicht wußte, wohin er blicken sollte. Er glaubte immer noch nicht, daß man ihn mitnehmen würde. Seine Beschützerin, die dicke alte Frau, die Hexe, die ihn gestern auf ihre Verantwortung hier behalten hatte, war wahrscheinlich im Innern des Wagens beschäftigt, was man aus dem dem Schornstein entsteigenden Rauch schließen konnte.

Bald aber zeigte sich auch ihr Gesicht in einem Fensterchen. Ihre schwarzen Strähnen waren noch nicht gekämmt, und um den Kopf hatte sie ein Tuch geschlagen, so daß sie tatsächlich wie eine Hexe aussah. Sie winkte mit der Hand den Alten heran, ein Lächeln überzog ihr altes, fleischiges Gesicht, und sie fragte:

»Was? Du willst so trocken weiterfahren? Was soll ich denn zu Mittag bereiten?«

»Du hast dir doch einen neuen Macher engagiert! Wir wollen mal sehen, was er kann«, erwiderte der Alte und wies mit der Peitsche auf Mottke.

»Nun, lieber Gast, zeig mal, was du uns aus dem Dorf zum Frühstück besorgen kannst!« rief auch Kanarik und blinzelte Mottke mit seinen geröteten Augen zu. Das rote Haar des Burschen war durch den Schweiß an der sommersprossigen Stirn klebengeblieben.

»Und zum Mittag und zum Abendbrot ebenfalls!« fügte der Alte hinzu. »Sieh mal zu, was du auf den Hinterhöfen der Bauernhäuser finden kannst. Wir erwarten dich jenseits des Dorfes am Waldrand.«

Ohne viel zu überlegen, begab sich Mottke ins Dorf, um Lebensmittel zum Frühstück, Mittag- und Abendbrot heranzuschaffen. Er hatte nur Angst, der Wagen könnte ohne ihn weiterfahren, und dieses Ins-Dorf-Schicken wäre nur eine List, ihn loszuwerden. Er warf der Hexe mit dem verbundenen Gesicht einen flehenden Blick zu, wie wenn er sie bitten wollte, ihn in Schutz zu nehmen und die anderen zu veranlassen, auf ihn zu warten. Zum Fensterchen, aus dem das Mädchen herausschaute, wagte er nicht emporzusehen. Er verließ sich einfach auf die Gnade Gottes und ging geradewegs ins Dorf.

Mochte kommen, was kommen wollte, jedenfalls beschloß Mottke, den andern zu zeigen, was er konnte. Wie eine Katze schlich er sich hinter die Dorfhäuser. Und als die Bäuerinnen mit den Kindern auf die Straße hinausliefen, um den mit Geklapper vorbeifahrenden Wagen der Gaukler und ihre Vögel zu bewundern, sah sich Mottke in den Höfen um. In einen Sack warf er alle Hühner und Enten, die er fand, und drehte ihnen den Hals um, damit sie nicht schreien konnten. Dann suchte er nach jungen Gänsen. Als er die fand, packte er sie ebenfalls am Hals, und auch sie verschwanden in seinem Sack. Bald war dieser Sack voll von Geflügel und sehr schwer. Mottke kroch über Zäune, schlich, um unbemerkt zu bleiben, hinter Büschen und tapste durch sumpfige Flächen. Der Wagen wartete tatsächlich am Waldesrand. Hocherfreut lief Mottke zu seinen Genossen und schüttete vor ihnen das Geflügel aus dem Sack.

Die alte Hexe tanzte vor Freude und wandte sich spöttisch an Kanarik:

»Nun, hättest du das auch fertiggebracht? Wie? Fressen könnt ihr, aber nicht arbeiten, ihr Dickwänste!«

Der Alte sagte gar nichts, damit Mottke sich nicht zu viel einbilden sollte. Er senkte nur die Augen, so daß er aussah, als ob er seinen Schnurrbart betrachtete, und grübelte über etwas nach. Es war klar, daß er sich einen Plan wegen Mottke zurechtlegte. Kanarik befahl Mottke mit den Augen, in den Wagen zu klettern, und dann ging es weiter.

Man fuhr durch verschiedene Dörfer, die Glöckchen klingelten, und überall strömten die Leute aus den Häusern, um das Wunder zu sehen. Mottke fühlte sich glücklich: er war unter den Gauklern. Den ganzen Weg über hörte er das Mädchen singen:

»Einen ganzen Haufen
Männer ließ ich laufen,
Nur den Freund vom Herzen
Kann ich nicht verschmerzen . . .«

Mottke dachte über diesen Freund vom Herzen nach. Wer konnte er wohl sein, dieser einzige, den sie nicht vergessen konnte? Wohl kein Geringerer als irgendein Kavallerieoffizier, der ein eigenes Pferd hatte und Stiefel mit Sporen trug! Und Mottke beneidete diesen Mann, und stellte ihn sich vor. Sah ihn in Gedanken irgendwo in einer Schenke vor einem Glas Bier, beim Kartenspiel, und dachte daran, daß der Mann gar nicht ahnte, daß seine Geliebte jetzt hier im Fensterchen saß und ein so trauriges Liedchen über ihn sang.

Der alte Komödiant lag wieder breit und behäbig auf den Zigeunerdecken, kaute an seiner Pfeife und lauschte dem Gesang. Die Hexe stand am Herd und bereitete die Hühner und die Gänse zu, die Mottke im Dorf gestohlen hatte, und der rothaarige Kanarik schlief. Da ergriff Mottke die Zügel und übernahm die Führung des Wagens.

In der Mittagsstunde machten sie wieder in der Nähe eines Dorfes am Ufer eines Flusses halt. Dort spannte man die Tiere aus, gab ihnen Futter und machte sich dann ans Essen. Mottke wurde noch nicht in den Wagen zu Tisch gerufen, aber die Alte brachte ihm eine Scheibe Brot und ein Stück Huhn heraus, und er aß mit großem Appetit.

Nach der Mahlzeit ging man daran, Mottke das Arbeiten beizubringen, und veranstaltete die erste Probe. Vor allen Dingen befahl ihm der Alte, kopfzustehen. Mottke tat es, konnte es aber nicht lange aushalten, da ihm das Blut zu Gesicht schlug und die Beine schwach wurden. Er machte den Versuch, die Füße zu senken, aber zu seinen beiden Seiten standen, mit Peitschen bewaffnet, der Alte und Kanarik, die ihn mit Hieben zwangen, länger in der von ihnen gewünschten Lage auszuharren. Aber eigentlich waren es nicht die Schläge, die ihn veranlaßten, sich zusammenzunehmen und sich Mühe zu geben, die Füße hochzuhalten. Mottke hatte nämlich bemerkt, daß am Fenster das Mädchen stand und beobachtete, wie man ihn Kopfstehen lehrte, und daß sie jedesmal, wenn man ihn schlug, lachte. Aber gerade ihr wollte er zeigen, daß er auch Kunststücke zu machen verstehe und hielt es aus, obwohl ihm bereits dunkel vor den Augen wurde und der Rücken schmerzte. So stand er kopf, so lange, bis der alte Komödiant bis hundert gezählt hatte.

Die zweite Probe bestand darin, daß Mottke ein Kunststück auf einem Pferd machen sollte, und zwar auf dem braunen Aas. Alle, die mit den Komödianten zogen, mußten diese oder jene Kunststücke machen und sich das Brot durch schwere Arbeit verdienen. Und selbst die Tiere, die vor den Wagen gespannt waren, mußten nicht nur diesen Wagen ziehen, sondern ebenfalls dem Publikum allerlei Kunststücke vorführen. Das braune Aas konnte zum Beispiel ganz wie ein Mensch niesen; und wenn der Alte ihn am Schwanz faßte, wackelte der Gaul mit den Ohren, was den Zuschauern außerordentlich gut gefiel. Jetzt erfand man eine Nummer, die Mottke auf dem Pferd ausführen sollte. Dem Plan nach sollte er kopfstehend auf dem braunen Aas als Teufel erscheinen, und das Pferd mußte während der Nummer mit den Ohren wackeln.

Das braune Aas war von vornehmer Abstammung. Der Alte hatte das Tier von einem Zirkusdirektor gegen zwei kleine Hunde eingetauscht, die auf dem Seil tanzen konnten. Früher aber war der Braune, ausgeputzt mit Schleifchen an den Ohren und Bändchen im Schwanz, im Zirkus aufgetreten. Damals trug er den stolzen Namen Nero, hatte Glöckchen um den Hals, und es ritt ihn in der Manege die weltberühmte Tänzerin, die Spanierin Sabina. Jetzt, im Alter, war das Pferd den Gauklern in die Hände gefallen, und der Alte hatte ihm einen jiddischen Namen gegeben: *das braune Aas,* weil er auf dem Bauch zwei fuchsbraune Flecke hatte, die ihn seinerzeit berühmt gemacht hatten. Und der Alte hatte ihm das Niesen und das Ohrenwackeln beigebracht.

Jetzt stand der arme Gaul verlassen und vereinsamt auf den Vorderbeinen, hatte einen roten, zirkusartigen Weiberkaftan an, und ein blutjunger Bengel stand auf ihm kopf, während er selbst niesen und mit den Ohren wackeln mußte.

Aber Mottkes Hauptnummer bestand in einem Ringkampf mit Kanarik, und zwar auf spanische Art: Mottke mußte den Gegner besiegen, das heißt, Kanarik hatte sich programmgemäß auf beide Schultern zu legen, denn man versprach sich viel größeres Aufsehen, wenn der Kleine den Großen überwand. Und Mottke mußte der »weltberühmte spanische Champion Severin Severus« werden und sich die Brust mit Medaillen schmücken, die er in Konstantinopel bekommen haben sollte.

Zu diesem Zwecke hatte man Mottkes Körper mit einer Art Schweineschmalz eingerieben, und Arme und Beine wurden ihm fest mit Handtüchern umwickelt, damit das grobe Fleisch der Muskeln anlaufen und den Eindruck einer gewaltigen Größe und Kraft machen sollte.

Die Handtücher schnitten sich schmerzhaft in seine Arme und Beine ein, aber er ertrug mit Freude alle Qualen, die die Ausbildung zu einem Artisten mit sich brachte, weil aus dem Fensterchen des Wagens jenes Mädchen mit den langen schwarzen Locken herausguckte. Sie saß da, kämmte ihr Haar und sang das traurige Liedchen:

»Einen ganzen Haufen
Männer ließ ich laufen,
Nur den Freund vom Herzen
Kann ich nicht verschmerzen ...«

Mottke aber dachte in einem fort darüber nach, wer wohl dieser Freund sei und wo er sich befinden mochte, dieser einzige, den sie nicht vergessen konnte.

5

Mottke wird ein »weltberühmter spanischer Champion«

Seitdem Mottke sich den Komödianten zugesellt hatte, war bereits eine gewisse Zeit vergangen. Er mußte inzwischen alle Qualen der Hölle durchmachen, denn der Alte schlug so lange auf ihn mit der Peitsche ein, bis der Junge ein tüchtiger Artist wurde und mit der ganzen Truppe auftreten konnte.

Vom frühen Morgen an kochte es auf dem Marktplatz wie in einem Kessel. Aus allen umliegenden Dörfern waren die Bauern in ihren mit abgearbeiteten Pferden bespannten Wagen und die Gutsbesitzer in ihren Britschken zusammengeströmt, um das Wunder, die berühmte Seiltänzerin, zu sehen. Man behauptete sogar, daß selbst Bürger aus den umliegenden Städtchen die Kreisstadt aufgesucht hätten, um der Vorstellung der berühmten Artisten beizuwohnen. Unter diesen Kleinstädtern befanden sich verlobte Paare, junge, gelangweilte Frauchen und Gecken, die sonst nichts zu tun hatten. Über den Marktplatz – vom Hause des Schlächters bis zur Kirche – wurde ein Drahtseil gespannt. Aus Brettern hämmerte man in aller Eile eine Bühne zusammen, auf der die berühmten Athleten Kanarik und der »junge spanische Champion Severus«, das heißt, unser Mottke der

Dieb, gegeneinander kämpfen und allerlei Kunststükke zeigen sollten. Inzwischen aber stolzierte Mottke vom frühen Morgen an in sonderbaren weißen Hosen umher, die wie bei einer Frau von den Schultern bis zu den Knien reichten und auf deren Hinterteil eine Uhr gemalt war. Und alles um ihn wälzte sich förmlich vor Lachen, wenn er den Leuten den Rücken kehrte und ihnen dabei zeigte, wie spät es war... Aber nicht nur er ging so seltsam gekleidet umher, sondern auch Kanarik. Dieser hatte außerdem noch sein Gesicht mit Ruß geschminkt. Da er rotes Haar und rote Augenbrauen hatte, sah er nunmehr ganz und gar wie der leibhaftige Teufel aus. Nur der Alte war wie ein wirklicher Artist angezogen: Er trug ein rotes Trikot, seine Arme und Beine waren nackt, und um den Bauch hatte er einen breiten Gurt aus Samt geschnallt, auf dem die verschiedensten Medaillen und Orden aller Länder und Völker klimperten. Diese Auszeichnungen hatte der Alte invaliden Soldaten abgehandelt, und einige von ihnen waren so groß wie Blechschüsseln. Derart angezogen, liefen die Gaukler auf dem Marktplatz hin und her, zimmerten ihre Bühne zusammen und spannten das Drahtseil, während alle Welt um sie herumstand und sie angaffte.

Um vier Uhr nachmittags, als die Sonne langsam unterging, fing die Vorstellung an. Vor allem gingen der Alte, Kanarik und der *Spanier* um die Bühne herum, knallten mit Peitschen über den Köpfen des verehrten Publikums und schafften auf diese Weise um das Gerüst herum freien Platz, damit alle die Vorgänge auf den Brettern bewundern konnten. Schon die erste Nummer rief unter den Zuschauern große Begeisterung hervor. Es erschien unsere Bekannte, die alte Hexe, die Frau des Alten. Sie war jetzt nicht wiederzuerkennen. Sie trug ein rotes, kurzes Trikot, das vorn und hinten ausgestopft war, und ihre Arme, Hände und Beine hatte sie so dick mit einer Art von Mehl gepudert, daß es schien, als wäre die Frau eben aus einer Windmühle herausgekrochen, welcher Eindruck sich noch dadurch verstärkte, daß auch ihr rotes Mieder mit Mehl bestreut war. Auf ihrer Hand saß der blaue Papagei, der sonst in einem fort »Alter« schrie. Jetzt, in den Händen der mageren Frau schrie der Vogel russisch *»Ja tebja lublju«* – »ich liebe dich«, wofür ihm die Alte seinen vergoldeten Schnabel küßte. Dann setzte sie ihn auf ihre Schulter und reichte ihm eine zierliche Schachtel, in der kleine Zettel mit dem Schicksal eines jeden aus dem verehrten Publikum lagen. Für fünf Kopeken zog der Vogel aus der Schachtel einen solchen blauen Zettel hervor, aus dem der Käufer alle Glücksfälle seines Lebens, bis ans Ende seiner Tage herauslesen konnte. Er erfuhr aus dem Zettel, wie oft er sich verheiraten, wieviel Mitgift er dabei bekommen, wie oft er eine Erbschaft machen, ob er in seinem eigenen Bett sterben würde, daß ein Brief mit sehr wichtigen Neuigkeiten für ihn unterwegs sei und noch mehr wichtige Dinge dieser Art . . .

Sobald die alte Hexe die Bühne verlassen hatte, erschien auf den Brettern sofort der Alte mit all seinen Auszeichnungen auf dem Bauch. Er zeigte dem Publikum die nächste Nummer an. Seine Ansprache bestand aus russischen, jiddischen und polnischen Worten, zwischen die sich noch Ausdrücke aus einer anderen Sprache mischten, die kein Mensch verstand und die wie ungarisch oder türkisch klangen. Aus seiner Rede ging hervor, daß jetzt der weltberühmte spanische Champion auftreten würde, der trotz seines jugendlichen Alters – er sei noch keine zwölf Jahre alt, erklärte der Alte – schon

Tausende von Athleten besiegt habe und dadurch weltberühmt geworden sei. Dieser jugendliche Kraftmensch würde sich hier vor den Augen des Publikums in einem Ringkampf mit dem ebenfalls berühmten, ja weltberühmten ungarischen Champion »Kanarik-Kanarinado« messen. Aber vor Beginn des Wettkampfes sollte der berühmte Athlet, der noch ein Kind sei, dem Publikum verschiedene Kunststückchen zeigen.

Und der Alte winkte mit der Hand, worauf Kanarik Mottke den Dieb auf die Bühne hinausstieß.

Mottke wurde angesichts der vielen Menschen verlegen und erschrak. Er wußte nicht, wie er sich verhalten sollte. Das Publikum aber betrachtete ihn inzwischen mit unverhohlener Neugier. Mottke trug kurze schwarze Beinkleider, um noch jünger zu erscheinen. Die alte Hexe hatte ihm schon vor der Vorstellung die Frisur in Ordnung gebracht, und sein Haar, das bis dahin nie einen Kamm gekannt hatte, sah jetzt, mit Schweineschmalz eingeschmiert, glänzend und rabenschwarz aus. Außerdem trug Mottke noch eine samtene Jacke, die früher einmal Kanarik getragen hatte. Er machte in diesem Anzug tatsächlich den Eindruck eines kleinen Jungen, der noch dadurch verstärkt wurde, daß er, wie schon gesagt, erschrocken und verlegen dastand, ohne zu wissen, was er nun anfangen sollte.

Der Alte nahm ihn bei der Hand und wandte sich, auf ihn zeigend, an das Publikum:

»Seht euch diesen Jungen an! Er ist noch keine zwölf Jahre alt! Das reinste Kind! Aber dieses Kind wird vor euren Augen mit seinen Zähnen ein zweihundert Pfund schweres Gewicht heben! Mit einer Hand wird er zwei erwachsene Menschen stemmen, und es gibt niemand auf der Welt, der so stark ist wie er! Schon zwanzig Athleten hat er besiegt, und der König von Spanien dekorierte ihn dafür mit dieser Medaille!« Und der Alte wies auf das Blechstückchen, das Mottke an der Brust trug. »Sein Vater war der weltberühmte Champion Severus, und seine Mutter wog vierhundert Pfund! Sie war die schwerste Frau auf Erden! Daher ist auch er von einer so ungeheuerlichen Kraft. Seht euch nur seine Arme an«, fuhr der Alte fort und wies auf Mottkes schwellende Muskeln. »Schaut nur her! Seht, wie kräftig diese Arme sind! Ich habe Angst vor ihm!« rief er und sprang mit gespielter Angst einen Schritt vor Mottke zurück, was im Publikum lautes Gelächter hervorrief.

Mottke wußte immer noch nicht, was er tun sollte. Die Angst vor den Zuschauern war gestiegen, und er schämte sich vor den vielen Menschen. Die Rede des Alten und das Lachen der Zuschauer reizten ihn aber, und er mußte seine ganze Kraft aufwenden, um nicht loszuprusten.

»Verneig dich doch vor dem Publikum, du Bankert! Lächeln, lächeln sollst du! Daß dich die Cholera ... Was stehst du da wie ein Ölgötze?« flüsterte der Alte zähneknirschend, während er für die Zuschauer das schwarzglänzende Haar Mottkes streichelte.

»Er ist ja noch ein Kind, und seine Mutter hat ihn mir anvertraut. *Gratana, gratana schokolidana*«, wandte sich der Alte plötzlich an Mottke in einer ganz unbekannten Sprache. Dann erklärte er dem Publikum. »Ich frage ihn, ob er nicht ein wenig Schokolade haben möchte. Der Junge versteht ja unsere Sprache nicht, und ich muß mit ihm deshalb spanisch reden. *Gratana, gratana schokolidana?* Hier hast du was!« und der alte Gaukler steckte Mottke ein Stückchen Zucker in den Mund, genauso, wie wenn er einen Vogel fütterte. Gleichzeitig aber flüsterte er ihm wieder zu:

»Willst du dich nicht verneigen, du Ausbund? Wenn du nicht sofort lächelst, schlag ich dir alle Rippen entzwei! Verneig dich! Verneig dich!«

Mottke konnte nicht mehr an sich halten. Das Lachen saß ihm in der Kehle und drohte ihn zu ersticken, und er hatte Angst, sich zu verbeugen und zu lächeln oder überhaupt seine Stellung zu verändern, in der er gleichsam erstarrt war. Aber jetzt war es mit seiner Selbstbeherrschung aus, und er begann laut und schallend zu lachen.

Das Publikum fiel sofort ein und lachte ebenfalls aus vollem Halse.

Der Alte war einen Augenblick lang verwirrt und wußte nicht, was er sagen sollte, verfiel aber gleich darauf auf eine List:

»Er will, daß ihr Beifall klatscht. Bitte klatscht doch mit den Händen«, wandte sich der alte Fuchs an das Publikum. »In Spanien lacht man, wenn man das Publikum zum Klatschen veranlassen will.«

Die Zuschauer begannen wie rasend zu klatschen, und der Alte flüsterte Mottke zu:

»Dich wird die Cholera niederwerfen, wart du nur, ich werde dir schon zeigen, wie man auf der Bühne lacht!«

Und dann sagte er laut und des Publikums wegen ganz freundlich:

»Nun hebe mal dieses Zentnergewicht mit den Zähnen auf!«

Mottke tat es. Der Alte zeigte den Leuten, wie schwer das Gewicht war, und das Publikum applaudierte wieder.

Gleich darauf erschien auf der Bühne auch Kanarik. Er trug ebenfalls schwarze, kurze Hosen und ein Jäckchen aus Samt, und auch seine Brust war reichlich dekoriert.

Er verneigte sich gewandt vor dem Publikum, lächelte ihm zu, schüttelte seine rote Mähne und quietschte: »Igra, igra, igra!«, was ungarisch klingen sollte. Und gleich darauf flüsterte er Mottke ganz leise zu:

»Siehst du, du Bastard, wie man vor ein Publikum tritt? Verstanden?«

Dann legten beide Athleten Gurte um, und der Zweikampf konnte beginnen.

Aber bevor Wetten geschlossen wurden, hatte sich der Alte an das hochverehrte Publikum mit der Bitte gewandt, eine Jury zu wählen, die sich davon überzeugen sollte, daß hier alles ordentlich und ohne Schwindeleien zuging. Indessen schien niemand aus dem Publikum Lust zu haben, Richter zu spielen. Man schämte sich wohl. Schließlich fanden sich doch zwei Willige: Chaim, der Feldscher, der zugleich auch zur Feuerwehr gehörte und ein Liebhaber derartiger Dinge war, und der polnische Schuster Kozlowski. Sie setzten sich beide auf die Bühne, um als Kenner über den Sieg zu entscheiden, und erwarben sich dadurch im Schtedtl den Spitznamen »die neuen Kunststückmacher«, der ihnen bis auf den heutigen Tag geblieben ist.

Kanarik faßte Mottke fest an und wollte ihm trotz der Verabredung, derzufolge er zu unterliegen hatte – um durch den Sieg des Kleineren über den Größeren ein Höchstmaß von Wirkung zu erzielen –, doch deutlich zu verstehen geben, daß er, Kanarik, der Stärkere war und daß er, wenn es sein müßte, Prügel setzen könnte. Er sah aber sehr bald ein, daß Mottke sich nicht unterkriegen lassen würde, denn der Junge war angesichts des Publikums selbst in Hitze geraten und wollte nunmehr zeigen, was er vermochte. Außerdem sagte sich Mottke, daß er durch einen Sieg über Kanarik in den Augen des Alten auch steigen und außerdem noch ein Recht auf die Seiltänzerin erwerben würde, genau wie Kanarik. Kanarik durchschaute das alles, und zwischen den beiden begann ein verborgener, zäher Kampf. Mottke nahm alle seine Kräfte zusammen, und ehe noch Kanarik sich versah und so schnell, daß er kaum noch begriff, was eigentlich geschehen war, lag er schon unter Mottke... Das Publikum, das durch den Kampf angefeuert war, geriet in große Begeisterung. Es spendete Mottke lauten, begeisterten Beifall, denn schon während des Ringens waren die Sympathien der Zuschauer, wie gewöhnlich, mit dem Jüngeren. Man pfiff, klatschte Beifall und rief nach dem »Spanier«, aber aus irgendeinem Grunde zeigte sich immer wieder nur Kanarik. Die Zuschauer pfiffen ihn aus, aber Kanarik geriet dadurch nicht in die geringste Verlegenheit, ließ sich nicht beirren, kam immer wieder vor, verneigte sich in einem fort, während Mottke, der sich vor den vielen Menschen schämte, sich irgendwo versteckt hielt. Aber die Menge wollte und wollte sich nicht beruhigen, bis der Alte den »Spanier« an der Hand auf die Bühne führte. Dabei wies der alte Gaukler bald auf sich, bald auf Mottke und machte dem Publikum die schönsten Verbeugungen, obwohl niemand begreifen konnte, was er eigentlich meinte, indem er auf sich selbst wies.

Indessen, wie dem auch sei, Mottke war seit diesem Tage der Liebling des Publikums, ein echter Artist, der wirklich arbeiten konnte. Das sah auch der Alte ein und begann ihn anders zu behandeln. Kanarik aber hatte jetzt einen Konkurrenten.

Nach dem Ringkampf war eine Weile lang alles still. Die Drehorgel hörte auf zu spielen. Es kam die wichtigste und ernsteste Nummer des Programms: die weltberühmte spanische Seiltänzerin (alles, was bei den Gauklern weltberühmt ist, kommt aus Spanien). Mary sollte nun ihre Kunst zeigen. Dem Publikum stockte der Atem, Mary war in der Tat in der ganzen Umgegend berühmt, und man behauptete, daß große Herren ihr von Stadt zu Stadt nachreisten, um ihr Können zu bewundern, daß sehr viele reiche Männer ihretwegen Frauen und Kinder verlassen hätten und in sie so verliebt wären, daß sie ihr die Ehe angeboten hätten, daß sie aber bisher allen einen Korb gegeben habe und nur als Artistin weiterleben wollte.

Und nun erschien sie vor dem Publikum. Genauso wie Mottke führte der Alte auch sie an der Hand auf die Bühne. Sie trug das nach spanischer Art gearbeitete rote Kleid einer Kabarettsängerin, das mit Korallen und Flitter besetzt war. Ihr Hals, ihre nackten Arme und Beine waren rosa gepudert, die Wangen und Lippen leicht geschminkt und ihr Haar gekräuselt und nicht zusammengeflochten, so daß große, glänzende Locken um den Hals und auf die Brust niederfielen. Sie verneigte sich vor dem Publikum, nahm dann einen kleinen seidenen Schirm, stellte sich auf den Rücken des alten Gauklers, der vor ihr niederkniete, und ergriff mit der freien Hand den Strick, der vom Drahtseil herunterhing. Und dann schwang sie sich leicht wie ein Vogel auf das Drahtseil, stand gleich fest und sicher darauf und warf von dort den atemlosen Zuschauern Kußhände zu. Aber niemand lächelte, alle harrten voller Spannung der kommenden Dinge. Mary spannte den Schirm auf und begann, so leicht wie der Hauch eines Windes, auf dem Seil hin und her zu gleiten. Mit ihrem Schirmchen regulierte sie das Gleichgewicht ihres zierlichen Figürchens und sah oben auf dem Draht, im Lichte der Sonne, nicht wie ein

Mensch aus, sondern wie ein herrlicher roter Vogel mit einem Menschenkopf, der über den Leuten schwebte. Unten aber folgten ihr Schritt für Schritt der Alte, Kanarik und Mottke mit ausgebreiteten Armen und schauten mit besorgten Gesichtern zu ihr hinauf, bereit, sie jeden Augenblick aufzufangen, wenn, Gott behüte, ein Unglück geschehen sollte.

Aber das Mädchen schien ganz ohne Sorge zu sein. Sie fühlte sich oben auf dem Draht genauso sicher wie auf ebener Erde. Sie sprang und tänzelte auf einem Bein, drehte einen Reifen um sich, warf den kleinen Schirm von einer Hand in die andere und zeigte den Zuschauern, wie leicht sie sich bewegte, wie biegsam ihr Körper und wie schön ihre Arme und Beine waren. Und alle, die ihr zusahen, jung und alt, verliebten sich in sie. Selbst die Frauen waren von dem Anblick Marys hingerissen und scheuten sich zu sprechen, ja sogar laut zu atmen, daß das Mädchen nicht erschrecken und hinunterfallen sollte.

Mottke aber verliebte sich in Mary jetzt noch tausendmal stärker als früher und war bereit, tausendmal sich für sie zu opfern! Sein Herz bebte vor Angst, es könnte ihr, Gott behüte, etwas passieren. Tränen traten ihm in die Augen. Und als sie dann unversehrt vom Seil hinuntergestiegen war, und das Publikum, das bis dahin seine Begeisterung zurückgehalten hatte, nunmehr in ein lautes Beifallklatschen ausbrach, wurde Mottke vor Glück fast wahnsinnig. Er tanzte auf einem Bein, weinte vor Freude und lief dem Alten nach, der Mary auf die Schultern hob und durch die Reihen der Zuschauer trug. Sie spannte wieder ihren Schirm auf, und das Publikum begann, ihr in diesen Geld hineinzuwerfen. Jeder gab, was er nur konnte, und manch einer sogar weit darüber hinaus. Die anwesenden Gutsbesitzer, die mit ihren

Damen gekommen waren und Mary bewundert hatten, warfen ihr Silbermünzen zu, und die Herren, von denen es hieß, daß sie Frauen und Kinder verlassen hätten, um der Seiltänzerin nachzureisen, hatten für sie sogar silberne Rubelstücke übrig. Das Mädchen fing die ihr zugedachten Münzen mit dem Schirm auf, und was ihr entglitt und zu Boden fiel, das sammelte Mottke auf. Sonst hatte es immer Kanarik getan, aber diesmal trug man den Sympathien des Publikums Rechnung, denn man glaubte, daß die Leute ihm mehr geben würden.

Und Mottke war glücklich und verliebt.

6

Beim Licht der Sterne

Kurze Zeit darauf saß Mottke bei einem lustig brennenden Feuer im offenen Felde und hütete die Pferde der Gaukler. Neben ihm lag, eingewickelt in eine wollene Decke, Kanarik in festen Schlaf versunken. Mottke hörte sein Schnarchen. Wie eine schwarze Wand stand der Wald, und die Nacht und die Felder waren feucht. Mottke konnte nicht einschlafen. In einem fort sah er auf den Wagen, der nicht weit von dem Feuer stand und im Dunkeln wie ein baufälliges altes Häuschen mit zugenagelten Fenstern aussah. Mottke starrte auf diese kleinen Fensterläden, durch deren dünne Spalten ein trübes Licht hindurchschimmerte, und es war ihm, als hörte er in dem Wagen ein Kind weinen. Er kroch lautlos auf allen vieren näher heran, horchte und versuchte durch die kleinen

Ritzen in das Innere hineinzusehen. Es zeigte sich aber niemand, und aus dem Wagen kam kein Laut. Mottke kroch zurück, legte sich hin und begann in die Nacht hineinzuschauen und zu lauschen. Alles kam ihm so wildfremd vor, und es schien ihm, als sei er Gott weiß wie weit von seinem Heimatschtedtl und als würde er nie wieder dahin zurückkehren. Die fremden Leute, mit denen er jetzt zusammenlebte, interessierten ihn, sie zogen ihn an, aber er empfand vor ihnen zugleich eine Art Angst. Er dachte dabei immer an das Mädchen und daran, wie es sich damals hinter dem Vorhang gezeigt hatte. Sie war so schön, und es ging von ihr etwas aus, was er bis dahin noch nie im Leben gekannt hatte. Er war imstande, alles zu tun, nur um sie jetzt wieder zu Gesicht zu bekommen, aber er fühlte sich schon allein dadurch glücklich, daß er sich in ihrer Nähe befand.

Er schlich sich noch einmal an den Wagen heran; aber sein Versuch, durch einen Spalt im Fensterladen etwas drinnen zu erblicken, gelang auch diesmal nicht. Indessen war er voll von Glück und hatte die größte Lust, vor Freude laut aufzuschreien. Es gelang ihm jedoch, sich zu beherrschen. Er kehrte wieder zum Feuer zurück, warf ein paar frische Zweige in die Flammen und setzte sich von neuem auf seinen Platz.

Es war ihm kalt und seltsam bang zumute. Er dachte an seine Mutter und sah sie wieder vor sich, wie sie damals im Keller seine Hosen flickte und ihn schweigend musterte. Er erinnerte sich, wie sie auf die Polizeiwache gelaufen kam, als der blinde Perl ihn dort geschlagen hatte, und sagte sich im stillen, daß er, wenn er einmal viel Geld haben sollte, in das Schtedtl zurückkehren, in einem vornehmen Wagen vor dem Keller halten, seine Mutter herausrufen, sie neben sich in den Wagen setzen und mit ihr durch das ganze Schtädl fahren würde, um allen zu zeigen, daß dies seine Mutter sei. Er gab sich das Wort, ihr reiche Geschenke mitzubringen und teure Kleider, mit denen sie sich dann aufputzen würde. Das alles sollte aber nur der Mutter gelten; dem Vater wollte er nichts mitbringen, wollte ihn auch nicht im Wagen mitfahren lassen und nahm sich vor, mit ihm überhaupt nicht zu sprechen.

Daß er einmal reich werden und in einem schönen Wagen die Mutter besuchen würde, daran glaubte er ganz fest. Und die Tatsache, daß er den Gauklern begegnet war und diese ihm das Arbeiten beigebracht hatten, bestärkte ihn noch mehr in diesem Glauben.

Aber in allen seinen Träumereien leuchtete immer mehr und mehr die Gestalt jenes Mädchens hervor, das er zum erstenmal im Wagen der Gaukler erblickt hatte. Irgendwie verflocht er alle seine Hoffnungen und Wünsche mit ihr – aber warum er das tat und wie er darauf gekommen war, darüber wollte er gar nicht nachdenken.

Da tat sich plötzlich ein Fensterladen auf, und das Mädchen sah aus dem Wagen hinaus. Beim Schein des Feuers erblickte Mottke deutlich ihr glänzendes Haar und die Blässe ihres Gesichtes. Sein Herz begann zu beben, er sprang auf, setzte sich aber sofort wieder, zitterte vor Freude und hatte Angst, nach dem Mädchen zu sehen. Auf einmal aber hörte er ein leises: »Tss . . . Tss! . . .« Da kroch er auf allen vieren zum Fensterchen hin.

»Schläft Kanarik?«

Mottke nickte bejahend mit dem Kopf.

»Still! Schweig! Bück dich!«

Mottke bückte sich, und ein paar leichte Füße sprangen ihm auf den Rücken. Er aber hatte das Empfinden, als hätte sich ein Sommervogel auf ihn gesetzt.

»Komm weg von hier, sonst hören sie uns«, flüsterte ihm Mary ganz leise wie ein Windhauch ins Ohr und ergriff seine Hand.

Sie liefen auf den Wald zu. Im feuchten Gras waren ihre Schritte lautlos. Dann setzten sie sich am Waldessaum nieder.

»Schweig! Wenn sie uns erwischen, bringen sie uns beide um!« flüsterte ihm das Mädchen wieder ins Ohr und hielt ihm mit der Hand den Mund zu, denn sie hatte Angst, der Junge könnte vor Glück aufjauchzen, denn sie hatte es längst heraus, wie es um ihn stand.

Mottke blinzelte ihr mit den Augen zu, wie wenn er sagen wollte, daß er sie verstünde und schweigen würde. Aber in der Dunkelheit der Nacht konnte sie seine Zeichen nicht wahrnehmen.

So saßen sie eine Zeitlang still nebeneinander, ohne zu sprechen. Das Herz in Mottkes Brust schlug so heftig wie noch nie, und er wußte nicht, ob das alles Wirklichkeit war oder nur ein Traum. Er wurde plötzlich verlegen, schämte sich, dem Mädchen ins Gesicht zu sehen, und ließ Mary alles mit ihm tun, was sie wollte.

Sie aber spielte mit ihm wie mit einem kleinen Hund. Sie nahm sein Gesicht in ihre beiden Hände, drehte es zum Feuer hin und betrachtete es dann aufmerksam beim Schein der brennenden Zweige. Dann ließ sie ihn wieder frei, befahl ihm aber, zur Seite zu sehen. Mottke gehorchte. Und nun fragte sie ihn plötzlich:

»Bist du wirklich ein Dieb? Bist du tatsächlich aus dem Gefängnis geflohen?«

Ohne auch nur einen Augenblick zu überlegen, nickte Mottke bejahend mit dem Kopf.

»Warum hat man dich denn eingesperrt? Hast du gestohlen?«

»Nicht nur das, ich habe auch gemordet! In einer Schlägerei mit einigen Burschen habe ich einem von ihnen einen Messerstich versetzt und ihn ins Jenseits befördert. Ich fürchte mich vor keinem Menschen!«

Mottke wollte sich vor dem Mädchen noch wichtiger machen und fügte hinzu:

»Und nicht nur vor gewöhnlichen Leuten habe ich keine Angst! Ich habe sogar einmal einen Strashnik kalt gemacht. Ich habe ihm einfach ein Messer zwischen die Rippen gestoßen. Ich fürchte mich vor niemand!«

»Wirklich nicht?« fragte das Mädchen und sah ihn forschend an.

»Vor niemand in der Welt!« erwiderte Mottke.

»Und vor dem Alten?«

»Vor welchem Alten?«

»Vor unserm Alten!« sagte Mary und wies auf den Wagen.

»Er soll es nur versuchen, mir zu nahe zu kommen, dann wird er schon sehen, was ich kann!«

»Aber vor dem Alten haben alle Angst! Selbst Kanarik zittert vor ihm!«

Das Mädchen nahm ihm die Mütze vom Kopf und begann leise und zart sein Haar zu streicheln. Dann griff sie ihm fest in die Locken, riß an ihnen und meinte:

»Du hast dichtes, starkes Haar . . .«

Mottke lachte.

»Still! Man hört uns sonst!« flüsterte das Mädchen erschauernd.

»Hab keine Angst. Mögen sie uns nur belauschen!«

»Dann schlagen sie uns!«

»Wen?«

»Mich und dich.«

»Das will ich sehen!«

»Was kannst du denn dagegen tun?«

»Ich steche sie mit dem Messer nieder!«

Das Mädchen streichelte ihn über die Wange.

Dann trat ein kurzes Schweigen ein, und Mottke lauschte dem Pochen seines Herzens.

»Wirst du mich in Schutz nehmen?«

»Schlagen sie dich denn?«

»Mitunter. Wenn ich ihnen nicht gehorchen will.«

»Warum gehorchst du denn nicht?«

»Weil ich sie nicht mag. Weder den einen noch den andern.«

»Und dann schlagen sie dich?«

»Ja. Kanarik noch mehr als der Alte. Er will, daß ich ihn liebe, und ich mag ihn nicht!«

»Warum denn nicht?«

»Weil ich ihn hasse! Wenn er schläft, pfeift er durch die Nase wie ein Kanarienvogel! Er hat rotes Haar und schwitzt immer! Ich hasse ihn!«

»Und er schlägt dich?«

Das Mädchen nickte bejahend mit dem Kopf.

»Und der Alte erlaubt es ihm?«

»Bisweilen schlägt auch er mich. Aber den Alten mag ich schon eher leiden. Er kann mich ruhig schlagen.«

»Ist er denn dein Vater?«

»Nein. Er sagt, er hätte mich als Kind gekauft. Ich bin schon sehr lange bei ihm. Er hat mich erzogen und mir das Seiltanzen und Radschlagen beigebracht. Er lehrte mich arbeiten. Und ich habe ihn gern.«

»Obwohl er dich prügelt?«

»Ja. Er darf es. Ich mag ihn, und es tut mir wohl, wenn er mich schlägt.«

»Aber wieso denn?«

»Weil ich es so will!«

Eine Weile schwiegen sie. Das Feuer erlosch allmählich. Ringsumher war lautlose Stille. Nur von Zeit zu Zeit hörte man, wie das Gras von den Zähnen der Pferde zerkaut wurde und wie die Tiere ab und zu mit den Hufen die feuchte Erde stampften.

»Und du? Magst du, wenn man dich schlägt?« fragte plötzlich das Mädchen.

»Nein. Ich würde sofort mit dem Messer zustechen!«

»Ein Mensch, den ich liebe, mag mich ruhig schlagen. Auch du darfst mich schlagen, wenn es mir Spaß macht... Nur den Kanarik hasse ich. Willst du mich beschützen?«

»Ja!«

»Und würdest du ihn umbringen, wenn ich dich darum bäte?«

»Ja.«

»Könntest du jetzt, während er schläft, heranfriechen und ihn erstechen?«

Mottke nickte bejahend.

»Hättest du gar keine Angst?«

»Nein.«

»Das möchte ich mal sehen!«

»Schön!«

Mottke sah das Mädchen durchdringend an; seine Augen funkelten, und ohne ein Wort zu sagen, verließ er sie, um auf Kanarik zuzugehen.

Mary blickte ihm verblüfft nach. Aber kaum hatte er sich drei, vier Schritte von ihr entfernt, als sie leise und flink an ihn herankroch und ihn am Bein faßte. Mottke hatte sie nicht gehört und wußte nicht, wie sie mit einemmal in seine Nähe gekommen sein konnte.

»Geh nicht! Damit hat es noch Zeit!« flüsterte sie.

»Laß mich! Was ich einmal gesagt habe, das halte ich auch. Glaube ja nicht, daß ich Angst habe!«

»Daran denke ich gar nicht. Aber die Zeit ist noch nicht gekommen. Wenn du ihn umbringst, mußt du ja fliehen, und ich will nicht, daß du mich jetzt verläßt!«

Mottke blieb stehen und wußte nicht, was er tun sollte.

»Komm mit mir tiefer in den Wald hinein. Ich will dir dort etwas sagen«, raunte ihm das Mädchen ins Ohr.

Beide krochen auf allen vieren in das Dickicht, bis sie so weit waren, daß sie weder das Feuer noch den Wagen sehen konnten.

»Bleib bei uns! Ich werde jede Nacht zu dir hinauskommen. Willst du?«

Mottke schwieg.

»Und wenn du Kanarik umbringst, werde ich deine Geliebte. Willst du das?«

Mottke schwieg.

Das Mädchen ließ das Tuch, in das sie eingehüllt war, von ihren Schultern gleiten. Einen Augenblick lang stand sie in einem rosaroten batistenen Unterrock da, aus dem ihre nackte Brust und ihre entblößten Arme hervorschimmerten, und Mottke erblickte im fahlen Licht der Sterne das Weiß ihres jungen Körpers. Aber das dauerte kaum ein paar Sekunden – gleich darauf hüllte sich das Mädchen wieder in das Tuch.

Mottke blieb eine Weile benommen stehen, aber dann trat er näher an Mary heran und wollte sie umarmen.

Ein Peitschenhieb fiel sengend über sein Gesicht. Er hielt nur für einen Augenblick inne und wollte sich von neuem auf das Mädchen stürzen. Aber wiederum traf ein brennender Peitschenhieb seine zweite Backe. Er wußte nicht, woher die Hiebe kamen. Das Mädchen aber entriß sich ihm wie ein Wind und flüsterte ihm zu:

»Noch nicht jetzt! Wenn du Kanarik den Hals abgeschnitten hast, bin ich deine Geliebte!«

Mottke hielt in der Hand das Messer, das sie ihm gegeben hatte, und eilte im Laufschritt auf Kanarik zu.

»Halt ein, sonst schreie ich!« rief sie ihm nach.

Mottke blieb stehen.

Mary aber eilte wie ein Blitz davon und verschwand im Dunkel der Nacht. Mottke folgte ihr. Als sie wieder im Wagen war und am Fenster stand, warf sie abermals ihr Tuch ab und Mottke erblickte von neuem ihren nackten Körper, der im Lichte der Sterne durch die Nacht schimmerte.

Er versteckte das Messer im Stiefelschaft, streckte sich lang auf der Erde aus und starrte in die Nacht hinaus. Er wußte nicht, ob alles, was sich eben abgespielt hatte, Wirklichkeit war oder nur ein Traum...

7

Das Königliche Gasthaus

Einige Wochen später kamen die Gaukler zum Arbeiten in ein kleines Schtedtl. Hier wohnten sie nicht mehr in ihrem Wagen, sondern stiegen in einem Gasthaus ab, das den stolzen Namen *Königliches Gasthaus* trug. Die Besitzer waren Chaim Spaßvogel und seine Tochter, die hübsche Dwojrele, ein junges, pralles Weibchen, von dem niemand mit Bestimmtheit sagen konnte, ob es eine Witwe, eine geschiedene oder eine von ihrem Manne verlassene Frau war. Man wußte nur, daß sie verheiratet gewesen war und nunmehr ohne den Mann lebte. Kaufleute und sonstige Reisende stiegen gern bei ihr ab, wenn sie durch die Stadt kamen. Im übrigen verkehrten bei ihr nicht nur Fremde. In den langen Winternächten saß im *Königlichen Gasthaus* die bessere Jugend der Stadt und spielte Karten. Mitunter wurde das Schtedtl durch die Kunde überrascht, daß ein sonst anständiger junger Ehemann die Mitgift seiner Frau bei der Dwojrele im Gasthaus verspielt habe. Dann flüsterten die Weiber einander zu: »Dwojrele hat schon wieder ein neues Opfer in den Klauen!«

In diesem *Königlichen Gasthaus* stiegen jetzt ab: der Alte, die alte Hexe, Kanarik und die Seiltänzerin. Mottke schlief draußen im Wagen und hatte die Pferde zu hüten.

Nach der Arbeit saßen die Gaukler in ihrem Zimmer. Die Fenster gingen nach hinten auf einen neben dem Hof gelegenen Garten hinaus und waren immer verhängt. Im Gasthaus nannte man dieses Zimmer das *dunkle Stübchen.* Und hier in diesem *dunklen Stübchen* geschahen alle die schrecklichen Dinge, an denen man im Schtedtl der Dwojrele die Hauptschuld zuschob.

Der Alte war mit der letzten Vorstellung sehr zufrieden, denn sie hatte ihm eine schöne Einnahme gebracht. Und jedesmal, wenn der Alte zufrieden war, trank er eine Unmenge Tee aus einem russischen Samowar, den er im Wagen mitführte. Seine Füße waren von den Stiefeln befreit, und er saß halb liegend auf seinem Bett, an das man den Tisch herangerückt hatte, und war ganz von Dampfwolken eingehüllt, die aus der vor ihm stehenden Tasse heißen Tees emporstiegen. Dicke Schweißtropfen rannen ihm von der Stirn. Selbstzufrieden rauchte er die Pfeife und kitzelte von Zeit zu Zeit die alte Hexe damit unter den Armen und blinzelte ihr zu, um sie auf Mary aufmerksam zu machen, die in einer Ecke saß und sich die Beine nach der Arbeit mit einer Art Öl einrieb, und auf Mottke, der neben ihr stand und ihr dieses Öl aus einer Flasche in die Hände goß.

»Ein schönes Pärchen! Mit diesen beiden werden wir gute Geschäfte machen!« sagte der Alte.

»Schweig! Sie hören es sonst!«

Plötzlich kam Kanarik herein und schrie Mottke an, weil dieser nicht draußen war und weil er die Pferde ohne Aufsicht gelassen hatte. Der Alte und seine Frau nahmen Mottke in Schutz und befahlen Kanarik, den Jungen in Ruhe zu lassen. Die Pferde wären im Stall, und es würde ihnen nichts geschehen.

»Weißt du, Mary, der Pan, der dir schon in Plozk den Hof gemacht hatte, ist dir nachgereist! Er ist hier!« sagte Kanarik.

Mary errötete.

»Woher weißt du das? Hast du ihn gesehen?« fragte der Alte mit sichtbarem Interesse.

»Ich sah ihn auf dem Markt. Er ist hier in diesem Hotel abgestiegen.«

»Was du nicht sagst?!«

»Ja!« erwiderte Kanarik und gab dem Alten durch Zeichen zu verstehen, daß er in Mottkes Gegenwart nicht mehr sagen wollte.

»Geh, kleiner Schlingel, geh zu den Pferden!« wandte sich der Alte beinahe zärtlich an Mottke.

»Warum soll er denn ausgerechnet in den Stall? Er kann ja ebensogut in die Schenke hinuntergehen und sich da ein Glas Bier geben lassen. Vielleicht sind dort Gäste, und es bietet sich ihm eine Verdienstmöglichkeit«, sagte die alte Hexe.

»Ja, Mottke, nimm den Leierkasten und geh in die Schenke. Vielleicht kannst du dort wirklich etwas verdienen. Für dich, für dich selbst, du darfst dann das Geld für dich behalten!« meinte der Alte.

Mottke sah sich um, warf Mary einen vielsagenden Blick zu, nahm seine Mütze und ging aus dem Zimmer.

Aber er begab sich nicht in die Schenke. Er schlich um das Haus herum in den Garten und suchte dort mit den Augen das Fenster des *dunklen Stübchens*. Er erkannte es bald an dem grauen Vorhang. Leise schlich er sich heran, kroch wie eine Katze hinauf, griff fest nach den Fensterläden, suchte einen Spalt und begann, sich so gut es ging an den eisernen Haken haltend, in das Zimmer hineinzuspähen und zu lauschen.

Um was es sich handelte, wußte er nicht, obwohl er es ahnte: das Herz sagte es ihm ... Er sah, wie Kanarik gegen Mary mit der Faust ausholte, und er hörte, wie er sie anschrie und wie der Alte und die Hexe ihr gut zuredeten, sie umzustimmen und zu überreden suchten. Er sah, wie sie ihr Geld gaben und wie das Mädchen ablehnend den Kopf schüttelte und ärgerlich mit dem Fuße stampfte.

Dann trat in das Zimmer Dwojrele, die Wirtin, mit einem Herrn, der ein kurzes Jackett trug und ein Spazierstöckchen in der Hand hatte. Die beiden begannen sofort mit dem Alten und mit Kanarik über etwas im Flüsterton zu beraten. Daraufhin ging Dwojrele auf Mary zu, lächelte sie an, streichelte ihr das Haar, küßte sie und sprach ebenfalls auf sie ein. Inzwischen brachte die alte Hexe Marys Frisur in Ordnung und gab ihr eine neue Bluse. Mary ließ alles geschehen. Ihr Gesicht flammte. Kanarik säuberte ein wenig das Zimmer, nahm die Flasche mit dem Öl und versteckte sie in einem Winkel. Der Herr mit dem Spazierstöckchen aber lächelte gutmütig und verschwand dann. Mottke begriff nun ganz klar, um was es ging. Sein Herz pochte wie rasend, seine Hände und Füße zitterten; etwas packte ihn an der Kehle und begann ihn zu würgen. Alles wurde ihm plötzlich ganz gleichgültig und selbst, wenn jetzt das ganze Haus mit allem, was darin war, in die Erde versunken wäre, und auch er hätte dabei untergehen müssen, er hätte keinen Finger gekrümmt, um sich zu retten. Aber auf die weiteren Vorgänge im Zimmer war er doch neugierig.

Bald kehrte der Herr mit dem gutmütigen Lächeln und dem Spazierstöckchen wieder zurück, und ihm folgte diesmal ein hochgewachsener Pan mit einem riesigen Schnurrbart. Dieser Pan war sehr vornehm gekleidet; er schien ein wenig verlegen zu sein, verneigte sich in einem fort und begrüßte alle Anwesenden. Dwojrele, die nur einen einzigen Ohrring trug, bat ihn, am Tisch Platz zu nehmen. Der Alte hatte dem Gast zu Ehren den Gehrock angezogen, und Kanarik lächelte. Nur Mary ließ sich nicht blicken. Sie hatte sich irgendwo versteckt. Aber Dwojrele fand das Mädchen und führte es, obwohl es sich sträubte, dem am Tisch sitzenden Pan zu. Dieser machte eine artige Verbeugung und reichte Mary die Hand. Dann nahm Dwojrele neben Mary am Tisch Platz. Gleich darauf wurde Bier gebracht. Man schenkte ein. Jemand holte Karten hervor, und man begann zu spielen.

Mottke konnte sich nicht mehr beherrschen. Am liebsten wäre er jetzt durch das Fenster ins Zimmer gesprungen. Es gelang ihm indessen, sich zu bezähmen. Er stieg in den Garten, lief ins Haus und wollte zu den Gauklern in das Zimmer gehen. Aber die Tür war verschlossen. Er klopfte an und sagte sich im stillen: »Nun mag kommen, was kommen mag.«

Von drinnen wurde gefragt: »Wer ist da?«

Mottke erwiderte laut:

»Ich! Mottke!«

Im Zimmer sprach man etwas und öffnete ihm schließlich.

In der Tür stand Kanarik, verwehrte ihm den Eintritt und fragte streng:

»Was willst du?«

»Das wirst du schon erfahren!« entgegnete Mottke, stieß ihn beiseite und trat ins Zimmer.

»Ah, das ist ja der junge Spanier, der heute im Ringkampf gesiegt hat! Sehr schön, sehr schön!« rief der Pole mit dem großen Schnurrbart und begrüßte Mottke mit Händeklatschen.

»Ich will ihn demnächst nach Warschau bringen, damit er dort gegen Byschko kämpft«, sagte der Alte zu dem Pan.

»Weshalb bist du hergekommen? Was willst du hier? Man wird uns draußen die Pferde stehlen!« sagte er dann leise zu Mottke.

»Soll er in den Stall gehen!« erwiderte Mottke und wies mit der Hand auf Kanarik. »Ich will hierbleiben.«

»Laß ihn zufrieden!« meinte die alte Hexe.

»Vielleicht trinkt der Spanier ein Glas Bier mit uns? Bitte!« sagte der Pole und schenkte Mottke ein Glas Bier ein.

Mottke wurde verlegen, wies das Bier zuerst mit einer Handbewegung ab, trank es aber dennoch aus.

»Er ist ja noch ein Kind! Seht Euch nur seine Ärmchen an!« sagte Dwojrele recht freundlich und blickte Mottke schelmisch in die Augen.

Mottke war es, als hätte man ihn mit Öl eingerieben. Er wurde rot und erwiderte ihren Blick mit einem ebenso schelmischen und vielsagenden.

Inzwischen wurde das Kartenspiel fortgesetzt, und man schien den Burschen vergessen zu haben.

Dwojreles Blick hatte ihn aber wie berauscht gemacht, so daß er nicht nur den Polen, sondern auch Mary vergaß, die wie geistesabwesend am Tisch saß und dem Spiel zusah. Mottke verschlang Dwojrele mit den Augen, suchte noch einen Blick von ihr zu erhaschen, aber sie schien gar nicht mehr an ihn zu denken und tat als wäre sie ganz in ihre Karten vertieft.

Dann sah er Mary an. Sie war ärgerlich und wollte nichts von ihm wissen. Er begriff, daß sie die Blicke, die er mit der hübschen Frau gewechselt hatte, auch beobachtet hatte und daß sie ihm deshalb böse war. Er sah, wie Mary plötzlich näher an den Pan mit dem großen Schnurrbart heranrückte, ihm die Karten zuschob und sich benahm, als wollte sie sich wie ein Schoßhündchen bei dem Polen einschmeicheln. Und dann sah er, daß sie ihm die Hand streichelte. Mottke war auf einmal wie vom Teufel besessen. Er hatte die größte Lust, über den Fremden herzufallen und ihn zu erwürgen. Gierig verschlang er Mary mit den Augen; aber sie schien ihn gar nicht zu beachten. Er zupfte sie am Ärmel. Sie sah sich ärgerlich um, warf ihm einen wütenden Blick zu, wandte sich dann wieder dem Polen zu und lehrte ihn spielen. Und Mottke hatte ein Gefühl, als würde er gleich auf der Stelle sterben.

Mitten im Spiel sprang Dwojrele plötzlich auf, wie wenn sie sich auf einmal an etwas erinnerte, und erklärte, daß unten in der Gaststube eine Menge Menschen auf die Artisten wartete, so daß man viel Geld verdienen könnte.

Die Gäste, sagte sie, wollten etwas sehen und hätten sie heraufgeschickt, um die Artisten hinunter zu bitten, und sie hätte es nur vergessen, weil sie sich vom Kartenspiel hatte ablenken lassen. Der Alte erhob sich und sagte zu Kanarik und Mottke:

»Kommt, Kinder! Kommt, wir wollen Geld verdienen!«

Die Alte stand ebenfalls auf, um ihrem Mann zu folgen, sagte aber, daß sie das Kind, Mary also, nicht mitnehmen würde, da diese müde sei.

»Das Kind hat heute schwer gearbeitet!«

Sie nahm ihr Tuch, und alle verließen das Zimmer. Es blieben nur der Pole und Mary am Tisch zurück und setzten das Spiel fort. Mottke aber stand an der Tür und wollte nicht fortgehen.

»Komm, du Schlingel, komm, wir wollen Geld verdienen!« rief ihm der Alte zu und packte ihn an der Schulter, um ihn mitzuschleifen.

Mottke machte sich frei und ging nicht mit.

»Was ist denn los?«

»Nichts!« erwiderte Mottke kurz.

Kanarik blinzelte ihm zu:

»Geh doch, du Bastard! Du siehst doch, wir sollen die beiden allein lassen.«

»Ich will aber nicht!« erwiderte Mottke.

»Wa–as?«

Der Alte begann ihm gut zuzureden. Er wollte einen Skandal vermeiden. Da griff Dwojrele Mottke unter den Arm, streichelte ihm die Backe, sah ihm tief in die Augen und sagte wieder mit schelmischem Lächeln:

»Mit euch will er nicht gehen, aber mir wird er folgen! Was könnte er von euch bekommen? Von mir aber kann er sehr wohl etwas haben ... Das weiß er ...«

Und das hatte sie in einem solchen Ton und mit einem solchen Blick gesagt, daß Mottke glaubte, sie würde ihn sofort zu sich nehmen. Und er konnte der Versuchung nicht widerstehen.

Er erwiderte ihr Lächeln, sah dem Frauchen tief in die Augen und ging mit ihr aus dem Zimmer.

Hinter sich hörte er, wie der Pan mit Mary eingeschlossen wurde. Etwas wie Angst stieg in ihm auf, aber er fühlte neben sich die junge Frau, und das ließ ihn alles andere vergessen.

Kaum war Dwojrele jedoch mit dem Jungen in die Gaststube getreten, als sie ihn sofort vergaß. Sie entglitt bald ganz seinen Blicken, und er suchte sie vergebens zwischen den vielen anwesenden Fuhrleuten, Fleischern und reisenden Kaufleuten, die schon längst auf sie gewartet hatten. Hier reichte sie lächelnd einem Gast ein Glas Bier, dort einem anderen eine Portion Gänsebraten, wobei sie ihm die Hand streichelte, damit ihm das Essen besser schmeckte, ein dritter wiederum erhielt von ihr ein Gläschen Branntwein, trank es sofort aus und kniff die Wirtin, sozusagen als Nachspeise . . . Mottke sah das alles von weitem an, wurde ganz verwirrt und wußte gar nicht was ihm geschah. Da erinnerte er sich an den Polen und Mary, die ja im *dunklen Stübchen* eingeschlossen waren. Er stürzte aus dem Gastzimmer dahin, aber die Tür war abgeschlossen. Durch das Schlüsselloch konnte er auch nichts sehen, denn es steckte darin der Schlüssel. Er eilte in den Garten, kletterte von neuem zum Fenster empor und fand wieder den Spalt, durch den er ins Zimmer sehen konnte. Aber diesmal war dieser Spalt mit dem Vorhang verdeckt. Mottke stieg wieder hinunter, suchte sich ein passendes Stück Holz aus, steckte es in den Spalt hinein, zog den Vorhang beiseite, und jetzt sah er, was im Zimmer vorging ... Sein Blut kochte. Es war ihm zumute wie noch nie zuvor. Er drückte mit dem ganzen Körper gegen die Fensterläden und hob sie aus den Angeln, aber so leise, daß man es im Zimmer nicht hörte. Dann riß er das Fenster auf, was sehr leicht ging, da die Verschlüsse verrostet waren und gleich nachgaben, und war mit einem Satz in dem Stübchen.

Mary, die halb ausgezogen war und mit aufgelöstem Haar halb liegend auf dem Bett saß, sprang erschrocken auf. Der Pan aber, der fast gar nichts anhatte, stand da und schien sich seiner behaarten Beine wegen vor Mottke zu schämen. Auf seinem Gesicht spielte ein gutmütiges Lächeln, das teils vom gehabten Genuß, teils von der ihn übermannenden Verlegenheit herrührte. Mottke empfand mit einemmal Mitleid mit ihm und blieb mitten im Zimmer stehen, verwirrt und ohne zu wissen, was er jetzt tun sollte. Der Pole suchte inzwischen nach seinen Beinkleidern und dem Jackett, um seine Blöße zu verdecken.

Mary aber schlich zu Mottke heran. Er sah ihre bräunliche nackte Haut an dem Arm, der aus der zerrissenen seidenen Bluse hervorschaute. Da holte er aus und schlug sie auf den Kopf. Das Mädchen schrie nicht auf und trat auch nicht zurück. Mottke fühlte nur, wie sie ihm etwas heimlich zuzustecken versuchte, fühlte, daß es etwas Weiches war, und bemerkte beim fahlen Licht der heruntergedrehten Petroleumlampe, daß dieses Etwas aus Leder war. Er begriff, daß es sich um eine Brieftasche mit Geld handelte und versteckte sie instinktiv.

»Versteck es ... Verschwinde, ehe man dich erwischt ... Der Pole wird Geschrei machen!«

Mottke hörte ihr Flüstern, erkannte aber noch immer nicht recht, was eigentlich auf dem Spiele stand. Er wußte nicht, was zu tun sei. Der Pan mit seinen behaarten Beinen sah sehr kläglich aus und suchte in einem fort nach seinen Hosen, ohne sie jedoch finden zu können.

»Bleib hier, bleib hier! Er wird gleich gehen!« sagte Mary zu dem Mann und flüsterte gleichzeitig Mottke zu:

»Lauf, lauf und versteck es! Es ist sein Geld. Er wird Lärm schlagen!«

Mottke gehorchte unwillkürlich und verließ das Zimmer auf demselben Wege, auf dem er es betreten hatte: durch das Fenster.

Hinter sich hörte er, wie das Mädchen die Läden zumachte.

8

Der Kampf um die Seiltänzerin

Er lief in den Stall und besah dort beim Schein der Laterne die Brieftasche, die Mary ihm zugesteckt hatte. Er blickte hinein und erstarrte vor Schreck: In der Tasche steckte ein ganzer Packen von Geldscheinen. Er wußte nicht, was er damit anfangen sollte. Aber dann besann er sich auf etwas, was Nossen der Dieb einmal getan hatte. Rasch griff er, wie seinerzeit Nossen, nach dem Kumt eines der Pferde, fand darin ein Loch, steckte die Brieftasche tief in das Stroh des Kumts hinein und hängte das Geschirr wieder an seinen früheren Platz.

Gleich darauf legte er sich auf sein Lager im Stall und begann nachzudenken. Er war wütend und empfand die größte Lust, sich selbst zu verprügeln. Auf wen war er so böse? Er beschuldigte alle, alle, am meisten aber sich selbst. Und dann überkam ihn eine Art Gleichgültigkeit, und jedes Interesse für das, was nunmehr kommen könnte, schwand ihm vollständig. Er war jetzt zu allem bereit. Dann hatte er plötzlich einen sonderbaren Einfall: Er wollte die Brieftasche mit dem Geld herausnehmen, dann wieder durch das Fenster in das *dunkle Stübchen* hineinkriechen und das Diebesgut Mary ins Gesicht werfen. Und dann dachte er darüber nach, ob es nicht besser wäre, das Geld der schönen Dwojrele, der Wirtin, zu geben, und zwar so, daß Mary es sehen konnte. Aber bald darauf sagte er sich selbst:

»Schade um das Geld. Mag es nur versteckt bleiben.«

Mary die Seiltänzerin ging ihn schon gar nichts mehr an. Weder sie noch Kanarik. Er fühlte auf einmal, daß es ihm hier bei den Gauklern jetzt auch schon langweilig war, und er begann an Flucht zu denken.

Aber sein Blut kochte, und er war wütend auf sich selbst. Sollte er etwa hingehen, sie verprügeln, ihr das Gesicht blutig schlagen und erst dann fortgehen? Es lohnte sich nicht. Sie hatte für ihn jedes Interesse verloren. Aber Geld war immer etwas Wertvolles. »Es ist gut, wenn man Geld hat!« sagte er sich. »Mit Geld kann man reisen, wohin man will, und kaufen, was man will.«

Und das Geld, das in dem Kumt lag, wurde ihm mit einemmal kostbar. Er wollte es hervorholen, es noch einmal ansehen und nachzählen. Aber er hatte Angst, man könnte ihn dabei überraschen. So bezwang er sich denn. Und dann erwachte in ihm ganz plötzlich ein starkes Gefühl für die Seiltänzerin.

»Sie ist immerhin gut! Sie hat es mir ja gegeben!«

Und er sagte sich, daß er nicht zulassen würde, daß dieses Geld Kanarik zufalle. Nein, er wollte es für sich behalten und war bereit, mit Kanarik einen Kampf aufzunehmen und ihn dabei zu verprügeln.

Dann schweiften seine Gedanken ab, und er grübelte darüber nach, wie verschieden sie beide, Kanarik und er, gekleidet waren. Kanarik trug schöne Stiefel mit Lackschäften und eine Samtweste, während er, Mottke, alte Schuhe anhatte, die früher von der alten Hexe getragen worden waren, und ein paar Beinkleider, die hinten platzten. Wenn es Kanarik gelüstete, trank er Bier und aß Gefrorenes, während er, Mottke, nie einen Groschen sein eigen nennen konnte. Nur ab und zu geschah es, daß er sich einen Sechser stahl von dem Geld, das ihm zugeworfen wurde, wenn er die Drehorgel spielte, oder daß die Alte ihm etwas gab dafür, daß er ihr vor dem Schlafengehen den Rücken kratzte. Und der Junge wunderte sich darüber, daß er bisher noch nie darüber nachgedacht und sich noch nie geschämt hatte, in Frauenschuhen und zerrissenen Hosen herumzulaufen.

»Vor allem kaufe ich mir jetzt ein Paar Stiefel mit Lackschäften und ein paar schwarze Samthosen. In der Hand will ich eine große Peitsche halten, und ich lasse mir eine schöne Lockenfrisur wachsen. Ich werde ihnen schon zeigen, wie ein Artist aussehen muß.«

Und immer lieber und lieber wurde ihm Mary, die ihm die Möglichkeit gegeben hatte, alle diese Wünsche zu erfüllen, und die ihm, wie er fest glaubte, bei Gelegenheit noch mehr Geld geben würde. Und plötzlich fühlte er klar und deutlich, daß sie sein, nur sein war. Es kam ihm zum Bewußtsein, daß sie ganz ihm gehörte, genauso wie etwa ein Pferd und ein Wagen ihm gehören konnten.

Natürlich war sie seine, nur seine! Er wunderte sich selbst darüber, daß er das bisher nicht begriffen und zugelassen hatte, daß sie ihr ganzes Geld immer Kanarik gab. Jetzt wollte er sich dagegen wehren; er beschloß, ihm zu verbieten, mit Mary zu sprechen, ja, überhaupt sie anzusehen. Nötigenfalls, sagte er sich, würde er diesen Kanarik verprügeln! Oh, der sollte schon was zu spüren bekommen! Und Mottke ballte die Fäuste.

Inzwischen erhob sich draußen großer Lärm. Man rief, schrie, redete laut aufeinander ein, und schließlich wurden auch Schritte vernehmbar, die sich dem Stall näherten. Ein dünner Lichtstrahl drang zu Mottke durch einen Spalt in der Holztür. Er schloß die Augen. Ihm war alles gleichgültig, und er wünschte jetzt nichts weiter, als sich mit jemand prügeln zu können. Gleich darauf klopfte es an der Tür, und eine Stimme rief:

»Mach auf, du Schlingel, mach auf!«

Mottke rührte sich nicht vom Fleck.

»Mach auf, du Bastard! Mach auf!«

Mottke erkannte die Stimme des Alten. Diesen hatte Mottke gern; er war ihm dankbar dafür, daß er ihn in die Gesellschaft aufgenommen und arbeiten gelehrt hatte. Er empfand diesem Alten gegenüber sogar etwas wie Hochachtung. So stand er denn auf und öffnete die Tür.

»Was hast du mit der Brieftasche und mit dem Geld gemacht, das dir das Mädel zugesteckt hat?« schrie ihn Kanarik sofort wütend an.

»Brüll nicht so, laß mich mit ihm sprechen«, beruhigte ihn der Alte. »Hör mal, kleiner Schlingel«, wandte er sich an Mottke, und seine Stimme klang begütigend, »gib die Brieftasche zurück. Der Pan schlägt Lärm, er will die Polizei holen, und wir können alle ins Unglück kommen!«

»Eine Brieftasche mit Geld? Was für eine Brieftasche?« fragte Mottke mit gekünsteltem Staunen.

»Die Brieftasche, die Mary dem Polen gestohlen und dir zugesteckt hat!« erwiderte Kanarik.

»Sie hat mir keine Brieftasche zugesteckt, und ich weiß von nichts«, gab Mottke kurz zur Antwort.

»Nun, dann komm nur ins Zimmer!« riefen beide Gaukler auf einmal, packten Mottke und schleppten ihn mit fort.

Im *dunklen Stübchen* stand Dwojrele und rang verzweifelt die Hände. Man würde sie unglücklich machen, behauptete sie. Die Polizei würde gleich kommen und ihr Geschäft schließen.

Mary stand im Zimmer, mit aufgelöstem Haar und im Unterrock. Ihre Arme und ihr Hals waren nackt, und ihre Brust schimmerte durch das dünne Hemdchen hindurch, da sie noch nicht dazu gekommen war, eine Bluse anzuziehen. Sie war vollkommen ruhig und ließ sich gleichgültig von all den Fuhrleuten, Fischhändlern und Fleischern betrachten und mit den Augen verschlingen, die auf das Geschrei des Polen, man hätte ihm eine Tasche mit fünfundachtzig Rubeln gestohlen, herbeigelaufen waren und nun in der Tür standen. Der Pole selbst befand sich nicht mehr im Zimmer; er war zur Polizei geeilt, um den Oberwachtmeister zu holen.

»Sie ist das Geld wert, so wahr ich ein gutes Jahr haben soll!« erklärte schließlich einer der Fleischer, der das Mädchen lange gemustert hatte und jetzt sein Urteil mit der Überzeugung eines Kenners abgab.

»Für dieses Geld würde ich mir lieber eine neue Stute kaufen. Aber etwas zum Schabesmachen hätte ich ihr auch gern gegeben«, sagte Jankele der Fuhrmann.

»Was würdest du denn für einen Schabes ausgeben?

Nein, Bester, für kleines Geld ist solche Ware nicht zu haben. Geh lieber zu deiner Tojbe Chaje, die immer wegen des Zahnwehs mit ihrem Tuch umgebunden umherläuft. Die bereitet dir dafür noch gefüllte Fische zu!«

Die Umstehenden lachten laut.

Der Alte trat zusammen mit Kanarik ins Zimmer, und beide zogen hinter sich Mottke hinein.

»Da kommt er, der richtige Held!«

Der Alte trat zu den Leuten, die bereits ins Zimmer eingedrungen waren, veranlaßte sie zum Rückzug und schloß hinter ihnen die Tür. Dann wandte er sich an Mottke:

»Hör zu, du Bankert, gib das Geld heraus, sonst liefere ich dich, so wahr ich ein Jude bin, der Polizei aus. Ich sage dann, daß du aus dem Gefängnis geflohen bist! Einen Paß hast du ja nicht, und ich weiß nicht einmal, wer dein Vater ist. Gib das Geld zurück, und alles soll gut und in Ordnung sein; tust du es aber nicht, so wird es dir schlecht gehen!«

»Liefert mich nur ruhig der Polizei aus. Größere Sorgen soll ich nicht haben! Dann werde ich eben auch erzählen, daß Ihr das Mädel gestohlen habt, daß Ihr sie für Geld an Kaufleute verkauft und sie prügelt, wenn sie mal nicht will! Ich werde erzählen, daß Ihr mit gestohlenen Sachen handelt und daß Ihr der Dwojrele die silbernen Leuchter schenkt, die man Euch in Schochlin zur Aufbewahrung gegeben hat und daß wir hier haltgemacht haben, weil wir auf einen Kaufmann aus Warschau warten, der hier von Euch eine gewisse Ware kaufen will, die auf zwei Beinen umherläuft! Ich habe vieles zu erzählen, und dann wird man uns eben alle einsperren! Es wird lustiger, wenn wir alle so beieinander sind!«

»Was redest du da? Was erzählst du für Märchen? Wer wird dir das alles glauben?« rief der alte Gaukler zitternd vor Zorn. Er staunte, daß Mottke über alles Bescheid wußte, obwohl man sich doch vor ihm stets in acht genommen und ihn eigentlich nie gesehen und gehört hatte.

»Was für silberne Leuchter meinst du?« rief auch Dwojrele, die plötzlich ganz blaß wurde. »Wer hat dir das erzählt? Mein Bruder hat mir aus Schochlin Fische gesandt, aber keine Leuchter! Komm nur in meine Wohnung, dort kannst du dich selbst davon überzeugen, kannst noch die Schachtel sehen, in der die Fische eingepackt waren!«

»Fische? Ich weiß schon, was das für Fische sind.«

»Mottkele, was redest du da? Was muß ich von dir hören? Von wem hast du das alles?« schrie die alte Hexe händeringend.

Mottke sah ihr ins Gesicht und mußte unwillkürlich lächeln.

»Und diese Cholera, diesen kleinen Täufling, der sich nur auf Hühnerstehlen versteht, hast du zu dir eingelassen? Du Seiltänzerin, du Gauklerin, ha? Stiehlst Geld und steckst es ihm hinten herum zu? Wie?« fragte Kanarik wütend, trat auf Mary zu, sah ihr mit einem bösen Blick in die Augen und holte gegen sie zum Schlag aus.

Das Mädchen wandte sich erschrocken ab und blinzelte nur mit den Augen.

»Rühr sie nur an! Versuch es nur! Das möchte ich sehen! Umbringen tue ich dich!« schrie Mottke und zeigte Kanarik die geballte Faust.

»Was? Du willst es mir vielleicht verbieten? Nun, das als erstes für ihn!« schlug Kanarik Mary ins Gesicht.

»Und hier hast auch du einen . . .«

Aber noch ehe es Kanarik gelang, seine erhobene Hand auf Mottke niedersausen zu lassen, saß schon Mottke auf seinen Schultern. Wie ein tollgewordener Hund war er mit einem Satz auf den Gegner gesprungen und würgte ihn nun aus aller Kraft. Dann biß er sich mit seinen scharfen Zähnen in Kanariks Hals hinein, und die Adern auf diesem wurden so groß und prall, daß es schien, als müßten sie jeden Augenblick platzen. Kanarik suchte sich freizumachen, aber vor Schmerz brach er zusammen. Mottke saß auf ihm, hielt ihn immer noch wie ein Hund mit den Zähnen am Hals fest und schlug ihm mit den Fäusten ins Gesicht. Die Frauen begannen zu schreien und wollten die Kämpfenden voneinander trennen. Aber jedesmal, wenn sie zu nahe kamen, stieß sie Mottke mit dem Fuß weit von sich. Der alte Gaukler griff verzweifelt nach der Peitsche und schlug Mottke damit auf den Kopf, auf die Hände, ins Gesicht. Von den Hieben schwollen Mottke die getroffenen Stellen stark an, aber er fühlte nichts. Er hielt Kanarik mit Händen und Zähnen fest, und beide Burschen bildeten nur noch ein Knäuel, das sich nur dann zu lösen schien, wenn Mottke dem Feind wieder einen Schlag versetzte. Kanarik röchelte und konnte kaum noch atmen. Da riß Dwojrele, die Besitzerin des Gasthauses, die händeringend dem Kampf zugesehen hatte, auf einmal die Tür auf und rief nach ihren Freunden, den Fuhrleuten.

»Hilfe, Hilfe!« schrie sie. »Diese beiden werden mich noch unglücklich machen! Gleich muß doch der Oberwachtmeister kommen!«

Die Fuhrleute liefen herbei und trennten die Gegner. Kanarik blutete am ganzen Leib, und Mottkes Gesicht war blau angelaufen.

Während der Dauer des Kampfes stand Mary völlig gleichgültig da und sah regungslos der Schlägerei zu. Keine seelische Bewegung zeichnete sich in ihren Zügen ab. Nur als Mottke Kanarik hingeworfen hatte und ihn zu prügeln begann, zeigte sich auf ihren Lippen ein kaum merkbares Lächeln der Befriedigung. Sie wußte, daß sie nunmehr ihren Herrn wechselte und war damit einverstanden.

Inzwischen wischten die Frauen rasch die Blutflecke vom Fußboden, und alle machten sich für den Besuch des Oberwachtmeisters bereit. Kanarik mußte nach unten in die Küche gebracht werden, wo man ihm das Gesicht mit kalten, feuchten Handtüchern belegte. Mottke stand düster in einer Ecke des Zimmers. Der Alte aber trat auf Mary zu, wies auf den Riemen, der seine Beinkleider festhielt und sagte:

»Dir werde ich es später schon heimzahlen! Warte nur, bis wir aus dem Schtedtl fort sind! Alles ist nur deinetwegen geschehen!«

Aber dem alten Gaukler sagte Mottke nichts. Er durfte Mary schlagen: Er hatte sie gekauft, hatte sie arbeiten gelehrt, und ihm stand infolgedessen ein Recht auf sie zu.

9

Habt Ihr einen Paß?

Bald kam der Oberwachtmeister mit dem Polen, dem die Brieftasche mit dem Geld gestohlen worden war. Der Pan ohne Hut und ohne Halsbinde erzählte dem Polizisten mit Tränen in den Augen, welch ein Unglück ihm zugestoßen sei, wie man ihm fünfundachtzig Rubel gestohlen habe und wies dabei mit dem Finger auf Mary und auf Mottke. Der Oberwachtmeister, der schon über sechzig Jahre alt war, ein untersetzter Mann mit rotem Nacken, einem feisten Schmerbauch und einem in der Mitte auseinandergekämmten langen blonden Bart, hörte den Geschädigten ruhig und mild lächelnd an. Das Ganze schien ihn vollkommen kalt zu lassen. Dann wandte er sich, immer noch mit demselben Lächeln, an Dwojrele:

»Nun, was ist denn hier bei dir schon wieder vorgefallen, Pani Spaßvogel? Alle Neuigkeiten passieren immer bei dir im Königlichen Gasthaus!«

»Bei mir? Aber Herr Kommissar!« rief Dwojrele mit gekünsteltem Staunen aus und lächelte dem Oberwachtmeister kokett zu. »Ihr beliebt immer zu scherzen. Ach, mein Gott, wie sehe ich aus!« rief sie noch gezierter und brachte ihr Haar in Ordnung. »Was kann ich denn dafür, daß der Pan gekommen ist«, verteidigte sie sich, auf den Polen zeigend, »um sich bei den Artisten nach einem Mädchen umzusehen? Ich habe doch ein offenes Geschäft! Ich kann doch dem Pan den Eintritt nicht verwehren? Was kann ich denn dafür?«

»Nun, das wollen wir später näher untersuchen. Jetzt

möchte ich mal vor allem die Pässe prüfen. Also, Herr Direktor, laß mich mal deinen Paß und die Pässe deiner ganzen Gesellschaft sehen!«

»Sofort, Herr Kommissar, sofort!« erwiderte der Alte.

»Aber weshalb haben sich denn Herr Kommissar hier hingesetzt? Hier ist es doch so unbequem! Und schön sieht es hier auch nicht aus! Vielleicht belieben Herr Kommissar mit mir in meine Wohnung zu kommen? Bitte! Dort werden wir Herrn Kommissar erzählen, wie es hier zugegangen ist«, sagte Dwojrele und nahm den Herrn Kommissar unter den Arm.

»Ach was, man kann ja auch hier dem Gesetz Folge leisten!« meinte dieser, stand indessen auf und blinzelte dem alten Gaukler mit den Augen zu, was soviel zu sagen hatte, wie etwa: »Kinder, folgt mir!«

In dem finsteren Gang, durch den Dwojrele den Herrn Kommissar führte, fand zwischen ihnen beiden folgendes kurze Gespräch statt, das nur aus einzelnen Worten bestand, die flüsternd gesprochen wurden:

»Madame Dwojrele, das geht auf keinen Fall. »Ihr wißt ja: das Gesetz! Außerdem ist der Pan eine wichtige Person, er wird sich über mich beschweren, und das kann mich meinen Posten kosten.«

Darauf erwiderte Dwojrele ebenso kurz:

»Du bist bei uns in der Stadt die Hauptperson, Herr Kommissar! Du kannst alles machen. Ich brauche dich nicht erst zu belehren. Ich verlasse mich ganz auf dich.«

Während sie das sagte, blitzte etwas in der Dunkelheit auf, und der Herr Kommissar versuchte gleich darauf durch Tasten zu erraten, wieviel sie ihm zugesteckt hatte. Als er sich überzeugte, daß die Münze durchaus seinem

Range und seinem Ansehen entsprach, erklärte er noch einmal, er sei außerstande etwas zu machen und versenkte das Geld in seine Hosentasche.

Sie traten in Dwojreles Zimmer, das schön sauber aufgeräumt war. An der Wand standen zwei frisch überzogene Betten; mitten im Zimmer befand uich auch ain Tisch aus rotem Holz und in einer Ecke ein Kasten mit Silberzeug. Hier fühlte sich der Beamte viel behaglicher und setzte sich gemütlich an den Tisch. Dwojrele schlug ihm sofort vor, von ihrem frischen, gerösteten Fisch zu versuchen. Der Herr Kommissar lehnte ab:

»Die Vollstreckung des Gesetzes wartet auf mich! Das Gesetz geht vor!«

Dwojrele tat die Tür auf und rief ihren Vater:

»Vater, bring dem Herrn Kommissar ein schönes Stückchen von dem frisch gerösteten Fisch!«

Bald darauf bahnte sich Chaim Spaßvogel den Weg und setzte dem Oberwachtmeister auf einem Teller etwas Dampfendes vor.

»Ah! Herr Spaßvogel! Wie geht es denn? Ich habe dich schon so lange nicht gesehen!« sagte der Beamte.

»Panje Kommissar, ich rate dir, den Fisch zu versuchen. So etwas hast du in deinem ganzen Leben noch nicht gegessen! Der schmeckt, sag ich dir!« erklärte Chaim Spaßvogel und wies mit dem Kopf auf den Fisch.

»Nun schön, versuchen werde ich ihn, Panje Spaßvogel«, erwiderte der Beamte und rückte den Teller mit dem Fisch näher zu sich heran. »Stimmt! Stimmt! Schmeckt ausgezeichnet!« sagte er nach einigen Bissen.

Inzwischen standen alle Artisten mit unbedeckten Köpfen im Zimmer, und der Alte hielt die Papiere bereit. Auf der anderen Seite wartete der Pole mit dem großen

Schnurrbart, und sie sahen alle dem mit Appetit und Wohlbehagen essenden Beamten zu und fühlten, wie ihnen das Wasser im Munde zusammenlief.

Nach dem Fisch setzte Dwojrele dem Oberwachtmeister einen gebratenen Magen und eine geröstete Gänseleber vor, und Chaim Spaßvogel brachte noch allerlei andere Leckerbissen herbei, so daß alle Umstehenden ganz neidisch waren, und die Fuhrleute innerlich auf den Pan Kommissar schimpften, was sie nur konnten.

»Nun, laß mich jetzt deine Papiere sehen!« sagte der Oberwachtmeister, als er mit dem Fisch fertig war und den Teller mit der Leber heranrückte.

»Hier ist der Paß für mich, meine Frau und meine zwei Kinder. Hier, ich bin Gdalje Schbassnik, hier meine Frau Chaje Schbassnik, hier meine Tochter Chane Schbassnik, sie ist neunzehn Jahre alt«, erklärte der Alte. »Und hier«, fügte er hinzu, auf Mottke weisend, »das ist mein jüngster Sohn, Note Schbassnik. Und das ist der Paß von meinem ersten Artisten Meier-Aaron Kanarik.«

»Meier-Aaron Kanarik. Tja ... Schön, sehr schön!« meinte der Herr Beamte und machte sich an die fette Leber, wobei er mit den Lippen schmatzte. »Gut, gut. Meier-Aaron Kanarik. Jawohl! Es ist alles in Ordnung. Und was ist denn das hier?«

»Das ist die Erlaubnis, öffentlich auf der Straße meine Kunst zu zeigen, ein Dokument, das mir der Bezirksbeamte ausgestellt hat. Der Bezirksbeamte von Warschau selbst!« sagte der alte Gaukler. »Das Papierchen kostet mich viel Geld, aber ich habe es von dem Bezirksbeamten persönlich bekommen!«

»Gut, sehr gut!« sagte der Beamte, indem er das Papier betrachtete und zugleich genießerisch an der Leber weiterkaute. »Und was hast du noch?«

»Und dies hier ist ein Brief eines Obersten an meine Tochter. *Milaja Mary* – Liebe Mary, nennt er sie. Er schreibt, daß er sich in ihre Kunst verliebt und überhaupt an sie sein Herz verloren hat. Er will für sie im Ministerium einen Orden erwirken!« erklärte der Alte mit triumphierender Miene und zeigte den Brief dem Herrn Beamten.

»Von einem wirklichen Oberst? Ei, ei!« rief der Oberwachtmeister, schob den Teller fort und näherte den Brief dem Lampenlicht. »Richtig! Es stimmt! Ein Oberst! Heb das gut auf, das ist ein wichtiges Dokument!« sagte er, indem er den Brief dem Alten zurückreichte. »Also, er will ihr einen Orden erwirken?« fragte er und wies auf Mary. »Bravo! Sie ist es wert! Es ist alles in Ordnung. Was hast du gegen die Leute, Panje?« wandte er sich an den Polen, der still in einer Ecke stand und zeigen wollte, daß er Manieren hatte und nicht gewohnt war, sich in ein fremdes Gespräch zu mischen oder Leute beim Essen zu stören. »Was hast du gegen sie? Es sind ordentliche Menschen. Hast du gesehen, was für einen Brief sie von einem wirklichen Oberst bekommen haben?«

»Aber sie haben mich doch bestohlen! Sie haben mir mein Geld geraubt! Sie nahmen mir meine fünfundachtzig Rubel fort! Diese beiden waren es!« schrie der Pan und zeigte mit dem Finger auf Mottke und auf Mary.

»Vor allen Dingen müßte man aufklären, wie du hierher geraten bist, Panje!« sagte der Herr Beamte zu dem Polen und richtete sich auf. »Wie hast du es gewagt, dich einer Dame zu nähern, der ein wirklicher Oberst Liebesbriefe schreibt? Hast du dazu von dem Oberst die Erlaubnis bekommen? Oder habe ich es dir etwa gestattet? Zweitens belästigst du hier eine Dame, eine Artistin, die Orden hat und mit hochgestellten Personen in Briefwechsel steht! Weißt du, daß du solcher Sachen wegen vors Gericht kommen kannst? Und drittens behauptest du noch, daß man dir Geld weggenommen hat. Wer hat es denn getan? Diese Dame etwa? Nein! Das kann ich nie und nimmer glauben! Daß eine Dame, die Briefe von einem wirklichen Oberst bekommt, imstande sein sollte, einem fremden Mann Geld aus der Tasche zu stehlen! Oder hat es etwa dieser Junge dort getan?« fragte er weiter und zeigte auf Mottke. »Aber das ist ja noch ein Kind! Hast du seinen Paß gesehen? Er ist ja erst sechzehn Jahre alt! Willst du mir etwa einreden, daß er dir, einem so großen und kräftigen Menschen, das Geld mit Gewalt entwendet hat? Wem willst du solche Märchen erzählen? Wir können ihn ja einer Leibesvisitation unterziehen. Komm mal her, Bürschlein«, wandte er sich an Mottke.

Mottke trat selbstsicher und lächelnd auf den Oberwachtmeister zu.

»Nun, such mal in seinen Taschen nach. Betaste ihn doch!« wandte sich der Beamte an den Polen und begann selbst, ohne auf eine Antwort zu warten, in Mottkes Taschen zu kramen. Dann betastete er ihn an der Brust und überall dort, wo Geld verborgen werden konnte. »Nun, wo hat er denn dein Geld? Er hat es nicht gestohlen. Du belästigst nur unschuldige Menschen, die alle Papiere in Ordnung haben.

Und viertens«, sagte er weiter, indem er die Stimme dämpfte und in seiner Strafpredigt fortfuhr, »viertens ist man vorsichtiger, wenn man zu Frauenzimmern geht! Dann nimmt man eben keine gefüllten Brieftaschen mit! Und übrigens«, fügte er noch hinzu, wobei er wieder laut sprach und mit strenger Miene auf die Gaukler zeigte, »übrigens haben diese Leute ihre Papiere in Ordnung.

Wie steht es nun aber mit den deinen? Zeig mir mal deinen Paß her! Wer bist du überhaupt? Hast du einen Paß?«

10

Mottke erklärt der ganzen Welt den Krieg

Mottke lag im Wagen und hütete die Pferde, die sich im Stall auf dem Hof befanden. Es war eine stille, sternenklare Sommernacht. Er konnte nicht einschlafen. Ein Kummer bedrückte ihn, ein trübes Gefühl, wie er es früher nie gekannt hatte. Sein ganzes Leben zog an ihm in dieser schlaflosen Nacht vorbei. Er sah sich wieder als kleinen Jungen, auf den man eines Diebstahls wegen Jagd machte, sah sich hinter dem Haufen von Brettern, wo er sich versteckt hatte, und dann wieder, wie er wie ein Wilder ganz allein auf dem Felde lebte. Er bereute nichts, und es war ihm nicht bange um sein Leben. Er dachte, daß es so sein müsse und genauso weitergehen würde. Aber es kamen ihm jetzt mit einem Male Gedanken über einen Sinn, über ein Ziel dieses Lebens. Zum erstenmal im Leben begann er an den morgigen Tag zu denken, und zwar daran, daß er eigentlich nicht so plötzlich und überraschend kommen, sondern sich so gestalten müßte, wie er, Mottke, es wünschte. War es das Geld, daß er im Kumt eingenäht hatte, das ihn auf solche Gedanken brachte? Nein, nicht nur das Geld. Vielmehr war es der Paß, den Kanarik dem Polizeibeamten gezeigt hatte. Gerade dieser Paß war es, der ihn nun veranlaßte, über einen Lebenszweck nachzugrübeln. In seinem Gedächtnis blieb fest und tief dieser Ausweis haften, in dem man schwarz auf weiß *Meier-Aaron Kanarik* lesen konnte und demzufolge dieser Kanarik ein Mensch für sich war. Was aber war er, Mottke? Und wem gehörte er?

Er beneidete Kanarik um seinen Paß. Mit diesem konnte Kanarik reisen, wohin er wollte, und konnte auch jeden Augenblick den alten Gaukler verlassen. Er, Mottke, war aber gebunden. Würde er es je wagen, den Alten zu verlassen, so könnte ihn jeder erstbeste Polizist nach dem Paß fragen und ihn verhaften. Der Alte hatte ihn in der Hand, und niemand konnte ihn daran hindern, Mottke eines guten Tages davonzujagen.

»Einen Paß hast du nicht ...« Er besann sich auf diese Worte des Alten und sagte sich, daß der Gaukler ihn sogar als Landstreicher verhaften lassen konnte.

»Nein, ich muß mir einen Paß verschaffen! Ohne einen Paß ist man kein Mensch!« entschied Mottke.

Aber wo sollte er einen Paß hernehmen? Die Rückkehr in das Heimatschtedtl war mit seiner Verhaftung gleichbedeutend. Es war möglich, daß man nach ihm nicht fahndete, aber ebensogut bestand die Möglichkeit, daß er gesucht wurde. Jedenfalls zweifelte Mottke nicht im geringsten daran, daß man ihn gleich nach seiner Rückkehr ohne weiteres verhaften würde. Selbst wenn er nichts auf dem Kerbholz gehabt hätte (das, was er seiner Milchschwester vor der Flucht aus der Stadt angetan hatte, schien ihm nicht so schlimm zu sein, daß man ihn deshalb verhaften könnte), selbst wenn er gar keine Straftat begangen hätte, würde man ihn, sagte er sich, unbedingt festnehmen und ins Kittchen stecken. Es brauchte gar kein besonderer Grund dafür vorhanden zu sein! Und eigentlich hatte Mottke nicht vor, gegen die

Welt anzukämpfen, denn so war sie halt und so mußte sie wohl sein.

Mottke befand sich aber doch im Kriegszustand mit der ganzen Welt. Deshalb glaubte er, er müsse einen Paß haben. Und er dachte gar nicht daran, jemals Frieden zu schließen. Alles mußte so sein, wie es war, denn es war doch nun einmal so!

Um nun diesen Krieg gegen die Welt besser führen zu können, brauchte er also einen Paß. Wo sollte er aber einen solchen hernehmen? Plötzlich kam ihm der Gedanke: »Warum kann es nicht Kanariks Paß sein?« Ja, das wäre das Richtige: den Paß stehlen und sich für Kanarik ausgeben. Er könnte ja ruhig sagen, daß er zwei Jahre älter sei. Was aber sollte werden, wenn Kanarik zur Polizei gehen und dort Anzeige erstatten würde, daß man ihm den Paß gestohlen habe? Und wenn darauf die Suche nach einem *Meier-Aaron Kanarik* einsetzte? Nun, die Sache mußte so gemacht werden, daß Kanarik nicht zur Polizei gehen und daß die Polizei nicht nach dem Dieb fahnden und daß überhaupt kein Mensch wissen könnte, daß es je einen richtigen Kanarik auf der Welt gegeben hatte! Nur er, Mottke, durfte Kanarik sein! Der echte Kanarik aber mußte von der Bildfläche verschwinden, mußte entweder in einem Fluß oder in einem See ertränkt oder im Wald in einer tiefen Grube verscharrt werden, daß kein Hahn mehr nach ihm krähte!

Mottke hielt in seinen Gedankengängen nicht für einen Augenblick inne, und es war ihm gar nicht eingefallen, daß er über etwas Schreckliches nachsann – über einen Mord! Das beschwerte sein Gewissen nicht im geringsten und schien ihm ganz selbstverständlich zu sein. Würde denn Kanarik anders handeln? Würde er etwa ihn, Mottke, nicht umbringen, wenn er es für nötig hielt? Aber warum wollte er sich bei diesen Überlegungen gerade auf Kanarik versteifen? Wäre Kanarik etwa der einzige, der so gehandelt haben würde? Es schien ihm, daß ihn jeder Mensch ohne weiteres umgebracht hätte, daß jeder nach seinem Leben trachtete, aber er, Mottke, war eben der Stärkere, und nur deshalb blieben die Bemühungen der Feinde erfolglos. Und es fiel ihm nie ein, sich die Frage zu stellen, warum es so und nicht anders war. Nie hatte er auch den leisesten Wunsch verspürt, die Lage der Dinge irgendwie abzuändern. Es war nun einmal so, weil es eben nun einmal so war!

Und so beschloß er denn, den Kanarik verschwinden zu lassen, ihm seinen Paß wegzunehmen und sich selbst Kanarik zu nennen. Nur klug und vorsichtig mußte dabei vorgegangen werden, sagte er sich, und erst dann, wenn sich eine günstige Gelegenheit biete.

Nachdem er diesen Entschluß gefaßt hatte, wurde er ruhiger. Er versuchte zu schlafen, aber der Schlaf kam und kam nicht. So lag er denn und blickte zu den Sternen hinauf, pfiff ein Liedchen vor sich hin und lächelte von Zeit zu Zeit in sich hinein, wenn er sich an irgend etwas Komisches aus den Erlebnissen des gestrigen Tages erinnerte.

Plötzlich hörte er, wie sich jemand an den Wagen heranschlich. An dem weißen Glanz, der im Schimmer des Sternenlichtes auftauchte, erkannte er Mary. Er hörte auf zu pfeifen und wartete.

Als das Mädchen sich dem Wagen genähert hatte und leise im Stroh zu rascheln begann, fragte Mottke laut und mit böser Stimme:

»Wer ist da?«

»Still, schrei nicht, Mottke! Sonst hört man uns. Ich bin es, Mary ...«

»Was willst du?« fragte Mottke streng.

«Mottkele, Mottkele, erkennst du mich nicht?« fragte Mary verlegen.

»Nein. Geh nur zum rothaarigen Kanarik. Er wird dich schon erkennen. Wirst seine rote Hündin werden, wie er ein roter Hund ist! . . .«

Mary blieb stehen, wie mit kaltem Wasser übergossen. Seitdem sie ihm das Geld zugesteckt und er sich um ihretwegen mit Kanarik geprügelt hatte, war sie noch nicht dazu gekommen, mit ihm auch nur ein einziges Wort zu wechseln. Mottke ging ihr aus dem Wege und wollte sie allem Anschein nach gar nicht sehen, obwohl er Kanarik verboten hatte, sich ihr zu nähern, und ihm mit einem Messerstich drohte, falls er sie anrührte. Da aber auch Mottke selbst das Mädchen einfach stehen ließ und mit ihr nicht einmal sprach, ging sie jetzt ganz verwirrt umher und wußte nicht, wem sie eigentlich gehörte. Es war ihr sonderbar, daß Mottke den Kanarik von ihr fern hielt, zugleich aber selbst so tat, wie wenn er nichts von ihr wissen wollte. Dazu kam noch, daß sie von dem Augenblick an, als Mottke Kanarik besiegt hatte, bis zum Wahnsinn in Mottke verliebt war. Und jetzt war sie ja als erste zu ihm gekommen, obwohl er ihr früher nachgelaufen war und sie ihm nicht die geringste Beachtung geschenkt hatte. Zum erstenmal kam sie zu ihm und – ein solcher Empfang! Sie wollte schon fortgehen, sie kämpfte einen Augenblick mit sich, aber die Leere, in die sie geraten war, seit Mottke sie Kanarik abgerungen hatte, kettete sie fest an den Jungen.

»Warum bist du so zu mir? Habe ich dir nicht das ganze Geld gegeben, das ich dem Polen gestohlen habe? Warum jagst du mich von dir?«

»Und wenn du mir schon das Geld gegeben hast! Soll

ich dir dafür vielleicht schön dankbar sein? Da hättest du es eben Kanarik bringen sollen, er würde dich dafür lieben ... Überhaupt, wenn du willst, kannst du das Geld zurückhaben! Hier, im Kumt ist es ... Nimm es und mach, daß du zu Kanarik kommst!«

Ein sonderbares Gefühl empfand Mottke Mary gegenüber. Seitdem er sie mit dem Polen überrascht hatte, reizte sie ihn noch mehr, aber seine Liebe zu ihr war auf einmal erloschen. Sie hatte einem Gefühl der Rachsucht Platz gemacht, das zu einer versteckten, geheimen Leidenschaft heranwuchs. Dadurch aber, daß sie ihm das gestohlene Geld gegeben hatte, war er ihr uneingeschränkter Herr geworden, und Mottke betrachtete sie jetzt als sein Eigentum. Sie selbst sah sich als seine, und das war für sie eben etwas ganz Selbstverständliches.

Das Mädchen schwieg eine Weile und dachte darüber nach, wie Mottke wohl umzustimmen wäre. Er lag indessen ruhig da und pfiff vor sich hin. Plötzlich sagte Mary:

»Kanarik stellt mir in einem fort nach. Er küßt mir die Hände und bittet mich um meine Gunst. Er will mir alles geben und alles für mich tun, wenn ich ihn nur liebe.«

»Versuch nur, wieder mit ihm anzubändeln. Ich werde euch beide durchwalken!«

»Er hat die ganze Nacht auf mich gelauert und wollte mich nicht zu dir gehen lassen. Ich wäre schon längst zu dir gekommen, aber er ließ mich nicht gehen. Er wollte mich schlagen.«

»Was? Er hat dich nicht herausgelassen?« rief Mottke auffahrend. »Na, da sollst du sehen, wie ich ihn morgen blutig schlagen werde!«

»Ja, er hat mir aufgelauert. Er hatte eine Peitsche in der Hand! Er will mich zur Flucht überreden. Er sagt, er will mit mir nach Warschau gehen. Er hat eine Adresse und behauptet, wir würden dort sehr viel Geld verdienen.«

»Fliehen mit dir? Und was hast du dazu gesagt?«

»Du siehst doch, daß ich nicht darauf einging. Ich bin doch zu dir gekommen und erzähle es dir!«

Mottke überlegte eine Weile. Dann änderte sich plötzlich seine Stimme und wurde weicher, stiller und geheimnisvoller.

»Komm mal her!« sagte er.

Mit einem Sprung war Mary in dem Wagen. Mottke umarmte und drückte sie fest an seine Brust. Dann blickte er ihr beim Schein der Sterne tief in die Augen.

»Hast du mich lieb? Ja?« fragte Mottke.

»Ja, Mottke! Tu mit mir, was du willst. Befiehl mir zu tun, was dir beliebt, ich werde gehorchen. Ich werde alles tun, was du von mir verlangst.«

»Seitdem ich dich mit dem Polen gesehen habe, kann ich dir nicht in die Augen blicken!« rief Mottke und stieß sie von sich.

Ihre schwarzen Augen sprühten Funken. Sie war glücklich darüber, daß der Junge eifersüchtig war. Sie ergriff seine Hand und drückte sie fest an ihre Brust. Mottke riß sich los. Da umfaßte sie seine Beine und flehte:

»Schlag mich, schneide mich in kleine Stücke, aber liebe mich, liebe mich!« rief sie und grub ihr Gesicht zwischen seine Beine.

Er holte schon zum Schlage gegen sie aus. Aber plötzlich fiel ihm der Glanz ihrer schwarzen Haare in die Augen, der im Sternenlicht perlte. Da faßte er leise mit den Fingern in ihre Locken und spielte eine Weile mit ihnen.

»Mary!«

Sie blickte zu ihm auf. In ihren Augen lag der Ausdruck der Ergebenheit eines treuen Hundes.

»Schließe die Lider! Ich kann dir nicht in die Augen sehen!« Er drückte ihr mit seiner Hand die Augen zu und biß sich fest mit seinen Zähnen in ihre Lippen ein.

»Komm her, Mary! Setz dich neben mich!« sagte er darauf und zog sie zu sich heran. »So! Sitze und schweige. Ich habe dir etwas Wichtiges zu sagen. Du mußt aber zuhören und schweigen. Hast du mich lieb? Willst du immer mit mir sein? Sag: ja oder nein? Wenn nicht, gebe ich dir das Geld zurück, das ich von dir habe. Hier, nimm es!«

Und Mottke lief zu dem Kumt, das er mit zu sich in den Wagen genommen hatte, trennte es rasch auf, nahm das Geld heraus und reichte es Mary.

»Hier, nimm das Geld und geh, wohin du willst. Ich werde dir nichts tun. Ich werde dich nicht schlagen. Liebe, wen du willst.«

»Mottke, was redest du? Dich allein, nur dich habe ich lieb! Wozu gibst du mir das Geld zurück? Mottke, schlage mich, tu mit mir, was du willst, verkaufe mich an wen du willst! Ich werde alles für dich tun, nur hab mich lieb, Mottke, nur hab mich lieb!« Und das Mädchen grub wieder ihr Gesicht zwischen seine Beine.

»Nun, wenn dem so ist, dann höre!«

Er hob sie wieder auf und blickte ihr tief in die Augen.

»Willst du mit mir fliehen? Wozu wollen wir hier länger sitzen und für die Alten arbeiten? Du verdienst doch das ganze Geld für sie und hast nicht einmal ein vernünftiges Kleid. Sieh, wie du umhergehst!«

»Mottke, Mottke, mein Leben, mein Einziger!« rief Mary, und Tränen zeigten sich in ihren Augen. Sie ergriff seine Hand und preßte sie an ihre glühenden Lippen und an die kühle Nasenspitze.

»Schweige! Höre mir zu. Ich habe mir alles überlegt. Ich werde die Alten verlassen. Wenn du willst, kannst du mitkommen. Du wirst bei mir sein, und es soll dir niemand ein Leid zufügen! Niemand!«

»Höre, Mottke, mein Leben, ich will dir etwas sagen«, flüsterte plötzlich das Mädchen. »Demnächst wird ein Kaufmann aus Warschau hierherkommen. Er hat mir seine Adresse gegeben. Er hat mir schon längst zugeredet, ich solle fliehen und zu ihm nach Warschau kommen. Er sagt, er habe dort ein Geschäft und daß ich, falls ich kommen würde, viel Geld verdienen könne. Hier habe ich diese Adresse. Ich trage sie am Herzen.«

Und sie holte eine zerknüllte Besuchskarte hervor.

»Verwahr sie, Mary, verwahr sie! Das ist gut. Und höre weiter. Geh jetzt ins Zimmer zurück, aber leise, ganz leise, damit dich kein Mensch hört. Es darf niemand wissen, daß du hier bei mir gewesen bist. Zu Kanarik aber mußt du recht freundlich sein. Sage ihm, daß du mit ihm fliehen willst. Sage ihm, daß du Angst vor mir hast und mich nicht ausstehen kannst. Und daß deine Liebe nur ihm gehöre. Sag ihm, daß du mit ihm fliehen willst. Und dann sieh zu, daß du ihn tatsächlich zur Flucht überredest! Ich brauche das!«

»Mottke!« rief das Mädchen und sah dem Burschen ins Gesicht, wie wenn sie erraten wollte, was er vorhabe. In ihren Augen lag Furcht. Sie hatte Angst, der Junge könnte sie im Ernst wieder zu Kanarik schicken.

»Sei unbesorgt! Was ich vorhabe, ist vorläufig mein Geheimnis. Ich kann es dir noch nicht verraten. Ich will sehen, ob du es wirklich gut meinst und treu zu mir hältst. Dann werde ich es dir anvertrauen. Jetzt aber sei vorderhand still und tu, was ich dir sagte. Geh zu Kanarik, tu schön mit ihm und sag ihm, daß du mit ihm fliehen willst. Ich muß es so haben. Wirst du es machen?«

»Ich werde alles tun, was du von mir verlangst. Aber Mottke ...«

»Hab keine Angst. Es muß so sein!«

Das Mädchen schwieg und schien auf etwas zu warten.

»Und jetzt geh zurück ins Zimmer. Aber ganz leise, damit niemand erfährt, daß du hier bei mir gewesen bist.«

Das Mädchen sah ihm flehend in die Augen, wie ein Hund. Dann umarmte sie ihn, drückte sich an ihn ...

»Mottke ...«

»Nein, noch nicht heute«, erwiderte er und stieß sie sanft von sich. »Die Zeit wird schon kommen. Aber es darf niemand wissen, daß du bei mir gewesen bist. Geh zurück! Geh ins Zimmer!«

»Ja, Mottke ...«

»So ist es recht!«

Und er umarmte sie und küßte sie fest auf den Mund, wobei er ihr diesmal in die Augen sah.

»Geh jetzt, aber ganz, ganz leise. Und tue, was ich dir befohlen.«

»Ja, Mottke, mein Leben!« flüsterte Mary, und ihre Stimme klang wie das Wehen eines leichten Windes. Und dann sah Mottke, wie ihre nackten Füße im Sternenlicht auf dem Pflaster des Hofes vorbeischimmerten.

11

Die Abrechnung mit Mottke

Etwa zwei Wochen darauf, als es schon auf den Herbst zuging, kam der Alte mit seiner Truppe zum Jahrmarkt in Lowitsch an, wohin zur selben Zeit auch andere Gaukler strömten. Alle Artisten hausten auf einem großen Feld hinter dem Pferdemarkt in ihren aufgeschlagenen Zelten aus Leinwand und in ihren Wagen. Ihre Pferde weideten zusammen in einem nahegelegenen Wäldchen. Vor den Wohn- und Spielzelten brannten Feuer. Und in dem Rauch, der aus den Schornsteinen kam, spielten halbnackte kleine Kinder. Dort saßen die alten, angesehenen Artisten, die über eigene Unternehmen verfügten, und handelten miteinander. Die einen tauschten Pferde aus, die anderen Zirkustiere und die dritten Artisten, die Kunststücke zu machen verstanden.

Hier lernte Mottke die ganze Gauklerwelt, alle Truppen und Unternehmer kennen. Und alle betrachteten ihn neugierig, die neue Kraft, die hinzugekommen war.

Mottke aber zeigte wenig Interesse für sie alle. Er hatte schon fest beschlossen, diesen Kreisen den Rücken zu kehren. Der rote Kanarik aber war mit allen sehr gut bekannt und mit den meisten auf vertrautem Fuße. Mit jedem und allen trank er Bier in den Dorfschenken.

Schon am ersten Tag des Jahrmarkts, noch bevor die Leute des Alten zum Spiel und Verdienst auf die Straße gegangen waren, erschien Mottke bei seinen Kollegen ganz neu eingekleidet. Er hatte sich neue Stiefel, einen weißen Tuchanzug und eine Mütze mit einem Lederschirm gekauft.

Alle Artisten kamen heran, um Mottke zu bewundern, und versuchten zu erraten, was er für die Sachen bezahlt hatte. Man fragte sich flüsternd, woher Mottke soviel Geld haben mochte, und der Alte seufzte laut und sagte in der Runde:

»Es ist alles mit meinen sauer verdienten Groschen gekauft. Der Bursche hat gestohlen, und ich habe es wieder auslegen müssen...«

Unter den Artisten war es bald kein Geheimnis mehr, daß Mottke von der »Braut« Kanariks fünfundachtzig Rubel zugeflossen waren, die diese sich von einem polnischen Pan in Schochlin »verdient« hatte. Nun bewunderten ihn alle in seinem neuen Zeug. Die jungen Burschen aber blinzelten Kanarik zu und lachten ihn aus:

»Für dein Geld, Kanarik, wie?«

»Schön siehst du aus, Kanarik! Deine Braut arbeitet, und ein anderer stopft sich dabei die Taschen.«

»Gib eine Runde Bier aus, du neuer Artist!« wandte sich einer der Burschen an Mottke.

Mottke lächelte, wandte sich ab, trat aus ihrem Kreise heraus und rief Mary. Diese warf sofort ein Tuch um ihre Schultern, und Mottke ging mit ihr auf den Markt.

Kanarik wurde blaß. Vor Ohnmacht biß er sich in die Lippen. Es schnürte ihm die Kehle wie mit dicken Stricken zusammen. Schon lange haßte er Mottke, schon seit jener Zeit, als er ihm die Seiltänzerin abspenstig gemacht hatte. Und in einem fort dachte er an einen Weg, das »Bürschchen« zurechtzuweisen.

Aber er konnte ihm nicht zu nahe kommen. Der Alte hielt es insgeheim mit Mottke, und zwar erstens, weil er viel von diesem erwartete, und zweitens, weil der Junge ihn kein Geld kostete. Er gehörte ihm, war »sein«, und der Alte wußte, daß er ihn durch den Paß stets in der Hand hatte. Dagegen nahm Kanarik immer Geld und konnte ihn jederzeit verlassen, ein eigenes Geschäft gründen und ihn so um den Verdienst bringen. Mit scharfen Nadeln im Herzen sah Kanarik zu, wie Mottke ihn immer mehr und mehr verdrängte, wie das Mädchen jede Nacht zu Mottke in den Stall schlich und wie der Junge sie besaß, ohne daß man sich an ihm rächen konnte. Kanarik hatte vor ihm Angst.

Ja, Kanarik mußte es sich gestehen, daß er sich vor ihm fürchtete. Und jetzt hatte ihm Mottke vor allen Artisten, vor allen Kollegen eine solche Schande angetan! Man kannte ihn, Kanarik, schon so lange in diesen Kreisen und schätzte in ihm den guten »Arbeiter«. Und da kam ein so grüner Junge und nahm ihm vor aller Welt sein Mädel fort! Am liebsten hätte er sich sofort auf Mottke gestürzt. Aber er beherrschte sich, denn er hatte sich vorgenommen, dem Jungen eine Lehre zu erteilen.

»Wer ist er überhaupt? Kanarik, was macht der Bursche mit dir?«

»Und du läßt es zu, daß ein solcher Knirps dich mit Füßen tritt? Warum schweigst du?« schrie Welwele der Teufelskerl, der Hauptartist aus der Truppe Schloimeles des Bankerts – Welwele, der Degen schluckte und dann Feuer aus dem Munde zog.

»Ich möchte sehen, was du gegen ihn ausrichtest! Versuch doch mal, ihm zu nahe zu kommen!«

»Daß dich die Pest!... Versuch es nur! Schon seine erste Ohrfeige wird dich zu Boden werfen!« sagte mit Stolz der Alte.

»Was? Dieser Wicht?«

»Jawohl, dieser Wicht!« erwiderte der Alte gelassen und spöttisch.

»Wo hast du ihn bloß her? Ist er denn wirklich ein guter Arbeiter? Tatsächlich?« fragte Schloimele der Bankert, der auf einem Auge blind war und unter den Artisten als starker Mann galt.

»Der Junge ist meine eigene Entdeckung! Ich hatte erfahren, daß bei einer Mutter ein Söhnlein heranwuchs, über das die Welt staunen würde. Ich gehe mit dir jede Wette ein, daß er *Byschko*, den polnischen Kraftmenschen, besiegen wird. Ich will ihn jetzt nach Warschau bringen und ihn dort gegen Byschko kämpfen lassen!« sagte der Alte und strich sich mit einer Hand über das graue, mit Schweineschmalz eingeschmierte Haar, während er mit der anderen auf die goldene Kette klopfte, die auf seinem dicken Bauch hing.

»Was erzählt er dir da für Märchen? Der Kerl ist uns vor etwa zwei Jahren zugelaufen, der Bastard! Ein Hund, eine Waise, ein Nichts!« rief Kanarik.

»Nun, ich werde ihm schon zeigen, was eine Harke ist!« meinte Welwele der Teufelskerl.

»Hast du gesehen, wie hochnasig der Junge tut? Man wird ihn zurechtsetzen müssen!« erklärte ein zweiter Artist aus der Truppe Schloimeles des Bastards, ein Bursche, der auf dem Bauch eine Drehorgel umhertrug, einige Pfeifen auf dem Rücken hatte und mit dem Fuß die Zimbeln in Bewegung brachte, die an seinem Hut befestigt waren.

»Wir werden schon mit dem Kerl abrechnen, keine Sorge!« beruhigte ihn Welwele der Teufelskerl mit einer entsprechenden Handbewegung. Dann nahm er Kanarik zur Seite und begann ihm etwas zuzuflüstern.

»Wollen mal sehen, was ihr könnt! Ich glaube, er wird sich schon gegen euch alle Rat wissen!« sagte der Alte, der auf seinen Mottke stolz war.

Inzwischen aber spazierte Mottke nichtsahnend mit Mary auf dem Marktplatz umher. Er blieb mit ihr vor einer Frau stehen, die farbige Bänder verkaufte. Mary suchte sich einige von ihnen aus und musterte sie. Sie gefielen ihr.

»Kauf es dir, kauf es dir, Mary! Hier, nimm dir das auch noch mit«, sagte Mottke, indem er ihr noch eine Schürze in die Hand drückte. Dann wandte er sich an die Verkäuferin und fragte: »Was bin ich schuldig?«

Mottke handelte nicht. Er holte aus der Tasche seiner neuen Beinkleider eine Handvoll Silbermünzen heraus und reichte sie der Frau. Dann führte er Mary zu einer Bude, in der farbige Seidentücher feilgeboten wurden.

»Nun, Mary, siehst du dieses Tuch? Nimm es dir. Es wird dir gut stehen«, sagte Mottke und bezahlte auch das Tuch.

Mary warf es um die Schultern und folgte Mottke lächelnd von einer Bude zur andern. Da erblickten sie Schuhe mit roten Absätzen.

»Mary, willst du ein Paar solcher Schuhe haben?«

Man erwarb sie und ging weiter. Mottke führte Mary dahin, wo Korallen verkauft wurden, lange Ketten aus bunten und roten Steinchen und aus Bernstein, sowie auch venezianische Glasperlen, die von den hiesigen Mädchen gern getragen wurden.

Mottke behängte die Seiltänzerin mit einigen dieser Schnüre und führte sie dann zum Stand mit feingefärbten Wollstoffen. Gegen Abend trat er mit dem Mädchen den Rückweg an. Er rauchte eine Zigarre, hielt die Hände in den Taschen der neuen Beinkleider, und seine Lackstiefel glänzten. Mary aber knabberte Bonbons und hatte beide Hände voller Pakete mit neu eingekauften Sachen. Die Kollegen vom Fach warteten bereits auf die beiden.

Kaum hatten sie Mottke erblickt, umringten sie ihn.

»Wie ist es? Willst du eine Runde Bier ausgeben, neuer Artist?« fragte Welwele der Teufelskerl.

»Man weiß doch gar nicht, ob du in der Tat ein Artist bist und zu arbeiten verstehst! Man hört und sieht dich ja gar nicht!« fügte Schloimele der Bastard hinzu.

Mottke lächelte gutmütig.

»Nun, wenn ihr Bier wollt, dann kommt in eine Schenke!«

»Das ist gut gesprochen! Bist ein ganzer Kerl!« rief der blinde Bastard und schlug Mottke mit der flachen Hand wie mit einem Holzscheit auf den Kopf.

Mottke sah ihn etwas verblüfft an und wußte nicht, ob der Schlag im guten oder im bösen erteilt worden war. Da er aber auf den Lippen des Bastards ein Lächeln erblickte, begann er selbst zu lächeln, obwohl ihm der Hieb Schmerzen verursacht hatte.

»Wirst du auch von einer Maß Bier nicht schwindlig werden?« fragte Welwele der Teufelskerl.

Mottke sah jetzt, daß die Burschen Händel suchten, aber er schämte sich, den Rückzug anzutreten und Furcht zu zeigen. Deshalb erwiderte er:

»Laß dir meinetwegen keine grauen Haare wachsen. Wenn du Bier willst, dann komm mit in die Schenke!«

Und er ging mit großen Schritten voran.

»Mottke, geh nicht, geh nicht! Sie wollen dich verhauen!« rief Mary und lief schreiend den dreien nach.

»Sieh nur, wie das Mädel um seine Seele besorgt ist! Hab keine Angst, Kätzchen, wer will ihn denn verhauen?« rief der blinde Bastard.

»Geh nach Hause, Mary. Hab keine Angst um mich, hab keine Angst! Sie werden mir nichts tun!« rief Mottke ihr zu.

Er wußte schon, daß er hereingefallen war. Aber ein Rückzug war nicht mehr möglich. Er durfte um keinen Preis zeigen, daß er Angst hatte. So machte er sich eben auf den Kampf bereit. Vor allen Dingen suchte er in den Taschen nach etwas, womit er seinen Feinden begegnen könnte; aber die Taschen waren leer. Für einen Augenblick schien ihn sein Mut verlassen zu wollen. Er war ein wenig verwirrt und schrie die ihm folgende Mary an:

»Geh nach Hause! Sofort gehst du nach Hause! Sonst schlage ich dir die Fresse blutig!«

»Das ist gut! Recht so! Was mischt sie sich in die Angelegenheiten von Männern!« rief Welwele der Teufelskerl.

Aber Mary dachte gar nicht daran, nach Hause zu gehen.

Als sie endlich die Bauernschenke vor der Stadt erreicht hatten, führte Schloimele den Mottke in ein separates Zimmer. Dort erblickte Mottke Kanarik, der mit noch einigen jungen Artisten an einem Tischchen saß, mit ihnen Bier trank und laut und lebhaft über etwas sprach.

Als Kanarik und seine Freunde ihn bemerkten, wurden sie mäuschenstill. Sie hörten auf zu reden und musterten ihn. Mottke bestellte mit heiterer Stimme drei Glas Bier und setzte sich mit seinen Begleitern an ein anderes Tischchen. Niemand von den Anwesenden sprach ein einziges Wort. Plötzlich aber erklang von dem Tischchen, an dem Kanarik saß, eine Stimme, die fragte:

»Das ist also der Bursche, der seinem Freund die Braut abspenstig macht? Ist er das?«

»Ja, das ist er!« wurde ihm geantwortet.

Mottke sah sich um. Er suchte nach einem Gegenstand, den er in die Hand nehmen könnte. Aber er fand nichts. Auf dem Tisch stand nichts. Das Bier war noch nicht gebracht. Er dachte schon daran, zum Schanktisch zu eilen, um sich dort für jeden Fall mit einem Bierseidel zu bewaffnen. Aber noch bevor er sich von seinem Platz erheben konnte, wuchs vor ihm plötzlich ein langer Bursche empor, dessen Gesicht mit Sommersprossen besät war, der ganz rote Augen hatte und den er zum erstenmal in seinem Leben sah.

»Hör mal, du kleiner Grünschnabel: Du wagst es, einem Artisten die Braut abspenstig zu machen?«

»Was geht denn das dich an? Was hast du denn damit zu tun?« fragte Mottke mit ruhiger Stimme, obwohl er ganz blaß wurde. Seine Finger zitterten, weil er nichts in der Hand hatte, um sich zu verteidigen.

»Was ich will? Ich habe eine Prätension!«

»Eine Prätension? Was ist das, eine Prätension?«

»Was das ist? Das hier ist es!«

Und noch ehe Mottke mit der Wimper zucken konnte, erhielt er einen solchen Schlag auf den Kopf, daß sein ganzes Gesicht mit Blut überströmt wurde. Augen und Ohren waren von Blut wie verklebt, so daß er weder sehen noch hören konnte. Umsonst machte er den Versuch, über den hochgewachsenen Burschen herzufallen, denn alle Artisten, die im Zimmer waren, stürzten sich jetzt auf Mottke, und er fühlte die Schläge, die auf ihn niedersausten, an allen Stellen seines Körpers. Anfangs schwieg er, denn er schämte sich zu schreien. Als er aber sah, daß er sich durchaus nicht helfen konnte, begann er mit einer geradezu unmenschlichen Stimme zu brüllen, so daß man ihn auch ziemlich weit von der Schenke hören mußte.

»Stopft ihm das Maul, sonst laufen noch Menschen zusammen!«

Die Burschen ergriffen Mottke und warfen ihn in eine Ecke. Der Junge lag da wie ein Toter. Er rührte sich nicht mehr und atmete nur noch schwer. Sein Gesicht, sein Anzug und der Fußboden waren mit Blut überströmt, so daß man nicht mehr unterscheiden konnte, was er selbst, was sein Anzug und was der Fußboden war.

Die anderen Burschen waren schon von ihm zurückgetreten, und nur Kanarik stand noch über ihm und zog ihm die neuen Stiefel von den Füßen. Auch des neuen Anzugs wollte er sich bemächtigen, aber dieser war ganz mit Blut besudelt. Er suchte in Mottkes Taschen nach und fand einige zwanzig Rubel, die er gleich unter seine Kumpane verteilte. Er hatte sich für seine beleidigten Gefühle gerächt, und der Zorn, der solange in ihm gekocht hatte, erlosch.

»Laß ihn nun, er wird die Lehre nicht vergessen«, sagte Welwele der Teufelskerl und zog Kanarik zur Seite.

Draußen vor der Tür stand Mary. Als sie Mottkes Hilferufe vernahm, begann sie noch lauter als er zu schreien:

»Hilfe! Hilfe! Hilfe!«

Zwei der Burschen stürzten sich auf sie, schleppten sie in das Zimmer hinein und stopften ihr den Mund.

Das Mädchen versuchte sich loszureißen und wollte sich verteidigen. Man riß ihr das Kleid entzwei, zerfetzte ihr die Bluse und ohrfeigte sie.

Schloimele der Bastard nahm sie bei der Hand, sah ihr in die Augen und sagte ihr einige Worte, die wir nicht wiedergeben können. Dann führte er sie zu Mottke, der in der Ecke wie ein mit Blut durchtränkter Fetzen lag und sich nicht rühren konnte und rief:

»Siehst du, wie er daliegt? Willst du, daß es dir ebenso ergeht? Geh zu Kanarik, gib ihm das Geld, das du verdienst. Er ist dein Bräutigam«, er wies auf Kanarik, »und du bist sein! Ihm mußt du alles geben, was du verdienst, wenn du nicht willst, daß es dir genauso geht wie diesem grünen Bengel da!«

Aber Mary hörte nicht auf ihn. Kaum hatte er sie freigelassen, als sie sich sofort weinend auf Mottke warf. Mit den Fetzen des Tuches, das sie noch umhatte, begann sie von seinem Gesicht das Blut abzuwischen.

»Mottke, mein lieber, einziger Mottke, was haben sie mit dir gemacht?« schluchzte sie.

»Geh ... Geh ... Die Pest ...« konnte Mottke zähneknirschend gerade noch hervorbringen.

Aber er brauchte sie gar nicht von sich zu jagen. Einer der Burschen hatte sie schon beim Zopf ergriffen, schleppte sie von ihm fort und stieß sie mit voller Kraft zu Kanarik hin, der finster an einem Tischchen saß. Dieser aber warf das Mädchen von sich. Und dann erhielt Mary von hinten zwei wuchtige Ohrfeigen.

12

Mottke verläßt die Gaukler

Man brachte Mottke nach Hause, so wie Kanarik vorausgesagt hatte – in ein Leintuch eingewickelt – und legte ihn auf eine kleine Wiese vor dem Zelt des Alten. Der Alte war wütend und schimpfte darüber, daß man mit dem Burschen gerade vor dem Jahrmarkt so abgerechnet hatte, denn dadurch ging ihm ein großer Verdienst verloren, den ihm Mottke eingebracht hätte. Aber er konnte nichts dagegen tun. Vorläufig behielt Kanarik die Oberhand. So schickte sich der Alte in die Lage der Dinge und bemitleidete Mottke gar nicht so sehr.

»Der Hund hatte den Stock verdient. Man mußte ihn schließlich lehren, wie man mit älteren Artisten umzugehen hat. Jetzt wird er wissen, daß es nicht angeht, einem Älteren die Braut abspenstig zu machen!«

Inzwischen lag Mottke dort, wo man ihn hingelegt hatte, und konnte sich nicht von der Stelle rühren. Nur sein leises Atmen wies darauf hin, daß er überhaupt noch lebte. Einen Feldscher zu rufen hatte man Angst. Es war bei den Gauklern nicht üblich, fremde Menschen in ihre persönlichen Angelegenheiten einzuweihen, denn es sollte niemand erfahren, was bei ihnen vorging. Nur die Weiber, mit der alten Hexe an der Spitze, nahmen sich des armen Mottke an, wuschen ihm das Blut ab, verklebten ihm die Kopfwunden mit einer Heilsalbe und schmierten ihm den zerschundenen Körper mit einem Öl ein, das sie selbst zusammenstellten und mit dem sie kranke Pferde einzureiben pflegten. Mottke lag einige Tage regungslos auf demselben Fleck. Seine Augen waren geschlossen, und er japste nach Luft. Die Weiber brachten ihm Milch und Wasser. Mitunter trank er, bisweilen aber ließ er alles stehen, und niemand konnte sagen, ob er am Leben bleiben oder sterben würde. Der Alte drohte die Sache der Polizei anzuzeigen und zu sagen, daß man ihn des Jungen, der ein guter »Arbeiter« war, aus Konkurrenzneid beraubt habe. Aber Kanarik hörte nicht auf ihn und machte sich nichts aus seinen Drohungen. Denn seitdem er Mottke die Lehre erteilt hatte, war er nicht nur wieder in Besitz der Macht über Mary gelangt, sondern wurde überhaupt der Hauptartist der Zirkustruppe, und der Alte hatte insgeheim Angst, der Bursche könnte ihm das Geschäft nehmen und ihn zwingen, jetzt, im Alter, für ihn, für Kanarik, zu arbeiten.

Einige Tage darauf aber erhob sich Mottke von seinem Lager und kroch ohne fremde Hilfe in den Wagen. Von nun an schmierte er selbst seine Wunden ein. Aber er war noch viel zu schwach und tat deshalb alles, was ihm Kanarik befahl. Er sah, wie Kanarik über Mary regierte und wie sie ihn küßte. Er sah auch, wie sein Feind das Mädchen irgendwohin schickte, wohin es nicht gehen wollte, und wie Kanarik es schlug, bis es doch hin ging. Zu all dem schwieg Mottke.

Dagegen studierte er gut in Kanariks Gesicht, wie wenn er sich seine Züge für immer fest einprägen wollte. Er verfolgte mit den Augen jede Bewegung seines Feindes, wie wenn es ihm darum ginge, sie später einmal, nach einem etwaigen Tode Kanariks, nachzuahmen. Er wollte alles gut im Gedächtnis behalten.

Inzwischen schritt seine Genesung fort. Er konnte schon wieder umhergehen und machte sogar kleine Spaziergänge vor dem Wagen. Kanarik schnauzte ihn an, daß er so müßig umherschlendere.

»Nimm die Drehorgel und geh auf die Straße!«

Die alte Hexe nahm Mottke in Schutz und sagte zu Kanarik flehentlich:

»Laß ihn in Ruhe! Du siehst doch, daß er sich kaum bewegen kann.«

»Die Cholera wird ihn schon nicht nehmen! Soll er etwa für nichts gefüttert werden? Er muß sich sein Brot verdienen!«

Mottke wurde blaß, neigte sich zur Seite, wie wenn er Angst hätte, Kanarik könnte ihm einen Hieb versetzen, schwieg aber und sah nur unverwandt in das Gesicht des Feindes.

Und nachts, wenn Mary sich zu ihm hinschlich, ihn umarmte, küßte und über seinem wunden Kopf Tränen vergoß, flüsterte ihr der Junge ins Ohr:

»Geh fort, Mary! Geh! Sonst kann es doch Kanarik bemerken!«

»Mag er mich totschlagen. Ich will dich nicht verlassen!«

»Denk daran, was ich dir einmal gesagt habe, Mary! Weißt du es noch?«

»Ja.«

»Sei also still! Überrede Kanarik, mit dir zu fliehen. Sage ihm, daß du nur ihn liebst, daß du nur mit ihm fliehen willst. Wirst du es ihm sagen?«

»Ja, Mottke!«

»Und wenn er so weit ist, dann erzählst du es mir?«

»Ja, Mottke!«

»Vorläufig aber schweig, Mary! Schweig, wenn du mich und dich selbst retten willst. Schweig!«

»Ja, Mottke.«

»Und jetzt geh! Und vergiß nicht, was ich dir gesagt habe.«

»Ich werde es nicht vergessen.«

* * *

Der Herbst ging seinem Ende zu. Mit dem Wagen konnte man nicht mehr umherreisen: es war zu kalt. Und wie in jedem Jahr um diese Zeit, wollte der Alte auch diesmal einen Freund aufsuchen, der auch ein Gaukler war und in einem kleinen Schtedtl lebte. Dort konnte man den Winter verbringen. Der große Jahrmarkt in Lowitsch war der letzte in dieser Spielzeit, hatte aber die auf ihn gesetzten Erwartungen nicht erfüllt, weil Mottke krank lag und das Mädchen ebenfalls schlecht arbeitete. Mary war nämlich ein paarmal vom Seil gefallen und hatte daher keine Lust aufzutreten. Der Alte ärgerte sich, packte alle Siebensachen und verließ Lowitsch früher als sonst, weil er noch einige kleine Schtedtls vor dem Winter aufsuchen wollte.

In einem dieser kleinen Schtedtls, wo sie nach dem Jahrmarkt zum erstenmal haltmachten, befahl Kanarik Mary, den Korb mit ihren Sachen heimlich aus dem Wagen zu holen und ihm zu geben, weil er ihn fortbringen wollte. Als Mottke das hörte, war er hoch erfreut. Der langersehnte Augenblick rückte heran. Er half Mary, den Korb aus dem Wagen zu schaffen, und veranlaßte sie, Kanarik nachzugehen, um zu erfahren, wohin er ihn brächte. Kanarik brachte die Sachen in ein nahegelegenes Dorf zu einem Bauern, bei dem er auch eine Kutsche mietete. Dann traf Kanarik mit Mary eine Vereinbarung, derzufolge sie, sobald sie in der Nacht seinen Pfiff vernehmen würde, den Wagen durch das Fenster verlassen und zu ihm auf die Chaussee, wo er sie erwarten wollte, eilen sollte. Von da aus versprach er sie zu dem Bauern zu führen, und dieser sollte die beiden in der Kutsche zur nächsten Bahnstation fahren.

Noch am selben Tag machte Mottke einen Spaziergang zum Dorf, in dem dieser Bauer wohnte. Er machte sich mit dem Weg vertraut und stellte fest, daß durch das nahegelegene Wäldchen ein kleiner Fluß floß, dessen Ufer ganz mit Sträuchern bewachsen waren. Hier blieb Mottke stehen und dachte nach. Er wählte einen Platz, der ganz dicht mit hohen Gräsern und Sträuchern bewachsen war, und machte ein Zeichen an einem Baum, in dessen Nähe ein Haufen Steine lag. Lange betrachtete er den Baum, die Steine, den Weg, ging dann noch einmal an den Fluß heran und warf einen Blick in die Wellen. Der Grund dieses kleinen Gewässers war anscheinend mit allerlei Wasserpflanzen bedeckt, denn lange grüne Strähnen schwammen an der Oberfläche. Mottkes Gedanken nahmen eine für ihn nicht gerade angenehme Wendung. Er pfiff ein Liedchen vor sich hin und kehrte zu den Gauklern zurück, gebeugt, schwach und traurig, wie wenn er noch an den Folgen der erhaltenen Schläge litte. Als er wieder in die Nähe des Wagens gelangt war, kratzte er sich den Kopf und brummte etwas vor sich hin.

»Was ist dir, kleiner Bankert?« fragte ihn der Alte, der vor dem Wagen auf einer Kiste saß und sich in der Spätherbstsonne wärmte.

»Ich verlasse Euch«, erwiderte Mottke leise.

»Wa–as? Wo willst du denn hin?«

»Ich kann ja nicht mehr arbeiten. Die Burschen haben mir den Kopf zerschlagen. Wozu soll ich bei Euch sitzen und umsonst Euer Brot essen? Ich gehe lieber.«

»Wohin? Wer wird dich zu sich nehmen, wo du doch zerschunden und schwach bist? Seht nur, was die Bande aus dem Jungen gemacht hat!«

»Ich will in die Stadt. Ich werde dort ein Handwerk erlernen. Ich möchte Schuster werden, wie es mein Vater war. Bei Euch kann ich ohnehin nicht mehr bleiben.«

Einen Augenblick später wußten schon alle, daß Mottke die »Gesellschaft« verließ. Die alte Hexe, ganz beschmiert mit Ruß vom Ofen, an dem sie gekocht hatte, kam aus dem Wagen. Als sie hörte, daß der Junge fort wollte, eilte sie weinend hinaus, wischte sich das Gesicht mit der schmierigen Schürze ab, wodurch es nur noch schmutziger wurde, begann auf Kanarik und die Burschen zu schelten, die Mottke so zugerichtet hatten, und beweinte den Jungen, wie wenn er schon tot wäre.

Der Alte war auch traurig. Er sah, daß jetzt auch das Ende seiner Herrlichkeit nahe war, daß Kanarik entweder über ihn herrschen oder ihn ganz verlassen würde. Aber er wußte sich nicht zu helfen. Er wollte sich jetzt nicht um Mottkes willen mit Kanarik entzweien und dachte, daß dieser nach Mottkes Verschwinden sich beruhigen, das Mädchen bei ihm bleiben und alles wie früher sein würde.

Der Alte sagte:

»Nun, wenn du gehen willst, halte ich dich natürlich nicht zurück. Aber einen Paß kann ich dir nicht geben. Ich brauche ihn für einen andern, den ich an deiner Stelle nehmen werde. Geld kannst du von mir auch nicht haben. Du hast mich sowieso viel gekostet. Ich habe für dich die fünfundachtzig Rubel bezahlt, die das Mädel dem Pan gestohlen hat. Ein paar Groschen sollst du aber trotzdem haben. Hier! Damit du etwas in der ersten schlechten Zeit hast. Und hilf dir selbst weiter«, schloß der Alte und drückte Mottke einige Silbermünzen in die Hand.

Mottke nahm das Geld und ging in den Wagen, um seine Sachen zu holen.

»Alte, gib ihm ein paar Hemden. Von meinen«, schrie der Alte seiner Frau in den Wagen zu. Der Junge tat ihm leid.

Als Kanarik erfuhr, daß Mottke fortging, war er höchst zufrieden. Es schien ihm, daß dies für die Ausführung seines Fluchtplanes mit Mary sehr günstig sei. Nun würde der Alte nicht wissen, mit wem Mary geflohen war und wen er infolgedessen suchen sollte. Deshalb rief auch er mit einer verstellt mitleidsvollen Stimme, in der jedoch schlechtverborgene Freude mitklang, in den Wagen hinein:

»Gebt ihm auch eins von meinen Hemden. Und ein paar alte Hosen. Mag ihn der Teufel holen!«

Mottke packte die Sachen zusammen, die ihm die Alte zugeworfen hatte, und winkte Mary zu, die auf einem Haufen Federbetten lag, sich in einem Spiegel betrachtete und ihr Haar kämmte.

»Ich warte im Walde. Sobald du einen Pfiff hörst – laß alles liegen und stehen und eile zu mir in den Wald. Verstanden?«

»Ja!« erwiderte das Mädchen, ebenfalls winkend. Dann machte sie sich mit noch größerem Eifer an ihr Haar und begann wie ein Vogel mit froher Stimme das russische Liedchen zu singen:

»Einen ganzen Haufen
Männer ließ ich laufen,
Nur den Freund vom Herzen
Kann ich nicht verschmerzen ...«

Mottke kroch mit seinem Päckchen, das er auf die Schulter nahm, aus dem Wagen, stellte sich ganz schwach, bewegte kaum die Beine und ließ mit trauriger Miene den Kopf hängen. Die Hexe erschien auf den Stufen, die zum Wagen führten, und sah ihm weinend nach. Der Alte unterdrückte auch eine Träne unter seinen dichten Augenwimpern und sagte mit fast schluchzender Stimme:

»So ist es, Mottke! Geh unter die Menschen, werde Schuster, vielleicht machst du auch dein Glück.«

Kanarik warf Mottke einen silbernen halben Rubel zu und meinte wichtigtuerisch:

»Hier! Da hast du auch was!«

Mottke ließ die Münze zu Boden fallen und musterte zum letztenmal aufmerksam Kanariks Züge. Mottke war ernst und schien über etwas nachzudenken. Dann machte er sich in Richtung Schtedtl auf den Weg.

Mary steckte ihren Kopf aus einem Fensterchen des Wagens heraus, und Mottke hörte noch lange ihre Stimme hinter sich:

»Nur den Freund vom Herzen
Kann ich nicht verschmerzen ...«

Er aber wußte schon längst, wer dieser Einzige war und mußte unwillkürlich lächeln. Dann schlug er sich seitwärts in den Wald.

13

Wie aus Mottke Kanarik wurde

Mottke ging durch den Wald, fand den Baum, an dem er ein Zeichen gemacht hatte, und legte sich hin. Die Sonne war am untergehen, die letzten Strahlen vergoldeten die Bäume und fielen wie ein Hauch über das Wasser. Mottke wurde es unheimlich. Er dachte nur an Dinge, die in gar keiner Beziehung zu der Tat standen, die er vorhatte. Er fühlte plötzlich Sehnsucht nach seiner Mutter und den Wunsch, sie zu sehen. Das freie Feld, der Wald und das Wasser erinnerten ihn an die Jahre, die er auf den Wiesen seines Heimatschtedtls verbracht hatte. Und er war glücklich, wieder frei und nicht mehr an die Gaukler gebunden zu sein. Das, was ihm bevorstand, hatte er ganz und gar vergessen, und er fühlte sich jetzt so wie einst, als er noch ein ganz kleiner Junge war. Er aß von dem Brot, das ihm die alte Hexe mit auf den Weg gegeben hatte, und es schmeckte ihm. Er wollte ein Feuer im Walde anzünden, tat es aber nicht, da er sich sagte, daß man ihn dann bemerken würde. Er trat an den Fluß heran und wollte baden, als aber sein Blick auf das dichte Wassergras fiel, dessen Spitzen auf der Oberfläche schwammen, erinnerte er sich an etwas . . . und auch die Lust zum Baden verging ihm. Er verließ das Ufer und verbarg sich zwischen den Bäumen.

Allmählich wurde es dunkel, und Mottke lag feucht und unbequem. Jetzt dachte er nur noch an Kanarik, an Mary, an die Nacht, die sich niedersenkte, und ihm wurde ernst zumute. Es wurde ihm bewußt, daß er kein Zuhause hatte und nirgends hingehen konnte. Der einzige Ausweg war, heute nacht Kanarik umzubringen. Er haßte ihn nicht mehr, sondern dachte an ihn wie an einen Gegenstand, der ihm gehörte und mit dem man eben so und nicht anders umgehen konnte, um sich endlich ein Heim zu erkämpfen und nicht im feuchten Wald übernachten zu müssen.

Gegen Kanarik an sich war er so gleichgültig, wie wenn er ihn nie gekannt, nie gesehen und sich nie mit ihm geschlagen hätte. Kanarik war ein lebloser Gegenstand, den man ins Wasser werfen und mit Steinen zudecken mußte, damit niemand erführe, daß dort oder sonstwo ein Kanarik liege. Und damit dieser Kanarik nicht schreien und nicht um Hilfe rufen konnte, war es notwendig, ihm rasch ein Messer so tief wie möglich in die Herzgegend zu stechen, um ihm keine Zeit zum Schreien zu lassen. Das mußte geschickt und sicher ausgeführt werden. Niemand durfte jemals der Wahrheit auf die Spur kommen. Der Alte und seine Frau mußten glauben, daß

Kanarik lebte, und daß er irgendwohin mit Mary geflohen sei. Was lag schon daran, wenn sie ihn deshalb verfluchten? Und während Kanarik ruhig und tief im Wasser zwischen all den langen grünen Pflanzen liegen würde, wollte er, Mottke, mit Mary nach Warschau fliehen, das Mädel besitzen und sich die Taschen mit Geld füllen! Und außerdem frei – mit einem echten Paß auf den Namen Kanarik – leben!

Er zog aus dem Stiefelschaft das Messer, das ihm Mary einst geschenkt hatte, um Kanarik damit abzustechen, und das er so lange im Kumt des Braunen eingenäht gehalten hatte. Es war ein kaukasischer Dolch, dessen Griff aus Knochen war und dessen Schneide in einer Scheide lag. Der Dolch war schon halb verrostet. Ohne sich etwas dabei zu denken, stieß Mottke den Stahl in die Erde und begann die verrosteten Stellen sauberzureiben. Es war ihm, als könne er, solange der Dolch im Lichte der Sterne nicht glänzte, Kanarik damit nicht abstechen. Nun rieb er die Schneide energisch hin und her, bis er auf einmal den Ruf eines Vogels vernahm. Er hielt inne und lauschte. Er fragte sich, ob es ein Kuckuck gewesen war oder ein Specht, der mit dem Schnabel in die Baumrinde einschlug.

Er fror, und es war ihm, als müßte es schon sehr spät sein. Die Septembernacht war sehr dunkel, und er hatte ein Gefühl, als sei der Wald voller Ungeheuer, die nur nach Sonnenuntergang hierher zu kommen pflegten. Er empfand keine Furcht und ärgerte sich nur darüber, daß es schon so spät wurde und das von ihm erwartete Paar noch immer nicht da war. Und da er glaubte, Mary sei daran schuld, war er ihr böse. Daß etwa Kanarik die Verspätung verursacht haben könnte, kam ihm gar nicht in den Sinn, denn Kanarik hatte für Mottke aufgehört, als ein lebendes Wesen zu existieren, dem man irgend etwas nachtragen konnte. Mottke ging auf den Weg hinaus, um nachzusehen, ob die beiden endlich kämen. Der Himmel war stark bewölkt, wenn aber die Wolkendecke hie und da aufriß, so daß sich ein paar Sterne zeigten, dann konnte man den Weg überblicken. Meistens aber blieb der Himmel überzogen, und es war, als sei die Luft so dicht, daß sich alles dem Auge verbarg. Auf dem Weg war niemand zu sehen, es kam niemand, weder zu Fuß noch zu Wagen. Es war ein Landweg, den nur Bauern benutzten und der nur in das eine Dorf führte. Als der Abend sich zu senken begann, hatte Mottke einen Wagen vorbeifahren gehört; später trieb eine Bäuerin eine Kuh vorbei. Seitdem es aber so dunkel war, blieb alles still und leer.

Plötzlich begann sein Herz heftig zu pochen. Es schien ihm, als hörte er hastige Schritte und laute Stimmen. Er eilte zurück in den Wald, legte sich unter den Baum und wartete. Es waren tatsächlich Menschenstimmen. Immer deutlicher und deutlicher drangen sie durch den Nebel zu ihm. Bald erkannte er deutlich, daß eine der Sprechenden Mary war. Das Mädchen sprach absichtlich so laut, um Mottke auf ihr Kommen aufmerksam zu machen. Bald unterschied er auch Kanariks Stimme. Dieser brummte:

»Sprich nicht so laut, sonst hört man uns!«

Es kam Mottke sonderbar vor, daß Kanarik noch sprechen konnte. Mottke aber lag immer noch unter demselben Baum, wagte kaum zu atmen und horchte. Die Stimmen wurden immer deutlicher, sie kamen immer näher. Auf einmal flog etwas wie ein schwarzer Schatten mit Windesschnelle am Wege vorbei. Mottke vergaß anfangs, was er nunmehr tun mußte. Dann aber erinnerte er sich daran, was er mit Mary verabredet hatte, und stieß einen leisen Pfiff aus. Nach einigen Sekunden wollte er zum zweitenmal lauter pfeifen, aber da vernahm er ein Geräusch und gleich darauf Kanariks Stimme, die so klar klang, wie wenn der Bursche dicht vor ihm stünde.

»Wohin gehst du, Mary? Wer pfeift da?«

Und Mottke erblickte vor sich einen schwarzen Fleck, der für ihn nichts weiter als ein toter Gegenstand war. Aber da rief dieser tote Fleck auf einmal:

»Oj, Mutter! . . .«

Mottke erschauderte beim Klang des Wortes »Mutter«. Er wunderte sich darüber, daß dieser schwarze Fleck »Mutter« rufen konnte. Aber der Fleck packte ihn mit einemmal am Hals, und das gab ihm den Mut und die Energie wieder.

Einige Sekunden später war das Gesicht des dunklen Flecks fest mit einem Tuch verbunden, und ein erstickter Schrei verklang zwischen den Bäumen des Waldes und den Fasern des Tuchs. Und nun, als dieser Fleck nicht mehr mit menschlicher Stimme um Hilfe rufen und »Mutter« schreien konnte, sondern nur noch röchelte, stach Mottke auf ihn, der weich und warm war, wie auf einen toten Gegenstand ein. Er wunderte sich, daß diesem weichen warmen Fleck jetzt etwas noch Wärmeres und Klebriges entströmte, das ihm die Hände hinunterfloß und ein angenehmes Gefühl hervorrief. Er hatte aber keine Zeit, darüber nachzudenken. Alles war so schnell gegangen wie im Traum. Und schließlich hörte der dunkle Fleck auch zu röcheln auf. Mottke sah, wie der Besiegte umfiel, sich zusammenkrümmte und jetzt schon – wirklich ein toter Gegenstand – liegen blieb.

Erst jetzt kam Mottke zu Besinnung. Er suchte tastend

nach dem Bündel, das Kanarik auf dem Rücken getragen hatte, als er über ihn hergefallen war, fand es und gab es Mary. Dann packte er Kanarik am Fuß und schleppte ihn zum Fluß. Dort untersuchte er seine Taschen, fand aber nichts. Er nahm dem Toten das Tuch vom Gesicht, bemühte sich, nicht in die erstarrten, kalten Züge zu blicken, und riß ihm das Hemd auf. Auf der Brust der Leiche entdeckte er ein Beutelchen, in dem, eingewickelt in Papier, Geld und ein Paß lagen. Über den Paß freute sich Mottke mehr als über das Geld. Hastig versteckte er das wichtige Dokument, holte die Steine herbei, die er schon am Abend bereitgelegt hatte, band Marys Tuch um den Leichnam, beschwerte ihn mit den Steinen und warf ihn ins Wasser an der Stelle, wo das Gestrüpp am dichtesten war. Kanarik verschwand von der Erdoberfläche.

Nun wusch sich Mottke und befahl Mary dasselbe zu tun. Dann zog er seine zerrissenen Stiefel und seine zerfetzte Jacke aus, machte daraus ein Bündel, beschwerte es mit Steinen und warf es ebenfalls in die Wellen. In Kanariks Bündel fand er seine eigenen neuen Stiefel mit den Lackschäften, die ihm Kanarik seinerzeit weggenommen hatte, und Kanariks neuen Anzug. Er kleidete sich um und spiegelte sich dabei in dem vom Sternenlicht übergossenen Wasser, unter dem jetzt Kanarik lag. Er zog Kanariks neuen Anzug an, die ausgeschnittene Weste aus rotem Samt, und hängte sich auch seine große silberne Kette um. Und als er mit dem Umkleiden fertig war, nahm er noch einige schwere Steine und warf sie in das Wasser, an der Stelle, wo der Leichnam lag. Dann nahm er Kanariks Bündel auf die Schulter, das Mädel an der Hand und ging davon.

»Vergiß jetzt nicht, daß ich von nun an Meier-Aaron

Kanarik bin. Du darfst mich jetzt nicht anders nennen. Verstanden? Vergiß es nicht!« wandte er sich streng an das Mädchen.

»Und ich heiße Chane-Dwoire Silberstein.«

»Was? Seit wann?«

»Kanarik hat mir bei seinen Kollegen einen neuen Paß gekauft. Er hat mir ihn heute ausgehändigt, als ich mich mit ihm auf die Flucht machte. Vergiß auch du es nicht!«

»Das ist sehr gut!«

Die Nacht war kalt, und Mary hatte nichts weiter an als eine leichte Tüllbluse und ein dünnes Röckchen. Sie fror. Ununterbrochen sah sie Mottke mit sehnsuchtsvollen, verlangenden Blicken an. Sie empfand den Wunsch, von diesen kräftigen, warmen Armen, über die vor kurzem noch Blut geflossen war, umfaßt und an sich gedrückt zu werden... Sie sehnte sich danach, den Atem zu fühlen, der noch vor kurzem den Geruch frischen Menschenblutes eingesogen hatte... Sie drückte sich mit ihrem bebenden Leib an seinen aufgewühlten Körper und sah ihm mit kindlich bittenden Blicken in die Augen.

»Mottke, Mottke, mein Leben!« flüsterte sie ihm zu.

Er stieß sie von sich.

»Nicht jetzt! Wir müssen fliehen. Es ist schon spät!«

»Mottke, Mottke, mein Einziger! Schlage mich, tritt mich mit Füßen, und ich werde dir die Hände küssen! Tu mit mir, was du willst, ich werde dir immer in allem gehorchen!«

»Wie heiße ich?« fragte er sie und schlug sie mit der Faust ins Gesicht. »Wie heiße ich? Hast du es vergessen?«

»Ka–na–rik, mein Geliebter, Ka–na–rik!«

Im Flüßchen, das nicht weit von ihnen vorbeifloß, bewegte sich etwas – das Wasser schäumte auf und schlug unruhig gegen die am Ufer wachsenden Sträucher, wie wenn jemand bei dem Namen »Kanarik«, der durch den Wald gehallt war, sich aus den Wellen erhoben und umgesehen hätte.

Aber Mottke und Mary merkten nichts von dem Beben des Wassers. Sie faßten sich an der Hand und gingen mit raschen Schritten zur nächsten Eisenbahnstation, um nach Warschau zu reisen, zu dem Mann, dessen Adresse Mary versteckt an ihrer Brust trug.

Dritter Teil

1

Die Altstadt

An einem Ende des riesigen Warschau haben sich noch Überreste des mittelalterlichen Stadtkerns erhalten. Die Warschauer Altstadt besteht aus hohen und schmalen Häusern, die unsere Großväter vor Jahrhunderten erbaut haben. Jedes dieser Häuser ist an das nächste angemauert, und wollte man eins von ihnen abreißen, so müßte man mit dem Zusammensturz aller anderen rechnen. Sie haben keine Höfe, keine Fenster, kein Licht, und jedes dieser Gebäude ist ein wahres Labyrinth. Lange, finstere Gänge führen geheimnisvoll in die Wohnungen. Und nur die Leute, die lange hier wohnen, können sich in ihnen zurechtfinden, nur Menschen, die hier geboren und groß geworden sind. Wenn unsereiner in ein solches Haus gelangt, dann ist es ihm, als verirre er sich in einem alten Kloster, von dessen Wände noch der Atem der Inquisition weht; Schreck befällt einen beim Anblick der hohen Balken, die sich über den Kopf wölben, und der schwarzen Mauern, die einen umgeben, und man bleibt, vor Angst gelähmt, verwirrt stehen . . .

Und nicht nur die Häuser – der ganze Stadtteil macht einen recht düsteren Eindruck. Mitten auf dem Marktplatz erhebt sich über einem ausgetrockneten Brunnen, der seinerzeit Warschaus Stolz ausmachte, die Figur einer Nymphe – halb Frau und halb Fisch – das Wahrzeichen dieser Stadt. Und um die Nymphe herum, die eher als Symbol einer verführerischen Warschauerin gelten könnte, stehen eng aneinandergepreßt die Häuser wie uralte, hagere, schwindsüchtige Großväter. Ein jedes ist mit einer anderen Farbe angestrichen, und alle tragen die Zeichen der früheren Zünfte. Auf dem Markt stehen allerlei Buden und Stände, in und auf denen, wie es sich für einen so alten Stadtteil geziemt, nur alte Sachen verkauft werden. Hier kann man alles erwerben, von alten, abgenutzten Löffeln bis zu getragenen Stiefeln. Und mehr als einem Menschen geschah es, daß er hierher ganz abgerissen kam und bald darauf von oben bis unten fein eingekleidet fortging. Er trug dann Stiefel, die vor etwa fünf Jahren in Paris hergestellt waren, einen Rock, der aus New York stammte, und einen Hut, den man ursprünglich in Berlin gekauft hatte. Und das alles erwarb der Betreffende für ganz geringes Geld, von dem ihm noch so viel übrig blieb, daß er sogar noch irgendwo zu Mittag essen konnte.

In einem dieser uralten Häuser, das den stolzen Namen *Der Schiffsanker* trug und auf dem in der Tat auf rotem Feld ein grünes Schiff gemalt war, befand sich ein Café, das in der Gegend als das *Warschauer Café* bekannt war. Das Café oder vielmehr der Eingang zu ihm wurde nachts von zwei roten Laternen beleuchtet, die unter dem Schild mit dem grünen Schiff brannten. Auf den Stühlen, die vor der Tür standen, saßen gewöhnlich einige ältere und jüngere Mädchen in sonderbarem Aufputz. Man konnte nicht sagen, daß sie ausgezogen waren, aber das Gegenteil ließ sich auch nicht gerade behaupten, und sie hatten auch meistens nichts weiter an, als weiße durchsichtige Blusen und weiße kurze Unterröcke, die ihre mit blauen, roten oder schwarzen Strümpfen bekleideten Beine und kokette Warschauer Stiefelchen sehen ließen. Das Haar der meisten dieser Mädchen war ganz aufgelöst, während bei einigen von ihnen ein rotes Band, das ihr Haar zusammenhielt, die ganze Frisur ersetzte. Bei den dickeren und etwas älteren unter den Mädchen öffneten sich wie zufällig die Blusen, so daß die hochgehobenen, von den Leibchen gehaltenen Brüste sichtbar wurden. Die noch älteren saßen ganz ruhig und unbeweglich vor dem *Warschauer Café.* Ihre jüngeren und hübscheren Berufsgenossinnen aber promenierten auf der Straße auf und ab; sie enthüllten ihre Brust und zeigten ihre Waden, indem sie die ohnehin kurzen Röcke hochhoben. Sie stellten sich mit aufgelöstem Haar den vorbeigehenden Männern in den Weg und griffen sie bei der Hand.

Zu dieser Zeit belebte sich die Straße, und vor den alten, ernsten Häusern brannten rote Laternen und beleuchteten die alten Zunftzeichen. Vor vielen Türen derartiger Kaffeehäuser saßen Mädchen in sonderbarem, an Schlafzimmer mahnendem Aufputz. Viele junge Leute und viele Herren im gesetzten Alter, ja sogar Beamte in verschiedenen Uniformen und Militärs bevölkerten zu dieser Zeit die Bürgersteige der Altstadt. Oft spielte ein Leierkasten vor irgendeinem Haus und zu seinen Klängen tanzten kleine Kinder, und mitunter hörte man auch eine Harmonika; dann war es irgendein Hausknecht, der mit seiner Liebsten vor dem Hause saß und dieses behütete und bewachte, damit keine Diebe und keine polizeilich unangemeldeten Menschen hineinkämen.

Dafür aber ließ er immer die Mädchen mit ihren auf der Straße gefundenen Gästen passieren, und diese verschwanden dann sofort in dem schwarzen Labyrinth eines solchen Baus.

Das alles spielte sich erst bei Anbruch der Dunkelheit ab. Jetzt aber war es Mittag. Der Markt der Altstadt war dicht mit Käufern und Verkäufern angefüllt. Alles galt hier als Ware, alles wurde hier erstanden und veräußert. Hier stand ein Soldat und verkaufte Kommißbrot, dort ein anderer, der fiskalische Leinwand loswerden wollte. Da war ein Jude mit alten Regenschirmen und abgenutzten Kragen, dort eine Frau mit abgelegten Frauenkleidern. Der Markt war voller Kunden, die kauften und das erworbene Zeug auf der Stelle anzogen. Einige tauschten ihre Waren aus: sie gaben ihre abgetragenen Sachen für ein Brot oder für eine Schachtel Zigaretten her, und mitunter geschah es, daß jemand den Markt ohne sein Jackett verließ, da er dieses für eine Maß Branntwein *ausgetauscht* hatte. Überhaupt ging hier der Handel weiter, als es der vorgeschriebene Anstand zuließ, das heißt bis auf die Beinkleider. Denn ohne diese war es laut Vorschrift verboten, auf dem Markt umherzugehen.

Aber die Nymphe, die Warschauer Wassernymphe, die über dem ausgetrockneten Brunnen steht, hat schon mehr als einen nackten Körper gesehen, und wenn sie nicht aus Kupfer wäre, so würde sie oft erröten über die Szenen, deren Zeugin sie sein mußte.

Im *Warschauer Café* war es um diese Tageszeit still. Einsam siedete der große Samowar in einer Ecke der Gaststube, und die Fliegen labten sich ruhig an dem Käse, an den Kuchen und verschiedenen Speisen, die auf dem Schanktisch wie auch im Schaufenster ausgelegt lagen. In der Gaststube befand sich kein Mensch. Aber im Hinterstübchen, das keine Fenster hatte, sondern nur eine kleine Luke, die es mit einem anderen Zimmer verband (das mit Fenstern ausgestattet war, so daß der Lichtschein durch die Luke fiel und ganz matt auch das Stübchen beleuchtete), saßen einige Mädchen an einem weißgedeckten langen Tisch, an dem eine von ihnen auf einem Brett den Teig zu Kuchen schnitt, und tranken Tee. Einige von ihnen hatten noch ihr Nachtgewand an, obwohl es schon längst Nachmittag war. Eine saß im Hemd, eine andere im Schlafrock, und alle hatten aufgelöstes Haar, das an der Luft trocknete. In dem Stübchen roch es nach Puder und schlechtem Parfüm. Die Lowitscherin hatte von oben aus ihrem Zimmer ein halbes Dutzend batistener Hemden und Tisch- und Handtücher, die in der Fabrik von Girard erzeugt waren und die sie oben in ihrem Korb sammelte, hinuntergebracht und zeigte jetzt ihre schön eingestickten Initialen in den Stücken. Die Mädchen betrachteten die Stickerei, versuchten zu erraten, wieviel die Lowitscherin für die Hand- und Tischtücher und für die Leibwäsche bezahlt haben mochte, und die Stücke wanderten von Hand zu Hand.

Die Neuigkeit, daß die Lowitscherin wieder neue Wäsche herumzeigte, ließ sogar die Wirtin aus der Küche herauskommen, wo sie bis dahin gestanden und für die Kinder Mittag gekocht hatte, die bald aus der Schule nach Hause kommen mußten. Sie kam mit einem vom Herdfeuer noch glühenden Gesicht. Es war eine stramme, fette Warschauer Jüdin mit einem feisten Hals und dicken Fingern. Auch sie begann mit Interesse die frischen, noch glänzenden Hand- und Tischtücher zu betrachten. Als tüchtige Warschauer Hausfrau konnte sie dem Linnen gegenüber nicht gleichgültig bleiben. Nun breitete man die Tücher über die Tische und Bänke aus, maß ihre

Länge und versuchte von neuem, ihren Preis zu erraten.

»Was willst du mit so viel Zeug anfangen, Dobsche?« fragte die Wirtin das Mädchen aus Lowitsch mit einem in den fetten Falten ihres Gesichts halbverborgenen Lächeln und blinzelte den anderen Mädchen zu, was einerseits ihre Freude an einem Spaß, andererseits aber ihren Neid bekundete. »Du hast ja schon so viel Wäsche, daß sie bald in deinem Kasten zu faulen beginnen wird. Du wirst sie ja doch nicht benützen!«

»Schadet nichts! Mag sie ruhig faulen. Es wird schon eine Zeit kommen, wo ich sie benutzen werde.«

»Gott gebe es! Mir soll es recht sein ...« meinte die Wirtin mit demselben Lächeln und wollte schon wieder in die Küche gehen. Da aber hielt sie die Stimme Hindeles aus Schochlin zurück.

»Schaut nur, wie sie sich ärgert, wenn sich eine von uns etwas anschafft!« rief Hindele. »Sie glaubt wohl, daß nur Leute ihrer Art ein Recht darauf haben, sich eine Aussteuer anzuschaffen! Macht nichts, Dobsche! Laß es dir nicht verleiden! Trage es zum Wohle!«

Die Herrin des *Warschauer Cafés* war nicht die Herrin des *Etablissements*, dem diese Mädchen angehörten. Andere Menschen hatten über sie zu verfügen, und sie kamen in dieses Café, nur weil sich hier ihre »Börse« befand und sie hier am Tage zusammenzukommen pflegten, bis es Zeit wurde, sich wieder zum Verdienen anzuziehen. Und die fette Wirtin hatte vor Hindele der Schochlinerin große Angst, erstens, weil diese ein großes Mundstück hatte, und zweitens, weil dicht in der Nähe ein Konkurrenzcafé aufgemacht worden war, wo bereits Mädchen aus anderen *Etablissements* zu verkehren begonnen hatten.

»Habe ich was gesagt? Meinetwegen kauft euch, was ihr wollt! Warum verfolgt sie mich immer? Mag sie, wenn es ihr Spaß macht, den ganzen Laden leer kaufen!« meinte die Wirtin und verschwand in der Küche.

»Was willst du in der Tat mit all diesem Zeug, mit all diesen Tischtüchern anfangen? Kannst du sie denn benutzen? Ich ziehe einen hübschen Hut und einen schönen Mantel vor, das ist etwas für mich! Aber Tischtücher mit eingestickten Buchstaben? Nein, das paßt eher für Hausfrauen, die eine eigene Wirtschaft haben, aber nicht für unsereins!« ließ sich auf einmal Jentele die Gerissene vernehmen.

Die Mädchen lächelten. Sie kannten die Schwäche der Lowitscherin für Anstand und Haushalt. Sie wußten, daß sie sich für die aufgesparten Groschen stets teuere Wäsche kaufte, sich weder ein neues Kleid noch einen neuen Hut anschaffte und daß sie, sobald es ihr gelang, aus einem »Gast« einen Groschen herauszulocken, diesen Groschen sofort in Aussteuerstücke anlegte, obwohl derlei Zeug in ihrem Kasten faulen mußte. Vielleicht hoffte sie, das Linnen doch noch einmal benutzen zu können, später einmal, wenn sie heiraten und ein anständiges Leben führen würde, was die Hoffnung der meisten »solcher« Mädchen ausmacht. Und vielleicht hatte sie diese Hoffnung bereits aufgegeben. Aber das Zeug machte ihr große Freude, und wenn am Tag niemand dabei war, holte sie die erworbenen Sachen aus dem Kasten hervor und schmückte ihr Stübchen so aus, als wenn sie einen Mann gehabt und ein gutbürgerliches Leben geführt hätte. Dann deckte sie ihren kleinen Tisch mit einem sauberen Tuch, stellte darauf ihren neuen Samowar, hängte an die Wände verschiedene Bilder und überzog das Bett mit einem reich mit Stickereien verzierten Bezug. Abends aber, wenn sie sich auf den Empfang von »Gästen« vorbereiten muße, nahm sie die Sachen wieder zusammen und packte sie von neuem in ihren Kasten.

Nach Jenteles Bemerkung brach das Gespräch ab. In die Gaststube trat ein etwa achtjähriges Mädchen, das einen großen Schal um die Schultern geworfen hatte, dessen eine Hälfte bis zum Fußboden hinabhing, während aus der anderen Hälfte, wie ein kleines Tierchen, das Köpfchen eines Kindes hervorschaute, das dieses Mädchen auf den Armen trug. In der rechten Hand hielt die Kleine eine Teekanne aus Blech und sagte mit einer Stimme, die infolge eines verstopften Näschens und belegten Hälschens heiser war, im echt Warschauer Dialekt, der wie gesungen klang:

»Für einen Zweier siedendes Wasser!«

»Chanele, Chanele, ein Kunde ist gekommen!« rief eins der halbnackten Mädchen in die Küche hinein.

Sofort erschien von dort ein junges Mädchen, das etwa achtzehn bis neunzehn Jahre alt sein mochte und genauso gekleidet war wie alle anständigen Mädchen ihres Alters. Hier aber zwischen den in Nachtgewändern sitzenden Dirnen machte sie, die Chanele hieß, mit ihrem einfachen blauen Kattunkleidchen mit roten Verzierungen, mit ihrem glatt nach hinten gekämmten Haar, das in zwei Zöpfen niederfiel, und mit ihrem frischen, in natürlichen Farben leuchtenden Gesicht, auf dem noch keine Kruste eingetrockneten Puders lag, einen geradezu sonderbaren und unnatürlichen Eindruck. Sie schien die einzige Angezogene unter vielen Nackten zu sein. Sie trat in die Gaststube, nahm dem Kind, das ein noch kleineres Kind auf dem Arm hatte, die Teekanne aus der Hand und füllte sie mit siedendem Wasser aus dem kochenden Samowar.

»Wie geht es deiner Mutter?« fragte Hindele die Schochlinerin das kleine Mädchen.

»Ich weiß nicht. Mutter liegt im Bett, und Vater ist fort«, erwiderte die Kleine mit ihrer singenden, heiseren Stimme.

»Gib ihr ein Stückchen Kuchen, Chanele! Hier hast du zwei Kopeken«, sagte die Schochlinerin, indem sie das Geld aus ihrer Handtasche holte.

Chanele trat an den Schenktisch, wo sich sofort mit großem Gebrumm die Fliegen erhoben, die sie aufgescheucht hatte. Sie nahm ein Stückchen Käsekuchen und reichte es der Kleinen, die es schweigend annahm.

»Gib ihr auch von mir ein Stück Kuchen!«

»Und von mir auch!« riefen die Mädchen in den Nachtgewändern, und Chanele gab dem Kind so viele Stückchen Käsekuchen, wie es nur tragen konnte.

»Sieh nur zu, daß du mit dem Kind auf dem Arm nicht fällst!« rief die Schochlinerin der Kleinen nach.

»Geh langsam, hörst du?« riefen die anderen Mädels.

»Der Zigarettenmacher kann einem leid tun! Die Frau ist schon seit sieben Monaten wieder krank, und das Haus ist voller Kinder! Das hat man davon, wenn man heiratet!« meinte die Schochlinerin und wischte sich mit einem Tüchlein den gestrigen Puder vom Gesicht.

»Nun, nicht alle Männer sind solche Pechvögel!« erwiderte die Lowitscherin, die in einer Ecke ihre Wäschestücke zusammenlegte.

Gleich darauf tat sich die Tür zur Gaststube mit Lärm wieder auf, und es stürzten zwei Jungen ins Zimmer, die wie Zwillinge aussahen, laut schrieen und die Bücher, die sie in der Hand hatten, in der Luft schwenkten.

»Schloimele, komm doch mal her!« rief die Lowitscherin einen der Jungen.

»Nein, Schloimele, komm zu mir! Hier hast du zwei Kopeken! Die sollst du haben, wenn du zu mir kommst!« meinte die Schochlinerin und holte aus ihrer Tasche wieder ein Zweikopekenstück hervor.

»Schloimele, ich werde dir ein Messerchen kaufen, wenn du zu mir kommst«, rief ein drittes Mädchen.

Der Junge stand mitten im Zimmer mit dem Buch in der Hand, war ganz rot im Gesicht, da er vom Laufen erhitzt war, sah mit blinzelnden Äuglein um sich und wußte nicht, zu wem er gehen und ob er sich die zwei Kopeken oder das Taschenmesser verdienen sollte.

»Komm essen, Schloimele!« sagte in diesem Augenblick Chanele, faßte den Jungen bei der Hand und zog ihn mit sich in die Küche.

»Sieh an, wie sie besorgt ist! Wie wenn ich ihn gebissen hätte!« sagte die Schochlinerin gekränkt.

Der Kleine sah noch gierig nach der Münze hin, die das Mädchen in der Hand hielt, mußte sich aber fügen und folgte der Schwester.

Aber in der Gaststube wurde es wieder laut. Es waren zwei Herren gekommen, die ihrer anständigen Kleidung und überhaupt ihrem Aussehen nach höchstwahrscheinlich nur außerordentlich selten derartige Kaffeehäuser besuchten. Die Mädchen verkrochen sich erschrocken in eine Ecke des Stübchens. Bei einigen von ihnen begannen die Augen zu funkeln, und sie fingen hastig an, ihre Frisuren und Kleider in Ordnung zu bringen. Die Wirtin glättete ebenfalls ihr Haar und ging in die Gaststube, um die ungewöhnlichen Gäste zu empfangen. Sie erblaßte ein wenig und erschrak vor den fremden Menschen. Aber bald erblickte sie ein bekanntes Gesicht, und gleich darauf erscholl im halbdunkeln Gastzimmer die heisere Stimme des rothaarigen Welwele:

»Ist Kanarik nicht da?«

Die Wirtin und die Mädels beruhigten sich, als sie die Stimme des roten Welwele, der ein *Etablissement* in der Nähe des Cafés betrieb, erkannt hatten, und riefen fast alle zugleich:

»Kanarik, Kanarik, du wirst gewünscht!«

Aus dem Dunkel des Zimmers tauchte eine Gestalt auf, die eben noch unbemerkt auf einem Sofa gelegen hatte. Die Lackschäfte der Stiefel des Aufgestandenen glänzten auch im matten Halblicht des Stübchens, sein schwarzer Schopf war zerzaust, und sein unzufriedenes Gesicht, das von einem kleinen schwarzen Schnurrbärtchen verziert war, sah sehr gerissen aus. Der Bursche wischte sich gleichgültig den Schlaf aus den Augen, sah sich verwundert um, wie wenn er zum erstenmal im Lokal wäre, und fragte mit einer klaren, lauten Bruststimme:

»Wer ruft mich?«

Und an dem Klang dieser Stimme konnte man erkennen, daß es Mottke der Dieb war.

2

Der Herr Direktor

Kanarik betrachtete die beiden Unbekannten, die Welwele in die Gaststube gebracht hatte. Der Ältere von beiden war ein untersetzter, hagerer Mensch mit schwarzen, funkelnden Äuglein, der auf alle und alles mißtrauisch und verächtlich blickte wie einer, der sich fest im Sattel fühlt und sich aus nichts etwas macht. Zwischen seinen schwarzen Zähnen hielt er eine dicke Zigarre. Jeden Augenblick hüstelte er heiser und spuckte aus, dafür aber war er mit Brillanten geschmückt. In seiner Krawatte steckte eine Nadel, in der Brillanten eine Harfe bildeten, die wohl darauf hinwies, daß der Herr eine gewisse Beziehung zur Kunst hatte. An seinen kurzen, dünnen Fingern trug er große Brillantringe. Den größten dieser Steine trug er in Platin gefaßt an dem kleinen Finger. Er rieb ihn ständig an seiner knallroten Samtweste und betrachtete mit zusammengekniffenen Augen sein reines Feuer.

Der zweite Herr war bedeutend jünger, gutaussehend, schlank und nach der letzten Mode gekleidet. Auch er trug Brillantringe, die aber bedeutend kleiner waren. Der junge Kavalier kokettierte in einem fort mit seinem englisch geschnittenen kurzen Schnurrbart.

Der jüngere der Herren behandelte den älteren mit großer Hochachtung und titulierte ihn in einem fort »Pan Direktor« – *Herr Direktor.*

Mottke betrachtete die Fremden schweigend und etwas beunruhigt, daß so noble Herren ein Geschäft mit ihm machen wollten. Indessen ließ er die Herren nichts von seinem Staunen merken. Er warf nur einen ärgerlichen Blick auf den rothaarigen Welwele und fragte:

»Was ist los?«

»Hör mal zu, Kanarik! Es handelt sich um ein gutes Geschäft für dich. Wenn du gescheit bist, kannst du dir einen schönen Batzen Geld verdienen, aber du mußt eben vernünftig und tüchtig vorgehen.«

»Um was für ein Geschäft handelt es sich denn? Laß mal hören!« fragte Kanarik. Er dachte, daß man ihm seine Unruhe nicht anmerke, aber die gespannte Neugier in seinen Bewegungen verriet ihn.

Der Ältere der beiden Fremden, der Herr Direktor, kniff die Augen zusammen und musterte Mottke so durchdringend und unverwandt, wie wenn er gleich erraten wollte, mit wem er es zu tun habe. Dann spie er wieder aus, gleichsam um anzudeuten, daß er nun so weit sei, blickte sich verächtlich in der Gaststube um und fragte:

»Kann man sich hier irgendwo hinsetzen? Und was kann man hier bekommen?«

»Chanele, Chanele, komm mal her!« rief der rothaarige Welwele die Tochter der Wirtin herbei.

»Chanele, Chanele!« rief es auch aus der Küche.

Gleich darauf erschien Chanele mit einem über die Schulter geworfenen Handtuch und sah mit Staunen auf die feinen Herren, die das Kaffeehaus mit ihrem Besuch beehrt hatten. Die Verwunderung rötete ihre frischen jungen Wangen und verlieh ihren Augen einen anmutigen Glanz.

»Mach mal Platz zum Hinsetzen! Du siehst doch, was für Herrschaften gekommen sind!« wandte sich Welwele an das Mädchen, rieb sich vor Freude seine breite, flache Nase und wies mit den Augen auf die beiden Fremden.

Chanele wischte rasch mit dem Handtuch ein Tischchen sauber, stellte ein paar Stühle heran, und alle setzten sich. Der Direktor bohrte in derselben Art, in der er Kanarik betrachtet hatte, jetzt geradezu Löcher in das hübsche gelenkige Mädchen. Dann rückte er seinen Stuhl ein wenig vom Tisch ab und rief mit einem gutmütigen Lächeln:

»Nun, mag sie uns eine Flasche Sekt bringen, aber eine echte, gute Marke!«

»Chanele, hast du Sekt?« fragte Welwele scherzend, da er dem Herrn Direktor einen Gefallen machen wollte.

Chanele blieb stehen und wußte nicht, was von ihr verlangt wurde.

»Was soll ich bringen?« fragte sie errötend und etwas ärgerlich.

»Bring uns Tee und von dem Käsekuchen, der dort liegt«, wandte sich der junge Mensch, der Adjutant des Direktors, an Chanele in befehlendem Ton.

»Wer ist dieses Mädchen?« fragte der Direktor, indem er von neuem seinen großen Stein am kleinen Finger zu betrachten begann, wie wenn er nur an diesen und durchaus nicht an Chanele dächte.

»Es ist die Tochter der Wirtin dieses Teehauses.«

»Und sie läuft so in der schönen Welt Gottes umher, ohne etwas Rechtes zu tun? Schade!« sagte der Direktor wie für sich.

»Ja, sie ist eine gutbürgerliche Tochter. Die Mutter hütet sie wie ihren Augapfel!« erzählte Welwele weiter.

»Mag sie nur ihr Töchterchen weiter hüten. Weshalb sitzen wir eigentlich hier?« fragte der Direktor, und in seiner Stimme klang mißmutige Ungeduld.

»Kanarik, weißt du, wer der Herr ist?« fragte Welwele und wies mit dem Finger auf den Herrn Direktor.

»Nein, das weiß ich nicht!« erwiderte Mottke ärgerlich zerstreut. Diese Gesellschaft machte ihn nervös.

»Das ist der Herr Direktor des Kabaretts *Aquarium*. Weiß du, was das ist?«

»Nein, auch das weiß ich nicht!« erwiderte Mottke gereizt.

»Ins Kabarett kommt ein auserlesenes Publikum, zum Beispiel der Herr Polizeimeister! Die höchsten Spitzen der Stadt kommen dahin. Begreifst du?«

»Nur der Polizeimeister? Und der Gouverneur?

Kommt der etwa nicht ins Kabarett? Alle hohen Offiziere, alle Obersten, der ganze Stab, alle gehen ins *Aquarium*, um dort Sekt zu trinken und den Chansonetten zuzusehen!« fügte der hübsche junge Mensch stolz hinzu.

Der Herr Direktor, von dem die Rede war, betrachtete indessen ganz gleichgültig seinen großen Brillanten.

»Beim Herrn Direktor treten die berühmtesten Schauspielerinnen und Tänzerinnen der Welt auf, verstehst du? Wenn so ein Weib zu uns kommt, wird sie weltberühmt und kann später Tausende verdienen! Die bekanntesten Chansonetten kommen hierher und bitten um die Erlaubnis, im *Aquarium* aufzutreten!«

Chanele brachte inzwischen ein großes Tablett mit in Gläser eingeschenktem Tee und Käsekuchen und stellte alles auf den Tisch.

»Und wie steht es mit dem Sekt?« fragte sie der Herr Direktor in scherzhaftem Tone und musterte sie von neuem mit zusammengekniffenen Augen. Das Mädchen errötete unter diesem Blick, ihre Hände begannen zu zittern, und sie goß sogar aus einem der Gläser den Tee über.

»Da läuft so ein Mädchen in Gottes Welt umher und tut nichts Gescheites! Schade!« wiederholte der Herr Direktor seufzend, holte aus der Tasche ein mit Brillanten verziertes Zigarettenetui und bot allen Zigaretten an.

»Hör mal, Kanarik, der Pan Direktor hat etwas von deinem Mädel, von der Spanierin gehört. Es wurde ihm gesagt, daß sie Seiltanzen und noch anderes kann. Er möchte sie sehen.«

»Dieses Mädchen hier, die Tochter der Wirtin, gefällt mir auch ganz gut!« ließ sich der Herr Direktor plötzlich vernehmen.

»Der Herr Direktor haben noch nicht die andere, die Spanierin gesehen. Die ist wirklich interessant. Eine feurige Brünette, ganz spanisch und so knusprig und jung. Die wäre was für Sie!« wandte sich der junge Herr, der ein Kenner in derlei Dingen war, an den Herrn Direktor und lobte die angebotene »Ware«.

»Ich bin ein ehrlicher Mensch«, sagte der rothaarige Welwele, sich an Kanarik wendend. »Als dieser Herr hier« – er wies auf den jungen Mann – »zu mir kam und mit mir von der Spanierin zu reden begann, habe ich ihm gleich gesagt: Die Spanierin gehört dem Kanarik. Er hat sie zu uns gebracht, er hat sich um ihretwillen mit Schloimele dem Schloßknacker geschlagen, er hat wiederholt ihretwegen Prügel bekommen. Sie gehört ihm. Was mein ist, ist mein, aber was sein ist, ist sein! Ich bin kein Liebhaber von Skandalen und Messerstechereien. Über dein Mädel muß man halt mit dir verhandeln! Der Herr Direktor kann aus ihr etwas Großartiges machen, und auch du kannst dabei ein schönes Stück Geld verdienen, wenn du sie dem Herrn Direktor überläßt!«

Mottke saß da, ohne ein Wort zu sagen, schien über etwas nachzugrübeln und kaute an seinem Schnurrbart. Auf den Direktor hatte er schon eine Wut und wäre bereit gewesen, ihm die Augen blau zu schlagen. Warum er diesem Mann so böse war, wußte er selbst nicht recht. Vor allen Dingen war es ihm unangenehm aufgefallen, wie der Direktor Chanele gemustert hatte. Obwohl er selbst Herr über Frauen war und in diesen nichts anderes als »Ware« sah, so wußte er doch den Unterschied zwischen einer Dirne und Chanele zu machen, die ein unschuldiges Mädchen war. Und deshalb hatten auf ihn die Worte des Direktors über sie keinen guten Eindruck gemacht. Nun schwieg er und gab keine Antwort.

»Nur nicht so eilig! Zuerst müssen wir das Mädel sehen. Weiß ich denn, wie sie ist?« sagte der Direktor gleichgültig.

»Nun, der Herr Direktor können sie natürlich sehen. Wo ist das Mädchen, Kanarik?«

»Oben in ihrem Zimmer«, erwiderte Mottke ärgerlich.

»Warum verlieren wir denn hier unsere Zeit? Kommt, laßt uns mal die Spanierin aus Berditschew angucken!« rief der Direktor ungeduldig.

»Chanele, Chanele!« schrie Welwele in die Küche hinein.

Das Mädchen kam wieder in die Gaststube.

Der Direktor holte eine große, dicke Brieftasche hervor, suchte darin und fragte, ob Chanele ihm nicht auf hundert Rubel herausgeben könnte.

Alle begannen zu lachen. Dann fragte der Direktor:

»Und auf fünfundzwanzig Rubel?«

Aber schließlich fand er dennoch einen einzelnen Rubelschein und drückte diesen Chanele in die Hand, wobei er ihr mit seinen zugekniffenen Äuglein tief in die Augen blickte. Heraus wollte er von dem Rubel nichts haben.

»Da läuft so ein Mädchen in Gottes Welt umher und tut gar nichts Gescheites!« wiederholte der Direktor noch einmal den Satz, der ihm allen Anschein nach sehr gut gefallen hatte, da er, als ein Mensch, der sich selbst über alles liebte, die Späße, die ihm gelungen zu sein schienen, sehr gerne wiederholte.

Alle standen auf und schickten sich zum Fortgehen an. Nur Mottke blieb ruhig auf seinem Platz sitzen.

»Warum sitzt du, Kanarik? Willst du nicht mit?«

»Komm mal her, Welwele!« rief Mottke den Besitzer

des *Etablissements* in eine Ecke der Gaststube. »Wer ist das?« fragte er, auf den Direktor weisend.

»Aber das ist doch der Direktor des Kabaretts *Aquarium!*«

»Nun, Direktor hin, Direktor her, aber der Mensch gefällt mir nicht. Wenn er die Spanierin sehen will, mag er zu ihr hinaufgehen. Die Tür oben ist nicht verschlossen, und wer Lust hat, mag hinaufgehen. Aber sollte ihm, Gott behüte, einfallen, hier irgend etwas mit Chanele anzustellen, verstehst du, dann verläßt er das Haus nicht lebendig!«

»Aber was fällt dir ein? Du bist wohl von Sinnen!«

»Schweig! Ich habe genug gesehen. Jetzt kann er hinaufgehen. Ich warte solange hier.«

»Vielleicht will er nicht, daß ich zu der Spanierin hinaufgehe? Dann lassen wir es eben sein! Komm, Krumaschattka, komm!« wandte sich der Direktor an den hochgewachsenen jungen Mann, den man in der Halbwelt unter dem Namen *Krumaschattka* kannte und der, da er über Riesenkräfte verfügte, den Herrn Direktor stets als seine Leibgarde begleitete.

Der Direktor, Krumaschattka und Welwele begaben sich nach oben zu der Spanierin. Sie mußten eine dunkle Treppe hinaufsteigen, die der Direktor mit einer elektrischen Taschenlampe beleuchtete. Auf den Stufen saßen kleine Kinder und spielten im Dunkeln. Irgendwo wurde eine Tür aufgemacht, gleich darauf erschien ein neugieriger Frauenkopf, und man vernahm das Weinen eines Säuglings.

Endlich gelangten sie vor die Tür der Spanierin. Welwele ging als erster hinein. Dann steckte er seinen Kopf heraus und bat den Direktor und Krumaschattka einzutreten.

Sie kamen in ein kleines Zimmerchen, dessen Tür und Fenster mit alten, verstaubten Vorhängen aus rotem Samt behängt waren. Auf einem Lotterbett saß ein Mädchen in einer leichten Nachtjacke aus Batist und rauchte eine Zigarette, wobei es zugleich vor sich hinpfiff und sich die Fingernägel in Ordnung brachte. Erstaunt sah es die hereinkommenden Gäste an.

Der Direktor kniff die Augen zu und schien das hübsche Mädchen mit seinen Blicken duchbohren zu wollen. Er betrachtete es so wie sonst seinen Brillanten, den er am kleinen Finger trug. Die Spanierin gefiel ihm wohl, er fand sie sichtlich für seine Zwecke ganz tauglich, denn er fuhr sich, wie immer, wenn er zufrieden war, mit der Zunge über die Lippen und holte auch das Zigarettenetui hervor, um allen davon anzubieten.

»Nun, Herr Direktor, das ist unsere Spanierin!« sagte der Besitzer des *Etablissements* und zeigte mit Stolz auf das Mädchen.

Die Spanierin drehte sich um, und als sie bemerkte wie der Direktor sie mit zusammengekniffenen Augen musterte, überkam sie plötzlich etwas wie Scham. Sie errötete ein wenig, ergriff ihre schwarzen Locken, die um ihren feinen Hals niederfielen, hob sie und steckte sie nach hinten mit Haarnadeln zu einem Knoten zusammen.

»Ich sehe, ich sehe schon«, erwiderte der Direktor und verteilte Zigaretten.

»Kannst du auf dem Seil tanzen, Nina?« fragte Welwele das Mädchen.

»Ja, ich habe in einem Provinzzirkus gearbeitet.«

»Und kannst du auch spanische Tänze tanzen?«

»Ich weiß nicht. Gelernt habe ich es einmal...« erwiderte das Mädchen lächelnd.

»Sie wird es schon können. Man wird es ihr beibringen. Jetzt möchte ich, daß sie aufsteht und einmal durch das Zimmer geht.«

Das Mädchen, das an andere Forderungen ihrer Gäste gewohnt war, wurde etwas verwirrt. Das vornehme Benehmen der Besucher und ihre sonderbaren Fragen versetzten sie sogar in eine Art Angst, so daß sie wie ein unschuldiges Mädchen vor fremden Männern errötete. Da sie aber gewohnt war, Befehlen von Männern Folge zu leisten, erhob sie sich ohne Widerspruch und ging durch das Zimmer.

Der Direktor und Krumaschattka stellten sich in eine Ecke und beobachteten von da aus den Gang der Spanierin, ihre Figur und den Rhythmus ihrer Bewegungen. Dann besprachen sie sich, wie es Pferdehändler tun, wenn sie ein zum Kauf angebotenes Tier mustern. Eine Weile darauf befahlen sie dem Mädchen stehenzubleiben, die Arme hochzuheben, sich zu beugen und dergleichen mehr. Das Mädchen gehorchte aus Gewohnheit.

»Nun, habe ich dem Herrn Direktor etwa nicht die Wahrheit gesagt?« sagte Krumaschattka leise zum Direktor.

»Man wird sie schon abrichten können«, erwiderte der Direktor vergnügt und begann von neuem Zigaretten zu verteilen.

»Wer hat sie hierher gebracht?« fragte er bald ebenso leise Welwele.

»Der Bursche, der sich Kanarik nennt. Er hat sie in der Provinz irgendwo in einem Zirkus erwischt. Hier mußte er genug Schläge und Messerstiche aushalten, bis man ihn als einen der unsrigen anerkannte. Man wollte ihm das Mädchen abspenstig machen. Aber er wußte sich zu wehren. Er ist ein ganz wilder Bursche. Für jede Kleinigkeit ist er bereit, nach einem mit dem Messer zu stechen, und die Burschen fürchten sich jetzt vor ihm. Die Spanierin gehört ihm. Er bekommt das Geld für sie, und mit ihm müssen sie verhandeln. Aber mit ihm ist nicht gut Kirschenessen! Er ist ein ganz verwegener Bursche!«

»Wenn dem so ist, dann kommt und laßt uns mit dem Kerl reden! Dann können wir ja hier doch nichts ausrichten!« erklärte der Direktor und ging als erster hinaus.

3

Niemand verdient sich sein Stückchen Brot leicht

Mottke war aufgeregt im Kaffeehaus geblieben. Die Blicke, die der Direktor auf Chanele geworfen, und die Worte, die er über sie gesagt hatte, wollten ihm nicht aus dem Sinn und versetzten ihn in Unruhe. Bis jetzt hatte er sich nie für Chanele interessiert. Während der anderthalb Jahre, die er in Warschau verlebt hatte, seit er hierher gekommen war und Mary in das *Etablissement* beim *Warschauer Café* gegeben hatte, kannte er Chanele lediglich als die Wirtstochter, die die Gäste im Geschäft ihrer Eltern bediente.

Anfangs hatte er sich sogar darüber gewundert, daß man mit Chanele nicht so sprach wie mit den anderen Mädchen und sich ihr gegenüber überhaupt anders benahm. Er staunte darüber, daß alle Burschen, die über die Straßenmädchen etwas zu sagen hatten, und alle Gäste, die abends hierher kamen, solch einen Unterschied zwischen Chanele und den anderen Mädchen machten. Niemand wagte es, ihr irgendwie zu nahe zu kommen, niemand sprach zu ihr andere Worte als solche, die eine Aufforderung enthielten, Kaffee, Tee, Gebäck und dergleichen mehr zu bringen oder Geld in Empfang zu nehmen. Obwohl Chanele oft bis tief nach Mitternacht im Café saß und all die wilden Szenen, die sich dort zwischen den Gästen und den Dirnen abspielten, beobachtete, wurde sie dennoch ganz anders behandelt. Dann gewöhnte sich schließlich auch Mottke an diese nun einmal feststehende Tatsache und erkannte, daß Chanele ein anständiges Mädchen war, die Mädchen aber eben nur Dirnen. Und auch in ihm, wie in den anderen seiner »Berufsgenossen«, stieg etwas wie ein Gefühl der Verpflichtung auf, diese Chanele zu beschützen, und – wehe dem Gast, der es gewagt hätte, sich ihr gegenüber etwas zu erlauben! Noch mehr: die Mädchen, die unter sich in der ungeniertesten Weise sprachen, legten sich einen gewissen Zwang auf und benahmen sich bedeutend anständiger, wenn Chanele in der Nähe war. Alle wollten sie ihre Freundschaft gewinnen und alle beneideten diejenigen, mit denen sich Chanele mehr beschäftigte als mit der anderen. Ganz bewußt brachten die Burschen, sobald Chanele sichtbar wurde, ihre Kleider und ihr Haar in Ordnung, und ebenso unbewußt wollten sie ihr gefallen. Genauso benahm sich auch Mottke, ohne je darüber nachgedacht zu haben. Doch die Worte des Direktors hatten ihn nicht nur erzürnt, weil dieser Fremde über Chanele wie über ein Straßenmädchen zu denken wagte. Nein, diese Worte brachten Mottke irgendwie ganz aus seiner Ruhe, und er begann auf einmal über Chanele nachzudenken. Es war ihm, als ob er sie erst jetzt entdeckt hätte, und er wunderte sich darüber, daß er ihr bisher so wenig Beachtung geschenkt hatte.

Und während Mottke über all das weltabwesend nachgrübelte, trat zu ihm der rothaarige Welwele, klopfte ihm auf die Schulter und forderte ihn auf, an den Tisch zu kommen, an dem bereits der Direktor und der hübsche hochgewachsene junge Mann, den man *Krumaschattka* nannte, auf ihn warteten.

»Hör mir mal zu, Kanarik! Es bietet sich dir hier eine Gelegenheit, mit einem Schlag so viel Geld zu verdienen, wie du noch nie in deinem Leben gesehen hast«, sagte Welwele. »Und wenn du klug bist, dann verdienst du sogar noch mehr!«

»Wofür und wieviel?« fragte Mottke kurz.

»Nun, der Herr Direktor will dir die Spanierin abkaufen. Aber ganz und auf immer, so daß du keinen Anspruch mehr auf sie haben sollst!« sagte der *Krumaschattka* genannte junge Mann.

Mottke gab keine Antwort und blieb auf seinem Platz sitzen. Nur blaß wurde er auf einmal und dachte einen Augenblick darüber nach, ob es nicht das beste wäre, sich gleich auf den Direktor, den hübschen jungen Mann und Welwele zu stürzen, sie alle drei ordentlich zu verbleuen, ihnen die Zähne auszuschlagen und die Augen auszukratzen. Er ballte schon die Fäuste. Aber da sagte der Direktor:

»Und bei mir heißt es: Geld auf den Tisch! Bei mir wird nicht viel geredet! Ich habe keine Angst, daß du mich um das Geld betrügen könntest. Mich hat noch kein Mensch um mein Geld gebracht!« fügte er hinzu, holte seine riesige, breite, vollgestopfte Brieftasche heraus, entnahm ihr einen Fünfundzwanzigrubelschein und legte ihn auf den Tisch.

»Hier hast du vorläufig eine Anzahlung von fünfundzwanzig Rubeln«, fuhr er dann fort, »und wenn du mir das Mädchen hinbringst, wo ich sie erwarten werde, sollst du noch weitere hundertfünfzig Rubel erhalten!«

Mottke stieg beim Anblick des auf dem Tisch liegenden Geldes das Blut zu Gesicht. Irgendein Gedanke, eine Hoffnung huschte durch sein Gehirn, eine Hoffnung, die seltsamerweise in einer Art Beziehung zu Chanele stand. Wie das kam, was es war, darüber konnte er sich selbst keine Rechenschaft geben. Seine Stimmung schlug in eine mildere um ... Er ließ das Geld ruhig auf dem Tisch liegen und sagte nun mit bebender Stimme:

»Ich werde mir die Sache überlegen.«

»Was willst du dir noch groß überlegen? Nimm doch das Geld, du Narr du!« flüsterte ihm Welwele zu. »Fehlt es dir an Weibern? Du kannst dir ja die Lowitscherin und die Schochlinerin anschaffen. Oder hast du etwa Angst vor Schloimele dem Schloßknacker? Wie kommt er zu den Weibern? Du bist ihnen doch ebensoviel wert wie er!«

»Von Angst kann keine Rede sein«, erwiderte Mottke gelassen. »Aber ich will mir die Sache erst überlegen.«

»Gut!« sagte der Direktor. »Überleg es dir also. Das Geld aber kannst du an dich nehmen. Ich habe keine Angst darum. Und wenn du soweit bist, wenn du dich entschlossen hast, sie mir zu bringen, dann wird dir Welwele meine Adresse geben. Und um den Preis werde ich auch nicht handeln. Bringst du sie hin, so kriegst du ganze zweihundert Rubel. Aber ich muß sie spätestens bis Sonntag um vier Uhr nachmittags haben. Später kann ich sie nicht mehr verwenden. Komm, Krumaschattka, ich habe keine Zeit mehr«, wandte sich der Direktor an seinen Begleiter, erhob sich von seinem Stuhl und ließ das Geld auf dem Tisch liegen.

Mottke blieb immer noch auf seinem Platz sitzen. Er sah auf das Geld, errötete und schwieg.

Der Direktor und Krumaschattka sprachen noch mit Welwele ein paar Worte an der Tür. Und plötzlich rief Welwele:

»Chanele!«

Beim Klang dieses Namens fuhr Mottke auf wie ein gereizter Hund. Aber im gleichen Augenblick antwortete die Wirtin aus der hinteren Stube, daß Chanele nicht da sei, und erschien selbst auf der Schwelle der Gaststube.

Als der Direktor erfuhr, daß Chanele fortgegangen war, verließ er sofort mit Krumaschattka das Kaffeehaus.

Welwele aber ging auf Mottke zu, um die Sache noch einmal mit ihm gründlich zu besprechen.

* * *

In nächster Nachbarschaft zu dem *Etablissement* wohnte ein Zigarettenmacher, ein dürrer, armer kleiner Jude, der einen ganzen Haufen Kinder hatte. Seine Frau gebar ausschließlich Zwillinge und war von den vielen Kindbetten immer krank und bettlägrig. Der Zigarettenmacher pflegte tagsüber die kleineren Gasthäuser aufzusuchen, wo er seine Erzeugnisse verkaufte. Die Frau lag im Bett, und die Kinder waren dann der Gnade Gottes überlassen. Und doch brachte die Zigarettenmacherei der Familie nicht den Hauptverdienst, sondern diese kranke Frau, die früher einmal Schneiderin gewesen war, leitete noch bis auf den heutigen Tag eine kleine Werkstatt, das heißt, sie hatte ein paar Lehrmädchen, die bei ihr saßen und Kinderkleidchen nähten. Die schwache, kränkliche Frau schnitt die Kleidchen zu, und die Mädchen nähten sie dann zusammen. Die Stoffe aber, die verarbeitet wurden, dienten zugleich auch als Überzug für die Betten, als Tischtücher und des Nachts als Decken für die eigenen Kinder.

Zu dieser Frau mit dem vielen Nachwuchs kamen oft auch die Mädchen aus dem *Etablissement.* Tagsüber, wenn sie nichts zu tun hatten, pflegten sie bei der Kranken zu sitzen; die eine half die Kinder baden und ihnen das Haar kämmen, eine andere wusch das Geschirr ab, und einige setzten sich sogar zu den Lehrmädchen, um auch bei der Herstellung der Kleidchen mitzuhelfen. Überhaupt fühlten sich die Mädchen aus dem *Etablissement* zu diesen ihren Nachbarn hingezogen und suchten ihre Nähe und ihre Freundschaft. Und die Nachbarn hatten keine besondere Abneigung, weder gegen die Mädchen noch gegen ihren Beruf. Sie waren eben der Ansicht, daß jeder Mensch sich sein Brot irgendwie verdienen müsse und daß es niemand in seinem Berufe leicht habe. Deshalb bedauerten sie die Mädchen eher und zeigten ihnen gegenüber nicht die geringste Verachtung. Und meistens bedauerten sie sie gar nicht einmal, denn man hatte sich bereits aneinander sehr gewöhnt, verkehrte auf gleichem Fuße und befreundete sich sogar nicht selten.

Die Seiltänzerin Mary, Mottkes Mädchen, hatte sich ebenso wie ihre Kolleginnen mit der kranken Frau des Zigarettenmachers angefreundet. Auch sie half oft, die Kinder zu waschen und den Haushalt in Ordnung zu bringen. Außerdem sprach sie gern mit der Frau und unterhielt sich mit ihr oft, während diese am Fenster saß, um frische Luft zu atmen. Das Leben in dem *Etablissement,* in das Mottke Mary gebracht hatte, wollte und wollte ihr nicht gefallen. Nicht etwa, weil sie das Ganze als unanständig empfand, sondern einfach, weil sie sich langweilte. In der ersten Zeit nach ihrer Ankunft in Warschau interessierte sie noch die Stadt. Jetzt aber kannte sie diese bereits einigermaßen, war schon auf der Marszalkowskastraße, im Sächsischen Garten und im jüdischen Theater gewesen und begann nun allmählich Sehnsucht nach dem Wagen zu empfinden, in dem sie früher mit den Gauklern aus einer Stadt in die andere gefahren war. Sie wäre schon längst wieder geflohen, und nur die Furcht vor Mottke hielt sie davon ab. Der Bursche aber war jetzt nicht nur ihr Beherrscher, sondern auch ihr einziger Beschützer. Wie alle anderen Mädchen empfand sie für Mottke eine Art von sklavischer Liebe. Er wurde ihr hier in der großen Stadt Warschau zum Vater, zum älteren Bruder, zum einzigen Menschen, den sie noch auf der Welt hatte. Alles, was er tat, war gut, und man mußte ihm nur blindlings folgen und alle seine Befehle ausführen. Denn dazu kam noch, daß seine Tat im Wäldchen, der an Kanarik begangene Mord, ihn in ihren Augen zu einem Gott gemacht hatte. Und ihre Furcht vor ihm verwandelte sich in echte Liebe. Sie konnte sich gar nicht vorstellen, wie sie auch nur einen einzigen Tag ohne Mottke existieren konnte. Und wenn Mottke ihr mal wegen etwas böse war, ihr das Geld – das Trinkgeld, das sie von den »Gästen« erhielt – wegnahm und sie obendrein noch beschimpfte, dann fühlte sie, daß sie zu ihm gehörte, daß sie sein war und ein Heim und einen Vater in ihm hatte.

Deshalb wurde sie durch den Besuch der beiden fremden Herren, die sich so sonderbar benahmen, in Angst versetzt. Es war ihr unheimlich, daß sie mit einemmal den Befehlen anderer Leute Folge leisten mußte, obwohl sie bis dahin nur Mottke gehorcht hatte. Sie empfand eine eigenartige Beklemmung, etwas drückte ihr das Herz zusammen, und sie lief, wie es alle Mädchen in ähnlichen Fällen taten, zu der Frau des Zigarettenmachers, um sich bei ihr Rat zu holen und ihr das Herz auszuschütten.

»Ach, liebe Lea, es waren bei mir soeben zwei reiche Herren und haben nichts von mir verlangt, sondern haben mich nur so gemustert, gerade wie wenn sie mich kaufen wollten! Ach, wo ist bloß Kanarik! Mir ist so bang ums Herz... Welwele hat diese Herren zu mir gebracht«, klagte Mary der bettlägerigen Frau ihr Leid.

»Ach, du Närrin! Dann weiß doch Kanarik wohl Bescheid! Ohne Kanarik gefragt zu haben, hätte ja Welwele nie gewagt, die Menschen zu dir zu führen! Und wenn du Kanarik hast, brauchst du dich vor niemand zu fürchten!« tröstete die Kranke sie.

»Vor Kanarik haben sie alle Angst. Er ist stärker als alle, nicht wahr?« sagte das Mädchen mit Stolz.

»Und ob! Wenn du Kanarik hast, dann ist alles gut!« erwiderte die Frau.

Und Mary freute sich und wurde ruhiger.

Aber bald darauf tat sich die Tür auf, und es zeigte sich Kanarik.

»Nina!« rief er.

Sie erhob sich von ihrem Platz so hastig, als hätte es eingeschlagen.

»Ja, Kanarik!« erwiderte sie und lief zu ihm in den Gang hinaus.

»Geh, zieh dich an, ich muß mit dir fortgehen.«

»Kanarik!«

»Mach schnell! Ich habe keine Zeit!«

Als sie in ihr Zimmer traten, ergriff das Mädchen seine Hand:

»Kanarik, wohin willst du mit mir?«

»Das wirst du schon sehen.«

Sie näherte sich ihm noch mehr und sah ihm voller Entsetzen in die Augen.

»Wer waren diese fremden Menschen?«

»Was geht es dich an?«

Sie preßte seine Hände in den ihren zusammen, drückte sich fest an ihn, wandte ihren Blick nicht von seinem Gesicht und rief:

»Mottke, was hast du mit mir vor?«

Der Bursche biß sich auf die Lippen, sah sich ängstlich um, ob nicht jemand seinen Namen jetzt gehört hatte, und ballte die Fäuste.

»Was tust du?« zischte er. »Was, wenn es jemand gehört hätte? Ich schlage dir die Zähne aus!«

»Schlage mich, schlage mich, soviel du willst, mach mit mir, was dir beliebt, nur gib mich nicht zu fremden Menschen! Verkaufe mich nicht, verkaufe mich nicht, Mottke, mein Einziger, mein teurer Mottke!«

Und das Mädel fiel zu seinen Füßen und umklammerte sie. Kein Wort sagte sie mehr und sah nur zu ihm mit dem Blick eines stummen Hundes, der seinen Herrn bittet, ihn nicht fortzujagen.

»Zieh dich an, ich will dich zu einem Gast in ein Hotel bringen«, sagte Mottke, um sie zu beruhigen.

»Ich bin gleich fertig!« rief sie, sprang auf, sah Mottke voll Dankbarkeit an und begann, sich hastig anzukleiden.

4

An nebligen Abenden

Die Altstadt zündete ihre Lampen an den Straßenecken an und bereitete sich auf ihr Nachtleben vor. Die Schaufenster der Läden und die billigen Kinotheater begannen, ihr graugelbes Gaslicht auf die Straßen zu ergießen. Das Licht glitt über die alten Mauern und beleuchtete bläulich schattenhaft die ernsten, alten Außenwände der Häuser. In den dunkeln Labyrinthen der Gänge begannen bereits die Mädchen aus den *Etablissements* zu erscheinen. Sie trugen schon ihre verführerischen weißen, batistenen, mit roten Bändern geputzten Nachtjacken. Und aus dem halbschattenhaften Dunkel blitzten ihre funkelnden Augen und schimmerten die kränklichen Gesichter. Sie sahen einen an, als bäten sie, an ihren Leiden Anteil zu nehmen, sie zu bemitleiden. Und man tat es.

Bald erschienen auch die Hausknechte mit ihren Harmonikas und ihren Liebsten. Weiber mit Kindern auf den Armen setzten sich in die ausgetrockneten Rinnsteine, um ein wenig frische Luft einzuatmen. Dabei nährten sie mit ihren entblößten, ausgetrockneten Brüsten ihre Kleinsten, wie jedes weibliche Geschöpf Gottes es tut, und schämten sich nicht im geringsten. Denn es war Sommernacht. Und in den engen, schmalen Häusern, zu denen keine Höfe gehörten, fehlte es an Luft. So trieb denn die Sehnsucht nach freiem Atmen die Menschen der hinteren Wohnungen nach draußen.

Und das Leben, das sich sonst fremden Blicken verborgen in der Dunkelheit der Zimmer abspielt, breitete sich jetzt offen und unverhüllt auf der Straße aus.

Man hatte keinen Grund, sich voreinander zu schämen, da man einander gar nicht kannte. Die Not veranlaßte alle, sich offen auf der Straße hinzulegen. Die Leute brachten Kissen und Betten und machten sich ihr Lager auf dem Pflaster zurecht. Und vor Gott, unter dem sternübersäten Himmel, ließen sie ihrer Liebeslust freien Lauf.

Es war in der Nacht zwischen Freitag und Sabbat. Die jüdischen Frauen hatten bereits das Essen für den ganzen Sabbat gekocht, und der Geruch von Fischen und gedämpftem Fleisch drang aus den Häusern ins Freie und stieg den Vorbeigehenden und den liegenden Pärchen würzig in die Nase.

Immer lebhafter wurde es auf den Bürgersteigen der Altstadt. Immer mehr und mehr Spaziergänger kamen hinzu. Es waren »Gäste«, die aus den anderen Stadtteilen zu den Mädchen der *Etablissements* kamen. Junge und alte Männer in Zivil und in Uniform, Soldaten und Offiziere – hier waren sie alle gleich. Sie alle hatte der Durst nach Liebe in die Altstadt getrieben. Und bald mischten sich auf den Bürgersteigen unter die Ansässigen dieser Gegend auch die Dirnen mit ihren Gästen und die verbotene mit der gesetzlich erlaubten Liebe.

Und zwischen ihnen bewegten sich Mütter mit an der Brust saugenden Säuglingen und Hausknechte mit Dienstmädchen, und allen liefen unter den Füßen Kinder verschiedener Eltern hindurch, und alle beleuchtete das halb verführerische, halb geheimnisvolle graue Gaslicht, das sich über die ernsten, bläulich beschatteten Mauern ergoß.

Und die große *Kulturstadt* Warschau verwandelte sich mit einemmal in einen Urwald, wo die Menschen sich nicht schämten, sich einander vor den Blicken der anderen zu lieben, und wo sie sich so gebärdeten, als wären ihre vorsintflutlichen Ahnen zu einem Picknick zusammengekommen.

Auf diesem Jahrmarkt der Liebe tauchten von Zeit zu Zeit auch die Hüter der Ordnung auf – ein Polizist oder sogar ein Polizeileutnant – und achteten darauf, daß die Gesetze nicht verletzt wurden. Aber nicht selten geschah es, daß die rein menschlichen Gefühle über alles andere auch in einem *Hüter der Ordnung* den Sieg davontrugen und daß dieser mit irgendeinem weißen, verführerischen Tüllfleck in der Dunkelheit der labyrinthartigen Gänge verschwand.

Das *Warschauer Café* belebte sich ebenfalls. Auf dem Schanktisch standen jetzt verschiedene Sorten von Gebäck und allerlei Süßigkeiten, die man tagsüber vor den Fliegen versteckt halten mußte, und im Hintergrund siedete ein gewaltiger Samowar. Die Tischchen in der Gaststube waren schon besetzt, und dünner Rauch von Zigarren und Zigaretten hüllte alle Anwesenden in eine bläulich durchsichtige Wolke ein. Die Mehrzahl der Gäste gehörte zu den *Patronen* der verschiedenen *Etablissements* der nächsten Umgebung. Außer ihnen war da eine Anzahl von Stammkunden des Kaffeehauses, die des Abends zu kommen pflegten. Bisweilen aber verirrten sich auch fremde Menschen ins *Warschauer Café*.

Im Hintergrund saßen einige Mädchen in grellfarbigen Blusen. Sie hatten nasses, auffallend frisiertes Haar und verbreiteten um sich den Geruch billigen Parfüms und Puders. Es waren zum größten Teil Dirnen, die von der Straße kamen, um sich auszuruhen und mit ihrem *Patron* oder sogar mit dem Besitzer ihres *Etablissements* etwas zu besprechen.

Heute – am Vorabend des Sabbats – stand hinter dem

Schanktisch weder Chanele noch ihre Mutter. Der Besitzer des Kaffeehauses, der in den Wochentagen seinen anderen Geschäften nachging, saß jetzt im Kreise der Seinen in der Küche und feierte mit ihnen den Sabbat.

Aus der Küche roch es in der Tat nach Fisch, und es drang von dort in die Gaststube die leise gesummte Melodie der Lieder, die die Juden zum Empfang des Sabbats singen. Hinter dem Schanktisch stand eine Christin, die Frau des Hausknechts, die man für die Dauer des Sabbatfestes anzustellen pflegte und die statt der Wirtsleute an diesem Abend das Geld von den Gästen anzunehmen hatte. Und neben ihr sah man einen Jungen – einen der Zwillinge, die freitags früher als sonst aus der Schule kamen – der die Frau überwachte, damit sie nichts in die eigene Tasche steckte. Dieses Überwachen ging ganz unverhohlen vor sich. Der Frau selbst war es auch kein Geheimnis. Und auch die Gäste wußten davon und gaben acht, daß die Zwei- und Dreikopekenstücke, die sie für Tee und Kaffee gaben, sofort in die Kasse kamen.

An einem der Tische saß Kanarik mit seiner Spanierin, die eigentlich die Seiltänzerin Mary war. Sie ging nicht wie die anderen Mädchen auf die Straße; das erlaubte Mottke nicht. Sie war nur für bessere »Gäste« zu haben, zu denen er sie selbst in die Hotels brachte, oder für Offiziere, die sich mitunter in die Altstadt verirrten. Deshalb trug sie abends auch nicht das durchsichtige Batistzeug, wie die anderen Mädchen, sondern war anständiger gekleidet. Sie hatte eine weiße seidene Bluse an, die mit einem tiefen Halsausschnitt versehen war und die Arme entblößt ließ, und in ihrem Haar steckten einige spanische Kämme.

Kanarik hatte sich – außer Mary – noch einige andere Mädchen »gekauft«, die für ihn »arbeiteten«. Aber die meisten von ihnen waren schon älter als die Spanierin und stellten die »billigere Ware« dar, die für die Straße bestimmt war. Mit ihnen allein konnte sich Mottke unmöglich zu einem Spaziergang begeben oder im Kaffeehaus an ein Tischchen setzen. Es *schickte* sich für ihn gewissermaßen nicht mehr. Alle Kaffeehausbesucher und alle, die in den *Etablissements* verkehrten, wußten übrigens schon, daß Kanarik die Spanierin ganz anders als die übrigen Mädchen behandelte, und hatten überdies erfahren, daß der Direktor des Kabaretts *Aquarium* sie engagieren wollte. Die Spanierin stieg in ihren Augen und wurde in der Halbwelt eine wichtige Person.

Um Kanarik und die Spanierin drängten sich viele Mädchen aus verschiedenen *Etablissements*, die alle Mary beneideten und alle unter die Herrschaft Kanariks zu kommen wünschten. Erstens war Kanarik ein junger, gesunder Bursche, den alle Zuhälter und Besitzer der Freudenhäuser fürchteten und dessen Mädchen kein Mensch irgendwie schlecht zu behandeln wagte, und zweitens hatten es die Mädchen bei ihm tatsächlich gut. Er führte sie oft spazieren, nahm sie bisweilen ins Theater mit und kaufte ihnen schöne Kleider.

Deshalb drängten sich um sein Tischchen immer mehrere Mädchen. Diesmal kamen auch die Lowitscherin und die Gostyninerin von der Straße in das Kaffeehaus hinein, und als sie Mottke mit der Spanierin erblickten, liefen sie ohne weiteres auf ihn zu.

Die Lowitscherin und die Gostyninerin gehörten aber Schloimele dem Schloßknacker, der groß und sehr stark war, und vor dem sich ganz *Grzybow* und alles, was am *Eisernen Tor* wohnte, fürchtete. Man erzählte sich reine Wunder von seinen Taten und wollte wissen, daß er allein gegen zehn Polizisten den Kampf aufzunehmen gewagt hatte und jedes Schloß wie mit einem Zauberwort aufbrach. Doch das alles gehörte bereits der Vergangenheit an; jetzt lebte Schloimele nur noch vom Ruhm seiner einstigen Heldentaten. In letzter Zeit trank er zuviel Bier, wovon er einen dicken Bauch bekam und schwerfällig wurde, und auch sonst machte sich an ihm bereits das Alter bemerkbar. Und seitdem der »Gott weiß von woher aufgetauchte Grünschnabel« ihn bei einem Versuch, die »Spanierin« zu »erwerben«, so tüchtig verbleut hatte, daß er, der gefürchtete Schloimele der Einbrecher, einige Wochen lang das Bett hatte hüten müssen, seit jenem Tag verblaßte sein unsterblicher Ruhm, und am Horizont der Halbwelt war ein neuer aufgehender Stern zu verzeichnen: Mottke! Aber die fast schon eingefleischte Furcht vor Schloimele hielt die anderen Zuhälter immer noch davon ab, ihm irgendwie zu nahe zu kommen.

Ein jeder der großen Sterne in der Halbwelt hatte seine Getreuen, die ihn bedienten. Man nannte diese Leute *Schamossim*, und sie spielten ungefähr die Rolle von Ministern am Hofe eines Herrschers. Kanarik hatte sich noch keine solche *Schamossim* angeschafft, er war noch zu jung, legte auf eine Gefolgschaft keinen Wert und jagte sie von sich. Dagegen war Schloimeles rechte Hand ein Bursche namens *Joisiphl Malpe* der Affe. Dieser war ein kleingewachsener, buckliger Mensch mit einer riesigen krummen Nase, der dem Schloimele treu wie ein Hund diente und nur von der Macht und der Herrlichkeit seines Meisters lebte. Abends schlenderte er durch die Gassen der Altstadt und paßte auf das Gut seines Herrn auf, auf die Mädchen, auf ihr Benehmen und darauf, ob sie Gäste nach Hause brachten oder sich lediglich so in der Straße umhertrieben. Wenn die Mädchen den Malpe erblickten, vor dem sie wie vor einem Spitzel Angst hatten, begannen sie, sich den vorbeigehenden Männern gegenüber bedeutend aufdringlicher zu benehmen, um Malpe zu zeigen, wie eifrig sie »arbeiteten«.

Während nun Kanarik mit der Spanierin im Kaffeehaus saß und die Lowitscherin mit ihrer Freundin zu ihnen an den Tisch trat, kam in die Gaststube auch Joisiphl Malpe herein. Er sah sich mit seinen schlauen Äuglein wie ein Kater um, und als er merkte, daß sich die Mädchen von Schloimele dem Schloßknacker zu Kanarik gesellt hatten, verschwand er mit Blitzesschnelle wieder. Es war gegen die ungeschriebenen Gesetze der Halbwelt, wenn ein Zuhälter sich in Freundschaft mit den Weibern eines Kollegen an einen Tisch setzte. Das galt nämlich als ein Zeichen dafür, daß der mit fremden Mädchen verkehrende Bursche sie dem rechtmäßigen Besitzer abspenstig machen wollte. Den Mädchen war es nicht aufgefallen, daß Joisiphl Malpe ihnen nachgestellt hatte, und so nahmen sie ruhig an Mottkes Tischchen Platz und plauderten weiter. Bald aber kamen andere Mädchen herein, um sie zu warnen, denn es war hier üblich, daß ein Mädchen das andere auf eine ihr drohende Gefahr aufmerksam machte.

»Sorele, Gott sei mit dir! Malpe war hier und hat euch mit Kanarik gesehen!«

»Wehe, wehe!« riefen die beiden Mädchen erschrokken, schlugen ihre Tücher über den Kopf und wollten rasch hinausgehen.

Aber in Mottke erwachte plötzlich der Wunsch, seine Macht zu bekunden und zu zeigen, daß er der Stärkere war.

»Sitzen bleiben!« rief er den Mädchen zu. »Ich befehle euch, sitzen zu bleiben!«

Die Mädchen erblaßten und wußten nicht, was sie tun

sollten. Eigentlich blieben sie ganz gern und freuten sich im Grunde genommen darüber, daß Kanarik sie übernahm und daß sie nunmehr ihm gehören sollten; aber sie fürchteten sich vor Schloimele dem Schloßknacker und vor dem Skandal, der ihnen unvermeidbar schien. Kanarik aber befahl ihnen in so strengem Tone zu bleiben, daß sie ihm halbtot vor Schreck gehorchten.

»Kaffee und Käsekuchen!« bestellte Kanarik.

Die anderen Gäste des Cafés waren ebenfalls der Meinung, daß es jetzt bald einen Skandal geben würde. Sie blieben auf ihren Plätzen sitzen und warteten darauf. Außerdem kamen noch von der Straße her Neugierige, um die Vorgänge zu beobachten.

»Eßt und trinkt!« befahl Kanarik den Mädchen.

Sie gehorchten, aber ihre Herzen schlugen wild, und sie begannen, ihn anzuflehen:

»Kanarik, Bester, was hast du vor? Laß uns gehen! Schloimele wird uns umbringen ...«

»Ich bin noch da! Habt keine Angst! Ich möchte sehen, ob er es wagen wird, euch anzurühren. Den Schädel werde ich ihm spalten!«

Die Mädchen freuten sich innerlich über Kanarik.

»Jetzt wird gegessen und getrunken! Ich befehle es euch!« rief er und sah sie gebieterisch an.

Die Mädchen machten sich an den Kaffee und an den Kuchen. Aber ihre Herzen konnten sich nicht beruhigen; sie waren blaß und schwiegen. Bald darauf erschien auch Schloimele der Schloßknacker. Er war ein Mann in mittleren Jahren, von breiter, gedrungener Gestalt, mit einem dicken Wanst und einem roten Nacken. Eine goldene Kette baumelte auf seinem Bauch, wenn er sich schwerfällig bewegte. Sein Gesicht aber hatte noch, wenn es auch schon etwas gealtert und müde aussah, einen recht verwegenen Ausdruck. Bei seinem Anblick fielen einem sofort sein kurzgeschorener Schnurrbart, seine dichten Augenbrauen und seine großen, abstehenden Ohren auf. Schon von weitem flößte er Angst ein. Als er hereinkam, wurde es in der Gaststube still wie vor einem Sturm. Die Lowitscherin und ihre Freundin krümmten sich förmlich zusammen und starrten in ihren Kaffee hinein, um nur Schloimeles Blicken nicht zu begegnen. Schloimele der Schloßknacker aber steckte die eine Hand in die Hosentasche, legte die andere hinter den Rücken und ging sofort auf Kanariks Tisch zu. Dann sah er sich um, wie wenn er etwas suchte, und als er endlich seine beiden Mädchen erblickte, fragte er verwundert:

»Was macht ihr denn hier? Warum geht ihr nicht auf die Straße?«

»Wir wollten nur eine Tasse Kaffee trinken«, erwiderte das eine Mädchen und erhob sich von ihrem Platz.

»Sitzen bleiben!« schnauzte sie Kanarik an und schlug mit der Faust auf den Tisch. Das Mädchen und sogar Schloimele erblaßten und traten einen Schritt zurück. Dann setzte sich das Mädchen wieder.

»Was soll das, du Bastard?« rief Schloimele und richtete auf den Burschen einen drohenden Blick.

Kanarik aber achtete nicht darauf, wandte sich zu den Mädchen und sagte:

»Wenn eine von euch wegzugehen versucht, schlage ich ihr den Schädel ein! Hier sollt ihr sitzen, bei mir, an meinem Tisch! Ich möchte sehen, wer euch von hier wegjagen kann!«

»So läuft der Hase!« rief Schloimele, und in seinen Augen blitzten zugleich Furcht und Haß auf. »Sofort macht ihr, daß ihr auf die Straße kommt! Sofort, oder ich schlage euch die Knochen im Leibe entzwei!«

Die Mädchen sahen sich erschrocken an und wußten nicht, wem sie gehorchen sollten. Sie waren bereits von ihren Plätzen aufgestanden, aber Kanariks Blick zwang sie, sich von neuem zu setzen.

Eine kurze Weile schwiegen alle betreten. Schloimele wurde noch blasser. Seine Nasenflügel bebten, er fletschte die Zähne, seine Augen funkelten und blitzten, und er versuchte, dem Blick Kanariks zu begegnen.

Aber Kanarik sah ihn gar nicht an und tat so, wie wenn Schloimele überhaupt nicht da wäre.

»Warum trinkst du deinen Kaffee nicht?« fragte er die Lowitscherin und rückte die Tasse näher an sie heran.

»Ach, du Bankert!« schrie Schloimele auf und trat auf Kanarik zu.

Da sprang dieser plötzlich, sich wie eine Schlange krümmend, von seinem Stuhl und blickte Schloimele tief in die Augen. So standen die beiden ungefähr eine Minute lang einander gegenüber, wie zwei Tiger, die sich gleich aufeinanderstürzen werden.

In der Gaststube wurde es so still, daß man das Summen der um das Gebäck kreisenden Fliegen hören konnte. Die Zuhälter, die gerade da waren, blieben auf ihren Plätzen sitzen und wollten sich nicht in den Streit einmischen. Nur die Lowitscherin sprang auf, lief in die Küche und rief die Wirtin herbei:

»Kommt, seht nur, was da vorgeht!« rief sie.

Der Besitzer des Kaffeehauses, ein hochgewachsener, hagerer Jude, der irgendwo noch ein zweites Geschäft dieser Art im geheimen betrieb, die Wirtin, eine fette Warschauer Jüdin und Chanele, die Tochter der beiden, kamen alle drei in ihren guten Sabbatkleidern zum Vorschein und blieben an der Schwelle der Gaststube stehen. Sie sahen, wie zwei Burschen einander gegenüberstanden, sich mit glühenden Augen anblickten, als ginge ein elektrischer Strom von einem zum anderen, der jeden Augenblick in helles Feuer ausbrechen mußte. Niemand wagte es, sich den beiden zu nähern, alle rückten ganz instinktiv von ihnen ab und warteten auf den Ausbruch des Sturmes. Da trat plötzlich Chanele, die achtzehnjährige Wirtstochter mit ihrem zum Sabbat frischgewaschenen schwarzen, glänzenden Haar zwischen die beiden Gegner. Sie wuchs mit einemmal vor Mottke auf, hob ihre Augen zu ihm, streckte ihm die Hände entgegen und sagte bittend mit ihrer frischen wohlklingenden Mädchenstimme:

»Kanarik, was macht Ihr? Man wird uns noch das Geschäft schließen! Der Revierinspektor läuft hier auf der Straße umher! Kanarik, ich bitte Euch!«

In ihrer Stimme war das heftige Pochen ihres Herzens zu hören. Alle hatten Angst um sie und fürchteten, sie würde auch Schläge abkriegen. Ihre Mutter rief:

»Chanele, um Gottes willen, laß die beiden! Geh weg!«

Aber Chanele rührte sich nicht vom Fleck und bat in einem fort:

»Kanarik, laßt ab davon!«

Und plötzlich wandte Kanarik seinen Blick von Schloimele ab und richtete ihn auf Chanele. Er sah ihre schwarzen Zöpfe, die ihr den Rücken hinunterfielen, und den Schreck und die Reinheit in ihren zu ihm erhobenen Augen. Aber lange konnte er sie nicht ansehen. Er senkte den Blick zu Boden, und auf seinen Lippen erschien ein gutmütiges Lächeln. Er kratzte sich hinter dem Ohr und sagte plötzlich zu der Seiltänzerin:

»Komm, Nina!«

Er legte seinen Arm um sie, streifte Schloimele den

Schloßknacker mit einem verächtlichen Blick und brummte vor sich hin:

»Mag ihn der Teufel holen!«

Und mit diesen Worten verließ er das Café.

Alle wunderten sich darüber, daß Kanarik so gehandelt hatte.

5

Wie man Mottke bedient

Jeden Sabbat ging Mottke, einer angenommenen Gewohnheit folgend, mit seinen Mädchen in der Stadt spazieren. Er führte sie in den Sächsischen Garten oder in das jüdische Theater, wenn es gerade etwas Gutes gab, etwas, in dem Kinderlieder gesungen oder *Kadisch*, das Gebet für die Verstorbenen, gesprochen wurde. Auch diesen Sabbat verabredeten sich Mottkes Mädchen zu einem gemeinsamen Spaziergang. Der Sabbat war ihnen überhaupt der schönste, freieste und an Freuden reichste Tag; denn sie gingen hinaus, nicht um Geld zu verdienen, sondern zum eigenen Vergnügen und putzten sich nicht von Berufs wegen, sondern für sich selbst und ihre guten Freunde.

Im *Etablissement* des rothaarigen Welwele war am Sabbat vom frühen Morgen an alles in Bewegung. Die Mädchen bereiteten sich auf den Ausgang vor, plätteten ihre Blusen, suchten ihre schönsten Kleider heraus und berieten miteinander Fragen der Toilette. Am meisten aber beschäftigten sie sich mit Vorbereitungen, die direkt

Mottke betrafen. Eine plättete sein Hemd, eine andere die Beinkleider, eine dritte reinigte seine Samtweste, eine vierte putzte ihm die Stiefel. Denn je eleganter Mottke beim Spaziergang erschien, um so stolzer waren die Mädchen auf ihn, und um so mehr Ehre machte ihnen seine Begleitung.

Als sie fertig waren, gingen sie zu der kranken Frau des Zigarettenmachers hinauf, um sich ihr zu zeigen und ihre Anerkennung über ihre Toiletten zu hören. Die Kranke saß wie immer am Fenster und labte sich an Apfelsinenschalen. Die Kinder hatten schmutzige Mündchen und Näschen, an denen noch Reste des Sabbatmahls klebten, und saßen nun in ihren nur am Sabbat und an Festtagen getragenen neuen Mützchen auf dem Fußboden und spielten mit Würfeln. Meilach der Zigarettenmacher aber, der früher einmal ein sehr frommer junger Mann gewesen war, jetzt aber die ganze Woche hindurch dem täglichen Brot nachjagen mußte, entschädigte sich am Sabbat, ruhte sich aus, saß in Unterhosen und las *Peirek*.

Die Mädchen trugen heute blaue Kattunkleider mit Volants aus Atlas. Sie zeigten der Kranken ihre Hüte mit den vielen Federn und Blumen, ließen sie auch ihre neuen Schuhe bewundern und baten sie, ihre Meinung zu äußern. Der Kranken war das Ganze ein Genuß und machte ihr Spaß. Da sie selbst nichts anzuziehen hatte und schon seit Jahren nicht mehr aus dem Hause ging, sprach sie gern über Mode, von der sie in ihrer Mädchenzeit viel verstanden hatte. Nun gab sie ihr Urteil ab und sagte den Mädchen, ob ihnen die Hüte standen, ob die Farbenzusammensetzung gut war, und schämte sich mitunter auch nicht, trotz ihres vergilbten Gesichts selbst diesen oder jenen Hut auf ihre festliche Perücke aufzusetzen, wobei sie im stillen neidisch war und bei sich dachte, daß sie, wenn sie sich so hätte kleiden können, auch jetzt noch ein hübsches Weib wäre und trotz der Krankheit spazierengehen würde.

»Diese Falten sind doch zu breit, Reisele«, erklärte sie einem Mädchen, um es wenigstens auf diese Weise durch eine Anspielung auf seine Magerkeit zu kränken.

»Heutzutage trägt man sie so. Jede Pani auf der Marszalkowskastraße geht heute mit solchen breiten Falten.«

Der Jude, Meilach der Zigarettenmacher, ärgerte sich darüber, daß die »Unreinen«, die Mädchen aus den *Etablissements*, zu ihm in die Wohnung kamen und daß seine Frau sich mit ihnen unterhielt. Aber er konnte nichts dagegen machen. Sie wohnten in nächster Nachbarschaft, und es zog die Mädchen zu seiner Frau, mit der sie wie gleichgestellt in Freundschaft verkehren durften. Schließlich konnte man ihnen nicht einfach die Tür vor der Nase zuschließen, und mitunter hatte man ja von ihnen auch Nutzen! Abgesehen davon, daß sie oft unter die Kinder Kleingeld verteilten, ihnen hin und wieder Gebäck kauften und der kranken Frau in der Wirtschaft halfen, unterstützten sie ja auch Meilachs heimlichen Zigarettenhandel, indem sie seine Ware ihren Gästen aufdrängten. Diese Gefälligkeiten allein mußten schon ungeachtet des Berufs dieser Mädchen zu einer Freundschaft führen. Im übrigen vergaß man in der Wohnung des Zigarettenmachers sehr bald, mit was für Mädchen man es eigentlich zu tun hatte: sie benahmen sich hier wie gute Nachbarn und gar nicht anders als andere *gewöhnliche* Menschen. Und mit der Zeit gewöhnte sich der Zigarettenmacher an diesen Zustand, so daß er auch nicht mehr daran dachte, daß die Mädchen »unrein«

waren. Früher hatte er oft versucht, die Wohnung zu wechseln, weit wegzuziehn, um die ihm unangenehme Nachbarschaft loszuwerden, aber dazu fehlte es ihm an dem notwendigen Geld. Eine andere Wohnung fand sich auch nicht, und schließlich hatte er sich an die Gefälligkeiten der Mädchen gewöhnt.

Nur am Sabbat ärgerte er sich noch immer über die »Unreinen«, die gerade dann kamen, wenn er mit der Heiligen Schrift beschäftigt war. Er kehrte ihnen den Rücken zu, vertiefte sich in das Buch und las halb singend:

»*Al schloischo dworim hooilom oisched* – Auf dreien Gründen steht die Welt.«

Die Mädchen aber lauschten der bekannten Melodie und fühlten sich wie zu Hause.

Am liebsten verbrachte die Lowitscherin die Samstagnachmittage beim Zigarettenmacher. Sie stammte aus einer sehr frommen Familie. Ihr Vater war noch heute Lehrer in Lowitsch. Als junges Mädchen hatte sie sich in ihrer Heimatstadt in einen Friseur verliebt, ihr Vater aber wollte sie unter allen Umständen mit einem ausgemergelten, bettelarmen Gelehrten verheiraten, der die ganzen Tage in der Synagoge verbrachte. Zu jener Zeit verstand sie es bereits, ihr eigenes Geld zu verdienen, da sie gelernte Strumpfmacherin war. Eines guten Tags gelang es dem Friseur, sie zur Flucht nach Lodz zu überreden. Als sie ihm gefolgt war, verließ er sie bald und gab sie in andere Hände, aus denen sie geradewegs in dieses *Etablissement* in Warschau gelangte. Jetzt war sie schon so weit, daß sie nichts mehr bedauerte und sich über nichts mehr freute. Ein jeder hat sein Päckchen zu tragen, und keinem Menschen fällt sein Beruf leicht. Was sie aufrechterhielt, war die in ihrem Innern immer noch lebende Hoffnung, aus dem *Etablissement* herauszukommen und einen guten, ordentlichen Menschen zu heiraten, und aus diesem Grunde trug sie auch dauernd immer neue und neue Wäschestücke zusammen, um ihre Aussteuer vollständig zu machen.

Hier in Warschau empfand sie eine wirkliche Zuneigung zu der Familie des Zigarettenmachers und ging gern am Sabbat zu ihm, um das Lesen des *Peirek* mitanzuhören, weil sie das an ihren Vater, ihr Heim und vielleicht auch an ihr eigenes zukünftiges Leben denken ließ, von dem sie so oft träumte.

Mittlerweile versammelten sich Mottkes Mädchen bei der Spanierin; sie waren alle bereits in ihrem besten Putz und warteten nur noch auf Mottke.

Mottke besaß nämlich außer der Spanierin noch drei Mädchen, die er gekauft hatte und in den benachbarten *Etablissements* unterhielt. Sie kamen alle zu der Spanierin, weil sie wußten, daß sie Mottkes Hauptdame war, der er den Vorzug vor allen anderen gab, indem er sie nicht auf die Straße gehen ließ, sie nur für bessere Gäste in den Hotels bestimmte und ihr die schönsten und besten Kleider kaufte.

Es wurde allmählich spät, und Mottke kam immer noch nicht. Schloimele der Schloßknacker hatte seine Mädchen bereits abgeholt. Aber mitgegangen waren mit ihm nur die Gostyninerin, die Itele und die blonde Rosi, während die Lowitscherin es vorgezogen hatte, beim Zigarettenmacher zu bleiben und dem Singsang, mit dem er die Heilige Schrift las, zuzuhören. Mottkes »Bräute« liefen ungeduldig hin und her, sahen durchs Fenster auf die Straße hinaus, blickten die Treppe hinunter und hielten ihm seinen Anzug, seine Stiefel und sein neues Oberhemd bereit. Aber Mottke erschien nicht. Die Spanierin hatte bereits ihren Hut mit den roten Rosen abgesetzt und schwor jetzt, daß sie nunmehr unter keinen Umständen mit ihm spazierengehen würde, selbst wenn er platzen sollte.

»Du wirst dich schon umstimmen lassen. Wenn er dich bittet, kommst du mit«, erwiderten die anderen Mädchen nicht ohne Neid gegen Mottkes Auserwählte.

Inzwischen saß Mottke im Kaffeehaus. Außer ihm war niemand in der Gaststube, und der Sabbat war auch der einzige Tag, an dem hinter dem Schranktisch der große Samowar nicht siedete. Mottke sah in das dunkle Kämmerchen hinein und erblickte Chanele, die dort am Fenster saß und in einem Buch las. Als sie ihn erblickte, wunderte sie sich über sein Kommen und begriff nicht, was Kanarik hier zu dieser Tageszeit am Sabbat zu suchen hatte. Indessen tat sie so, als ob sie ihn gar nicht bemerkt hätte, und las ruhig weiter.

Mottke drehte sich hin und her, wie wenn er jemand suchte. Da er hier kein Fremder war und kommen durfte, wann er wollte, fiel es dem Mädchen gar nicht ein, ihn nach seinen Wünschen zu fragen.

Mottke sah sich um: die Wirtin war nicht da. Sie hielt mit ihrem Mann im nächsten Zimmer ein Nachmittagsschläfchen. Auch die Jungen waren allem Anschein nach nicht zu Hause, und nur Chanele saß am Fenster und war in ihre Lektüre vertieft.

Nun sammelte der Bursche seinen ganzen Mut, hüstelte, machte einen Schritt auf Chanele zu, blieb aber in einiger Entfernung von ihr stehen und fragte mit einer verlegenen Miene:

»Was lest Ihr da, Chanele? Ein Buch?«

Das Mädchen war es nicht gewohnt, daß irgendeiner der im Café verkehrenden Burschen sich an sie wandte, wenn es sich nicht um eine Bestellung von Kaffee, Tee oder Gebäck oder um die Entgegennahme des Geldes handelte. Und sie wußte, daß die ungeschriebenen Gesetze der Welt, in der sie lebte, sowohl von den Burschen als auch von ihren Dirnen ein anständiges Benehmen in ihrer Gegenwart forderten. War die Wirtin selbst in der Gaststube, so schämte sich niemand, auch in der ungeniertesten Weise zu sprechen; sobald aber Chanele hereinkam, hörten alle Zoten auf, und die Straßenmädchen sagten eine zu der anderen: »Still, ein junges Mädchen ist hier . . .« Chanele wußte über die Art der Beschäftigung der hier verkehrenden Mädchen Bescheid, aber sie hatte sich an ihre Umgebung bereits gewöhnt, so daß diese auf sie fast gar keinen Eindruck mehr machte. Was sie auch sah und hörte, wirkte in keiner Weise auf ihre jungfräuliche Phantasie und ließ sie auch gar nicht einmal über die sie nichts angehenden Dinge nachgrübeln. Genauso wie alle Nachbarn hielt auch sie die Mädchen aus den *Etablissements* für »unglückliche Geschöpfe«. Aber was war da zu machen? Niemand hatte es leicht in seinem Beruf! Und sie behandelte die Dirnen einfach wie alle anderen Menschen. Deshalb war sie, als Mottke neben ihr stehen blieb und einen Blick in das Buch warf, das sie gerade las, aufrichtig verwundert. Das hatte der Bursche noch nie getan.

Sie sah zu ihm auf und erwiderte auf seine Frage:

»Ja, ein Buch.« Und dann vertiefte sie sich wieder in ihre Lektüre.

Aber Mottke dachte gar nicht an ein Fortgehen und fragte wieder:

»Was ist denn das für ein Buch? Eine Erzählung?«

»Ja, eine Erzählung«, gab sie zur Antwort und reichte ihm das Buch. »Hier, Ihr könnt es Euch ansehen.«

Mottke nahm das Buch, hielt es verkehrt, mit der Schrift nach unten, wurde ganz rot, wie ein schüchterner Bräutigam, und sagte:

»Ich kann ja gar nicht lesen. Ist die Geschichte interessant?«

»O ja, sie ist sehr schön. *Josselee* heißt sie.«

»Was wird denn da geschildert?«

»Es ist die Geschichte eines Waisenknaben, der weder Vater noch Mutter hatte und sich bei fremden Menschen durchschlug, die ihn sehr schlecht behandelten und prügelten«, sagte das Mädchen, und eine Träne zeigte sich in ihren Augen bei der Erinnerung an den Helden der Erzählung.

Mottke versank für eine kurze Weile in Gedanken. Sein Gesicht nahm einen ganz unschuldigen, kindlichen Ausdruck an, und er meinte schließlich mit einem verlegenen Lächeln:

»Das ist doch eine sehr schöne Geschichte. Ich würde sie gern hören ...«

»Ich will sie Euch bei Gelegenheit erzählen.«

»Ihr wollt sie mir erzählen?«

»Ja«, erwiderte das Mädchen und nickte mit dem Kopf.

»Das wäre schön!«

»Chanele, Chanele! Komm mal her!« rief auf einmal die Mutter aus der Wohnstube, da sie Angst hatte, das Mädchen mit Mottke allein zu lassen.

Mottke verließ das Kaffeehaus und begab sich zu seinen Mädchen. An diesem Sabbat war er nicht gut zu ihnen. Erstens gefiel ihm das Hemd nicht, das sie für ihn fertiggemacht hatten, und dann wollte er auf einmal nicht wie immer mit ihnen spazierengehen.

»Es ist nicht schön«, sagte er, »wenn ihr alle vier in einer Reihe geht. Paarweise macht sich das besser!«

Als er sich umgezogen hatte, musterte er die Mädchen, und zum ersten Mal gefiel ihm ihr Aufputz nicht. Er befahl ihnen, die großen Federn von den Hüten abzureißen. Sie sahen ihn an, wie wenn er nicht bei Trost wäre, wagten aber nicht, seinem Befehl nicht zu gehorchen. Und dann führte er sie nicht wie immer in einer Reihe, sondern wie Gänse, die man vor sich hertreibt, paarweise in den Sächsischen Garten.

Die Owitzowa-Allee des Gartens war voll spazierender Menschen und die Bänke von jungen Burschen und Mädchen besetzt, die auch die Wege und die Abstände zwischen den Bäumen füllten. Mottke ging mit seinen »Bräuten« an ihnen vorbei, und seine Mädchen waren stolz darauf, daß sie mit ihm spazierten.

Mottke hatte die Hände in die Hosentaschen gesteckt, seinen Hut verwegen zur Seite geschoben und guckte mürrisch zu Boden. Aus dem Ausschnitt der Weste sah das blendend weiße Hemd heraus, das die Mädchen so steif wie ein Brett gemacht hatten. Einen Kragen trug er nicht, dafür aber eine rote, lange, schmale Halsbinde, die ihm eins seiner Mädchen gemacht hatte. Die glänzenden Schäfte seiner Lackstiefel blendeten schon von weitem.

Das Publikum kannte ihn hier, und die Burschen stießen sich gegenseitig an und wiesen auf ihn:

»Seht, seht, da geht Kanarik mit seinen Bräuten!«

Die Mädchen wußten, daß man sie betrachtete, und freuten sich darüber.

Auf einem der Wege begegneten sie Schloimele dem Schloßknacker, der ebenfalls mit seinen Mädchen ausgegangen war. Aber die »Bräute« Kanariks waren bedeutend eleganter angezogen als die des Schloßknackers und hielten sich selbstbewußter. Schloimeles Mädchen beneideten ihre Kolleginnen, die Kanarik gehörten, weil sie wußten, daß dieser seine »Bräute« ins Theater führen würde, während ihr *Patron* geizig war und das Geld sparte, um ein Vermögen zusammenzuraffen und heiraten zu können.

Die beiden Burschen sahen einander an. Mottke hob die Augen und musterte Schloimele mit einem höhnischen Lächeln; dieser aber wandte seinen Blick ab und wollte ihn gar nicht ansehen.

Mottke blieb nicht lange im Garten. Er nahm die Mädchen ins jüdische Theater in der Kuhstraße mit. Der junge Mensch, der an der Kasse Eintrittskarten verkaufte, kannte ihn sehr gut, denn Mottke war hier ein gern gesehener Gast. Er nahm immer für sich und seine »Bräute« teure Plätze, die jeweils einen ganzen Rubel kosteten, was im jüdischen Theater recht selten passierte. Der Vizedirektor, ein dicker Mensch mit schwarzen Zähnen und einer goldenen Harfe im Latz seines Gehrocks, kam ihm entgegen, wies ihm seine Plätze an und sprach polnisch mit ihm, indem er sagte: »*Prosze pana!* – Bitte sehr, mein Herr!«

Im jüdischen Theater wurde gerade ein Stück gegeben, in dem viel Gesang vorkam und Knaben *Kadisch*, das Gebet für die Verstorbenen, sprachen. Mottkes »Bräute« weinten und wischten sich mit ihren seidenen Taschentüchern die Tränen von den gepuderten Wangen. Mottke kaufte ihnen in der Pause am Büfett Schokolade und ließ auch dem Vizedirektor und einem der Schauspieler ein Gläschen Branntwein reichen. Dann setzte er sich wieder auf seinen Platz und hörte mit ernster Miene den Liedchen zu, die ihm sehr gut gefielen.

Am meisten aber hatte ihm der Komiker zugesagt und die Knaben, die *Kadisch* sprachen, und er ließ ihnen Schokolade auf die Bühne bringen.

Und die Mädchen waren glücklich. Alles hatte ihnen gefallen, und sie waren in alle Schauspieler verliebt. Eine ganze Woche darauf sangen sie noch die Liedchen, die sie im Theater gehört hatten, und erzählten den anderen Mädchen, der kranken Frau des Zigarettenmachers und Chanele, wie die Knaben auf der Bühne für ihre verstorbene Mutter *Kadisch* gesprochen und wie das kleinste Kind nach der Leiche seiner Mutter seine Händchen ausgestreckt hatte. Mit Ungeduld warteten sie schon auf den nächsten Sabbat, wenn Mottke sie wieder ins Theater führen würde.

Aber Mottke war, seitdem er mit der lesenden Chanele gesprochen hatte, mit sich selbst irgendwie unzufrieden geworden.

6

Mottke will sich ein wenig wärmen

Mottke wußte gar nicht mehr, wohin mit sich. Mit jedem Tag gefiel ihm Chanele immer mehr und mehr; er war ganz verliebt in sie, konnte aber keine Worte finden, um sich mit ihr auszusprechen. Der Bursche, der über vier lebendige Menschenkinder in Warschau so unbegrenzt herrschte, der gewohnt war, zu befehlen und seine Befehle ausgeführt zu sehen, für den nichts existierte, was ihm in seinen Wünschen irgendeinen Einhalt hätte gebieten können – weder Gott noch das Gesetz noch ein Gewissen –, dieser Bursche war jetzt vollkommen hilflos und benahm sich wie ein Kind, wenn er dem kleinen niedlichen Mädchen begegnete, das lange schwarze Zöpfe hatte und Augen, die einem gerade und offen ins Gesicht sahen, und das sich abseits von allen Besuchern des Kaffeehauses hielt, die Arbeit als eine Pflicht verstand und im übrigen seine eigenen Wege ging. Noch mehr: der Bursche wurde in Chaneles Gegenwart geradezu verlegen. Seit jenem Sabbat, an dem er sie beim Lesen angetroffen und mit ihr gesprochen hatte, konnte er ihr nicht in die Augen sehen, ohne sich zu schämen. Er machte sich wiederholt Vorwürfe darüber, daß er, ein *Freier,* dem jedes Mädchen nur zu gern ihr Herz schenken würde, in einer für einen Zuhälter eigentlich so unschicklichen Art und Weise sich von einem närrischen Mädchen, einem *Kaffeehausmädel,* einem Fratz, einem Nichts so an der Nase herumführen ließ... Und um nun allen ein für allemal zu zeigen, wer Mottke sei, und zu beweisen, daß man mit ihm nicht spielen dürfe, beschloß er, sich nachts in Chaneles Schlafkammer einzuschleichen und sie fertigzumachen... Und er redete sich ein, daß er es ohne einen Grund tun wollte, nur eben, weil es ihm gerade paßte. Mochte nur jemand versuchen, sich in seine Angelegenheiten einzumischen!

Er hatte schon den Ort, an dem sie schlief, ganz gründlich ausgekundschaftet. Hinter dem dunkeln Kämmerchen befanden sich noch zwei Zimmer, von denen das eine ohne Fenster war und nur durch eine Luke und offene Türen Licht erhielt. Mottke hatte in Erfahrung gebracht, daß in diesem hintersten, fensterlosen Zimmerchen Chanele schlief und daß man zu ihr nur gelangen konnte, wenn man den andern, mit Fenstern versehenen Raum passierte, in dem der Kaffeemacher, der Wirt, mit seiner Frau schlief. Aber auch das schreckte ihn nicht von seinem Vorhaben ab. Er verließ sich ganz auf seine Geschicklichkeit und Erfahrung in derlei Unternehmungen.

Im Laufe des ganzen Tages und des Abends, die der Nacht vorausgingen, in der er seinen Plan zur Ausführung bringen wollte, mied er Chanele und hatte Angst, ihr zu begegnen und ihr in die Augen zu sehen. Erst spät in der Nacht, als die Mädchen von den Straßen bereits verschwunden waren und im Kaffeehaus nur noch die letzten Gäste saßen, erschien Mottke dort. Die Gaststube des *Warschauer Cafés* war schon nicht mehr voll beleuchtet, da die Wirtin geizig war und nicht noch weitere zwanzig Kopeken in den Gasautomaten einwerfen wollte. Nun brannten die Lampen nur noch ganz fahl und sozusagen aus letzter Kraft. In einer Ecke saßen ein paar Mädchen, denen es nicht gelungen war, Gäste für die ganze Nacht zu kriegen, und schütteten einander die Herzen aus. In der Wohnung des Wirts schliefen bereits alle. Mottke trat an die Küchentür, die mit einem Brett verriegelt war, hob die Sperrvorrichtung geschickt in die Höhe, damit ja kein Geräusch entstehen sollte, und ging in die Küche hinein. Von da aus kroch er auf allen vieren, beleuchtet von dem spärlichen Licht der Nachtlampe, die in Chaneles Schlafkammer brannte, durch das Zimmer, in dem ihre Eltern schliefen. In der Dunkelheit ertönte aus allen Ecken ein Schnarchen, und Schatten glitten dem wie eine Katze zu Chanele kriechenden Mottke nach. Dort brannte das Lämpchen. Vor allen Dingen mußte Mottke jetzt herauskriegen, in welchem der dort stehenden Betten Chanele schlief. Dann wollte er das Licht auslöschen, an Chanele herantreten, ihr den Mund mit der Hand zudrücken und zu ihr ins Bett kriechen. Als er nun in der Kammer stand, wurde er von der Wärme empfangen, die von dem ruhigen Atmen der Schlafenden herrührte. Sein Herz fing an, heftig zu pochen, und beim kargen Licht des Lämpchens suchte er Chaneles Lager. Sie schlief auf einer Truhe, die tagsüber als Bank diente und nachts in ein Bett verwandelt wurde. Jetzt war sie ganz mit Kissen belegt, die zu ihrer Aussteuer gehörten und am Tage in ihr aufbewahrt wurden. Zwischen diesen Kissen schlief Chanele und hatte neben sich ihren kleinen Bruder, der sich wie ein Säugling an die halbentblößte Brust seiner Schwester drückte. Mottke war von diesem Anblick so ergriffen, daß er vergaß, die Lampe auszulöschen. Er kniete vor Chaneles Lager und blickte starr in das Gesicht der Schlafenden. Er hörte ihr Atmen, spürte den Hauch aus ihrer Nase und ihrem halbgeöffneten Munde und fühlte die Wärme, die ihrem Körper entströmte. Ihre schwarzen Locken, die verwirrt und jetzt mit Federn durchsetzt waren, umrahmten ihr Gesicht, lagen auf ihren nackten Armen und bewegten sich mit dem Wogen ihrer Brust. Fest hatte sie ihren kleinen Bruder umschlungen. Ihre Augen hielt sie geschlossen, und ihre schwarzen steifen Wimpern beschützten diese Augen wie zusammengelegte Flügel eines kleinen Vogels. Um ihre Lippen lag jenes anziehende Lächeln, das Mottke gelehrt hatte, das Mädchen zu respektieren, das ihn so hilflos machte und ihn jedesmal, wenn er sich ihr näherte und sie anzusprechen wagte, in ein Kind verwandelte. Mottke kniete vor ihrem Bett, betrachtete sie, spürte die gesunde Wärme, die ihrem Atem und ihrem Körper entströmte, und stellte sich vor, er wäre ihr Mann. Er sah sich nachts durchfroren vom Jahrmarkt nach Hause zurückkehren und zu seinem jungen Weibe ins Bett steigen und fühlte, wie sie ihn mit ihrem jungen Leib, hier im Bett, zwischen all den Kissen und Federbetten erwärmte... Ein gütiges Lächeln flog über seine

Lippen. Es war ihm so angenehm, sich derartige Bilder auszumalen, daß er den Zweck seines Kommens ganz vergaß. Er hatte jetzt schon kein Verlangen mehr, sein Vorhaben auszuführen. Es war so schön, hier an ihrem Lager zu knien, ihre im Schlummer wogende Brust zu betrachten, die Wärme ihres Körpers und Atems auf sich wirken zu lassen und sich in Phantasien hinzugeben, in Träumen darüber, wie sie wohl seine Frau werden könnte, sein wirkliches einziges Eheweib.

Mit noch größerer Vorsicht, als er schon beim Hineinschleichen angewandt hatte, schlich er sich nun wieder aus der Kammer hinaus. Er wollte weder sie noch ihre Eltern wecken, um sie nicht zu erschrecken.

In dieser Nacht vermochte Mottke nicht mehr zu schlafen. Weder in dieser noch in der folgenden. Er grübelte in einem fort darüber nach, wie er wohl seine Träume verwirklichen könnte und wie er es anstellen sollte, Chanele zur Frau zu bekommen. Es verlangte ihn nach ihr nicht so wie nach all den Mädchen, die ihm jetzt bedingungslos gehörten und ihn gar nicht mehr interessierten. Nein, er wollte sie zur Frau; zur wirklichen Ehefrau wünschte er sie, zu seinem Eheweib, zu dem er, wenn er später mal nachts durchfroren vom Jahrmarkt zurückkehren sollte, ins Bett hineinkriechen könnte, um sich zu wärmen.

7

Mottke will Bräutigam werden

Zur größten Überraschung aller seiner Bekannten und Freunde begann Mottke plötzlich ein ganz anderes Leben zu führen. Seine Mädchen behandelte er jetzt genauso wie Schloimele der Schloßknacker die seinen. Er betrachtete sie nur noch als »Ware« und ließ sich mit ihnen in gar keine Familiaritäten mehr ein. Er saß mit ihnen nicht mehr am selben Tisch im *Warschauer Café* und führte sie auch nicht mehr so oft an den Sabbatabenden spazieren. Er fing an, Geld zu sparen, und verhandelte jetzt – was sie nie von ihm früher gedacht hätten – um jedes Kleid, um jedes Paar Schuhe, das er ihnen kaufte. Und dabei ermahnte er sie, genau wie Schloimele der Schloßknacker seine Mädchen, unbedingt mehr Geld zu verdienen.

»Sieh nur einer an! Jeden Montag und Donnerstag will sie einen neuen Hut haben! Du kannst noch sehr gut mit dem alten auskommen!«

Niemand begriff, was mit ihm geschehen war. Er saß jetzt Nächte hindurch im Kaffeehaus oder trieb sich auf den Straßen umher und paßte auf seine »Ware« auf. Und kaum kehrte ein Mädchen von einem »Gast« zurück, als er es sofort einer peinlichen Leibesvisitation unterzog, um festzustellen, ob es nicht irgendwo, vielleicht im Strumpf, Geld versteckt hatte. Er wurde geizig und böse. Als seine leichtsinnigeren Kollegen sahen, daß er alle Kräfte anspannte, um Geld zusammenzusparen und nicht mehr mit den Rubeln um sich warf, lachten sie ihn hinter seinem Rücken aus, und einer von ihnen, Chaim der Bankert, hatte es sogar gewagt, ihm zu sagen:

»Wie ist es denn, Kanarik, du willst wohl heiraten, daß du jetzt so um jeden Groschen zitterst?«

»Laß dir um meinetwillen keine grauen Haare wachsen! Wenn dich bis dahin die Läuse noch nicht aufgefressen haben und du noch am Leben bist, dann wirst du es sehen«, erhielt er zur Antwort.

Und Mottke war in der Tat nicht mehr zu verstehen. Er hatte sich einen feinen, gutbürgerlichen Anzug anfertigen lassen, zog sich am Sabbat wie ein gewöhnlicher junger Mann an und trieb sich beim *Warschauer Café* herum. Niemand wußte, was mit Mottke los war, er aber grübelte in einem fort darüber nach, wie er sich Chanele nähern und wie er mit ihr sprechen könnte.

Denn wenn Mottke sich etwas vornahm, war er gewohnt, es auch sofort auszuführen. So hatte er auch jetzt keine Geduld, und es war ihm, als müßte Chanele sofort seine Braut werden. Daß man sie ihm verweigern könnte, konnte er sich gar nicht vorstellen. Weshalb denn?

»Bin ich nicht ebenso stattlich wie die anderen? Und Geld kann ich auch verdienen! Aber wie bringe ich bloß das Gespräch darauf?«

Er hatte ihr schon eine Uhr und einen goldenen Ring mit einem Brillanten gekauft und dafür ganze fünfundvierzig Rubel bezahlt. Jetzt trug er den Schmuck an seiner Brust, eingewickelt in einen Stoffetzen. Wie aber konnte er es ihr geben, ohne einen schlechten Eindruck zu machen und sie dabei zu überzeugen, daß er es gut meinte und wirklich ihr Bräutigam werden wollte?

Er dachte sogar schon daran, wie er zu den Festtagen mit Chanele in sein Heimatstädtchen zur Mutter fahren würde. Er erinnerte sich auf einmal an seine Mutter und verspürte das Verlangen, ihr eine Freude zu bereiten. Nicht etwa auch dem Vater, nein, nur der Mutter! Er beschloß, ihr ein schönes Geschenk zu kaufen: eine neue Perücke, einen breiten Mantel und ein großes Wolltuch, und zum Fest mit der Braut zu ihr zu reisen und ihr das alles persönlich zu bringen. Er stellte sich schon vor, wie er mit Chanele in den Straßen des Schtedtls spazierengehen würde, wie die Einwohner zusammenlaufen und wie die Weiber einander flüsternd fragen würden:

»Wer ist denn das?«

»Erkennst du ihn nicht? Das ist doch Mottke, der Sohn der roten Slatke, der mit der Braut zu seiner Mutter zu Besuch gekommen ist!«

»Ist das der kleine Dieb Mottke, der den Kindern alles Eßbare aus den Händen riß?«

»Ja, das ist derselbe Dieb, um dessentwillen man einmal Angst hatte, Kinder auf die Straße hinauszulassen. Ja, das ist der Sohn der roten Slatke. Seht nur, was für ein Bursche das geworden ist! Seht nur, seht, was die Großstadt nicht alles aus einem Menschen machen kann!«

»Und wie schön ist es von ihm, daß er sich an seine Mutter erinnert. Er hat ihr so nette Geschenke mitgebracht!«

»Nun, auch ein armes Menschenkind muß mal eine Freude haben. Ich gönne es ihr von ganzem Herzen. Sie hat es wirklich verdient. Was hat sie alles wegen dem Jungen aushalten müssen, und wie schwer war es, ihn großzukriegen.«

Ja, so werden die Weiber am Freitagabend vor ihren Häusern sitzend miteinander reden, wenn er mit seiner Braut spazierengehen wird.

Er wird sich aber aus alledem nichts machen. Er wird nur seinen Rock aufknöpfen, um seine goldene Kette zu zeigen, und Chanele wird einen Hut nach Warschauer

Art tragen! O ja, für diesen Hut würden ihm auch fünfzehn Rubel nicht zu teuer sein. Im ganzen Schtedtl dort gibt es kein so schönes Mädchen wie seine Chanele, und keine versteht sich so zu kleiden wie sie! Das ist seine Braut, die Braut Mottke des Diebes, und die Einwohner des Schtedls sollen nur vor Neid platzen!

Der Junge badete in der Wonne solcher und ähnlicher Zukunftsträume, wußte aber immer noch nicht, wie er sich Chanele nähern sollte.

Etwa einfach an sie herangehen und ihr erklären, daß er sie zur Braut haben möchte? Aber er hatte Angst, sie könnte erschrecken und davonlaufen. Er wollte ihr das irgendwie sehr fein und sehr höflich beibringen, um sie von dem Ernst seiner Wünsche und von der Wahrhaftigkeit seiner Worte zu überzeugen.

Er hatte keinen Freund, keinen Menschen, dem er sich hätte anvertrauen können, und ging mit seinem Geheimnis und seiner Qual allein umher. Und dann beschloß er auf einmal einen *Schadchen,* einen Heiratsvermittler, mit der Angelegenheit zu beauftragen und ihn zu Reb Meilach Lichtenstein, wie Chaneles Vater hieß, zu schikken. (Es gefiel Mottke seit einiger Zeit, den Mann *Reb Meilach* zu nennen, nachdem er gehört hatte, wie der Synagogendiener, der den Caféwirt aufsuchte, um bei ihm Geld für die *Alie,* für den Ruf zur Thora, einzukassieren, ihn so genannt hatte.) Und der Heiratsvermittler, der *Schadchen,* sollte dann alles andere in die Wege leiten.

In der Nachbarschaft wohnte ein Jude, der eine Lederhandlung betrieb. Mottke wußte, daß nicht der kleine Laden dem Mann den Hauptverdienst einbrachte. Der Jude war nämlich außerdem noch der *Chasen,* der Vorbeter, einer kleinen Synagoge und wirkte mitunter auch als

Mohel, als Vollzieher der Beschneidung. Vor dem Laubhüttenfest wurde aus seinem Laden alles Leder fortgeschafft, und statt dieser Ware erschien dort *eßrog* und *lulef* – eine Art Palmenblätter und Paradiesäpfel. Überhaupt war der Lederhändler ein angesehener Jude, er hatte einen vornehmen Bart, und alle Einwohner der Altstadt grüßten ihn, wenn sie an seinem Laden vorbeigingen. Diesen Mann erwählte Mottke zu seinem *Schadchen*, zu seinem Heiratsvermittler. Er wußte, daß dieser ein geachteter Mensch war, und sagte sich, daß für eine so ernste Angelegenheit auch ein passender Unterhändler nötig sei. Überdies war es Mottke zu Ohren gekommen, daß der Mann sich ohnehin als *Schadchen* in besseren Häusern betätigte, und zu Chanele wollte er nur einen feinen, angesehenen Heiratsvermittler schicken, mochte das noch so viel kosten. Denn selbst damit wollte er ihr imponieren.

Als Mottke in den Laden des Juden trat, entstand dort eine solche Verwirrung, wie wenn plötzlich ein Feuer ausgebrochen wäre. Der Mann erblaßte, als er Mottke erblickte, und seine Frau und Kinder erschienen auf der Türschwelle, da sie ernstlich um das Leben des Vaters besorgt waren. Mottke begriff nicht, warum sein Kommen die ganze Familie in eine solche Unruhe versetzte, und sah alle höchst verwundert an. Als er jedoch erklärte, daß er mit dem Reb Berchie unter vier Augen sprechen wollte, rief es im Laden eine noch größere Bestürzung hervor. Die Frau rief, daß sie lieber »ihr Leben riskieren«, sich aber nicht von der Stelle rühren würde. Mottke beruhigte sie bald. Er sah sich um und sagte ganz naiv:

»Ich möchte Euch bitten, Reb Berchie, den Reb Meilach im Kaffeehaus aufzusuchen und in meinem Namen um Chaneles Hand anzuhalten.«

Als der Jude hörte, um was es ging, konnte er nur mit Mühe ein Lachen unterdrücken. Aus Furcht aber, ein Lächeln könnte ihm das Leben kosten, machte er ein ernstes Gesicht und erwiderte nichts.

»Worüber denkt Ihr denn nach? Auf den Preis kommt es nicht an, ich will Euch gern ebensoviel geben wie jeder Reiche, für den Ihr in einer gleichen Angelegenheit tätig seid!« meinte Mottke und griff schon nach der Brieftasche.

»Diese Sache ist, seht Ihr ... Man kann das nicht so einfach ... Habt Ihr schon mit dem Mädchen gesprochen?« fragte der Jude, der nur noch überlegte, wie er den unangenehmen Auftrag ablehnen könnte, und auf einen guten Gedanken gekommen zu sein glaubte.

»Mit dem Mädchen habe ich noch nicht gesprochen. Ich glaube indessen, daß sie nicht *nein* sagen wird. Im übrigen geht es Euch gar nichts an. Ihr sollt nur mit Reb Meilach sprechen und ihm erklären, daß ich Euch geschickt habe.«

»Aber begreift doch, daß ein moderner Bräutigam, ein junger Mann von Welt, zuerst mit der Braut spricht und erst dann einen Heiratsvermittler schickt! Und Ihr seid doch auch ein moderner junger Mann! Ihr müßt das doch selbst einsehen!« sagte Reb Berchie und versuchte sich mit einer Schmeichelei loszukaufen.

Mottke gab dem Mann recht. Er war hocherfreut darüber, daß man ihn einen »modernen Bräutigam von Welt« genannt hatte, und beschloß tatsächlich, zuerst mit Chanele zu sprechen.

»Wenn das Mädchen einverstanden ist, dann hat man schon ein leichtes Spiel. Dann kann man schon Mutter und Vater überreden!«

Mottke gab dem Mann wiederum recht. Er ging fort

und begann, sich auf ein Gespräch mit Chanele vorzubereiten.

Als Tag der Unterredung setzte er den Sabbat fest. Er beschloß, am Sabbatnachmittag zu ihr zu gehen, wenn ihre Eltern schliefen und sie selbst ihr Büchlein las. Mit Herzklopfen wartete er auf diesen Sabbat. Als es endlich so weit war, rasierte er sich, zog seinen guten Anzug an, den er für zwanzig Rubel erworben hatte, band einen weißen Kragen und eine Halsbinde um und spazierte in seinen glänzenden Lackstiefeln vor dem Kaffeehaus auf und ab. Umsonst warteten seine Mädchen auf ihn; er führte sie nicht mehr wie früher in die Stadt und in den Sächsischen Garten. Selbst die Spanierin hatte er »abgesetzt« und sie zum Grade einer ebensolchen Dirne herabsinken lassen, wie es die anderen waren. Die Mädchen fügten sich in ihr Schicksal. Sie saßen entweder wie Gefangene an den Fenstern ihrer Zimmer im *Etablissement* oder versammelten sich bei der kranken Frau des Zigarettenmachers, denn Mottke war, wie sie jetzt wußten, mit anderen Dingen beschäftigt.

Er wartete ab, bis niemand auf der Straße ihn sehen konnte, trat ins Kaffeehaus, ging ins dunkle Stübchen und traf dort Chanele an. Sie saß am warmen Ofen und las in ihrem Buch beim fahlen Licht, das durch die Fenster der Gaststube zu ihr hineindrang. Mottke hüstelte, lächelte und drehte sich auf den Absätzen seiner neuen Lackstiefel hin und her. Chanele hob nicht den Blick von ihrer Lektüre. Sie hatte zwar gesehen, daß Mottke hereingekommen war, machte sich aber nichts daraus.

»Wie gefällt Euch mein neuer Anzug, Chanele?« fragte Mottke mit einem einnehmenden Lächeln und zeigte ihr sein Jackett.

Chanele blickte auf, sah Mottke und seinen Anzug

flüchtig an, sagte ebenfalls lächelnd: »Gut!« und las weiter im Buch.

Aber ihr Lächeln hatte Mottke ermutigt und ihn unternehmungslustig gemacht. So fragte er denn weiter:

»Was lest Ihr da? Wieder die Geschichte von dem Waisenknaben?«

»Nein, etwas anderes.«

»Ist sie auch schön, die Geschichte?«

»Ja, das ist sie.«

»Und wie ist es mit der Waisengeschichte? Ihr wolltet sie mir doch erzählen! Werdet Ihr es jetzt tun?«

»Ach, geht nur! Warum wollt Ihr so etwas hören?«

Auf ihren Lippen erschien das Lächeln, das Mottke bei ihr damals in ihrer Schlafkammer beobachtet hatte, und genauso wie damals schlossen sich auch jetzt ihre langen Wimpern, als sie die Augen senkte, um sich wieder in das Buch zu vertiefen. Und Mottke kam das alles so vertraut vor, wie wenn sie schon längst die Seine wäre. Er senkte die Hand in die Hosentasche, holte etwas hervor, das in Papier eingewickelt war, drückte es in seiner großen, starken Hand zusammen, erblaßte und stammelte:

»Chanele, ich will Euch etwas sagen.«

Das Mädchen erschrak, als sie den Burschen so ernst und blaß werden sah. Zum erstenmal sah sie ihn in einem solchen Zustand. Was hatte es zu bedeuten, daß der Bursche mit einemmal so blaß aussah und stammelte? Ängstlich erhob sie sich von ihrem Platz.

»Ich wollte es Euch schon längst sagen, konnte aber nicht. Jetzt will ich mich aussprechen.«

Das Mädchen suchte mit den Augen nach der Tür. Sie wußte nicht was tun. Ihre Angst stieg, und sie errötete.

Mottke aber wickelte aus dem Papier die goldene

Damenuhr aus, die er für sie gekauft und bis dahin immer an seiner Brust getragen hatte, und sagte mit halberstickter Stimme:

»Chanele, ich möchte Euer Bräutigam werden . . .«

Das Mädchen wurde rot und blaß zur gleichen Zeit. Sie tat schon den Mund auf, um »Mama!« zu rufen, aber ihre Zunge wollte ihr nicht gehorchen. Wie um Gnade flehend sah sie Mottke an, und der Bursche hatte bei diesem Blick das Gefühl, als würge er eine junge Taube . . . Er wollte etwas sagen, wußte aber nicht was, und platzte heraus:

»Chanele, denkt nicht, daß ich so . . . Ich will Euer richtiger Bräutigam werden . . . Ihr sollt meine Braut sein . . .«

Das Mädchen kam zu sich. Die letzten Worte Mottkes riefen auf ihren Lippen sogar ein leises Lächeln hervor, das Mottke nicht entgangen war.

»Wozu braucht Ihr mich? Ihr habt ja auch so genug Bräute!« entgegnete Chanele und verschwand ins nächste Zimmer.

Mottke stand wie verloren mit der goldenen Damenuhr in der Hand da und wußte nicht, was er unternehmen sollte.

8

Mottke schreibt einen Brief an seine Mutter

Bald erfuhr man im *Etablissement* des rothaarigen Welwele, im *Warschauer Café* und überhaupt in der ganzen Altstadt, daß Mottke um Chaneles Hand angehalten hatte. Und wo Mottke auch ging, hörte er, wie man hinter ihm herlachte und sagte: »Da geht der Bräutigam!« Es schien ihm sogar, daß man hinter seinem Rücken die Zunge ausstreckte, und auf den Gesichtern seiner Kollegen glaubte er ein Lächeln zu sehen. Er begriff nicht, warum man ihn auslachte. Das Lachen der Leute um ihn herum machte ihn nervös, und er hatte bereits einige Burschen gepackt, sie geohrfeigt und ihnen zugeschrien:

»Daß euch die Pest hole! Glaubt ihr etwa, daß nur ihr heiraten dürft und ich nicht?«

Man hatte Angst vor ihm und ging ihm aus dem Weg. Aber er wurde zum Hauptthema aller Gespräche in der Gasse, und die Leute hatten wenigstens etwas zum Lachen.

Chanele war nicht mehr zu sehen. Ihre Mutter hatte Angst, sie in Mottkes Nähe im *Warschauer Café* zu lassen, und schickte sie für einige Wochen zu einer Tante in der Pfauenstraße. Das tat Mottke am meisten weh. Er begriff jetzt, wieviel Verachtung ihm Chaneles Eltern entgegenbrachten und wie groß ihre Angst vor ihm war, daß sie sogar das Mädchen fortschafften, damit er ihr kein Leid zufüge. Anfangs dachte er, daß man Chanele fortschickte, weil man an den Ernst seiner Absichten nicht glaubte und vielleicht befürchtete, daß er auch Chanele betrügen und sie zu einem Straßenmädchen machen würde. Er grübelte lange darüber nach, wie er wohl das Vertrauen ihrer Eltern gewinnen könnte. Seine Mädchen behandelte er jetzt nur noch wie Ware, ganz wie ein Fremder, und hielt sie noch strenger als Schloimele der Schloßknacker die seinen, um dadurch der Wirtin des Kaffeehauses deutlich zu zeigen, daß er mit ihnen keine intimeren Beziehungen unterhielt und sie lediglich als seine Verdienstquelle betrachtete. Wenn die Wirtin in der Gaststube war, durfte sich dort keines seiner Mädchen zeigen, denn er schnauzte sie sofort an:

»Was willst du hier? Warum gehst du nicht auf die Straße?«

Aber der ganze Eifer, mit dem er die Wirtin zu beruhigen versuchte, war vergebens. Die Frau ging ihm geflissentlich aus dem Wege, und die ganze Familie zitterte förmlich vor ihm.

Mottke hatte Sehnsucht nach Chanele. Er war ganz verstört und freute sich selbst der Gelegenheit, mit ihren beiden kleinen Brüdern zu sprechen. Er gewann diese beiden Jungen, die Zwillinge waren, herzlich gern, spielte mit ihnen, wenn sie aus der Schule nach Hause kamen, schenkte ihnen Geld und nahm sie oft mit zum Kaufmann, wo er ihnen Bonbons kaufte. Wenn die Kinder bei ihm waren, hatte er das Gefühl, als sei Chanele in seiner Nähe. Das Gesicht des Kleinen, der bei Chanele geschlafen hatte, erinnerte ihn lebhaft an jene nächtliche Szene, und das machte ihm den Jungen noch lieber. Aber Chaneles Mutter fürchtete, daß er sogar den Kindern ein Leid zufügen könnte, und sie trieb sie, sobald er im Café erschien, wie vor einem bösen Geist in die Stube.

»Moische, Chaiml!« rief sie dann. »Kommt her!«

Mottke hatte sich schon seit langem vorgenommen,

mit der Frau über dieses Verhalten zu sprechen und sie zu fragen, warum sie die Kinder von ihm fernhielte. Er wollte sie aber nicht erzürnen, glaubte immer noch im guten auf sie einwirken zu können und tat so, wie wenn er nichts merkte.

Eines Abends, als gerade das Licht angezündet wurde und die Gäste sich zu versammeln begonnen hatten, trat Mottke in die Gaststube. Noch von der Straße aus hatte er das Licht bemerkt und die Stimmen der ersten Besucher vernommen. Bei seinem Eintritt verstummten alle. Es war ihm klar, daß man das Gespräch plötzlich abgebrochen hatte, und er fühlte, wie ihm die Leute nachschauten, als er durch die Gaststube ging, in die dunkle Kammer trat und den Chaiml rief, einen fünfjährigen Jungen, der übrigens auch Mottke sehr gern hatte, und gerne zu ihm herauskam. Mottke fragte ihn etwas. Da gab irgendein Bursche in der Gaststube der Wirtin, die jetzt statt Chanele hinter dem Schenktisch stand, einen Wink mit dem Kopf, und die Frau schrie sofort Chaiml an:

»Chaiml, Bengel, was tust du hier? Mach, daß du in die Stube kommst!«

Der Junge gehorchte. Mottke war empört. Er trat auf die Wirtin zu und sagte mit einem Zorn, den er, so gut er noch konnte, zu verbergen suchte:

»Warum jagt Ihr ihn immer fort von mir? Denkt Ihr, ich fresse ihn auf?«

»Nein, Kanarik, um Gottes willen! Aber er ist ja noch ein Kind und muß infolgedessen drin im Zimmer bleiben«, erwiderte die Frau, die vor Schreck erblaßte.

Mottke schwieg eine Weile. Dann aber fragte er plötzlich:

»Wo ist Chanele?«

Die Frau wurde so weiß wie Linnen. Sie hatte Angst vor Mottke, konnte sich aber doch nicht beherrschen, ihm nicht ein für allemal zu zeigen, wie sehr sie ihn verachtete. Mochte es kosten, was es wollte, aber der Bursche mußte sich Chanele aus dem Kopf schlagen.

»Was habt Ihr denn nach Chanele zu fragen?« gab sie ärgerlich zur Antwort.

Mottke sagte kein Wort und sah die Frau nur an.

»Ihr habt Euch gar nicht nach meinem Kinde zu erkundigen!« fuhr sie fort. »Bildet Euch doch nicht ein, daß jeder erste Beste mit meiner Tochter anbändeln darf! Was schadet es schon, daß wir ein solches Geschäft wie dieses hier haben! Mein Kind ist nicht für solche Menschen geschaffen wie Ihr und die anderen, die hierher kommen! Wir haben zwar, leider Gottes, ein so finsteres Geschäft, aber was soll man machen . . .« Die Frau begann plötzlich zu weinen und wischte sich die Tränen mit der Schürze aus den Augen.

Mottke stand ganz verwirrt da und wußte nicht, was er darauf antworten sollte. Ihre Worte hatten ihn gekränkt, aber er wollte sich mit ihr nicht entzweien. Vor seinem geistigen Auge stand immer Chanele mit den schwarzen Zöpfen, und im Herzen fühlte er Sehnsucht nach ihr. Aber plötzlich empfand er, daß in der Äußerung der Wirtin auch eine Kränkung seiner Mutter gelegen hatte . . . Etwas wie Mitleid mit sich selbst stieg in ihm auf. Er schlug mit der Faust auf den Tisch, so daß alles zu zittern begann, und rief:

»Glaubt Ihr vielleicht, daß ich ein Bastard bin? Ich habe auch eine Mutter!«

Die Frau geriet in große Angst und versuchte ihn zu beschwichtigen:

»Wer sagt denn etwas gegen Eure Mutter! Gott behüte! Natürlich habt Ihr eine Mutter! Welcher Jude hat denn keine?! Hundertzwanzig Jahre alt soll sie werden!«

»Ich dachte... Es wäre schlimm geworden, wenn Ihr etwas gegen meine Mutter gesagt hättet! Es wäre schlimm geworden...« sagte Mottke und zeigte ihr ein Paar Fäuste, so daß die Frau sich vor Angst förmlich zusammenkrümmte.

Dann wandte er sich von ihr ab, dachte eine Weile nach und beschloß irgend etwas zu tun, das allen in der Gaststube klipp und klar beweisen würde, daß er eine Mutter besaß. Und gleich darauf rief er von der Straße die Lowitscherin herein.

»Genendel, komm mal her!«

Das Mädel kam in einer Nachtjacke mit stark geschminkten Backen und gefärbten Lippen hineingestürzt und fragte ängstlich:

»Was ist los?«

»Setz dich hin, hierher!« befahl ihr Mottke und wies ihr einen Platz an einem Tisch an. »Setz dich, du kriegst eine Feder und Papier und schreibst mir einen Brief an meine Mutter.«

Die Lowitscherin konnte jüdisch schreiben, und man bediente sich ihrer, wenn man im *Etablissement* einen Brief aufsetzen wollte. Alle, die etwas auf dem Herzen hatten, wandten sich ohne weiteres an sie, und sie schrieb für alle die gewünschten Briefe.

Mottke sandte einen von den anwesenden Burschen zum Kaufmann, der gerade gegenüber seinen Laden hatte, um einen Umschlag und Papier zu holen, Chaiml brachte aus der Wohnstube Tinte und Feder, und als alles bereit war, machte sich die Lowitscherin auch bereit und fragte:

»Was soll ich schreiben?«

»Schreib folgendes«, begann Mottke laut, damit alle hören konnten, was er seiner Mutter mitteilen wollte, und fing an, im Zimmer auf und ab zu gehen. »Schreib folgendes: *An meine teure liebe Mutter.* Fertig? Ja! Weiter: *Ich sende Dir fünfundzwanzig Rubel.*« Und Mottke zog aus der Tasche einen Fünfundzwanzigrubelschein und legte ihn auf den Tisch, wobei er mit der Hand so mächtig aufschlug, daß alles in der Nähe dröhnte. »Schreib also: *fünfundzwanzig Rubel, und kauf Dir dafür eine Perücke, ein Paar Stiefel und ein Wolltuch. Dem Vater kauf gar nichts, weil er mich geprügelt hat, als ich noch ein kleiner Junge war. Das ganze Geld gehört Dir allein. Ich wohne jetzt in Warschau und bin ein Handwerker, ein Schuster, und verdiene viel Geld. Ich stehe kurz vor meiner Verlobung. Ich nehme ein hübsches Mädchen aus einem feinen Hause zur Frau. Und sobald ich mich mit ihr verlobt habe, komme ich mit ihr nach Hause, um Dich zu besuchen und bringe Dir dann Geschenke mit . . .*«

»Wehe, wehe!« krächzte die Frau hinter dem Schanktisch und faßte sich an den Kopf, als sie hörte, was Mottke alles an seine Mutter schreiben ließ.

An einem anderen Tischchen saßen Schloimele des Schloßknackers getreue *Schamossim*, seine Helfer, Joisiphl Malpe, der *Bastard* und noch einige Burschen. Sie hatten schon längst Mottke beobachtet und über ihn gelacht. Als sie jetzt hörten, was Mottke der Lowitscherin diktierte, kniffen sie einander vor unbändiger Lachlust. Sie saßen mit zu Boden oder auf das Tischtuch gesenkten Augen da und witzelten über Mottkes Mutter. Mottke diktierte den Brief, hörte aber zugleich sehr wohl, daß hinter seinem Rücken gelacht wurde und daß man dort

Späße über seine Mutter machte. Er hörte jedes Wort der Burschen, aber er nahm sich zusammen und diktierte der Lowitscherin weiter:

»Schreib weiter: *Und wenn die Leute sehen werden, wie die rote Slatke mit der Braut ihres Sohnes Mottke am Sabbat zur Synagoge geht, werden sie vor Neid platzen! . . .*«

»Die *rote Slatke?* Hörst du, wie sie heißt? Sie ist schon eine von den Richtigen!« meinten die Burschen untereinander und lachten sich ins Fäustchen.

Aber Mottke sah sich bereits nach einem unbesetzten Tisch um, und während er die Worte: *»Du mußt uns recht festlich empfangen«*, diktierte, packte er diesen Tisch an zwei Beinen, streifte alles, was sich darauf befand, herunter und warf das Tischchen den Burschen an den Kopf.

»Wer lacht über die rote Slatke?«

Im nächsten Augenblick hielt er bereits Joisiphl Malpe fest, der schon blutete und an seiner Hand wie ein Fisch zappelte.

»Hast du über die rote Slatke gelacht? Hast du?« fragte Mottke und schlug den Malpe ins Gesicht. »Knie nieder! Knie nieder! So!« rief er und drückte den Gegner zu Boden, so daß dieser sich platt hinlegte. »Hier«, fuhr er fort, auf den schmutzigen Fußboden zeigend, »hier sind Slatkes Füße! Küsse sie! . . . Küsse der roten Slatke die Füße!« befahl er und schlug den Burschen so lange auf den Kopf, bis Joisiphl Malpe mit vorgestreckten Lippen die schmutzigen Bretter berührte.

»Über die rote Slatke lacht man nicht! Und wer es zu tun wagt, muß ihr so wie du jetzt die Füße küssen! . . .«

Und nachdem er dem Burschen noch einen tüchtigen Hieb versetzt hatte, ließ er ihn los, wandte sich ab, ging wieder an seinen Tisch zurück und diktierte seinen Brief an die Mutter weiter.

»Schreib also: *Und ich werde dir eine gebratene Gans und lebende Fische mitbringen, damit du uns ein festliches Essen bereiten kannst... für mich und meine Braut...*«

9

Der Oberst-Kommissar Chwostow

Mottkes Mädchen stöhnten, seit er um Chaneles Hand angehalten hatte, unter dem Joch seiner schweren Herrschaft. Er behandelte sie seit jener Zeit nur noch als eine Art toter Ware, die voll und ganz ihm gehörte, und war sich einer Sünde gar nicht bewußt. Er hatte für die Mädchen kein gutes Wort mehr übrig, er nahm ihnen den letzten Groschen weg, den sie von den »Gästen« als Trinkgeld kriegten und trieb sie zur Arbeit an, wie man Sklaven antreibt. Die Mädchen wußten gar nicht, was mit ihm geschehen war, und sehnten sich nach einem Erlöser, der sie von Mottke befreien und seiner Macht entreißen sollte. Sie beneideten sogar schon die Mädchen, die Schloimele dem Schloßknacker gehörten, weil dieser sie doch hin und wieder mal am Sabbat spazierenführte und doch von Zeit zu Zeit eines von ihnen zu sich rief und mit ihm ein Wort sprach. Mottke aber war, seit er an eine Verlobung mit Chanele zu denken begonnen hatte, wie verwandelt und dachte nur noch an sich selbst. Er wurde geizig, knauserte mit jedem Groschen, sprach mit ihnen kein freundliches Wort mehr, schnauzte sie an und gab ihnen Befehle, als wären sie seine Mägde und nichts weiter.

Indessen gewöhnten sich die Mädchen bald daran, sich den Launen ihres Herrschers zu unterwerfen. Nur Mary, die Seiltänzerin, konnte sich mit der neuen Lage nicht abfinden. Die Behandlung, die ihr Mottke zuteil werden ließ, kränkte sie am allermeisten. Sie hatte sich seiner Herrschaft aus freiem Willen unterworfen, weil sie ihn liebte, und mit allem, was von ihm kam, fürlieb nahm. Seitdem aber Mottke Chanele zu freien versuchte, begann sie ihn zu hassen. Die Eifersucht machte sie fast wahnsinnig. Sie hatte das Gefühl, als hätte Mottke sie betrogen; er war mit ihr ein Stück des Weges zusammen gegangen, jetzt ließ er sie stehen und wollte allein weitergehen... Und sie schwor sich, ihn daran zu hindern. Sie beschloß, alles zu tun, um auch ihn in die Grube hinunterzureißen, in die er sie verschleppt hatte.

Inzwischen aber demütigte Mottke sie jedesmal, wenn sie zusammenkamen, und dazu noch in Gegenwart der anderen Mädchen. Er zwang sie jetzt genauso wie die anderen, ebenfalls auf die Straße zu gehen, und nahm auch ihr alles Geld fort. Und einmal, als sie mit Joisiphl Malpe im Kaffeehaus gesessen hatte und er dies erfuhr, war er hineingesprungen und hatte sie vor aller Augen geohrfeigt. Die Mädchen, die unter Mottkes Joch ächzten, fanden darin einen kleinen Trost, daß Mottke auch die Spanierin nicht besser behandelte und lachten über sie.

»Er ist kein Dummkopf, der Kanarik, was soll ihm eine solche, wenn er ein anständiges Mädchen aus gutem Hause kriegen kann«, sagten die Mädchen und wiesen auf die Spanierin.

Mary aber schluckte alles hinunter und schwieg. Sie ertrug alle Beleidigungen und stellte sich so, als merkte sie nichts. Nur begann sie sich in der letzten Zeit sehr aufzuputzen und legte Wert darauf, ihren »Gästen« zu gefallen. Sie kaufte sich spanische Haarkämme und machte sich eine neue eigenartige Frisur: drei gekräuselte Locken fielen ihr auf die niedrige Stirn und berührten die Augenbrauen, während sie hinten in einem altmodisch in drei Reihen geflochtenen Zopf einen großen spanischen Kamm stecken hatte. Ihr Leibchen ging ihr nicht mehr zu, so daß hinten ihr nackter Rücken sichtbar war. Die Spanierin war in der Altstadt eine angesehene Person, sie hatte sich einen Namen gemacht, und das *Etablissement* des rothaarigen Welwele begannen jetzt auf einmal ganz feine, angesehene Menschen zu besuchen, was dem Welwele ganz ungewohnt vorkam. Aber Mottke merkte das alles nicht. Er war nur mit seinen Gedanken an Chanele beschäftigt und behandelte die Spanierin wie eine seiner »Bräute«.

Doch plötzlich wurde die Spanierin jetzt eine solche Größe, auf die man unbedingt, ob man's wollte oder nicht, aufmerksam werden mußte, und Mottke fing an, etwas wie Eifersucht zu verspüren. Zu der Spanierin in das *Etablissement* kam nämlich in der letzten Zeit recht oft kein Geringerer als der Kommissar des neunten Bezirks, der Alleinherrscher der ganzen Altstadt, der grausame und gefürchtete Wasilij Nikolajewitsch Chwostow.

Kommissar Chwostow hatte diesen von ihm verwalteten Stadtteil Warschaus ganz in seiner Macht. Alle Geschäfte unterstanden seiner Aufsicht, alle Weinkeller, Läden, Gasthäuser, alle öffentlichen Häuser und Kabaretts. Wenn er morgens durch seinen Bezirk spazierte, zitterten die Kaufleute und Besitzer der verschiedenartigsten *Unternehmungen* vor Schreck.

»Wen wird er heute überfallen? Auf wen wird er diesmal sein Auge werfen?« fragten sie sich bebend.

Er trug stets seine Paradeuniform und Lackstiefel, die schon zehn Ellen vor ihm ihr Knarren hören ließen, und die Knöpfe glänzten auf seinem Mantel. Sein Nacken war dick und rot, der Ausdruck seines Gesichts roh. Sein Bart fiel in zwei Wellen auf seine Brust nieder, auf welcher eine lange Reihe von Orden hing. Er ging langsam und gelassen durch die Straßen seines »Königreichs«, sah sich mit seinen funkelnden Augen nach allen Seiten um und achtete darauf, ob auch die Polizisten salutierten und ob alle Einwohner sich vor ihm verbeugten und den Hut zogen. Und wenn jemand vorbeiging, ohne sich vor ihm verneigend den Kopf zu entblößen, so flößte ihm dieser Passant sofort einen gewissen Verdacht ein; dann gab der Mächtige den ihm stets folgenden zwei Polizisten einen Wink, den »Rebellen« anzuhalten und ihn zum Vorzeigen seines Passes zu zwingen. Aber es geschah nur außerordentlich selten, daß ein solcher »Skandal« passierte und ein Vorübergehender beim Anblick des »Obersten« (wie sich Chwostow gern titulieren ließ) nicht gleich den Hut zog. Alle waren treue Untertanen, alle dienten ergeben dem Kaiser und dem »Herrn Oberst«. Ging er an einem Delikatessengeschäft vorbei, in dessen Schaufenster leckere Dinge wie frischer Kaviar, geräucherte Fische und herrliche Früchte ausgestellt waren, bekam er gleich Appetit darauf und trat ins Geschäft, wo ihm alle – der Kaufmann, seine Frau und seine hübsche junge Tochter – entgegengelaufen kamen. Er aber ließ sich den frischen Kaviar, die Fische und die feinen Früchte zeigen und zum Mitnehmen einpacken. Der Kaufmann samt seiner Frau und schönen Tochter verneigten sich untertänigst, lächelten ergeben und ängstlich, und beeilten sich, den Befehl des Allgewaltigen auszuführen. Bald darauf trug einer der Polizisten die Pakete mit dem frischen Kaviar, mit dem Räucherfisch und dem feinen Obst hinter ihm her.

Sah er dann in einem anderen Schaufenster ihm zusagende Pelzwaren ausgestellt, so betrat er auch diesen Laden, und kurz darauf trug der andere Polizist hinter dem Herrn Oberst ein zweites Päckchen nach.

So spazierte der »Selbstherrscher« jeden Vormittag durch sein Königreich. Und wenn er dann nach Hause kam, hatten die ihn begleitenden Polizisten beide Hände voll von Paketen, die das Schönste und Beste von den Dingen enthielten, die ihrem Vorgesetzten unterwegs aufgefallen waren.

Sich auch für die *Etablissements* zu interessieren, die sich in seinem Bezirk befanden, hielt er nicht für nötig und unter seiner Würde. Alle Geschäfte besagter Art überließ er den niederen Beamten, die unter seinem Befehl standen: den Revierinspektoren und den Polizisten. Er selbst beehrte mit seinem Besuch nur das Kabarett *Aquarium* und andere ähnlich vornehme Amüsierlokale, die sich im Gebiet seines Königreichs befanden. Nichtsdestoweniger hielt es ein Revierinspektor oder Polizist für seine Pflicht, dem Herrn Oberst über jedes irgendwie besonders auffallende Mädchen, das in einem der *Etablissements* auftauchte, sofort Meldung zu erstatten. In solchen Fällen ließ sich der Herr Oberst zu einem Besuch des betreffenden *Etablissements* herab, um persönlich festzustellen, ob die ihm gemeldete ungewöhnliche »Ware« seines Interesses würdig war.

Und jedes Mal, wenn der Kommissar in einem solchen

Etablissement erschien, war es ein großes Ereignis. Der Besitzer war stolz darauf und brüstete sich mit dem Ruhm seiner »Ware«, während die Mädchen sich durch den hohen Besuch ebenfalls geehrt fühlten und sich für etwas Besseres als ihre Kolleginnen zu halten begannen.

Ein solches Glück – dem Herrn Oberst gemeldet zu werden – stieß auch der Spanierin zu. Kaum hatte sie der Kommissar erblickt, als er sich in sie verliebte und sie jede Nacht zu besuchen anfing. Er kam mit ihr nirgends als nur im *Etablissement* des rothaarigen Welwele zusammen. Und ausgerechnet am Abend erschien er, wenn die anderen Mädchen bereits auf der Straße waren. Hierher, zum rothaarigen Welwele, befahl der Oberst Wein, feine Eßwaren und erlesene Früchte aus den Läden zu schikken. Die armen Kinder in der ganzen Nachbarschaft sahen bald besser aus, weil die Mädchen auch ihnen von den ihnen überlassenen Leckerbissen abgaben; ja sogar alle mit ihnen befreundeten Nachbarn beteiligten sich am Genuß der leckeren Bissen.

Wenn der Herr Oberst abends kam, schloß er sich mit der Spanierin in ihrem Zimmerchen ein, betrank sich dort und feierte wahre Orgien. Alles, was ihm unter die Finger fiel, schlug er in kleine Stücke, und obwohl der rothaarige Welwele von seinen Besuchen nichts weiter als Schaden hatte, war er dennoch stolz auf die seinem *Etablissement* erwiesene Ehre, und die Einwohner des Stadtteils kamen bereits zu ihm und baten ihn um den Gefallen, für sie beim Oberst ein gutes Wort einzulegen. Denn Welwele war beim Kommissar plötzlich ein ganzer »Macher« geworden . . .

Anfangs ging Mottke die Geschichte mit dem Kommissar nur insofern an, als dieser ihn um die Einkünfte gebracht hatte, die er sonst durch die Spanierin gehabt hätte. Die Spanierin war nunmehr jede Nacht von dem Kommissar besetzt und brachte dem Burschen nichts ein. Nach einiger Zeit aber begann er sich darüber zu ärgern. Und eines Abends, als der Oberst sich wieder einmal mit der Spanierin eingeschlossen hatte und aus ihrem Zimmer der Klang der Weingläser vernehmbar war, erwachte in Mottke etwas wie Eifersucht. Er empfand auf einmal Sehnsucht nach dem Mädchen, erinnerte sich an jene Nacht im Wäldchen, als sie sich zu ihm aus dem Wagen der Gaukler hinausgeschlichen hatte, bis schließlich vor seinem geistigen Auge eine andere Nacht auftauchte, die ebenfalls im Walde begonnen und in der er zusammen mit der Seiltänzerin den blutüberströmten und für immer verstummten Kanarik in den Fluß geworfen hatte.

Mottke erinnerte sich nur ungern an jene Nacht. Er fühlte sich bedrückt, wenn er an sie dachte, obwohl ihm das Verständnis für seine Schuld und für das Entsetzliche seiner Tat vollkommen abging. Das Ganze war ihm nur eine unangenehme Erinnerung an eine Schuld, die er hatte abtragen müssen. Aber jedesmal, wenn er darüber nachdachte, fühlte er, daß ihm die Seiltänzerin so nah war, als wenn er sich mit ihr in jener Nacht hätte trauen lassen und sie sein Weib fürs ganze Leben geworden wäre, oder wie wenn sie beide erst damals nach dem Mord das Licht der Welt erblickt hätten und sie, Mary, seine Schwester wäre. Und wenn er daran dachte, fühlte er sich mit dem Mädchen so sehr verbunden, daß er sich sagte, er müßte unter allen Umständen und für immer mit ihr zusammen bleiben. Als er aber ein Auge auf Chanele geworfen hatte und auf den Einfall gekommen war, sie zu heiraten, wurde ihm seine Spanierin gleichgültig. Kaum war indessen Chanele seinen Händen entschlüpft und kaum hatte er von ihrer Mutter eine Strafpredigt zu hören bekommen, als er den Entschluß faßte, sich diese ganze Heiratsangelegenheit aus dem Kopfe zu schlagen. Und da erinnerte er sich ganz von selbst wieder an die Spanierin. Ihre Beziehungen zum Kommissar gaben dazu noch mehr Anlaß. Die häufigen Besuche des Gewaltigen, die Nächte, die er mit Mary im verschlossenen Zimmer verbrachte, die Geschenke, die sie von ihm erhielt, alles das machte Mottke jetzt eifersüchtig. Und er schlug sich die ganze Heiraterei aus dem Sinn und näherte sich wieder seiner Seiltänzerin.

Schwer war ihm das nicht gefallen. Bei den ersten freundlichen Worten, die er zu ihr sprach, als er sie verlegen lächelnd bei der Hand nahm, verzieh sie ihm alles. Und sie gehörte ihm wieder mit Leib und Seele. Sie fühlte, daß Mottke, der ihr vom Schicksal bestimmt war, ihr Mann, ihr Bruder, ihr Herrscher war, der mit ihr alles machen konnte, was er wollte, und der mit sich selbst ebenfalls tun und lassen durfte, was ihm paßte.

Aber nun stand ihnen beiden der »Herr Oberst« im Wege, und sie begannen darüber nachzugrübeln, wie sie ihn loswerden könnten.

10

Mottke sehnt sich

Im *Etablissement* des rothaarigen Welwele, im Zimmer der Spanierin, feierte man ein Fest, das Mottke sich und seinen Bräuten zu Ehren gab. Früchte, Wein und Delikatessen waren reichlich vorhanden und von fürstlicher Qualität. Das hatte alles der Oberst besorgt, der jeden Tag aus den Geschäften seines »Königreichs« der Spanierin etwas bringen ließ. Und der Vorrat an all diesen Dingen war so ausgiebig, daß seit dem Beginn der Beziehungen des Obersten mit der Spanierin die Kinder des in der Nachbarschaft wohnenden Zigarettenmachers bedeutend frischer und gesünder aussahen. Die ganze Nachbarschaft lebte eigentlich von den Sendungen des Kommissars und Mottke konnte sich jeden Tag ein Fest leisten. Aber die heutige Prasserei überstieg alle Vorstellungen. Heute war nämlich Chanele ins Elternhaus zurückgekehrt, und Mottke wollte ihr und ihrer Mutter zeigen, daß sie ihn nichts mehr angingen und daß er ein Dummkopf gewesen war, als er ein Mädchen zu freien versucht hatte, das ihm, Kanarik, einen Korb zu geben wagte. Er wollte allen zeigen, daß Kanarik niemanden brauchte und vor niemand Angst hatte, nicht einmal vor dem Herrn Oberst. Hier trank er den Wein, den jener für sich senden ließ! Und auch die Spanierin würde er ihm nehmen und irgendwohin bringen. Denn mit ihm war sie immer bereit fortzugehen, und um seinetwillen wollte sie selbst ihren Oberst fallenlassen.

Mottke lag halb ausgezogen wie ein König auf Marys Bett. Vor ihm standen auf einem Tischchen Weine,

Liköre und Kognak. Zu seiner Rechten saß die Spanierin in ihrem schönsten seidenen Kleid mit Spitzenbesatz und einem tiefen Ausschnitt. Ihre Arme und Brust waren nackt, und in den Ohren hatte sie große, mit Brillanten übersäte Rubinohrringe, die ihr der Herr Oberst geschenkt hatte. Sie sah in ihrem Aufputz nicht schlechter aus als jede schicke Chansonette. Und Mottke steckte ihr eigenhändig den Brillantring an, der seinerzeit für Chanele bestimmt gewesen war. Von den teueren Weinen und Likören war Mottke leicht angeheitert und jagte alle andern Mädchen hinaus, denn er hatte sie vorher nur hereingerufen, um ihnen zu zeigen, daß die Spanierin wieder seine »Königin« war. Mary selbst hatte ihn darum gebeten, denn sie wollte, daß ihre Kolleginnen »vor Neid platzen sollten«. Nachdem jene nun fort waren, war Mottke allein mit Mary. Sie tanzte vor ihm, zog sich ganz nackt aus und mußte ihm vormachen, wie sie sich dem Obersten gegenüber benahm. Sie war jetzt nur in schwarzen Strümpfen und hatte sonst nur noch ihre Rubinohrringe in den Ohren und die spanischen Kämme im Haar... Nackt drehte sie sich vor ihm, wand und krümmte sich und zeigte ihm jede Linie ihres Körpers, jedes einzelne ihrer Glieder... Mottke lag wie ein König da, trank von Zeit zu Zeit einen Likör und betrachtete wohlgefällig sein Eigentum, die Spanierin. Sie mußte ihn »Herr Oberst« nennen und ihm alles zeigen, was sie je dem Kommissar vorgeführt hatte. Mottke aber redete sich ein, er wäre jetzt der Herr Oberst.

»Wer bin ich?« fragte er Mary.

»Der Herr Oberst, der Kommissar des neunten Bezirks der Stadt Warschau.«

»Und wie salutiert man vor dem Herrn Oberst?« fragte Mottke und ahmte die Stimme des Gewaltigen nach.

»So!« erwiderte die Spanierin und stellte sich, nackt wie sie war, mit einer zur Stirn erhobenen Hand stramm vor ihn hin.

Ihr stolzer, dunkler, anmutiger Körper, an dem nur schwarze Strümpfe und rote Rubinohrringe waren, und der sich jetzt soldatenartig vor ihm reckte, reizte ihn und regte ihn auf. Aber da erinnerte er sich daran, daß sie genau dasselbe auch vor dem Oberst getan hatte. Eine Welle von Eifersucht ergriff ihn, und wütend rief er:

»Und wie tituliert man einen Oberst und Kommissar?«

»Seine Exzellenz, der Kommissar Oberst Wasilij Nikolajewitsch Chwostow!« antwortete Mary.

»Mottke! Kanarik!« schrie Mottke plötzlich auf.

»Mottke!« rief das Mädchen halblaut und erschrocken, als sie ihn seinen ganzen Namen, seinen eigenen zusammen mit dem des Ermordeten, in einem Zuge nennen hörte. Mit einem Schlag tauchte vor ihr alles auf, was in jener Nacht geschehen war, und sie hatte ein Gefühl, wie es Frauen haben, wenn sie an ihre Hochzeitsnacht zurückdenken.

»Du liebst einen Kommissar, einen Christen, einen Chwostow, einen Teufel! Und bist zu ihm jede Nacht ebenso lieb wie jetzt zu mir ... Fort!« rief Mottke und stieß sie verächtlich von sich.

»Mottke, mein Leben, mein Einziger, habe ich ihn denn lieb? Er ist mir widerlich, aber was soll ich denn tun? Er hat sich wie eine Klette an mich geklammert und läßt nicht von mir ab. Nimm mich fort von hier, bring mich weg, daß er mich nicht mehr findet.«

»Ich soll mit dir von hier fliehen? Nie und nimmer! Das erlebt er nicht! Mottke hat es nicht nötig, vor jemand die Flucht zu ergreifen. Andere Leute fliehen vor Mottke! Ich werde es schon so einrichten, daß er nicht mehr herkommt, dein Herr Oberst!«

»Du willst ihn beseitigen? Wie Kanarik? Kanarik war auch so ein Oberst und Kommissar!« lachte die Spanierin.

Mottke erblaßte und hielt ihr den Mund mit der Hand zu.

»Den Kanarik sollst du aus dem Spiel lassen, schweig über ihn, er hat das Seine gekriegt. Er ist tot, und über Tote darfst du nicht lachen, verstehst du? Denn ich werde ihn in Schutz nehmen! Ich trage seinen Namen... Kanarik...«

Das Mädchen sah ihn an und verstand nichts. Mottke war mit einem Mal ernst und nachdenklich geworden.

»Was ist dir, Liebster?« fragte sie und drückte sich zärtlich an ihn.

»Höre gut zu, Mary! Du weißt, daß dort im Fluß Kanarik liegt. Wir haben ihn hineingeworfen und sind nachher einfach fortgelaufen. Er wollte mit dir fliehen, und ich bin mit dir geflohen. Er hieß Kanarik, und ich heiße Kanarik. Hier auf der Brust trage ich seinen Paß. Ich bin er. Ich habe weder Vater noch Mutter. Ich bin nichts als Kanarik. Genauso wie er. Kanarik ist mit dir fortgegangen und ist seitdem bei dir. Wir müssen zueinanderhalten, fest, so fest!« zeigte er ihr, indem er seine Handflächen aneinanderpreßte. »Wir müssen ewig zusammenbleiben, wie wenn wir uns in jener Nacht hätten trauen lassen! Mag kommen was will... Sonst kann es schlimm werden. Wenn ich aufhöre, Kanarik zu sein, dann wird er, fürchte ich, aus dem Fluß steigen, zurückkommen, sich rächen und dich mir wegnehmen. Deshalb sei treu, Mary! Halte zu mir, mag kommen, was kommen mag! Ich bin Kanarik und du die Seiltänzerin. Und ich werde dich nicht verkaufen, selbst wenn man mir Tausende auf den Tisch hinlegen wollte! Man hat mir für dich schon viel Geld geboten, schon sehr viel Geld ... Aber ich gebe dich nicht fort! Wir beide sind miteinander getraut. Für ewig!«

Sie schmiegten sich aneinander und sahen sich gegenseitig in die Augen. Und in ihren Blicken lag die Todesfurcht, die sie beide durchgemacht, und das Geheimnis ihrer Tat, die sie jetzt gleichsam zusammenschweißte. Sie sagten kein Wort; sie sahen sich nur lange und tief in die Augen und durchlebten noch einmal alles, was damals nachts im Walde geschehen war, als Kanarik im Flusse lag ... Und es war Mottke, als hörte er ihn seinen Namen rufen ...

»Mottke, Liebster, nimm mich fort von hier, habe Mitleid! Ich will ihn nicht mehr sehen, diesen Oberst!«

»Dummes, ich werde es schon so einrichten, daß er nicht mehr herkommt. Ich werde mich maskieren, wenn er bei dir sein wird, in dein Zimmer hineinschleichen, ihm den Revolver fortnehmen und ihn in Unterhosen auf die Straße hinausjagen. Du sollst sehen, was für eine Lehre er von mir bekommen wird!«

»Wie jener Pole, weißt du noch? Du warst damals noch ein ganz kleiner Kerl!« lachte die ehemalige Artistin.

Und er nahm sie auf die Knie, und sie begannen beide über den Kommissar und über die Menschen zu lachen, die solche Angst vor diesem Gewaltigen hatten. Sie arbeiteten einen Plan aus, um dem Kommissar eine Lektion zu erteilen und dann zu fliehen.

»Ach, ja, Mottkele, laß uns ganz aus Warschau fortgehen! Mag diese Stadt der Teufel holen! Wir wollen wieder Artisten werden, wie wir es früher waren. Ich habe Sehnsucht nach dem Seil ... Weißt du noch, wie alle reichen Pans mir von einem Ort zum anderen nachgereist kamen, als ich auf dem Seil tanzte und noch Artistin war? Was hast du nur aus mir gemacht, Mottke!« rief das Mädchen und brach in Tränen aus.

»Schweig, du Dummes, ich werde dich in ein Kabarett bringen, in einen großen Zirkus oder sonst wohin in dieser Art. Du wirst für reiche Menschen arbeiten, viel Geld verdienen! Ich werde dich gut kleiden, du sollst sehen, Mary ...«

»Mottke, mein Einziger, Mottke, mein Lieber ...«

Aber plötzlich erscholl im Korridor eine Mädchenstimme, die rief:

»Chaiml, Moischele, kommt essen, ihr müßt ja bald zur Schule gehen!« ...

Mottke erblaßte. Er erkannte die Ruferin. Es war Chanele. Er hatte sie seit ihrer Rückkehr noch nicht gesehen und hörte jetzt zum erstenmal ihre Stimme, die in ihm ein Meer von quälenden Gefühlen und Erinnerungen aufwühlte. Dem Burschen wurde mit einem Mal seltsam zumute. Er kam sich plötzlich schmutzig vor und empfand einen Ekel vor dem Wein, vor den Likören, vor dem Kognak, vor der nackten Spanierin, vor sich selbst und vor seinem ganzen Leben ... Aber er gab sich Mühe, diese Gedanken wegzuscheuchen, und lachte laut auf. Er trank hastig ein Gläschen Kognak und küßte die Spanierin auf den Mund. Aber auch dieser Körper, der jede Nacht einem anderen gehörte, flößte ihm jetzt Widerwillen ein. Er stellte sich ganz unwillkürlich den feisten Kommissar vor, wie er hier mit seinem aufgedunsenen Bauch nackt mit der Spanierin auf dem Sofa lag ... Und Mottke konnte jetzt nicht mehr auf diesem Sofa liegen bleiben. Und dann erinnerte er sich an das schwarze Haar Chaneles und an die Reinheit, die sie gleichsam wie ein

Schleier einhüllte, und sehnte sich nach ihren schwarzen Zöpfen ...

Er konnte nicht mehr in diesem Zimmer bleiben. Er zog sich an und ging hinunter. In das Café schämte er sich zu gehen, es war ihm peinlich, Chanele in die Augen zu schauen. Er sah nur flüchtig durch das Küchenfenster und erblickte sie. Sie gab gerade ihren Brüdern zu essen und sprach mit ihnen. Er sah ihr schwarzes Haar, wie es in der Mitte gescheitelt war. Er sah ihre Hände, die die Teller an die Knaben heranrückten, und sah, wie sie auf die Brüder mit einem anmutigen Lächeln einsprach. Mehr konnte und wollte er nicht sehen. Sein Herz zog sich krampfhaft zusammen, und er ging fort. Lange schlenderte er durch die Straßen der Stadt, bis er in der Nähe der *Eisernen Brücke* zur Weichsel hinunterstieg, sich auf einen Stein setzte und in die Wellen zu starren begann. Eine Weile saß er ganz still. Dann packte ihn plötzlich die Wut. Er ärgerte sich über jemand; dann kam es ihm mit einem Mal so vor, als ärgere er sich über Kanarik, der dort im Walde tief auf dem Grund des Flusses stumm und tot lag. Er griff nach einem Stein und warf ihn in die Wellen, wie wenn er Kanarik treffen wollte.

»Er war selbst schuld daran, daß ich ihn umbringen mußte!« rief er. »Er, nur er ist an allem schuld! An allem!«

Aber dann begann er auf einmal zu lächeln. Seine Phantasie malte ihm andere Bilder vor die Augen. Er stellte sich vor, wie Chanele Freitag abends den Tisch deckte. Er, Mottke, ihr angetrauter Mann, kam soeben heim. Er war Fuhrmann und hatte eben Reisende in die Stadt gebracht. Jetzt trat er mit schmutzigen Stiefeln in die Stube, die schon zum Sabbat rein gemacht und deren

Fußboden bereits mit Sand bestreut war. Chanele schien ärgerlich zu sein, weil er ihr den Fußboden wieder schmutzig machte. Aber seine Mutter, die mit ihnen zusammenwohnte, kam jetzt herein und brachte ihm eine Schüssel mit warmem Wasser, damit er sich wasche. Der Geruch der in der Küche gar werdenden Fische stieg ihm zur Nase; und er roch auch das frische weiße Sabbatbrot, das im Zimmer auf dem Tisch lag.

Mottke sah sich als den Herrn des Hauses, als verheirateten Mann, der mit einem Gebetbuch in der Hand in die Synagoge zum Beten ging ... Und er lächelte über sich selbst ...

Und wieder ergriff ihn die Wut. Wer war ihm im Wege? Wer ließ seine Träume nicht Wirklichkeit werden? Warum hatte man aus ihm das gemacht, was er jetzt war? Und wer war schuld daran? Alle, alle; alle Menschen haben nichts anders gewollt, als daß er, Mottke, ein Gauner werde. Sie haben es gewollt und durchgesetzt, daß er Kanarik umgebracht hat und sich jetzt mit Dirnen das ganze Leben lang umherschleppen muß und weder Frau noch Mutter haben darf! Alle Menschen waren schuld daran, daß er nur ein *Etablissement* zum Heim hatte und nur eine Dirne zur Braut, zu der jede Nacht ein »Oberst und Kommissar« kam! Und mit einem Mal überkam ihn ein bitteres Gefühl über die Ungerechtigkeit, die alle – die Menschen, die Sonne, der Himmel, die Erde, die ganze Welt, alle, alle gegen ihn begangen, indem sie ihn gezwungen hatten, das zu werden, was er nun geworden war ... Er klagte alle an, alle außer sich selbst. Sich selbst sprach er von jeder Schuld frei und glaubte sich vollkommen rein. Und er beschloß, so hartnäckig wie nur irgend möglich gegen diese Ungerechtigkeit anzukämpfen! Gerade weil alle es wollten, daß er kein Heim haben sollte und keine Frau wie Chanele, gerade weil man ihn anscheinend zwingen wollte, sich weiter in allerlei *Etablissements* umherzutreiben, gerade deshalb nahm er sich fest vor, allen seinen Gegnern zu zeigen, daß sie ihm Luft waren und daß er, falls er nur wünschte, alles auszuführen imstande war! Nicht um der Welt willen wollte er ein anständiger Mensch werden! Alle waren Gauner! Aber für sich selbst gelobte er, eine eigene Frau, eine eigene Mutter und ein eigenes Heim zu erkämpfen! Die anderen mochten vor Neid platzen! ... Kanarik aber sollte nur ruhig im Wasser liegen und faulen, wenn ihm das nicht paßte! ...

Er hatte nunmehr das deutliche Gefühl, als wäre Kanarik am Leben und als kämpfe er gegen ihn an. Mottke ergriff einen großen Stein und warf ihn in die Weichsel. Dann warf er noch einen und noch einen in die vorbeiflutenden Wellen, wie wenn er den toten Körper Kanariks treffen wollte, der irgendwo mit solchen Steinen beschwert im Wasser lag. Er beschloß, die Seiltänzerin noch heute zu verkaufen und die übrigen Mädchen Schloimele dem Schloßknacker zu überlassen, und zwar ohne zu handeln, zu einem billigen Preis, für so viel Geld, wie jener ihm geben würde. Dann aber wollte er sich mit den paar hundert Rubeln nach einem Geschäft umsehen, entweder ein Pferd und einen Wagen kaufen oder einen Handel mit Stiefeln anfangen. »Es wird sich schon etwas Passendes finden!« Und er nahm sich vor, alles zu tun, um sich ein Heim, eine Frau und eine Mutter zu erkämpfen, gerade weil »jene« es nicht wollten.

Und mit derselben Eile, mit der er gewöhnlich an die Ausführung von Beschlüssen heranging, die ihm richtig schienen, nahm er auch diesen neuen Plan in Angriff: ein anständiger Mensch zu werden, aller Welt zum Trotz!

11

Der Menschenmarkt

In nächster Nachbarschaft des *Etablissements* des rothaarigen Welwele befand sich in der Altstadt auch die Wohnung des Feldschers Jankele, der unter dem Namen »Jankele der Bader« bekannt war und bei dem sich, genauso wie im *Warschauer Café*, allerlei »warme Burschen«, Zuhälter und Besitzer der *Etablissements* dieses Stadtteils versammelten. Während man aber ins Kaffeehaus ging, um sich zu vergnügen und die Zeit gut zu verbringen, kam man zu Jankele dem Bader in Geschäften, denn hier in seinem Barbierladen war die »Börse« der *Etablissements*. Hier wurde ein lebhafter Handel mit Schwung getrieben, und hier verkaufte oder überließ ein *Patron* dem anderen – ein lebendes Menschenkind. Mitunter wurden die Mädchen auch einfach ausgetauscht, und es geschah sehr oft, daß ein Zuhälter den Käufer in das kleine Zimmer führte, das einen besonderen Eingang hatte und das der Bader zu diesem Zweck zur Verfügung stellte, um dem Kaufmann die Ware – ein nacktes, lebendes Mädchen – zu zeigen, damit er entscheide, ob sie des Preises wert war, den er für sie forderte.

Aber heute spielte sich bei Jankele in seinem Laden ein besonders großer Jahrmarkt ab. Es waren nämlich Kunden gekommen, Großkaufleute mit vielen Brillantringen und Nadeln, die hier die Ware für ferne, ferne Länder einkauften und mit Hundertrubelscheinen zahlten. So ein Jahrmarkt wurde stets mit gleicher Ungeduld sowohl von den Verkäufern als auch von den Mädchen aus den

Etablissements erwartet, denn bei dieser Gelegenheit wurden stets viele von ihnen aus der Altstadt befreit; sie gingen dann in ferne, fremde Länder jenseits des Ozeans, wo sie reich werden konnten. Es war an diesem Tage in allen *Etablissements* sehr still, man sah keine Mädchen auf der Straße, und auch die Zuhälter zeigten sich fast gar nicht. Alle bewachten das Geschäft. Alle hatten Angst um die Großkaufleute. Diese durften um Gottes willen ja nicht auffliegen, denn sonst wäre das ganze Geschäft zusammengebrochen und dahin!

Aber einen eigentlichen, wirklichen Grund zu ernstlichen Befürchtungen hatten sie nicht. Die Polizei behütete selbst die Kaufherren. Der »Oberst und Kommissar« Chwostow, der über die Ankunft zweier türkischer Kaufleute sehr wohl Bescheid wußte, sandte zwei seiner zuverlässigsten Polizisten zur Bewachung der Straße während des Jahrmarktes. Die Polizisten schlenderten durch die Altstadt, trieben sich in der Nähe von Jankeles Barbierladen umher und gaben darauf acht, daß nichts die ruhige Abwicklung der Geschäfte störte.

Bei Jankele ging es heute sehr lebhaft zu. Seine Frau hatte schon am frühsten Morgen eiligst die besten Fische und fettesten Gänse eingekauft. In der Küche gab es nun genug zu tun; das Feuer brannte und der Geruch des Bratens drang auch auf die Straße: denn für die Großkaufleute wurden die Gänse zubereitet.

In dem kleinen Zimmer, das einen besonderen Eingang von der Hintertreppe aus hatte und dessen Fenster auf eine große graue Mauer hinausgingen, saßen auf zwei ganz mit Kissen belegten Betten die Kaufleute: eine dicke, etwa fünfzigjährige, reich in Seide gekleidete Frau, mit Brillantringen auf den kurzen fetten Fingern und einer mit Brillanten übersäten Kette an dem unbeschreiblich dicken Hals, die schwer auf ihre hohe, umfangreiche Brust herunterfiel; und neben ihr ein kränklich, fast schwindsüchtig aussehender junger Mann: der Sohn der dicken Frau. Dieser war ebenfalls sehr gut gekleidet, hatte spitz zugeschnittene Fingernägel und trug auch eine Menge Brillantenschmuck. Er blickte sich in einem fort nervös um, rauchte eine Zigarre und drehte unruhig die Härchen seines kleinen Schnurrbarts. Mutter und Sohn sprachen miteinander eine Art spanischen Dialekts, in den sie sowohl türkische als auch allen anderen in der Welt gebräuchlichen Sprachen entnommene Worte einmischten, damit sie die Umstehenden nicht verstehen sollten. Mit den Verkäufern sprachen sie jedoch jiddisch, obwohl weder die Frau noch ihr Sohn wie Juden aussahen und einen ausgesprochen orientalischen Eindruck – braune Gesichtsfarbe und rötlichschwarze Augen – machten. Indessen unterhielten sie sich mit den Zuhältern und den Besitzern der *Etablissements* recht wenig und besprachen untereinander nur, was mit dem Geschäft zusammenhing. Wurde ihnen ein Mädchen angeboten, so lautete ihre erste Frage: »Ist sie blond?« Und war es der Fall, so handelten sie gar nicht und bezahlten, was man verlangte. Vor ihnen auf dem Tischchen lag eine Menge Photographien von Mädchen in den verschiedensten Stellungen: manche sahen wie wohlgesittete Bräute aus guten jüdischen Häusern aus, andere waren wiederum nackt und in den ungeniertesten Posen aufgenommen . . . Mutter und Sohn sahen die Bildnisse gleichgültig an, ließen die Anbieter ihre »Ware« rühmen und herausstreichen, nickten stillschweigend, wechselten untereinander ein paar Worte in einer unverständlichen Sprache, entweder auf Spanisch oder auf Türkisch, und schlossen schließlich das Geschäft ab.

Der Hauptvermittler der lebenden »Ware« war Jankele der Bader, ein breitknochiger Jude mit einer Artistenfrisur, einem dicken Bauch und zwei Grübchen in den fetten Backen. Er nannte die fremde Einkäuferin »Tante« und ihren Sohn »Vetter«. Mit ihm berieten sich die beiden, sie vertrauten ihm und verließen sich auf seine Worte wie auf die eines Verwandten. Von Zeit zu Zeit zeigte sich Jankeles Frau mit einem Tablett, auf dem sie entweder eingemachte Früchte oder Apfelsinen oder eine Flasche Schnaps hatte, und sprach mit einem freundlichen Lächeln:

»Die Tante muß doch etwas essen, und dem Vetter wird eine kleine Stärkung auch gut tun.«

Und wenn Jankele sie aus dem Zimmer trieb, antwortete sie:

»Was willst du? Die beiden reden und handeln schon von früh an! Wenn sie nichts essen und trinken, werden sie doch ganz schwach!«

Dann lächelte die Händlerin der Jüdin gnädig zu, versuchte von dem Eingemachten und schob es ihrem Sohne zu, ihm dabei etwas auf Türkisch sagend.

Meistens aber hatten die Fremden keine Zeit, um sich mit derartigen Bagatellen abzugeben. Das Geschäft beanspruchte ihre Aufmerksamkeit voll und ganz. Einen Teil der »Ware«, über die sie mit den Verkäufern nicht einig werden konnten, weil der geforderte Preis ihnen zu hoch erschien, ließen sie sich vorführen und zeigen. Dann verschwanden alle aus dem Zimmer, denn niemand sollte etwas merken. Es blieb nur die dicke Mutter mit dem Sohn zurück. Plötzlich tat sich die Tür auf, und auf der Schwelle erschien ein Mädchen.

»Wohnt hier der Glaser Gdalje?« fragte die Eintretende.

»Ja, hier. Komm mal näher, mein Kind«, antwortete die Frau.

Mutter und Sohn betrachteten das Mädchen und blinzelten sich zu, des »Glasers Gdalje« wegen.

Und obwohl das Mädchen ganz genau wußte, um was es sich handelte und selbst den Wunsch hegte, verkauft zu werden, drehte sich das Gespräch auch weiterhin nur um den Glaser Gdalje.

Zur größeren Sicherheit lag auf dem Tisch ein Kartenspiel. Denn wäre etwa die Polizei gekommen, so hätte man einfach gesagt, man habe eben Karten gespielt . . .

Aber nach dem Glaser Gdalje wurde sehr selten gefragt. Meistens verließen sich die Käufer auf das Wort der Verkäufer. Kein Geschäft war so sehr auf gegenseitigem Vertrauen aufgebaut wie der Handel mit »lebender Ware«. Hier wurde nicht betrogen, hier verließ man sich voll und ganz auf das Wort der Gegenpartei, und alle wachten über die Interessen des Geschäfts und behüteten es wie den eigenen Augapfel, und nicht etwa die Käufer und Verkäufer allein, sondern auch die »Ware«, denn die Mädchen freuten sich über einen günstigen Abschluß mehr als alle anderen.

Das eintönige Leben der Mädchen in den *Etablissements* wurde ihnen schließlich so zuwider, so langweilig, daß sie sich geradezu nach irgendeinem Ereignis sehnten, das sie aus den engen Stuben herausreißen und in die weite Welt bringen konnte. Und die Worte »Buenos Aires« und »Argentinien« schwirrten in den Köpfen der Mädchen wie Fetzen heilverkündender Legenden umher. Dort, in Buenos Aires, hieß es, sind die Mädchen frei, sie bekommen viel Geld von den Schwarzen, heiraten diese nicht selten und werden dann selbst Inhaberinnen derartiger *Etablissements.* Alle reichen Händlerinnen, die aus

Argentinien hierher kamen, waren früher selbst einmal Dirnen gewesen. Und viele von den Mädchen, die schon früher »hinübergemacht hatten«, schrieben ihren zurückgebliebenen Freundinnen Briefe, in denen es schwarz auf weiß stand, daß sie viel verdienten und von Tag zu Tag reicher würden; man wußte auch, daß manche von ihnen ihren Eltern Geld sandten, sie unterstützten und ihren zurückgebliebenen Schwestern zu einer Aussteuer und somit zu einem Mann verhalfen. Dort in Südamerika hatten die Mädchen goldene Zahnplomben und Kronen und putzten sie immer mit goldenen Stäbchen . . . O ja, wahre Legenden gingen in den *Etablissements* über die nach Argentinien gegangenen Mädchen um, und man wollte wissen, daß einige von ihnen die Liebe schwarzer Fürsten, schwarzer Sultane zu gewinnen verstanden hätten und jetzt wie Königinnen lebten.

Deshalb träumten auch alle Mädchen aus den *Etablissements* von Argentinien und wünschten sehnlichst, dahin verkauft zu werden. Und wenn die Händler von dort erschienen, um sich mit »Ware« einzudecken, herrschte in der Altstadt allgemeine Freude, und es war, wie wenn ein Fest gefeiert würde. Die Mädchen bleichten sich ihr Haar oder färbten es in helle Töne, um den Eindruck von Blondinen zu machen, und zogen weiße Kleider an, um den Kaufleuten zu gefallen, die den Blonden den Vorzug gaben, weil die Neger in Buenos Aires nur blonde Frauen liebten . . .

Diesmal herrschte die größte Freude im *Etablissement* des rothaarigen Welwele, und zwar unter den »Bräuten«, die Kanarik gehörten.

»Kanarik verkauft alle seine Mädechen!« ging es auf einmal wie ein Lauffeuer durch die Halbwelt.

In der Tat waren alle Mottke gehörenden Mädchen mit

einem Schlage blond geworden, und er verkaufte sie alle leichten Herzens. Ihn selbst hatte man bei Jankele dem Bader, wo sich der »Jahrmarkt« abspielte, nicht zugelassen, weil er noch zu jung war. Man hielt ihn noch nicht für einen so gesetzten Menschen und anerkannten Kaufmann, daß man ihn hätte bei den Argentiniern oder, wie man im geheimen sagte, bei dem »Glaser Gdalje« zulassen können. Und er wußte nicht einmal, wo der »Jahrmarkt« war. Das ganze Geschäft hatte der rothaarige Welwele für ihn in die Wege geleitet und durchgeführt. Immerhin aber erhielt Mottke dabei eine ziemliche Anzahl Hundertrubelscheine. So wenigstens erzählte man sich in der Halbwelt. Denn der Bursche hatte in der Tat Glück. Gerade als er endgültig beschlossen hatte, seine Mädchen zu verkaufen, kamen die argentinischen Kaufleute, und durch den »Glaser Gdalje« gelang es ihm sehr gut, sein Schäfchen ins Trockene zu bringen. In der ganzen Altstadt sprach man davon, daß der Bursche reich geworden war und ein schönes Stück Geld verdient hatte. Und alle beneideten ihn.

»Aber was wird er denn jetzt ohne Ware anfangen?«

»Laß dir nur um seinetwillen keine grauen Haare wachsen. Er wird schon andere Mädchen finden!«

»Er denkt gar nicht daran! Er will sich mit Chanele verloben.«

»Aber sie will ihn doch nicht!«

»Jetzt wird sie sich die Sache schon überlegen! Der Bursche hat ja Geld, da wird sie schon nicht *nein* sagen!«

»Und was hat er mit der Spanierin gemacht?«

»Die wollte er auch verkaufen, aber der Welwele ließ es nicht zu, weil er sich vor dem Obersten fürchtet«, sagte einer.

»Nein, er wollte sie gar nicht verkaufen! Man hat ihm ja schon früher so viel Geld geboten, aber er will sie nicht hergeben!« versicherte ein anderer Bursche.

So sprach man über Mottke im *Warschauer Café* und in der ganzen Altstadt. Alle waren geradezu glücklich. Allen hatten die argentinischen Kaufleute, der »Glaser Gdalje«, zu schönem Gelde verholfen. Mottke hatte eine nicht unbeträchtliche Summe erhalten, und der rothaarige Welwele sollte auch schön verdient haben. Aber am meisten waren über den Ausgang des Geschäfts die Mädchen selbst erfreut, die lebende Ware, die aus dem *Etablissement* verkauft worden war. Sie hatten alle ihr Haar gebleicht, waren jetzt alle hell gekleidet und brauchten nicht mehr auf die Straße zu gehen, um Geld zu verdienen. Sie bereiteten sich jetzt auf die ihnen bevorstehende weite Reise vor, dahin, wo sie von schwarzen Prinzen erwartet wurden, die besonders für blonde jüdische Mädchen schwärmten. Und jede der Verkauften hoffte, daß sich ein schwarzer Prinz in sie verlieben und daß sie an seiner Seite Prinzessin oder Fürstin eines »schwarzen Reiches« werden würde . . .

12

Mottke wird ein Mann mit festen Grundsätzen

Nun kam die Zeit, in der die »Ware« an ihren Bestimmungsort jenseits des Ozeans verschickt werden sollte. Und da begannen die Mädchen beim Abschiednehmen von ihren Freunden und Bekannten in der Nachbarschaft Tränen zu vergießen. In der Wohnung des Zigarettenmachers herrschte eine Buß- und Bettagsstimmung. Die Mädchen kamen, um der kranken Frau Lebewohl zu sagen. Alle weinten und wünschten sich gegenseitig alles Gute für die Zukunft.

»Vergeßt mich nicht, wenn ihr nach drüben kommt! Wenn die Reise glücklich verlaufen ist und ihr an Ort und Stelle seid, dann erinnert euch einmal auch meiner und der Kinder!«

»Wie sollten wir Euch wohl vergessen können, Genendel! Ihr wart zu uns immer so gut wie eine leibliche Mutter, wie eine richtige Schwester!« riefen die Mädchen in Tränen ausbrechend. »Wir werden Euch nie, nie vergessen!«

»Genendel, Beste, verwahrt das für die Kinder!« sagten die Mädchen und brachten ihr seidene Wäschestücke und Kleider und überhaupt alles, was sie nicht mitnahmen.

Nur eine gab nichts her. Das war die Lowitscherin, die ihre Aussteuer Stück für Stück zusammentrug und im Kasten liegen hatte.

»Wozu schleppst du dich mit einem so großen Kasten ins Ausland? Was willst du dort mit dem ganzen Zeug?

Du kannst ja dort alles, was du brauchst, spottbillig wieder kaufen!« redeten die anderen Mädchen auf sie ein.

Sie maß aber diesen Worten keine Bedeutung bei und hörte gar nicht auf sie. »Wäsche kann man überall gebrauchen!« sagte sie sich und wollte ihr Linnen weder verkaufen noch verschenken. Es war ihr, als müßte zugleich mit ihrer Aussteuer, falls sie diese weggeben würde, auch die letzte Hoffnung auf einen Wandel in ihrem Leben schwinden, als würde sie dann nie wieder anständig und seßhaft werden und müßte all ihre Heiratspläne begraben. Dieser Kasten mit der sauberen Wäsche, mit den Bett-, Hand- und Tischtüchern war für das Mädchen ein Sinnbild der Reinheit, ein Symbol ihrer Zukunftsträume... Und sie hütete ihren Kasten und nahm die unbefleckte Wäsche mit in das »schwarze Königreich«, wo sie eine Königin zu werden gedachte, die Frau eines schwarzen Prinzen.

»Sobald ihr glücklich über die Grenze seid, vergeßt ja nicht, mir und meinen Kinderchen eine Postkarte zu schreiben!« rief ihnen die Kranke zum letzten Mal nach.

Die Kinder fielen den Mädchen um den Hals, umarmten sie fest und vergossen aufrichtige Kindertränen darüber, daß die guten Tanten wegreisten.

Die ganze Straße, in der sich die *Etablissements* befanden, begleitete die fortziehenden Mädchen mit mitfühlenden Blicken. Alle wußten, wohin die Reise ging. Und viele bedauerten sie, aber nicht, weil sie drüben ein schreckliches Schicksal erwartete, sondern weil ihnen eine so lange Reise über den großen Ozean bevorstand, vor der alle Angst hatten. Es gab aber auch solche Menschen, die sie beneideten und an Stelle dieser Mädchen sein wollten, die in ein Land zogen, wo das Geld »auf der Straße lag«, und die gern mitgefahren wären, wenn sie nur das Geld für die Überfahrt gehabt hätten ... Aber alle wünschten den Abreisenden, gut und unversehrt in jenes Land zu gelangen, in dem die Schwarzen die Herrschaft führten ...

* * *

Inzwischen hatte Mottke seinen alten Beruf an den Nagel gehängt und war nicht mehr Zuhälter, sondern ein »anständiger Mensch«. Er kleidete sich bereits ohne den besonderen Anstrich, den seine frühere Lebensweise erfordert hatte, und ging, wie man in der Altstadt zu sagen pflegte, *in Zivil*. Er trug jetzt einen unauffälligen Straßenanzug, einen Kragen, um den eine Krawatte gebunden war, hatte eine goldene Uhr und auch eine goldene Kette und spazierte so in den Straßen der Altstadt umher. Und sonderbar: nachdem man in dieser Gegend erfahren hatte, daß Mottke Geld besaß, recht anständig bei den Kaufleuten aus Buenos Aires verdient hatte und jetzt »ein Mensch wie alle Menschen« geworden war, schwand sofort alle Furcht vor ihm, und niemand ängstigte sich noch vor ihm. Noch schämte man sich gewissermaßen, mit ihm zu verkehren, noch wagte es kein angesehener Mensch, mit ihm auf offener Straße stehenzubleiben und zu sprechen. Aber der Schimmer des Geheimnisvollen, der ihn umgeben hatte, als er noch Herrscher über die Dirnen war und jedermann vor ihm, vor dem gefürchteten Kanarik, zitterte und bei seinem Anblick rasch auf die andere Seite der Straße hinüberging, um nur nicht mit ihm zusammenzutreffen, jener rätselhafte Glanz war jetzt von ihm geschwunden. Jetzt ging man ihm nicht mehr aus dem Wege. Und wenn er in einen Laden trat, um etwas einzukaufen, lief man nicht mehr fort vor ihm. Mottke war jetzt ein einfacher Einwohner der Altstadt, und die Nachbarn zählten ihn bereits zu ihresgleichen.

Im *Warschauer Café* sah man Mottke auch nicht mehr. Seitdem er sich vorgenommen hatte, ein »anständiger Mensch« zu werden, war er nicht wieder in das Café gekommen. Indessen ließ er Chanele nicht aus den Augen. Fast jeden Abend schlich er sich hinter das Haus, in dem das Café sich befand, und spähte durch das Fenster in die Küche hinein und beobachtete Chanele, wie sie ihren kleinen Brüdern zu essen gab. Kaum erblickte er ihren schwarzen Kopf mit den rabenschwarzen, über die Schultern fallenden Zöpfen, als er eine Art Andacht vor ihrer Reinheit empfand und sich für alles, was er um ihretwillen tat, entschädigt fühlte. In diesem schwarzen lockigen Köpfchen sah er den Kern seines ganzen Lebens, das er sich für die Zukunft erträumte, und dieses Köpfchen verband sich in seiner Vorstellung mit noch etwas anderem, was ihm aus seiner Vergangenheit sehr teuer war. Denn wenn er Chaneles Zöpfe sah, mußte er unwillkürlich an seine Mutter zurückdenken; und das ging schließlich so weit, daß er sich Chanele überhaupt nicht ohne seine Mutter vorstellen konnte. Diese beiden Geschöpfe – Chanele und die Mutter – verschmolzen in seinem Herzen zu einer Person, und er fühlte sich außerstande, ohne sie weiterzuleben.

Und seltsam: es war ihm auf einmal unangenehm, daß Chanele im Café solche Gäste bedienen mußte. Er empfand plötzlich Ekel vor dieser ganzen Stadtgegend wie vor dem *Warschauer Café* und wünschte, daß Chanele – seine Chanele – weit von hier sein sollte, daß die Mutter sie wieder zum Onkel bringe, wie damals, als man sie vor ihm versteckt hatte. Niemand sollte sich ihr nähern können, niemand sollte wissen, wo sie ist. Selbst er, Mottke, wollte darauf verzichten...

Einen Heiratsvermittler mochte er zu Reb Melach dem Kaffeemacher, zu Chaneles Vater, noch nicht hinschikken. Noch stand ihm die Spanierin im Wege. Die schwarze, reizvolle Seiltänzerin befand sich nach wie vor in dem *Etablissement* des rothaarigen Welwele und wurde dort jeden Abend von dem Herrn Oberst besucht. Mottkes Herz war gleichsam zerrissen; zugleich mit Chanele glaubte er, auch noch die Spanierin zu lieben. Er vermochte es nicht, sie so leicht zu verkaufen wie die anderen Mädchen. Jene anderen waren ihm nichts als »Ware« gewesen. Der Seiltänzerin aber fühlte er sich verbunden, und er zog dieses Gefühl sehr wohl in Betracht. Doch war er sich ebenso bewußt, daß er Chanele nie bekommen würde, solange die Spanierin nicht ganz aus seinem Leben gestrichen war, solange er noch irgendwelche Beziehungen zu der Seiltänzerin unterhielt. Und Chanele war ihm mehr wert als sein Leben! Es war jetzt sein einziger Ehrgeiz, eine Frau, sein eigen Weib, zu bekommen und wie jeder anständige Mensch ein Heim zu gründen. Er wollte sich durchsetzen, gerade weil sich alle gegen ihn verschworen hatten. Und zu Chanele wollte er nicht anders als mit sauberen Händen und mit einem reinen Herzen gehen.

Lange kämpfte er mit sich selbst, bis er eines Tages zu der Spanierin hinging und sich ihr anvertraute. Er sprach zu ihr wie ein Bruder zu einer Schwester, wie ein Mensch zu einem Menschen. Er sagte ihr folgendes:

»Mary, wir müssen uns trennen. Ich gehe fort von hier.«

»Was redest du da, Mottke?« rief das Mädchen und sah ihn verstört an. Dann fragte sie voller Angst: »Du willst dich verheiraten? Nicht wahr?«

»Ja«, erwiderte Mottke.

»Warum?«

»Ich weiß nicht... Ich muß. Ich will. Ich kann nicht anders.«

Das Mädchen sah ihn scharf an und las in seinem Blick sein Verlangen nach Chanele. Und dann sah Mary, wie seine Augen feucht wurden, wie sein Mund sich krampfhaft verzog und wie Blässe über sein Gesicht zog. Sie liebte ihn. Sie konnte sich nicht beherrschen, fiel ihm um den Hals und biß sich mit ihren kleinen scharfen Zähnen in seine Lippen ein.

»Mottke, mein Einziger, was du auch tust, ich werde dich immer lieben.«

»Habe mich lieb oder habe mich nicht lieb – was macht es schon aus? Ich weiß, daß mein Leben in deiner Hand liegt. Du kannst mich dem Oberst ausliefern, kannst ihm verraten, daß ich Kanarik umgebracht habe, einen fremden Namen trage und mit einem falschen Paß lebe. Verrate mich, wenn du willst, aber ich werde Chanele doch heiraten, selbst wenn ich weiß, daß ich einem baldigen Untergang geweiht bin. Ich werde sie doch heiraten, und dann kannst du meinetwegen dafür sorgen, daß ich zur Zwangsarbeit nach Sibirien komme. Heiraten werde ich aber Chanele doch!«

Eifersucht befiel sie gegen das Mädchen, das Mottke liebte, und diese Eifersucht versengte jetzt ihr Herz und ihr ganzes Inneres, als wäre ihre Seele von einem elektrischen Funken erfaßt worden. Sie biß sich mit ihren Zähnen auf die Lippen, schlug die Hände zusammen, wankte und lehnte sich vor Schwäche an Mottke.

»Warum kannst du mich nicht neben Chanele behalten? Stiehl sie dir doch! Stiehl sie dir heute noch und gib sie in ein *Etablissement* hinein. Wir werden dann zusammen im *Etablissement* sein, und man wird dir viel Geld für sie geben. Wir werden dich beide lieben, werden beide ... für dich arbeiten ...«

Mottke erblaßte. Sein Herz begann heftig zu pochen. Wiederholt hatte er schon selbst an diese Möglichkeit gedacht. Diese Gedanken kamen ihm, und er jagte sie von sich oder versenkte sie tief auf den Grund seines Ichs. Jetzt aber kam jemand und sprach sie vor ihm laut aus. Er schwieg, und in seiner Seele kämpfte der gute Geist gegen den bösen.

»Ich werde sie schon zu überreden wissen. Ich verstehe mich darauf. Sie wird einwilligen, du sollst sehen, daß sie nicht *nein* sagt!« fuhr die Spanierin hastig fort.

In diesem Augenblick erstand vor Mottkes geistigen Augen seine Mutter. Die rote Slatke saß in einer Kellerecke und flickte ihm die Hosen. Er selbst lag zerschlagen und mit blauen Flecken und Beulen bedeckt da, weinte und sah der Mutter zu, die für ihn nähte.

Er sah ihr Gesicht jetzt genauso deutlich wie damals, als er ihr Bild noch mit den leiblichen Augen geschaut hatte. Es war ein verschrumpftes, gleichsam wie eine Sohle hartgeklopftes, mit zäher Haut überzogenes, gelbliches Gesicht ... Er sah, wie sie weinte, wie ihre Tränen die Wangen hinunterflossen ... Ihre Lippen waren ganz trocken, und der von unzähligen Falten bedeckte Hals zitterte wie bei einem Huhn. Und genauso wie ein Huhn verdrehte sie auch die Augen, ja, ganz wie ein kleines Huhn, das der Schlächter zwischen die Knie nimmt und abschlachten will ...

Und – Mottke wußte nicht wie das kam – Chanele

wurde plötzlich seine Mutter, und seine Mutter zu einer Chanele. Sie wurden beide zu einem Geschöpf, einer Seele, zu einem Leib, und er fühlte, daß er, wenn er Chanele ein Leid zufügen würde, dadurch gleichzeitig seiner Mutter weh täte . . . Dieser Gedanke nahm ihn so sehr gefangen, daß er alles andere vergaß. Er wußte, daß sein Leben in Marys Hand lag, aber er achtete nicht mehr darauf. Er stampfte mit dem Fuß auf und schrie sie an:

»Schweig! Glaubst du etwa, Chanele wäre so eine wie du?! Komm! Sofort kommst du mit! Komm, komm, komm!« befahl er ihr.

»Wohin?« fragte das Mädchen erschrocken.

»Das geht dich nichts an! Was hast du danach zu fragen! Glaubst du etwa, ich würde dich hier bei dem Oberst lassen, der dich um deinen Verdienst bringt? Komm! Komm sofort mit! Ich bringe dich ins Kabarett *Aquarium*. Du sollst dort Chansonette werden. Dort wirst du wenigstens etwas für deine Arbeit bekommen. Ich denke nicht an mich dabei, nein, nein! Ich brauche dein Geld nicht. Um deinetwillen tue ich es, damit du endlich zu etwas kommst und dich nicht mehr in den *Etablissements* herumzuschlagen brauchst!«

Rasch packte er ihre Sachen in ihren Koffer. Warf ihre seidene Wäsche hinein – die saubere wie auch die schmutzige, ihre seidenen Blusen, ihre Strümpfe und Schuhe, und schleppte Mary noch am selben Abend in das Kabarett *Aquarium*, wo er sie, wie etwa einen teuren Hund oder ein Lieblingspferd, dem Direktor verkaufte. Und er erhielt für sie zweihundertundachtzig Rubel.

Vor dem Fortgehen nahm er sie bei der Hand, blickte ihr tief in die Augen und gab ihr das Geld.

»Hier, nimm, ich will nichts davon haben. Es soll dein sein. Kauf dir Hüte dafür.«

Das kränkte Mary mehr, als wenn er sie geschlagen hätte. Sie schleuderte ihm das Geld ins Gesicht.

»Ich bin deine Dirne. Du hast mich verkauft! Es ist dein Geld! Was gibst du es mir?«

Mottke steckte die Scheine in die Tasche und sagte leise:

»Mein Leben ist in deiner Hand. Wenn du willst, kannst du mich der Polizei verraten. Aber was macht es schon aus? Dann komme ich eben nach Sibirien auf Zwangsarbeit. Meinetwegen!«

Das Mädchen sagte kein Wort und biß sich nur mit ihren scharfen, wie gemeißelten Zähnen in ihre roten, verführerischen Lippen hinein...

13

Mottke wird Bräutigam

Mottke verließ die Altstadt vollends. Jetzt hielt er sich beim *Eisernen Tor* unter den Grzybower Fischhändlern auf, die aus den Tiefen Rußlands Gefrierfische bezogen und sie in Warschau weiterverkauften. Hier schaffte sich Mottke zusammen mit noch einem jungen Burschen Pferd und Wagen an und brachte jetzt den Händlern ihre Fische vom Güterbahnhof in die Stadt. Unter den Fuhrleuten war Mottkes Name noch von der Altstadt her bekannt, und man fürchtete ihn. Deshalb nahm man ihn recht bald in den *Fischerverein* auf und erlaubte ihm, seinen neuen Beruf auszuüben. Seine frühere *Arbeit* hatte man bald vergessen, schämte sich nicht mehr seiner

Gesellschaft und erinnerte ihn nur in der Hitze hin und wieder vorkommender Streitigkeiten an seine Vergangenheit. Denn von besonders guter Herkunft war niemand unter diesen »Fischern«, und Mottke wurde auf dem Grzybow bald ebenso angesehen, wie er es früher in der Altstadt gewesen war. Mottke hatte schon einigen Händlern Geld geborgt, und es hieß, sie würden ihn demnächst als Teilhaber ins Geschäft aufnehmen.

Das alles tat Mottke auf Rat von Chaneles Vater, Reb Meilach dem Kaffeemacher. Seitdem er für die nach Buenos Aires verkauften Mädchen ein schönes Stück Geld bekommen hatte, ließ ihn der Alte nicht mehr aus den Augen. Als er sah, daß Mottke ein gesetzter und anständiger Mensch wurde, sagte er sich, daß der Bursche einen gar nicht so schlechten Bräutigam für Chanele abgeben könnte und besprach die Angelegenheit noch einmal mit seiner Frau.

»Der Bursche hat einige hundert Rubel, wen geht da seine Vergangenheit an? Ist er etwa ein Mädchen? Muß er so auf seinen Ruf bedacht sein? Ein Mädchen darf manches nicht, ein Bursche – darf alles!«

»Nun, ein uneheliches Kind hat er ja auch nicht in der Schürze nach Hause gebracht«, erwiderte ihm seine Frau und gab ihm recht. »Und wenn so einer wie er einmal ein anständiger Mensch wird, dann kann man sich schon auf ihn verlassen! Er kann noch ein recht angesehener Jude werden. Und Chanele liebt er wie sein Leben. Er würde sich für sie die Augen auskratzen lassen!«

»Die Hauptsache aber ist und bleibt, daß er schon jetzt einige hundert Rubel sein eigen nennt und Energie besitzt! Wen geht es an, woher das Geld kommt? In seinem Paß steht es nicht geschrieben und – Geld stinkt nicht, mein Weib!«

Aber mit Mottke selbst sprach Reb Meilach doch noch nicht darüber. Er traf sich sogar nicht mit ihm, damit, Gott behüte, nicht jemand auf den Gedanken komme, daß hier etwas im Gange sei und daß Mottke auf das alte Ziel lossteuerte. Er hatte indessen seine Leute, gute Bekannte und Freunde, die Mottke auf seine Anweisung hin führten und ihm sagten, was er zu tun habe. Und einer von ihnen war ausgerechnet Reb Berchie der Kaufmann, der Vorbeter der alten Synagoge, an den sich Mottke seinerzeit mit der Bitte gewandt hatte, für ihn bei Chaneles Eltern ein gutes Wort einzulegen und die Heirat mit Chanele zu vermitteln.

»Ein Bursche wie du, der ein paar hundert Rubel sein eigen nennt, braucht sich nicht müßig in den Straßen herumzudrücken. Das Geld kann man dann mit guten Freunden leicht verprassen und versaufen, denn an solchen warmen Brüdern fehlt es wahrhaftig nicht«, belehrte Reb Berchie den Mottke, der, nachdem er seine Zuhälterei an den Nagel gehängt hatte, wieder zu ihm kam und ihn von neuem bat, die Heirat mit Chanele zu vermitteln.

»Habt keine Angst: ich werde nicht trinken. Das kann ich bei Chaneles Leben versprechen. Ich werde nicht prassen und saufen und will mit dem Geld sparsam umgehen.«

»Wenn du dich verloben willst, mußt du irgendein Geschäft anfangen. Geh doch auf den Grzybow, suche dir dort einen Teilhaber, kaufe Pferd und Wagen und fange an zu arbeiten! Was tust du hier? Du mußt fort von hier, damit alle vergessen, was du warst, verstehst du?« redete Reb Berchie auf ihn ein und erfüllte damit die Bitte Reb Meilachs, des Kaffeehausbesitzers.

Und Mottke befolgte seinen Rat.

Erst als der Bursche schon eine gewisse Zeit aus der Altstadt fort war, als man ihn dort beinah gänzlich vergessen hatte und er bereits auf dem Grzybow als tüchtiger »Fischerjunge« bekannt war, erlaubte man ihm, mit Chanele zusammenzukommen, damit sich die beiden jungen Leute – nunmehr als Braut und Bräutigam – näher kennenlernen könnten. Als *Schadchen* hatte sich in der Sache doch Reb Berchie betätigt, der diesmal den »Bräutigam« als einen »Fischer von Grzybow« schilderte, als einen gesunden, kräftigen Burschen, der frei vom Militär war, einige hundert Rubel sein eigen nannte und außerdem zwei Pferde und einen Wagen besaß. Meilach der Kaffeemacher und seine Frau ließen sich all diese Dinge über Mottke in aller Ruhe erzählen und fragten Reb Berchie aus, wie wenn der Freier ihnen ganz unbekannt gewesen wäre und sie ihn nie im Leben gesehen hätten. Man vereinbarte für Sabbat die Brautschau. Und zur festgesetzten Stunde trafen sich Braut und Bräutigam im Hause von Chaneles Onkel in der Pfauenstraße, das heißt gerade dort, wo man sie seinerzeit vor Mottke versteckt hatte. Natürlich kamen auch Chaneles Eltern hin. Mottke saß blaß und aufgeregt in einem neuen Tuchanzug da und hatte Angst, sich zu rühren, um ja nicht ungeschickterweise etwas zu zerbrechen. Ihm gegenüber saß Chanele, ebenso bleich und ängstlich. Sie trug ein neues Kleid, ihre schwarzen Zöpfe fielen ihr auf den Rücken hinab und ihr ganzes Aussehen weckte ein Gefühl der Sympathie für sie. Mottke sah sie an, und sein Herz zog sich vor Mitleid krampfhaft zusammen . . . Es war ihm, als sei Chanele ein kleines, ganz kleines, noch nicht befiedertes Vögelchen, gleich denen, die er aus den Nestern holte, als er noch als ganz junger Bengel auf die Bäume kletterte. Das kleine Vögelchen zitterte in seinen

Händen vor Kälte, schlug mit den winzigen Flügelchen, bis er es sich an die Brust legte, um es zu wärmen... Genauso wollte er jetzt Chanele an seine Brust drücken...

Die Unterhaltung drehte sich um Familienangelegenheiten. Man machte sich mit dem Bräutigam näher bekannt. Der Vater der Braut wollte wissen, mit was für einer Familie man im Begriff stehe, sich zu verschwägern, wollte erfahren, wer der Vater und die Mutter des Bräutigams wären und ob sie noch lebten.

»Ich habe eine Mutter, eine selten gute Mutter habe ich, eine so-o-o gute Mutter!... Als ich noch ganz klein war – so klein war ich damals –, da wollte man mich prügeln. Meine Mutter aber hat es nicht zugelassen... Und sie hat mir...«

»Habt Ihr auch einen Vater?« unterbrach ihn Reb Meilach, weil er Mottkes Erzählung im gegebenen Augenblick nicht für angebracht hielt.

»Einen Vater habe ich auch, aber ich mag ihn nicht...«

»Wo wohnen denn Eure Eltern?«

»In einem kleinen Schtedtl im Bezirk Warschau. Das Nest heißt Schochlin.«

»Und wie heißt der Bräutigam mit seinem richtigen jüdischen Namen? Ich meine mit dem Vornamen?« fragte der Schadchen.

»Ich heiße Mottke.«

»Mottke? Das höre ich zum erstenmal!«

»Nein, so nannte man mich, als ich ein ganz kleiner Junge war... Ja,... da nannte man mich noch Mottke!« verbesserte sich der Bursche hastig. »In Wirklichkeit heiße ich Aaron-Leib Kanarik. Ich hab einen Paß. Hier!« Und Mottke holte seinen Paß hervor und zeigte ihn.

»Aaron-Leib ist ein guter jüdischer Name!« sagte Reb Berchie, der Heiratsvermittler, zum Vater der Braut.

Mottke hatte ein Gefühl, als wäre etwas in seinem Inneren gerissen. Zum erstenmal kam es ihm ganz klar zum Bewußtsein, daß er den Namen eines fremden Menschen trug und seinen eigenen begraben hatte... Zum erstenmal begann er, sich wieder nach seinem eigenen Namen zu sehnen, und noch nie hatte er ein solches Bedürfnis gehabt, ganz er selbst zu sein, wie jetzt, da er kurz vor der Verlobung stand.

Und der Gedanke daran machte Mottke traurig und schweigsam.

»Jetzt wollen wir die jungen Leute ein wenig allein lassen!« sagte der *Schadchen* und winkte den Brauteltern zu.

»Vielleicht haben die beiden in der Tat etwas miteinander zu besprechen, was wir nicht hören sollen. Kommt, kommt!« meinte Chaneles Tante und rief die Gäste ins Nebenzimmer, weil sie Mottkes Schweigen für ein Zeichen dafür hielt, daß er mit der Braut allein sein wollte.

Als aber Mottke mit Chanele allein geblieben war, wurde er noch blasser, noch verstörter und noch schweigsamer. Der Bursche, der mit seinen Händen Menschenleben vernichten konnte, war mit einem Mal vollkommen hilflos in Gegenwart des geliebten Mädchens und konnte kein Wort hervorbringen. Auch Chanele war ganz verwirrt. Mottke hörte, wie ihr Herz pochte. Und doch fand sie sich rascher in die Situation als er. Sie sagte:

»Es ist mir wahrscheinlich so bestimmt, daß ich Eure Braut werde. Offenbar ist es Gottes Wille...«

»Und Ihr selbst? Wollt Ihr meine Braut sein?« fragte Mottke.

»Ich werde alles tun, was Väterchen und Mütterchen

von mir verlangen. Sie wissen besser als ich, was für mich gut ist«, erwiderte Chanele und senkte die Augen.

»Wollt Ihr selbst aber auch meine Braut werden?« wiederholte Mottke seine Frage.

»Ich will Euch die reine Wahrheit sagen. Ich habe Angst . . .«

»Aber vor was denn?« fragte Mottke erschrocken.

»Das wißt Ihr doch selbst. Ich habe Angst, Ihr könntet eines guten Tages auf Euren früheren Weg zurückkehren, Euer altes Leben beginnen. Wozu soll ich mich für so etwas hergeben? Dann ist es doch besser, unsere Verlobung kommt gar nicht erst zustande, als daß wir uns später, wenn wir vor Gott und vor den Menschen verbunden sind, uns trennen müssen!« erwiderte Chanele, der ihre Mutter befohlen hatte, so mit Mottke zu reden, um auf ihn in guter Weise einzuwirken. Aber Chanele empfand auch selbst eine wirkliche Furcht vor Mottke, so daß ihr bei diesen Worten sogar Tränen in die Augen kamen.

Mottke konnte ihr darauf nicht antworten. Er hatte Lust, jetzt gleich zu ihren Füßen zu fallen, ihr alles zu beichten, wie man Gott oder einem großen Rabbi beichtet, ihr alles zu erzählen, was er von seiner Jugend an so tief im Herzen versteckt gehalten hatte, ihr zu offenbaren, daß er nicht Kanarik, sondern Mottke war und daß er den Menschen, dessen Namen er trug, umgebracht hatte. Es überkam ihn das Bedürfnis, ihr alles, alles zu sagen, aber es störte ihn, daß im Nebenzimmer Menschen waren. So biß er sich nur auf die Lippen; seine Hände zitterten, und er stammelte unzusammenhängend und kaum verständlich:

»Chanele . . . eher sterbe ich . . . bringe mich selbst um . . . gehe ins Wasser, als daß ich dir ein Leid zufüge! ... Auch nur soviel Leid! ... Ich werde dir ein treuer Mann sein, Chanele! ... Wirst sehen! ...« Und der Bursche brach in Tränen aus.

Er tat dem Mädchen leid.

»Weint nicht, ich glaube Euch. Wenn ich Euch nicht glaubte, würde ich doch nicht Eure Braut werden!«

Mottke trocknete sich hastig die Augen und unterdrückte die noch nicht versiegten Tränen, denn im Nebenzimmer wurden Schritte vernehmbar, und es war, als käme jemand zu ihnen.

»Nun, seid ihr einig?« fragte eine Stimme.

Die Braut und der Bräutigam schwiegen.

Abends wurde die Verlobung gefeiert, aber still und nur in Gegenwart von etwa zehn geladenen Juden, die Gebete verrichteten. Der Brautvater wollte nicht, daß man jetzt schon in der Altstadt erführe, daß Chanele Kanariks Braut geworden war. Eigentlich wollte er anfangs die Verlobung überhaupt noch verschieben, aber der Bräutigam hatte ihn so sehr gebeten, daß er schließlich eingewilligt hatte. Und als die Verlobungsurkunde unterzeichnet werden sollte, da unterschrieb der *Schadchen* sie für den des Schreibens unkundigen Bräutigam wie folgt:

»Aaron-Leib Kanarik.«

»Wir gratulieren, Aaron-Leib, viel Glück, viel Glück!« riefen die Anwesenden von allen Seiten und umringten Mottke.

Aber sonderbar: dieser Name kam ihm jetzt mit einem Mal ganz fremd vor, und es überkam ihn das Gefühl, daß nicht er, sondern Kanarik sich mit Chanele verlobt habe, weil unter der Urkunde nicht sein, sondern Kanariks Name stand ...

14

Mottke beichtet seiner Braut alles

Die ganze folgende Woche sahen sich die Verlobten nicht. Dafür aber verbrachten sie am Sabbat den ganzen Tag zusammen. An diesem Tag aß Mottke bei Chaneles Onkel zu Mittag, und Chanele kam ebenfalls dahin. Sie gingen dann spazieren, aber nicht in den Sächsischen Garten, wo man Mottke sehr gut kannte, sondern zur Zitadelle, hinter das jüdische Krankenhaus, wo die hohen Pappeln standen und wohin alle Paare aus Warschau gingen, die sich etwas zu sagen hatten und von den Menschen nicht gestört werden wollten. In den Sächsischen Garten und ins jüdische Theater mochte Chanele noch nicht mit Mottke gehen. Sie hatte Angst, man könnte ihn dort erkennen.

Im Verlauf der Wochen, die der Verlobung folgten, waren Mottke und Chanele einander sehr nahegekommen. Sie brachte ihm wie einem kleinen Kinde die elementarsten Anstandsregeln bei, und Mottke gehorchte ihr in allen Stücken, um in jeder Beziehung ein anständiger Mensch zu werden. Sie hatte es bereits so weit gebracht, daß Mottke jeden Sabbat mit ihrem Onkel in die Synagoge ging und dort betete. Mottke kleidete sich jetzt so, wie es sich für einen jüdischen Bräutigam in Polen geziemte: er trug einen Schoßrock. Im Latz hatte er Chaneles Photographie, die in ein Medaillon gefaßt war, und ein anderes Bild seiner Braut, in ähnlicher Weise gefaßt, hing an der goldenen Uhrkette, die ihm Chanele geschenkt hatte. Von den anderen Fuhrleuten, die wie er auf dem Grzybow Pferde und Wagen besaßen, hielt er sich fern. Er ging mit ihnen nicht in die Wirtshäuser, um Bier zu trinken, sondern verkehrte mehr mit den Fischhändlern, die eigene Geschäfte hatten, weil ihnen das vornehmer schien. Denn Chanele wünschte es so, und was Chanele wünschte, das tat Mottke auch. Sie brachte ihm alles behutsam und mit großem Takt bei, und wenn sie etwas durchsetzen wollte, begann sie folgendermaßen:

»Seht, Aaron-Leib, Ihr seid doch jetzt verlobt, und es schickt sich nicht ...«

»Du sagst mir immer noch *Ihr*, Chanele? ...« erwiderte einmal Mottke und nahm sie bei der Hand.

»Nun ja, meinetwegen will ich auch *du* sagen«, meinte das Mädchen etwas geziert, senkte die Augen und errötete.

Und diese gesenkten Augen, dieses Erröten, dieses *Du*, das aus ihrem kleinen Mündchen mit den noch kleineren Zähnchen herauskam – das alles entzückte Mottke so sehr, daß er bereit war, alles, aber auch alles für sie zu tun.

Aber er war für sie immer noch Aaron-Leib Kanarik und nicht Mottke. Und wenn sie abends nach Sonnenuntergang bisweilen allein die Pappelallee an der Warschauer Zitadelle zur Weichsel hinunterschritten, nannte sie ihn: »Aaron-Leib, mein Liebster.« Das ärgerte ihn. Es war ihm, als meine sie nicht ihn, sondern eben Kanarik, und als sei er nur dessen Stellvertreter. Es schien ihm, als würde bald, bald aus dem dunkeln Wasser des Flusses, in den er ihn geworfen hatte, der richtige Kanarik aufsteigen, sich Chanele nähern, sie bei der Hand nehmen und ihr Bräutigam werden. Und wenn sie sich dann auf dem Hügel hinter der Zitadelle in das grüne Gras setzten, und sie seinen Kopf in ihre kalten Händchen nahm, ihn zu sich auf den Schoß legte, ihn mit ihren kalten Lippen küßte, ihn mit ihrem kalten Näschen berührte und dabei sagte: »Lieber Aaron-Leib, herziger Aaron-Leib, mein, mein ...« da schloß Mottke die Augen und wiederholte ganz still vor sich hin, nur leise die Lippen bewegend: »Mottke ... Mottke ... Mottke ...«

Einmal – am ersten Tag des Pfingstfestes – ging Mottke mit seiner Braut spazieren. Chanele kam in einem neuen Kleid mit einer Weste, die beinah männlich aussah, und einem weichen Damenkragen, was damals gerade Mode war. Als Mottke sie in ihrem neuen Aufputz erblickte, war er sprachlos vor Entzücken. So schön und kostbar sah sie aus! Auch Mottke trug einen neuen Anzug, denn die Hochzeit stand sehr bald bevor, und die beiden Verlobten kauften sich in einem fort Stücke zur Aussteuer. Wie gewöhnlich begaben sie sich zur Zitadelle. Es war ein herrlicher Abend. Es blühte der Flieder, und sein Duft nahm sie ganz in seinen Bann. Als sie zur Zitadelle gelangten, zu den grünen Pappeln, tat sich vor ihnen das breite, grüne Feld auf, mit dem unermeßlichen Himmel darüber, dessen eine Hälfte noch von der Sonne beleuchtet war, während die andere bereits im Blau badete. Bald schwamm das Blau in den Kreis der Sonnenstrahlen hinein, und bald versanken wiederum die Sonnenstrahlen im Blau. Dort aber, jenseits der Weichsel, in einer Ecke des Himmels, brannte ein rotglühender Lichtstrom – die Hölle. Und Mottke und Chanele fühlten sich so leicht und frei, wie wenn ihnen statt der Füße Flügel erwachsen wären, und sie verspürten beide den Wunsch zu hüpfen und zu tanzen. Sie liefen so schnell sie konnten zu ihrem Lieblingsplatz hin, zu der kleinen Wiese auf dem Hügel hinter den Pappeln, setzten sich in das Gras und spiegelten sich in dem trüben Bächlein, das zwischen den Bäumen dahinfloß. Sie sprachen von der bevorstehenden Hochzeit, von ihrem zukünftigen Leben, lachten und scherzten und freuten sich, wie es eben junge Verlobte tun. Auf einmal fragte Chanele:

»Aaron-Leib, warum läßt du deine Mutter nicht kommen? Ich möchte meine Schwiegermutter doch auch einmal kennenlernen.«

Mottke erwiderte mit Herzklopfen:

»Liebst du meine Mutter, Chanele?«

»Gewiß! Komische Frage! Wen soll ich denn sonst lieb haben? Sie ist doch deine Mutter und folglich auch die meine.«

Mottke verzog von innerem Schmerz gepeinigt die Lippen und sagte:

»Ich werde morgen nach Hause schreiben und Geld senden, damit meine Mutter hierher kommt.«

»Ich möchte unbedingt von meiner und von deiner Mutter zur Trauung geführt werden, sonst ist meine Freude an der Hochzeit getrübt!«

Nun fühlte Mottke, daß sie beide bereits zu einer Familie gehörten, und es war ihm, als wäre Chanele ihm blutsverwandt und nicht nur seine Braut, sondern zugleich seine Mutter und Schwester.

Und als Chanele sich an ihn wandte und sagte:

»Aaron-Leib, ich habe für deine Mutter ein schönes Geschenk bereitgelegt: eine Perücke und ein schwarzes Spitzentuch.« Da ergriff Mottke ihre Hand und erwiderte leise:

»Chanele, ich heiße nicht Aaron-Leib. Ich heiße Mottke. Nenne mich Mottke. Ich bitte dich darum.«

»Mottke!« rief das Mädchen und lachte vergnügt auf. »Ach, geh! Du machst dich über mich lustig. Was ist das für ein Name? *Mottke* paßt eher für einen Dieb.«

»Ich mache mich nicht über dich lustig, Chanele. Ich trage einen fremden Namen.«

»Was heißt das: einen fremden Namen? Welcher Mensch trägt denn einen fremden Namen? Du treibst Spaß mit mir!«

»Ich spaße nicht. Höre mich an, Chanele, ich wollte dir schon längst alles sagen, Chanele, denn dir muß ich alles sagen ... Bevor ich mich mit dir verheirate, will ich, daß du alles erfährst! Du sollst alles wissen, alles, genauso wie meine Mutter. Ich will, daß du mir vom heutigen Tag an wie eine Mutter bist und alles erfährst! ... Alles! ...«

Das Mädchen erschrak und verstummte. Sie fühlte, daß Mottke ihr etwas sehr Wichtiges aus seinem Leben anvertrauen wollte, und das versetzte sie in Angst. Aber sie war zugleich begierig, das Schicksal kennenzulernen, das ihr bevorstand.

»Siehst du, Chanele, als du vorhin so von meiner Mutter sprachst, da war es mir, als wären wir beide verwandt. Ich fühlte es, Chanele, und ich sagte mir, daß ich dir alles anvertrauen kann. Höre mich an, Chanele: Ich trage einen fremden Namen, den Namen eines Menschen, der nicht mehr unter den Lebenden weilt ... Dieser Mensch hat mir viel Schlechtes angetan, sehr viel Leid zugefügt hat er mir ... Und er besaß einen Namen, während ich keinen hatte ... Ich bin als ganz kleiner Junge von Hause fortgelaufen; ohne Namen, ohne Papiere verließ ich meine Heimatstadt. Man hatte mich geschlagen, ich blieb ihnen aber keinen Hieb schuldig; nun suchte man mich, um mich einzusperren, und da bin ich davongelaufen. Einen Paß hatte ich nicht, und wer keinen Paß besitzt, der hat auch keinen Namen, der kann in der Welt nicht vorwärtskommen. Jener Mensch aber besaß einen Paß und einen Namen; ich beneidete ihn und grübelte darüber nach, wie ich ihm Paß und Namen wegnehmen könnte... Und ich habe so lange darüber nachgedacht und nachgegrübelt, bis ich es endlich getan habe...«

Chanele saß da mit stark pochendem Herzen. Sie empfand nicht mehr die abendliche Kühle, sie sah nur noch Mottkes große Augen, die auf sie wie elektrischer Strom wirkten. Und sie fühlte die Wärme seiner Hand und seines Atems.

»Und einmal, als dieser Mensch mir ein sehr, sehr großes Leid zugefügt hatte – er und seine Kameraden hatten mich so geschlagen, daß ich krank wurde – und mir zu Ohren gekommen war, daß er mit jemandem zu fliehen beabsichtigte, da verabredete ich mich mit dem Menschen, den er mitnehmen wollte, lauerte meinem Feind nachts auf dem Weg auf und richtete es so ein, daß er verschwand, daß er ganz von der Erdoberfläche verschwand. Und jetzt trage ich seinen Paß auf meiner Brust und nenne mich mit seinem Namen. Habe keine Angst: er wird nie zurückkommen. Er liegt gut begraben auf dem Grund eines Flusses mit einem Stein am Hals... Niemand weiß es... Aber seinen Namen will ich nicht weiter tragen. Ich will jetzt nach dem Schtedtl reisen, in dem ich geboren bin, ich werde dort der Polizei viel Geld geben und mir einen Paß auf meinen eigenen Namen ausstellen lassen. Ich will, daß mich die Leute so nennen wie mich meine Mutter nannte: Mottke! Ich will wieder Mottke heißen...«

Der Bursche brach seine Rede mitten im Satz ab. Chanele saß wie in einem Nebel da und war der Ohnmacht nahe. Es schien ihr, sie schliefe und höre diese Geschichte nur im Traum.

»So. Jetzt weißt du alles, alles!« seufzte Mottke auf.

»Sag, sag, willst du noch meine Braut bleiben? Willst du Mottkes Braut sein? Nicht Kanariks, sondern Mottkes? Kanarik ist tot und begraben ... ich habe ihn umgebracht ... mit meinen eigenen Händen habe ich ihn erwürgt ... Ich bin Mottke! ... Mottke ... Sag, willst du Mottkes Braut sein? Habe keine Angst; wenn du nicht willst – verschwinde ich, dann geh ich fort, und du sollst mich nie wieder sehen!«

Bei den letzten Worten Mottkes kam das Mädchen ein wenig zur Besinnung. Sie sah sich um. Die Nacht lag bereits über den weiten Feldern. In der Ferne sah man die Lichter der Stadt. Und plötzlich überkam Chanele eine Angst sondergleichen, und sie fürchtete sich, hier in der Nacht, allein mit dem Bräutigam zu bleiben. So begann sie denn mit unmenschlicher Stimme zu schreien:

»Mutter! Mutter! Mutter!«

Mottke erschrak vor dieser Stimme. Jetzt war auch er zu sich gekommen und begriff, daß er sich verraten hatte. Aber es tat ihm nicht leid, und er war froh, sein Gewissen erleichtert und sich vor Chanele gleichsam gereinigt zu haben.

»Warum schreist du?« fragte er. »Es werden Menschen zusammenlaufen! Komm, ich werde dich in die Stadt begleiten. Hab keine Angst, ich werde dir nichts tun.«

»Weshalb soll ich denn Angst haben?« erwiderte das Mädchen, das inzwischen ihre Geistesgegenwart wieder zurückgewonnen hatte und sich sagte, daß es besser sei, die Rolle der Braut weiterzuspielen. »Bist du denn nicht mein Verlobter? Soll ich etwa vor meinem Verlobten Angst haben? Ich war nur ein wenig erschrocken ...«

»Chanele, Chanele, was sprichst du da?« rief Mottke, fiel vor ihr auf die Knie und vergrub sein Gesicht in die Falten ihres Kleides.

»Komm, komm!« bat Chanele. »Es ist schon Nacht. Die Mutter wird unruhig sein und sich über unser langes Ausbleiben ängstigen.«

Schwarz und üppig lag die Frühlingsnacht in der Luft, unter dem Himmel und auf der Erde. Die Stille war durchtränkt von dem Wohlgeruch sich erschließender Knospen und Blüten. Es war, als seien Hunderte von Jungfrauen nackt in einem Garten eingeschlossen und erfüllten die Luft mit dem Duft ihrer jungen Leiber... Und durch das Dunkel jagten geheimnisvolle schwarze Flecke wie Schatten nie gesehener Gestalten... Und in dieser Nacht, in diesem Duft kamen die Verlobten zurück in die Stadt. Sie hatten unterwegs kein einziges Wort miteinander gesprochen.

15

Die Verlobung wird aufgelöst

Als Chanele verstört und halbtot vor Angst endlich zu Hause angelangt war, rief sie Vater und Mutter ins Wohnzimmer und erzählte ihnen mit bebendem Herzen und kaum gehorchender Zunge das Geheimnis, das Mottke ihr anvertraut hatte. Und als der Kaffeehausbesitzer die entsetzliche Geschichte hörte und erfuhr, daß der Verlobte seiner Tochter den Namen eines von ihm ermordeten Menschen trug, begann er ebenfalls vor Schreck zu zittern. Im ersten Augenblick konnte er kein Wort herausbringen. Seine Frau aber rang die Hände und brach in Tränen aus.

»Schweig, sei um Gottes willen still, man hört uns sonst!« rief ihr der Mann zu.

Nachdem jedoch die erste Aufregung sich gelegt hatte, begann man darüber nachzudenken, was nunmehr zu tun sei.

Eine lange Zeit sahen sich Vater und Mutter stumm an, bis Chanele plötzlich laut zu schluchzen begann.

»Was weinst du, mein Kind? Danke Gott, daß der Bursche es dir schon jetzt erzählt hat! Was würdest du getan haben, wenn du es, Gott behüte, erst nach der Hochzeit erfahren hättest?«

Man tröstete Chanele und brachte sie in die hintere Stube.

»Vor allem müssen wir Chanele vor ihm verstecken«, sagte die Mutter, als sie mit ihrem Mann allein geblieben war.

»Nein, vor allen Dingen muß man zum Herrn Oberst gehen und ihm alles erzählen, und zwar ohne etwas zu verschweigen!« erwiderte der Vater.

»Aber Meilach, ich bitte dich! Was redest du da?!«

»Was du hörst. Oder willst du etwa, daß der Oberst es von anderen erfährt und dann dich und die Braut zusammen mit dem Bräutigam zur Verantwortung zieht? Gott weiß, was dabei noch alles passieren und wie lange die Geschichte dann dauern kann!«

»Warum erschreckst du mich? Inwiefern sind wir denn schuldig? Wir haben doch nichts gewußt!«

»Siehst du, gerade deshalb ist es besser, wir gehen gleich zum Kommissar Chwostow und erzählen ihm alles. Panje, werden wir sagen, soundso steht es. Wir haben nichts davon gewußt. Unsere Tochter hatte sich mit ihm verlobt. Nachdem wir jetzt erfahren haben, was der Bursche für ein Mensch ist, kommen wir gleich zu dir, um dir alles zu erzählen. Wir sind ganz unschuldig. Verstehst du?«

»Ich will damit nichts zu tun haben. Er soll nicht durch unsere Hand fallen!« flehte die Frau.

»Glaubst du, daß der Kommissar es nicht erfährt, wenn du es ihm nicht sagst? Es werden sich schon Menschen finden, die es ihm eines schönen Tages hinterbringen! Die Geschichte wird ihm nicht verborgen bleiben. Wenn Chanele es weiß, dann wissen es noch mehr Menschen. Ein Dieb verdient einen Strick; und wenn er nicht heute an den Galgen kommt, so wird es eben morgen, übermorgen, nach einem Jahr oder vielleicht nach zwei Jahren geschehen, wenn du bereits mit ihm verwandt sein wirst, so daß man dich auch in die Sache hineinziehen wird. Und Chanele ist dann ganz bestimmt verloren als seine Frau, die es gewußt und nicht zur Anzeige gebracht hat! Ich will meine Tochter nicht ins Unglück stürzen! Mir ist alles einerlei! Ich gehe jetzt gleich zum Kommissar und erzähle ihm alles. Ich will mit der Sache nichts zu tun haben, und die Behörde soll uns nachher keine Vorwürfe machen und unserm Kind kein Leid zufügen!«

Die letzten Worte überzeugten die Frau, daß es notwendig war, Mottke anzuzeigen, um die Tochter zu retten. Jetzt widersprach sie dem Mann nicht mehr, sondern weinte nur still.

Man rief Chanele herein, die blaß und erschrocken ins Zimmer trat und gar nicht mehr wußte, was mit ihr geschah.

»Weine nicht, mein Kind! Danke Gott, daß alles so gekommen ist. Du bist noch nicht sein und er nicht dein. Verlobt ist noch lange nicht verheiratet. Er ist für dich noch ein wildfremder Mensch.«

Chanele wußte das alles selbst ebensogut, aber sie

fühlte sich bereits zu Mottke hingezogen. Er war der erste Mann, der sie geküßt hatte.

»Wir müssen diese Bürde unbedingt von uns werfen, Töchterchen, um sie nicht selbst mitzutragen. Wir müssen uns von der Sache vollkommen reinwaschen, weil wir doch in der Tat nichts damit zu tun haben.«

Als Chanele endlich begriff, daß ihr Vater verlangte, daß sie mit ihm zum Kommissar gehen und ihm alles mitteilen sollte, was sie von Mottke erfahren hatte, brach sie in ein so lautes Schluchzen aus, daß die Eltern erschraken. Vielleicht waren die Beziehungen ihrer Tochter zu Mottke schon über die Verlobung hinaus gediehen? Das Mädchen hatte ihr Gesicht mit beiden Händen bedeckt, hatte sich in ein Kissen vergraben und wollte niemand sehen und niemand hören ...

»Hindele, ich habe Angst, daß es bereits zu spät ist ... Der Bursche hat uns schon unglücklich gemacht!«

»Was fällt dir ein? Meinen Feinden soll so etwas zustoßen! Pfui! Unser Kind ist noch unschuldig, und der Bursche hat sie wie ein unerfahrener, reiner Junge behandelt, wie der Sohn eines Rabbiners!«

»Und ich fürchte, daß wir bereits schweigen müssen, das Unglück hat uns schon! Sieh, wie das Mädchen weint!«

»Meilach, du bist ein gemeiner Mensch! Geh fort von hier! Laß mich mit dem Kinde allein!«

»Sieh zu, daß du die Wahrheit herauskriegst, Hindele, damit wir wissen, woran wir sind! Ist es schon zu spät, dann müssen wir eben schweigen, dann ist es nun einmal unser Unglück! Sieh zu, daß du die Wahrheit erfährst!« wiederholte Meilach und ging aus dem Zimmer.

»Liebes Töchterchen, sag mir alles, schäm dich nicht, ich bin doch deine Mutter, mein Kind!« sagte die Wirtin und legte den Kopf ihrer Tochter zu sich auf den Schoß.

»Was soll ich dir denn sagen, Mütterchen? Ich habe dir doch bereits alles gesagt . . .«

»Hat er mit dir nicht etwas Schlechtes getan?«

»Wer, Mutter?«

»Mottke.«

»Nein, nein, er ist mit mir wie ein vornehmer Bräutigam umgegangen, wie ein ganz feiner Jüngling! Er hat mir nur den Kopf gestreichelt und hat immer gesagt, daß er mich liebt, daß er mich sehr liebt. Er ist in der letzten Zeit jeden Sabbat mit dem Onkel zur Synagoge gegangen und hat dort gebetet; er hat alle seine früheren Freunde fallenlassen, und das hat er alles nur meinetwillen getan! Er wollte ein anständiger Mensch werden und meine Liebe gewinnen. Und auch diese Geschichte hat er mir nur erzählt, um keine Geheimnisse mehr vor mir zu haben. Nur aus diesem Grunde hat er sich mir anvertraut . . .«

»Und weiter seid ihr miteinander nicht gegangen? Sieh, mein Kind: ist er dir bereits so nahe gekommen, daß es schon zu spät ist, euch voneinander zu trennen, dann müssen wir uns eben in die Backen kneifen und schweigen. Dann heißt es eben, die Schande zu ertragen und euch miteinander zu verheiraten . . .«

»Nein, Mütterchen, ich habe dir doch schon gesagt, daß er sich mir gegenüber stets so anständig und taktvoll benahm, wie wenn er ein Studierter wäre. Er hat gesagt, wenn Gott ihm hilft und er einmal die Ehre haben wird, mit mir getraut zu werden, dann wird er sich für den glücklichsten Menschen auf Erden halten!«

»Er wird schon die Ehre haben, er wird schon . . . Glücklich bist du, mein Kind, daß du dich nicht hast von ihm verführen lassen! Meilach!« rief sie ihren Mann herein. »Was hast du geplappert? Was hast du von dem Mädchen gewollt? Wie ein studierter feiner Junge ist der Bursche mit ihr umgegangen. Er hat sie fein und edel behandelt!«

»Wenn dem so ist, dann soll er alles ganz allein tragen! Dann haben wir mit dieser Geschichte nichts zu tun! Komm mein Kind, komm sofort mit mir!«

»Wohin, Vater?«

»Zum Kommissar Chwostow. Du mußt ihm alles genauso erzählen, wie du es mir erzählt hast, alles . . .«

»Vater! . . .«

»Ich schleppe dich sonst mit Gewalt hin, ich muß dich retten! Was geht dich der Kerl an, mein Kind? Bist du denn mit ihm verheiratet? Die Freundschaft ist aus! Die Verlobung wird aufgelöst! . . . Er ist uns ein Fremder! Was geht er uns an? Komm!«

16

Mottke hat einen Schutzengel

Meilach der Kaffeemacher schleppte noch in derselben Nacht seine Tochter zum Kommissar hin.

»Nicht eine Minute will ich länger warten!« schrie er.

Umsonst weinte die Tochter, umsonst flehte sie den Vater an, Erbarmen zu haben – es half nichts. Er zog sie an der Hand hinter sich her, und Chanele mußte ihm folgen.

Aber sie trafen den Herrn Oberst weder im Revierbureau noch in seiner Wohnung an. Der Kommissar verbrachte die meisten Abende im Kabarett *Aquarium*, wo die berühmte spanische Seiltänzerin Dorothea auftrat, von der die Zeitungen schrieben und von der die ganze Warschauer Kavallerie behauptete, daß sie die schönsten Beine der Welt habe . . . Der Herr Oberst war mit der Spanierin intim befreundet, und mancher Offizier beneidete ihn um seine Erfolge bei der schlanken, biegsamen Spanierin, die weiße, feine Finger hatte und edel geformte Beine, die in den straffen seidenen Strümpfen wie gemeißelte Weinbecher aussahen . . . Man flüsterte geheimnisvoll über die beiden, fragte sich, woher die Spanierin stamme, wunderte sich und wollte wissen, wie es kam, daß der Oberst sich so sehr ihrer Gunst erfreute . . . Dieses Flüstern und der Ort, von dem »die schönsten Beine der Welt« gekommen waren, verliehen der Spanierin einen noch größeren Reiz. Alle beneideten den Kommissar und beglückwünschten ihn zu einer solchen Attraktion. Und der Kommissar Chwostow war auf seine Seiltänzerin sehr stolz.

Nachdem Meilach der Kaffeemacher den Kommissar weder auf der Polizei noch in seiner Wohnung gefunden hatte, schleppte er Chanele mit ins Kabarett *Aquarium*. Als seine Frau versuchte, ihm von seinem Vorhaben abzuraten, ihn zu überreden, sein Vorhaben auf den nächsten Morgen zu verlegen, erklärte ihr Reb Meilach folgendes:

»Närrin, je eher wir ihn anzeigen, um so besser ist es für uns. Wer weiß, was bis morgen alles geschehen kann! Vielleicht wird er sich die Sache überlegen, seine Offenherzigkeit bereuen und die Flucht ergreifen oder uns ein Leid zufügen! . . . Er kann ja auch uns in die Sache verwickeln! . . . Man muß die warme Spur verfolgen und ihn gerade dann packen, wenn er es am allerwenigsten erwartet!«

Und als Chanele von neuem zu weinen begann, flüsterte Reb Meilach seiner Frau ins Ohr:

»Man kann außerdem bei dieser Gelegenheit noch Geld verdienen! Der Fiskus belohnt einen in solchen Fällen ganz gut: meist gibt es einen Hunderter und mitunter sogar zwei... Chanele kann dieses Geld als Mitgift gebrauchen.«

Gegen den letzten Einwand vermochte die Frau nicht anzukämpfen. Das leuchtete auch ihr ein. Und sie begann sich über die Tochter zu ärgern.

»Chanele, willst du uns unglücklich machen?« rief sie. »Wir müssen diese Bürde, diese Gefahr so schnell wie möglich loswerden!«

Aber in das Kabarett *Aquarium* wurden sie gar nicht eingelassen. Der Oberst war beschäftigt: denn gerade in diesem Augenblick erschien auf der Bühne Dorothea. Sie trug ein kurzes, tief ausgeschnittenes schwarzseidenes Bühnenkleid, das mit kleinen glänzenden Perlen besetzt war. Barfuß und mit aufgelöstem Haar tanzte sie auf einem schlaff über die Bühne gezogenen Seil. Die Musik hörte auf zu spielen. Im Saal war es halbdunkel. Und das Publikum im Parkett erhob sich von den Plätzen, wie auch die Offiziere und ihre Damen in den Logen. Alle Blicke richteten sich gespannt auf die Bühne, die mit blutrotem Licht übergossen war. Die Seiltänzerin hielt in der Hand einen kleinen schwarzen Schirm, glitt über ein Drahtseil, bog ihren geschmeidigen, wie bei einer Schlange beweglichen Körper hin und her und zeigte dabei »die schönsten Beine der Welt«. Und vor dem schwarzen Hintergrund der Bühne, in den Fluten des roten Lichts kamen diese weißen Beine besonders gut zur Geltung, und das Seil war hoch genug, um alle Zuschauer diese Beine bewundern zu lassen. Alle: die Damen und die Offiziere und überhaupt alle Anwesenden unterlagen dem Zauber der weichen, gleichsam samtenen, harmonischen Linien ihres Körpers und der edel geformten Beine, die wie Schaumwein in einem Becher funkelten und blendeten. Über das Weiß der Haut zogen sich die blauen Adern, die in der blutroten Beleuchtung ebenfalls etwas rötlich schimmerten und wie Schnüre geronnenen Bluts aussahen, die das Frauenhafte und Feine ihrer Beine betonten . . . Alle waren von diesem Anblick entzückt: die Damen noch mehr als die Herren, und allen entrang sich ein freudiger Schrei, als die Seiltänzerin plötzlich einen Sprung in die Höhe tat, wobei sich ihre Beine in der Luft wie zwei sanfte Schwanenhälse schlängelten. Einen Augenblick später stand sie schon wieder auf dem Seil, und alle ergriffen ihre Gläser mit Sekt und hoben sie ihr entgegen und schrien vor Begeisterung. Sie aber verneigte sich und ließ dabei ihre schönen nackten Beine noch mehr sehen . . .

Gerade in diesem Augenblick meldete man dem Oberst, der in der Nähe der Bühne stand und die Seiltänzerin mit den Augen verschlang, daß irgendein Jude mit Frau und Tochter gekommen sei und ihn sprechen wolle. Er ließ die Juden »zum Teufel« schicken und wandte sich wieder wie hypnotisiert dem Anblick der Seiltänzerin zu.

Aber Meilach der Kaffeemacher gab nicht auf.

»Ich warte hier, wenn es sein muß, die ganze Nacht«, erklärte er. Er fürchtete, daß der Bursche, falls er jetzt nach Hause ginge und die Sache auf morgen verschöbe, verschwinden könnte, und er sagte sich, daß Mottke ihn dann mit seinem Haß verfolgen würde. Und ein sonderbares Gefühl, etwas wie Rachsucht, erfaßte den Mann, und er wollte um jeden Preis Mottke noch heute nacht festnehmen lassen, während der Bursche schlief und nichts Schlimmes ahnte. Dieses Gefühl steigerte sich bei ihm allmählich zu einer Art Ehrgeiz, und er war um nichts in der Welt von der Ausführung seines Planes abzubringen.

Bald darauf trat der Oberst mit seinen Freunden – einem Stabsoffizier, einem Richter und noch einem Herrn in Zivil – in ein Sonderzimmer des Kabaretts; die Herren setzten sich und warteten mit Blumen und Sekt auf die Seiltänzerin. Und gleich darauf erschien Krumaschattka, der hübsche, hochgewachsene junge Mann, der den Chansonetten Schmucksachen verkaufte, und trug die Erwartete auf den Händen hinein. Ihm folgte schweratmend der Direktor des Kabaretts. Die Gesellschaft empfing die Spanierin mit einem begeisterten *Hurra*. Der Oberst kniete vor der Seiltänzerin nieder, sie hüpfte mit ihren nackten Füßen leicht auf seine Glatze und sprang dann auf das weiche Sofa hinab.

»Nun, Krumaschattka, zeig mal, was du da hast!« wandte sich der Oberst an den jungen Mann.

»Zwei teure Ringe mit großen Rubinen, die aus der Petersburger städtischen Pfandleihe kommen, wo sie die *Königin der Perlen* einst versetzt hatte«, erwiderte der Angesprochene.

»Zeig mal her!«

Und der Oberst überließ die Ehre des Schenkens dem jungen, hübschen Stabsoffizier, der ebenfalls niederkniete und die beiden Ringe auf die großen Zehen der Tänzerin streifte.

In diesem Augenblick meldete ein Diener dem Oberst von neuem, daß er erwartet werde.

»Herr Oberst, der Jude will nicht fortgehen. Er steht da mit seiner Frau und seiner Tochter und behauptet, daß er dem Herrn Oberst etwas sehr Wichtiges mitzuteilen habe.«

»Was wollen diese Juden von mir! Ich ließ ihnen doch bereits sagen, daß sie mich morgen auf dem Polizeibureau aufsuchen sollen!«

»Der Mann behauptet, daß es sich um eine Sache handelt, die keinen Aufschub duldet«, erwiderte der Diener, dem Meilach der Kaffeemacher vorher ein Trinkgeld zugesteckt hatte.

»Vielleicht will er dir seine Tochter verkaufen? Die Leute wissen ja in dieser Gegend, daß du ein Weiberfreund bist und daß du schöne Mädchen, insbesondere schöne jüdische Mädchen gern hast.«

Der Oberst fühlte sich durch die Schmeichelei geehrt und wandte sich mit einem Lächeln an den Diener:

»Ist die Tochter dieses Juden hübsch?«

»Ein sehr hübsches Mädchen eine ganz leckere kleine Jüdsche!«

»Nun, dann führ sie hierher.«

»Nein, nein, nicht hierher! Geh du lieber zu ihnen hinaus! Hier ist doch eine Dame bei uns!« rief der Richter und wies auf die Seiltänzerin. »Der Gnädigsten wird es vielleicht unangenehm sein!«

»Ich fürchte mich, euch hier allein mit meinem hübschen Vögelchen zu lassen«, erwiderte der Kommissar. »Ihr könntet ihr hier in meiner Abwesenheit Schlechtes von mir erzählen! Vor dir habe ich keine Angst, du Alterchen!« sagte der Oberst zum Richter. »Aber vor diesem Grünschnabel ...« und er wies auf den jungen Offizier. »Diese Jungen, sie nehmen uns alle Vögelchen fort, diese Grünschnäbel!«

»Nun, Pan Oberst können die Leute in diesem Falle hier empfangen«, schlug der Direktor vor und zeigte auf eine Tür mit Glasscheiben, die ins Nebenzimmer führte. »Hier wird der Herr Kommissar in der Nähe seines Vögelchens sein und kann gleichzeitig die Juden empfangen!«

»Führe die Leute in dieses Nebenzimmer!« befahl der Oberst dem Diener.

Als die Juden drin waren, ging der Oberst zu ihnen. Seine Freunde und die Tänzerin waren mit Trinken beschäftigt. Der Direktor entfernte sich, um irgendeine neue Marke Champagner zu holen, und Krumaschattka ging fort, seinen Handel in anderen Sonderzimmern fortzusetzen. Die Seiltänzerin, die jetzt mit den beiden Herren allein war, fühlte sich als ihre Königin; sie kokettierte mit ihnen und reizte sie, doch nicht weil sie ihr gefielen, sondern mehr aus Gewohnheit und um den Oberst zu ärgern. Sie lachte und zeigte dabei ihre kleinen, weißen, scharfen Zähne, die den Richter fast um den Verstand brachten.

Plötzlich vernahm sie aus dem Nebenzimmer, in das der Oberst gegangen war, das Schluchzen eines jungen Mädchens. Die Seiltänzerin, der sowohl die Stimme wie auch das Schluchzen bekannt vorkamen, begann gespannt zu lauschen. Sie stand auf, näherte sich mit einem leichten Sprung der Tür, tat sie leise auf und sah ins Zimmer hinein. Und da erblickte sie Chanele, die vor dem Kommissar stand und bitterlich weinte und sich das Taschentüchlein an die Augen drückte. Und ihr Vater stand neben ihr und schrie:

»Erzähle dem Herrn Oberst alles! Erzähle ihm alles wie einem leiblichen Vater, sage ich dir! Er soll alles wissen, was dir dein Verlobter mitgeteilt hat. Verschweige nichts, sprich so offen, wie du dich zu Hause mir gegenüber ausgesprochen hast!«

Die Seiltänzerin begriff sofort, um was es sich handelte. Sie erschrak und wurde leichenblaß. Dann machte sie die Tür zu und kehrte zu den beiden Herren zurück.

»Wie neugierig doch Frauen sind! Kaum hören sie eine Frauenstimme, da sind sie nicht mehr zu halten!«

»Die Gnädigste ist auf den Oberst eifersüchtig; sie fürchtet, er könnte ihr untreu werden. Nicht wahr?« fragte der Richter und faßte Mary an der Hand.

»Soll ich etwa auf dich eifersüchtig sein, du Glatzkopf?« erwiderte sie, schlug den Richter mit der Hand auf seinen kahlen Schädel und lachte.

Sie wußte, daß es im Nebenzimmer um Mottke ging. Und ihr wurde mit einem Mal eins klar: sie mußte sein Leben retten. Vor allen Dingen beschloß sie sofort, den Kommissar bis zum Morgen festzuhalten, um Mottke Zeit zu geben, aus seiner Wohnung zu verschwinden. Dort sollte man ihn nicht finden.

Sie ergriff eine Flasche Sekt, füllte die Gläser und gab beiden Herren zu trinken. Um den Oberst eifersüchtig zu machen, legte sie ihre nackten Beine dem Offizier auf den Schoß, streichelte ihn und ließ sich von dem jungen Mann die Füße küssen.

Bald kehrte auch Chwostow zurück. Er war rot im Gesicht, ganz aufgeregt, drehte seinen Schnurrbart und sprach wie vor sich hin:

»Eine wichtige Sache! Ein interessanter Fall! Höchst interessant!... Man wird die Bearbeitung sofort in Angriff nehmen müssen...«

Mary beachtete ihn gar nicht. Sie umschlang den Hals des Offiziers mit ihren Beinen und streichelte ihn wie mit zwei leichten Armen.

»Was willst du machen? Sieh, von welcher Seite dir Gefahr droht!...« sagte der Richter zum Kommissar und wies auf Marys Beine.

»Bruder, die Pflicht ruft mich! Erst kommt die Pflicht und dann das Vergnügen! Ein höchst interessanter Fall! Ei, ei! Das nenne ich mir einen Bräutigam!...« brummte der Kommissar vor sich hin und klingelte nach dem Diener.

»Bist du von Sinnen?! Wo willst du hin? Du läßt sie hier mit ihm allein? Ich bin hier überflüssig, Bruder! Wenn sie beieinander sind, dann vergessen sie überhaupt, daß ich noch da bin!« erklärte der Richter.

»Laßt ihn nur gehen! Mag er! Und Euch, meine Herren, werde ich den Schlangentanz zeigen, den ich vom Regisseur gelernt habe. Wartet nur ein wenig. Laßt ihn erst fort sein!« rief Mary, nahm das Glas des jungen Offiziers, tat einen Schluck daraus und führte das Glas wieder an den Mund des jungen Mannes.

»Na, beneiden tue ich dich nicht, Chwostow. Es scheint, daß wir beide schon zu alt sind und nichts mehr taugen!« lachte der bereits angeheiterte Richter.

»Wenn dem so ist, gehe ich nicht, bevor du den Schlangentanz ausgeführt hast. Mir hast du ihn noch nie gezeigt und ihnen willst du ihn vortanzen!«

»Ich denke nicht daran! Solange du hier bist, tanz ich nicht. Geh! Geh!...«

»O weh, Chwostow! Jetzt hast du dich hineingeritten!« lachte der Richter.

»Und ich gehe nicht, ehe du getanzt hast!« erwiderte hartnäckig Chwostow. »Geh zum Teufel!« schnauzte er den Diener an, der auf sein Läuten hin erschienen war.

»Und ich will in deiner Gegenwart nicht tanzen!« neckte ihn die Seiltänzerin. »Chwostow, reich mir ein

Kissen!« befahl sie ihm in einem gebieterischen Ton.

Chwostow führte den Befehl aus, ging aber nicht fort.

»Und jetzt geh und erfülle deine Pflicht!«

»Fällt mir nicht ein. Ich will hier bleiben!«

»Dann schick deine Juden zum Teufel und setz dich zu uns. Hat der Mensch Gäste eingeladen und läßt mich jetzt mit den Herren allein! Ein netter Kavalier bist du! . . .« rief Mary und drückte ihr seidenes Taschentüchlein an ihre Augen.

»Sie hat recht!« stimmten ihr der Richter und der Offizier bei. »Du mußt sie um Verzeihung bitten!«

»Ich will nicht, ich will nicht! . . .« schrie Mary.

»Siehst du, was du mit deinen Juden angerichtet hast, Chwostow? Sie hast du beleidigt, und uns hast du den Abend verdorben!«

»Verzeiht!« rief Chwostow und schlug sich auf die Brust. »Ich bekenne mich schuldig, aber – das Gesetz fordert, und die Pflicht ruft! Wenn sie verspricht, auch mir den Schlangentanz zu zeigen, dann schicke ich die Juden zum Teufel und bleibe hier.«

Einige Augenblicke später stand Chwostow bereits an der Tür mit den Glasscheiben und sprach laut mit Meilach dem Kaffeemacher, damit der Offizier und der Richter hören und begreifen sollten, daß es sich um eine wichtige Angelegenheit handelte:

»Geh jetzt nach Hause, du. Und sage niemand ein Wort von der ganzen Sache. Bis morgen. Wann kommt er zu dir, zu deiner Tochter?«

»Jeden Abend nach der Arbeit, so gegen sechs Uhr.«

»Gut. Ich werde ihn dann bei dir mit meinen Leuten erwarten. Das wird erstens leicht sein und zweitens kein Aufsehen verursachen. Verstanden?«

»Jawohl«, erwiderte der Jude.

»Geh jetzt also nach Hause und sprich mit keinem Menschen darüber. Ich werde dich dafür belohnen.«

Mary hatte gut die Ohren gespitzt, um auch nicht ein einziges Wort von dem Gespräch des Kommissars mit dem Kaffeemacher zu verlieren. Und sie hatte alles gehört und verstanden.

»Eine wichtige Angelegenheit! Ein hochinteressanter Fall!« sagte der Kommissar zu seinen Gästen. »Ich müßte gehen, das Gesetz ruft, aber das Herz läßt mich nicht!« – und er wies auf Mary. »Nun habe ich es so eingerichtet, daß das Herz ruhig ist und auch dem Gesetz kein Abbruch geschieht. Man muß nur den Kopf nicht verlieren, dann geht alles! Und nun, mein Kätzchen, jetzt kommt der Schlangentanz. Den habe ich mir verdient...«

»Ja, er hat recht, den hat er sich verdient!« bestätigten die beiden Herren.

»Es eilt nicht! Er soll zuerst etwas trinken. Wir alle haben schon getrunken, als er sich noch mit seinen Geschäften abmühte!«

»Stimmt, Chwostow! Du hast kolossales Schwein! Sieh, wie sie um dich besorgt ist!«

»An allem ist mein Herz schuld. Ich habe ein zu gutes Herz!« lobte sich der Kommissar selbst.

Eine Stunde später waren sie alle bereits betrunken. »Das Gesetz und die Gerechtigkeit«, repräsentiert durch Chwostow und den Richter, knieten vor der Seiltänzerin. Sie goß Wein auf ihre Glatzen, wofür »Gesetz und Gerechtigkeit« ihr die Hände küßten.

Dann zeigte sie ihnen den Schlangentanz. Sie stellte sich auf die Hände, hob die Füße in die Höhe, und ihre Beine umschlangen einander wie zwei hohe, schlanke Schwanenhälse und streichelten und küßten sich...

So hielt sie die Herren die ganze Nacht fest bis zum Morgen und entließ sie alle trunken von Wein, von Liebe und von Leidenschaft . . .

Aber kaum entschlüpfte Chwostow ihren Umarmungen, in denen sie ihn bis zum späten Morgen festgehalten hatte, als sie sofort auf die Straße hinauseilte, in eine Droschke sprang und sich rasch zu Mottke fahren ließ.

Zu Hause, in seiner Wohnung traf sie ihn nicht mehr an . . .

17

Chanele, wofür?

An diesem Morgen erwachte Mottke frisch und gesund. Die Tatsache, daß er am vorhergegangenen Abend sein Herz vor Chanele aufgetan hatte und sie nunmehr wußte, daß er in Wirklichkeit Mottke und nicht Kanarik war, ließ ihn sich wie neugeboren fühlen. Mochte es ihn noch so viel kosten, selbst wenn jetzt die Verlobung aufgelöst würde – allein die Gewißheit, daß Chanele alles wußte, machte ihn glücklich. Es war ihm, als wäre er erst seit gestern, erst seitdem er ihr alles gebeichtet hatte, ihr wirklicher Bräutigam geworden. Vorher war Kanarik mit ihr verlobt gewesen, und kein anderer als Kanarik war mit ihr spazierengegangen. Aber gestern abend hatte er Kanarik wieder in den Fluß geworfen – und war nicht mehr Kanarik, sondern er selbst, Mottke, Chaneles Bräutigam. Und nun würde Mottke mit Chanele getraut werden, er, er selbst, Mottke!

Mit dem guten Willen eines Menschen, der sich seine Zukunft mit den eigenen Händen aufbaut, machte sich Mottke an diesem Morgen früher als sonst an die Arbeit. Er spannte seine Pferde ein und fuhr zum Güterbahnhof, um einen Waggon Gefrierfisch in Empfang zu nehmen, der für einen Warschauer Kaufmann aus Rußland gekommen war. Die Arbeit machte ihm heute Spaß, und er dachte daran, wie er gegen Abend zu Chanele gehen und sie bitten würde, einen Brief an seine Mutter zu schreiben und sie in seinem Namen nach Warschau einzuladen.

»Oder ist es vielleicht besser, wenn ich selbst nach dem Heimatschtedtl fahre und mir für Geld bei der Behörde einen Paß besorge?« dachte er und beschloß zu guter Letzt, darüber mit Chanele zu sprechen und dann so zu handeln, wie sie raten würde.

Aber kaum erschien Mottke mit den ersten Fischen beim Kaufmann auf dem Grzybow, als ihm seine Kollegen, die Fuhrleute, sofort erzählten, daß irgendeine Dame – »so eine, weißt du!« – in einer Droschke gekommen sei, nach ihm gefragt und ihn gesucht habe. Mottke wunderte sich sehr darüber, denn seit er die Seiltänzerin ins Kabarett *Aquarium* gebracht hatte, hatte er sie nie wieder gesehen. Und eine andere als Mary konnte die »Dame« doch nicht gewesen sein. Er spie aus und sagte:

»Daß sie der Kuckuck hole!«

Dann machte er sich wieder an die Arbeit. Da plötzlich fuhr eine Droschke an seinen Wagen heran. Mottke erblickte darin eine Gestalt und erkannte Mary, die ihm winkte.

»Daß dich die Pest . . . !« knirschte er innerlich. »Was will sie von mir?« Aber er trat dennoch an die Droschke heran, um zu erfahren, was sie zu ihm führte.

»Rette dich, so schnell du kannst! Es geht um dein Leben! Die Polizei sucht dich! Chwostow weiß alles!«

Mottke erblaßte, biß sich in die Lippen und fragte ruhig:

»Hast du mich verraten?«

»Ich nicht! Deine Braut, Chanele, war gestern abend mit ihrem Vater bei Chwostow und hat ihm alles erzählt.«

»Wem tischst du solche Märchen auf? Daß dir die Augen aus dem Schädel springen! Chanele soll mich verraten haben? Nein, wenn du es nicht gewesen bist, dann war es überhaupt niemand!«

»Ach, mein Gott! Die Polizei sucht dich! Nimm eine Droschke und folge mir... Ich habe Geld... Wir müssen so schnell wie möglich die Stadt verlassen.«

»Aha! So läuft der Hase! Jetzt versteh ich dich! Du willst mich von Chanele trennen? Ich soll mit dir fliehen? Du brauchst kein Wort mehr zu sagen, jetzt weiß ich alles! Gefällt dir denn dein Chwostow nicht mehr? Du hast doch so teure Ohrringe, und Schatten unter den Augen...«

»Mottke, um Himmels willen! Es ist keine Zeit mehr zu verlieren. Ich will dich nicht betrügen, ich will dich retten und mich selbst auch! Chwostow weiß alles... Chanele hat ihm alles erzählt!...«

»Schweig, hörst du? Sonst ohrfeige ich dich auf offener Straße! Ich gehe jetzt sofort zu Chanele und werde dort erfahren, ob sie etwas gesagt hat!«

»Was tust du? Bei Chanele erwartet dich die Polizei!«

»Macht nichts! Wenn Chanele will, daß ich mich der Polizei ausliefere, dann tue ich es eben! Ich habe keine Angst. Wenn du mich nicht verraten hast, dann hat es überhaupt niemand getan! Und Chanele sollst du in Ruhe lassen! Ich bitte dich darum, verstehst du, sonst wird dich auf der Stelle der Teufel holen! Holla, Kutscher!« rief er eine Droschke heran.

»Wo willst du hinfahren?«

»Das geht dich nichts an. Fahr du zu Chwostow. Verrate mich, wenn du willst!... Was sie für Listen ersonnen hat! Sieh nur, mit welchen Drohungen sie mich von Chanele trennen wollte! Kutscher, zur Pfauenstraße!«

Es half nichts, daß ihm Mary den Weg verstellte, sich im Gang des Hauses in der Pfauenstraße zu seinen Füßen warf und ihn anflehte, ihr und sein eigenes Leben zu retten und mit ihr gleich, sofort zu fliehen.

Aber wohin sollte er ohne Chanele fliehen? Was galt ihm die Welt, was war ihm das Leben ohne Chanele? Er stieß Mary von sich, schlug sie und schrie sie an:

»Ich habe keine Angst! Ich gehe jetzt zu ihr! Wenn sie mich der Polizei ausliefern will, mag sie es ruhig tun!«

Beim Onkel, in dessen Wohnung sich Chanele aufhielt, wurde Mottke so früh nicht erwartet. Der Onkel, der bereits eingeweiht war, hatte zusammen mit Chaneles Vater alle Vorbereitungen zu Mottkes Festnahme getroffen. Aber man glaubte, daß Mottke viel später, wie jeden Abend, erst nach der Arbeit kommen würde. Chanele sollte, dem Plan nach, das Haus schon früher verlassen, und statt ihrer sollte Mottke die wartende Polizei vorfinden. Als der Onkel aber plötzlich Mottke erblickte, geriet er in Verwirrung. Indessen fand er sich bald wieder und – da er auch um sein Leben zitterte und schlau war – verstellte er sich, so gut er vermochte.

»Warum kommst du heute so früh?« fragte er.

»Ich muß mit Chanele sprechen. Ist sie hier?«

»Wo soll sie denn sonst sein?« erwiderte der Onkel mit einem Lächeln und rief ins Nebenzimmer: »Chanele, Chanele, sieh nur, was für ein unerwarteter Gast gekommen ist!«

Chanele zog sich gerade um, und als sie hörte, daß Mottke gekommen war, wollte sie gar nicht zu ihm hinausgehen.

»Sie zieht sich um, sie wird gleich kommen! Warte noch ein Weilchen, ich bin sofort wieder da!« sagte der Onkel. »Lea, Lea, bring mal ein Gläschen Tee, sieh, was für ein Gast gekommen ist!« rief er seiner Frau in die Küche zu und verließ das Zimmer.

Mottke blieb allein im Eßzimmer. Er war voller Angst und Unruhe. Dann trat er an die Tür der Stube, in der sich Chanele umkleidete, und rief ihr zu:

»Chanele, Chanele, bist du bald fertig?«

»Sofort!« antwortete Chanele nebenan und zog das Umkleiden in die Länge. »Warum bist du heute so früh gekommen? Ist etwas geschehen?« fragte sie nach einer Weile wieder.

»Nein, ich will dir nur etwas sagen.«

Aber allzu lange konnte sie auch nicht im Nebenzimmer sitzen und schließlich mußte sie zu ihm hinausgehen. Sie war erschrocken und blaß, und ihre Hände zitterten.

»Mein Gott, du hast mich durch dein frühes Kommen so erschreckt... Unerwartet... Was ist denn geschehen?«

»Nichts Chanele!« erwiderte Mottke und begann vor Freude, die ihm ihr Anblick bereitete, zu lächeln. »Warum bist du so erschrocken?«

Als Chanele bemerkte, daß Mottke noch nichts wußte, gewann sie ihre Ruhe wieder und sagte:

»Nun, man erwartet einen Menschen nicht, und da kommt er mit einem Mal angelaufen! . . . Wieso ist denn nichts geschehen? Da muß doch etwas geschehen sein!«

Mottke sagte sich, daß ihre Unruhe durch seine gestrige Beichte hervorgerufen sein mußte, und machte sich selbst für die Angst verantwortlich, in die er sie versetzt hatte. Er nahm ihre kühle Hand, und sie ließ es erbebend zu. Dann streichelte er ihr Haar und fragte sie:

»Chanele, hast du wegen gestern Angst? Chanele, sag es mir – ich will alles wissen! Paßt es dir nicht mehr, daß du mit mir verlobt bist? Sag es mir, ich will dir nichts tun! Ich werde so lange warten, wie du willst, bis deine Angst vor mir geschwunden ist.«

»Ich habe keine Angst vor dir. Warum sollte ich auch?«

Und plötzlich barg das Mädchen ihr Gesicht in beide Hände und brach in Schluchzen aus.

»Mein Gott, ist das alles wahr?« rief sie.

Ihre letzten Worte versetzten ihm gleichsam einen Stich ins Herz. Er wollte tot zu ihren Füßen niederfallen. Er wußte nicht, was er sagen sollte. Aber plötzlich raffte er sich zusammen und rief:

»Ich werde alles der Polizei gestehen! Wenn du willst, werde ich mich selbst anzeigen! Soll ich, Chanele?«

Chanele geriet für einen kurzen Augenblick in Verwirrung, aber bald fand sie ihre Geistesgegenwart wieder und antwortete:

»Wozu? Nein, tu das nicht! Wer braucht es zu wissen?«

»Ach, Chanele!« schrie er auf, und Tränen sprangen ihm aus den Augen. Und er warf sich vor ihr zu Boden und begann ihre Füße zu küssen.

Chanele war ratlos. Sie streichelte ihm den Kopf. Der Bursche aber ergriff ihre Hand, küßte sie inbrünstig, sah sie mit flehenden Blicken eines treuen Hundes an und fragte:

»Chanele, wirst du mich heiraten?«

Chanele antwortete nicht. Sie weinte.

»Warum weinst du, Chanele? Weine nicht, das Herz bricht mir im Leibe. Weine nicht, ich bitte dich darum!«

»Gut, ich weine nicht mehr...« erwiderte Chanele und wischte sich die Tränen aus den Augen.

»Sage mir, Chanele: willst du mich noch heiraten? Hab keine Angst, ich werde dir nichts tun! Ich werde kein Wort sagen und fortgehen!«

»Das wäre wohl das beste...« murmelte das Mädchen wie für sich. »Geht schnell fort, geht!«

Mottke erschrak und sah Chanele mit seinen großen Augen an, in denen nur noch Furcht und Verzweiflung waren. Das Mädchen geriet in Angst, ihr Herz bebte, sie senkte den Blick, schämte sich ihrer eigenen Lüge und stammelte:

»Wo wollt Ihr denn jetzt hin? Euer Schicksal ist doch schon...«

Aber sie sprach den Satz nicht zu Ende und brach ihn ab, vor Scham und Schreck errötend.

»Chanele! Mutter!« schrie Mottke auf, vergrub sein Gesicht in den Falten ihres Rocks, schmiegte sich an ihre Beine und begann wie ein kleines Kind laut, ganz laut zu schluchzen.

Als die Polizei ins Haus kam (wofür Chaneles Onkel Sorge getragen hatte), fand sie Mottke immer noch vor Chaneles Füßen liegen. Er machte keinen Fluchtversuch, er löste sein Gesicht aus den Falten ihres Rocks und sah sich erstaunt und neugierig um. Sein Blick streifte bald die Polizisten, bald Chanele, die bereits im Schutz ihrer Eltern bitterlich weinte – und seine großen, klaren kindlichen Augen blickten um sich, genau wie damals, als er noch im Keller in Fejgeles Obstkorb lag und man ihm zum erstenmal den Stoffetzen in den Mund steckte, er aber sich darüber wunderte, warum man ihm die Mutterbrust genommen habe.

Er erblickte die Mutter vor sich, wie sie damals im Kellerwinkel seine Hosen flickte. Die Polizisten warfen sich über Mottke und rissen ihn gewaltsam aus seinem lieblichen Traum heraus.

Mottke sah sich um . . . ließ alles mit sich widerstandslos geschehen und fragte mit seinen weit geöffneten Augen, nicht mit dem Mund: »Wofür, Chanele, wofür? . . .«

Inhaltsverzeichnis

ERSTER TEIL

1. *Wie der Vater die Mutter heiratete* 7
2. *Wie Mottke der Dieb das Licht der Welt erblickte* 15
3. *Mottke will am Lumpenpfropfen nicht lutschen* 25
4. *Mottke bekommt Zähne* 35
5. *Mottke geht in den Cheder* 42
6. *Mottke findet einen Freund* 50
7. *Mottke lernt ein Handwerk* 57
8. *Die erste Strafe* 67
9. *Mottke sucht sich selbst seinen Verdienst* . . . 76
10. *Der König der Hunde* 85
11. *Der blinde Perl* 91
12. *Eine jüdische Pfandleihe* 99
13. *Ein Dieb! Ein Dieb!* 106
14. *Die Häftlinge* 114
15. *Mottke nimmt sich seiner Mutter an* 122
16. *Der erste Frühling* 128
17. *Mottke rächt sich* 132

ZWEITER TEIL

1. *Die Hölle* 139
2. *Mottke rettet sich aus der Hölle* 151
3. *Die Gaukler* 160
4. *Mottke wird Kunststückmacher* 167
5. *Mottke wird ein »weltberühmter spanischer Champion«* 174
6. *Beim Licht der Sterne* 184
7. *Das Königliche Gasthaus* 192
8. *Der Kampf um die Seiltänzerin* 202
9. *Habt ihr einen Paß?* 211
10. *Mottke erklärt der ganzen Welt den Krieg* . . . 217
11. *Die Abrechnung mit Mottke* 227
12. *Mottke verläßt die Gaukler* 236
13. *Wie aus Mottke Kanarik wurde* 244

DRITTER TEIL

1. *Die Altstadt* 253
2. *Der Herr Direktor* 263
3. *Niemand verdient sich sein Stückchen Brot leicht* 273
4. *An nebligen Abenden* 282
5. *Wie man Mottke bedient* 293
6. *Mottke will sich ein wenig wärmen* 303
7. *Mottke will Bräutigam werden* 308
8. *Mottke schreibt einen Brief an seine Mutter* . . 317

9. *Der Oberst-Kommissar Chwostow* 324
10. *Mottke sehnt sich* 332
11. *Der Menschenmarkt* 341
12. *Mottke wird ein Mann mit festen Grundsätzen* .349
13. *Mottke wird Bräutigam* 357
14. *Mottke beichtet seiner Braut alles* 365
15. *Die Verlobung wird aufgelöst* 372
16. *Mottke hat einen Schutzengel* 377
17. *Chanele, wofür?* 388